当代中国
科幻短篇
精选

寂寞的
伏兵

夏笳 编

生活·讀書·新知 三联书店

Copyright © 2017 by SDX Joint Publishing Company.
All Rights Reserved.
本作品版权由生活·读书·新知三联书店所有。
未经许可，不得翻印。

图书在版编目（CIP）数据

寂寞的伏兵：当代中国科幻短篇精选／夏笳编. —北京：生活·读书·新知三联书店，2017.11 （2019.3 重印）
（三联精选）
ISBN 978-7-108-06143-0

Ⅰ.①寂… Ⅱ.①夏… Ⅲ.①科学幻想小说－小说集－中国－当代 Ⅳ.① I247.7

中国版本图书馆 CIP 数据核字（2017）第 266504 号

特邀编辑　赵庆丰
责任编辑　王　竞
装帧设计　鲁明静
责任校对　曹忠苓　龚黔兰
责任印制　董　欢
出版发行　生活·讀書·新知 三联书店
　　　　　（北京市东城区美术馆东街 22 号 100010）
网　　址　www.sdxjpc.com
经　　销　新华书店
印　　刷　北京隆昌伟业印刷有限公司
版　　次　2017 年 11 月北京第 1 版
　　　　　2019 年 3 月北京第 2 次印刷
开　　本　850 毫米 × 1092 毫米　1/32　印张 13.625
字　　数　267 千字
印　　数　08,001-13,000 册
定　　价　42.00 元
（印装查询：01064002715；邮购查询：01084010542）

目录
Contents

序

未来的坐标　1

星　河　　决斗在网络　1

王晋康　　七重外壳　37

赵海虹　　桦树的眼睛　78

潘海天　　偃师传说　106

刘维佳　　高塔下的小镇　122

柳文扬　　一日囚　154

刘慈欣　　流浪地球　174

何　夕　　伤心者　217

韩　松　　地铁惊变　262

飞氘	蝴蝶效应·中篇	300
陈楸帆	G代表女神	327
夏笳	2044年春节旧事	348
郝景芳	北京折叠	379

序　未来的坐标

2006年秋天,《三联生活周刊》的一位记者采访我,请我谈谈对"科幻已死"的看法。那几年正赶上奇幻热,许多人都对科幻文学的发展前景并不看好,连当时正在《科幻世界》上连载《三体》的刘慈欣也表达出悲观的态度。[1]不过那个时候,没有一个人能够预料到接下来十年间将会发生的事情:一方面,随着人工智能等科技领域接连取得突破性成果,许多过去只有科幻迷才会关心的话题迅速进入普通百姓的生活,甚至进入了国家发展规划;另一方面,中国科幻作为一种长期以来边缘且小众的文类,也于近年来走向大众视野,引起中外媒体和学术界的普遍兴趣。对一个从小读科幻长大的人来说,这种梦想与现实、当下与未来之间的多重反差,本身就具有十足的科幻感。

科幻最迷人之处,或许正来自"现实"与"梦"之间的张力,而具体到中国科幻,这种张力似乎又变得格外明显。甚至于,当"中国"与"科幻"这两个词组被放置在一起时,本身就会让人联想起一系列二元对立:东方与西方、传统与现代、神话与科学、气功与光剑、黄土地与大都会……一个在历史和文化上都如此特别的国家,会如何想象未来,想象世界末日或外星人入侵?有哪些政治、经济与文化因素,决定了这些作品中的深层意义结构?中国科幻与全球资本主义危机之间,究竟构成怎样的互动关系?当代中国科幻作家在走向世界的过程中,以怎样的方式表达出对"人类命运共同体"的关注和思考,又携带和讲述了怎样的"中国故事"?这些问题不仅令其他国家的读者好奇,也值得每一位当代中国人去关注和思考。

从文化史的角度来看,科幻小说反映的是现代资本主义所开启的工业化、城市化与全球化进程,对于人类情感、价值、生活方式及文化传统的冲击。在此过程中,那些位于不同地域、语言、文化、生产方式、社会形态、知识范式与情感结构之间的"边疆地带",总是最容易产生出新奇的想象,并为科幻创作提供养分。在这个意义上,可以说科幻正是一种"边疆文学",或者德勒兹所说的"小文学"。这一方面意味着它永远与大众所熟悉的"常识"之间存在距离,永远处于相对边缘和受压抑的状态;另一方面,科幻亦会伴随"边疆"自身的变动迁移而不断自我更新,以保持自身的激进性和革命性。换一个角度来看,科幻在中国的落地生根,也与中国作为后发现代化国家的这种"边疆状态"紧密相关。

回顾中国科幻在过去一个世纪以来的发展,我们会发现,自晚清以来,各种关于科技和未来的想象不仅在文艺作品中得到呈现,更深深内化于中国人的政治生活和社会文化之中。无论是对现状的认知、对历史的反思,还是变革与发展的内在动力,无不与一种建设民族国家的迫切需要、一种历史目的论的蓝图远景,或者说一种"想象中国的方式"互为参照。与此同时,中国人对于未来"新中国"的想象,总是一方面以某种关于"世界/西方/

现代文明"的认识为范本,另一方面又试图对这一范本有所超越。为此,作者们不断尝试从中国的历史和传统文化中汲取思想资源,不断为了新的理想而对这些来自过去的资源进行再阐释和再创造。在这个意义上,可以说科幻小说一方面作为一种与西方现代性有关的幻梦,参与着"中国梦"的建构;另一方面,中国科幻的"中国性",亦根植于20世纪中国革命及现代化历程的曲折性与独特性之中。

中国最早的"科幻热"兴起于20世纪初,一批青年文人积极将欧美和日本的科幻小说译介到中国,其中数量最多的是法国作家儒勒·凡尔纳的作品,而译者中亦不乏鲁迅、梁启超这些我们今天耳熟能详的名字。在这些人看来,科幻小说中关于科技和未来的丰富想象,能够督促"东方睡狮"从五千年文明古国的旧梦中醒来,转而梦想一个民主、独立、富强的现代民族国家。鲁迅更在《〈月界旅行〉辨言》中写道,阅读科幻小说可以令国民"获一斑之智识,破遗传之迷信,改良思想,补助文明","故苟欲弥今日译界之缺点,导中国人群以进行,必自科学小说始"。[2]

与此同时,一批中国文人亦纷纷涉足科幻创作。1902年,梁启超开始在《新小说》上连载《新中国未来记》。[3]小说开篇以1962年作为叙事起点,通过"全国教育会会长文学大博士孔觉民老先生"在"上海大博览会"上关于"中国近六十年近代史"的演讲,勾勒出1902—1962年长达60年的"历史/未来"。在这60年间,通过一系列政治与经济变革,中国由古老帝国蜕变为现代多民族国家,"文学之盛,国力之富,冠绝全球"。尽管该作品只登到第五回就再无下文,但这种以"未来完成式"畅想"新中国"的手法,却被此后一批科幻创作所沿用。1904年,一位笔名荒江钓叟的文人在《绣像小说》上连载《月球殖民地小说》,讲述主人公龙孟华与日本旅行家玉太郎乘坐气球周游世界的经历,从中可以明显看出凡尔纳作品的影响。[4]从创作形式来看,晚清科幻可大致划分为"未来记"和"历险记"两类,前者多以未来的中国与世界想象为背景,后者则多仿照旅行小说写法,想象主人公上天入地乃至漫游太空的奇遇。在这些故事中,未来中国不仅走上富强之路,更进一步主导了新的世界格局,将人类带往和平有序的大同境界。

民国之后,"凡尔纳热"逐渐消退,H.G.威尔斯的科幻小说则被大量译介,特别是其中关于世界大战和人类末日的阴暗想象,恰与"一战"之后的紧张局势形成共鸣。与此同时,由于政局动荡、战乱频繁,文人知识分子不再对中国的未来抱有天真的幻想,文坛主流亦以"为人生"和"偏向写实"为价值取向,幻想小说遭到贬斥。这一时期,除了顾钧正等少数作家依旧坚持以小说形式普及科学知识之外,更为流行的则是包天笑、徐卓呆等"鸳蝴派"文人所创作的"狂想科幻",以及政治色彩浓厚的"社会科幻"。前者多借用"消灭机""不老泉"等超自然元素编造离奇故事,间或穿插对社会现状的讽刺调侃,后者则多套用异域游记的形式,影射政局、针砭时弊,其中既有对社会主义或无政府主义的乌托邦想象,也有批判现实的"恶托邦"作品,譬如老舍的《猫城记》(1932)即是其中一例。

1923年,一位署名"劲风"的作家发表了短篇小说《十年后的中国》。[5]故事中的"我"通过潜心学习科学,研发出一种"十二倍于X光"的超能光波，将十年之后进犯我国的"啊哪哒"国（影射日本）军舰尽数烧毁。然而小说结尾处，却揭示出这不过是一个写于"现在"的科幻故事，正在写故事的"我"亦遭到朋友的嘲笑，并由此认识到"兴国强种原是要大家打伙儿齐心努力，研究学问的研究学问，发展实业的发展实业，这样才能把中国弄得富强起来"。1932年底，一百多位中国知识界的文化名流们，以"梦想的中国"为征文题目，在报刊上先后发表几十字到上千字不等的短文。从这些文章中可以看出，彼时学者文人们对于未来中国的预想，大多相当悲观。[6]在这样一种"梦"与"现实"渐行渐远的社会氛围中，"科学"与"幻想"之间的关系，也就显得愈发纠结。

1949年之后，科幻小说再次承担起科普教育的职能，成为"科普队伍的一支轻骑兵"。科幻创作者大多来自科普工作队伍，发表阵地则主要为少儿刊物。与此同时，大量苏联科普与科幻作品被译介到中国，并对本土创作造成了深远影响。从1949年到1966年，这一时期发表的科幻小说有100篇左右，基本上都是短篇，大致可划分为两个阶段或者说两种模式，分别是1949—1956年的"探险参观"模式，和1956—1966年的"发明发现"模式。前者以宇宙探险为主，多通过主人公的见闻和教导者的解说，向读者传递天文或地理知识。后者则多通过主人公的参观学习过程，展现未来工农业与国防交通等领域的科技发明与繁荣景象。这些作品为读者带去了新鲜有趣的科技想象，但同时也因为叙事模式的单一而遭到后来者的批评。

科幻作家郑文光曾经谈道："科幻小说的现实主义不同于其他

文学的现实主义,它充满革命的理想主义,因为它的对象是青少年。"[7]在这里,"革命的理想主义"点出了新中国初期科幻小说的另一重社会文化功能,即以描绘美好蓝图远景的方式,赋予当下以前进的动力。然而,如何想象"革命之后"的生活,如何在消灭了一切阶级冲突的未来世界中继续保持理想,这也对作家们的想象力提出了挑战。1958年,郑文光开始在《中国青年》上连载《共产主义畅想曲》,但只刊载了两章便再无下文。[8]小说第一章描绘了"国庆三十周年"的天安门广场上,"共产主义建设者"们在国庆节典礼上组成游行队伍,用各自的科技成果向祖国献礼,其中包括"火星一号"宇宙航船、把海南岛和大陆连在一起的琼州海峡大堤、将海水变成各种工业产品的海洋工厂,甚至于将天山的冰川融化,使沙漠变良田的"人造小太阳"……面对此情此景,主人公不禁感慨:"噢,科学技术的发展,把人引到什么样的神话境界里啊。"多年之后,郑文光本人却在一篇回忆文章中谈道:"从我自身的角度讲,我觉得《共产主义畅想曲》是一个彻底失败的作品,它其中没有幻想……因为当时的任何一个农民,都知道一亩地可以产量两万斤的神话;任何一个城市居民,都了解10年内中国一定赶上英国,15年赶上美国的预言。面对这样的想象,我的科幻小说又算得了什么呢?"[9]

通过科学技术实现民族国家的现代化,这种激情在1978年那个"科学的春天"之后再度迸发。1978年8月,少年儿童出版社出版了叶永烈的《小灵通漫游未来》,据说首印就有150万册,并且引发了一股科幻小说的出版热潮。在"未来市"中,人们吃的各种农副产品,是从"农厂"的流水线上制造出来的,"人造大米"和"人造蛋白质"不仅安全无害,而且口味以假乱真。更为重要的是,通过将农业生产工业化,"农村"形象亦不知不觉从"未来市"的地图中被抹去了。未来市的人们戴着"电视手表",开着"飘行车",住着一两百层高的"塑料房子",从事着记者、教师、工程师一类体面的脑力劳动,从而彻底告别了泥土里刨食的生活,这种愿景恰好应和了改革开放之初人们对于"四个现代化"的热情。

另一方面,伴随新的"对外开放"政策,一大批欧美科幻小说与科幻资讯被译介到中国,令中国科幻迷的视野逐渐与国际接轨。中国科幻作家亦通过国际交流认识到中外科幻之间的差距,并开始在某种"落后"和"赶超"的文化自觉之下,进一步深入探讨科幻文学自身的特质。科幻小说逐渐从"少儿科普"的附庸之下走出,获得相对独立的文化空间。随着科幻小说社会影响力扩大,相关争议也不断涌现。譬如童恩正在《谈谈我对科学文艺的认识》一文中,明确提出要将"科学文艺"与"科普作品"分开,认为科幻小说属于文学,不应该承担科普的政治任务,而应该"宣扬一种科学的人生观"。[10]这篇文章开启了科普界与科幻作家之间关于科幻"姓科还是姓文"的激烈争论。与此同时,科幻作家亦尝试在创作模式方面有所突破,譬如郑文光所提倡的"社会派科幻"和叶永烈的"惊险科幻小说",都引发了广泛关注和讨论。

1981年,中国科幻创作达到一个高峰,根据饶忠华等人所做的统计,"这一年(1981年)发表的作品有300多篇,约为1976年到1980年这五年的总和,是我国科幻小说发展最快的一年;科幻作者的队伍也从1978年的30多人，扩大到200多人，写作的力量有了可观的发展"。[11]但从1982年开始，科幻热潮却迅速减退，陷入长达十余年的低谷。这一过程一方面是由政治、经济与体制等多种外部因素直接造成的；另一方面，随着改革开放的步伐推进，科幻作品中的乌托邦色彩亦逐渐消退，仿佛是从理想主义的空中花园落回现实的大地。1987年，叶永烈发表了一篇名为《五更寒梦》的短篇小说。故事主人公"我"是一名科幻作家，在寒冷的上海冬夜冻得难以入眠，于是不禁展开一连串天马行空的"科学幻想"，利用地热、"人造太阳"，"把南北极倒一个个儿"，甚至"用大玻璃罩将上海罩起来"，让上海的冬天变得温暖如春。然而，工程是否能被批准，能源和材料从何而来，是否会引起国际纠纷，诸如此类的种种"现实问题"，使得所有幻想都遭遇无情否决。于是"我"不禁哀叹："岂止是'戴着草帽亲嘴——离得远'，现实小伙跟幻想姑娘之间隔着十万八千里哩！"[12]这种遥不可及的距离感，展现出的是一个中国人正在从"共产主义畅想"中醒来时的不安与不适。

1991年，四川省科协旗下的《科学文艺》杂志更名为《科幻世界》，并通过对读者定位和市场运营策略的一系列调整，逐步将"科幻"打造为一个响亮的文化品牌，从而为中国科幻再度走向繁荣奠定了基础。这一时期，无论是国外作品的译介和国际交流，还是本土的创作、出版、理论研究、科幻迷文化，都达到前所未有的丰富与多元。科幻作家们亦在这样的氛围中，不断对新的题材、形式、主题与风格，进行百花齐放式的探索。这样的格局一直延续到新世纪之后，并且伴随新元素、新作家、新市场的不断涌现，焕发出勃勃生机。

20世纪90年代,一批被称为"新生代"的作家相继在《科幻世界》上发表作品,成为科幻创作的主力军。所谓"新",是相对于此前80年代的创作格局而言,但与此同时,这批作家无论在年龄、身份、教育背景、作品风格、创作理念等各个方面,都存在极大差异。正如科幻研究者吴岩曾谈到的:"我仍然怀疑'新生代'作为一个统一的科幻文学运动或流派的证据。首先,'新生代'作品没有统一的文本构造方式。再者,作家也没有统一的主张。"[13]

总体来看,这一时期的创作中存在三种截然不同的方向:第一种大多围绕个体与环境之间的冲突展开,从人道主义角度对现代文明和都市生活提出质疑,并往往带有青春期的反叛或感伤怀旧色彩,其代表人物包括星河、杨平、凌晨、赵海虹、苏学军、柳文扬、刘维佳、潘海天等作家;第二种则重新走向感时忧国的救世情结,尝试将个人的生存意义与属于人类集体的历史目标联系在一起,同时呼唤某种道德责任感与英雄主义激情,其代表人物主要是何夕、王晋康、刘慈欣这三位所谓的"核心科幻"作家;除这些人之外,还有常年在新华社从事新闻工作的韩松,运用其风格化的文字与叙事手段,走出了一条以科幻小说进行文化批判的另类创作道路。

新世纪之后,一批被命名为"更新代"的80后科幻作家开始陆续发表作品,其中包括陈楸帆、飞氘、长铗、拉拉、江波、宝树、张冉、钱莉芳、程婧波、迟卉、郝景芳、夏笳、陈茜等。在《科幻世界》副主编姚海军看来:"相较于'新生代','更新代'的创作理念多元而难以简单概括，一个共同点是，他们对科幻本身有了更超然的认识，而正是对科幻的超然和差异化的理解，让新世纪十年科幻小说的丰富性得到了强化。"[14]

此刻拿在你手中的这本选集，收入了来自"新生代"与"更新代"作者的13篇代表性作品。它们如同一组坐标，勾勒出中国科幻在过去近30年中走过的道路和形成的版图。每篇作品之后附有评论，以帮助读者更好地理解作品的创作背景与历史语境。科幻作家飞氘在2010年"新世纪十年文学"国际研讨会上的发言中谈道："科幻更像是当代文学的一支寂寞的伏兵，在少有人关心的荒野上默默地埋伏着，也许某一天，在时机到来的时候，会斜刺里杀出几员猛将，从此改天换地。但也可能在荒野上自娱自乐自说自话最后自生自灭，将来的人会在这里找到一件未完成的神秘兵器，而锻造和挥舞过这把兵器的人们则被遗忘。"[15]这本选集的初衷，即是希望对这支"寂寞伏兵"做一次集中检阅，让那些对其不太了解的人们能够在较短时间内较为完整地感受其精神面貌。

作为科幻作家和研究者，同时也是从小熟读这些作品长大的资深科幻迷，编撰这样一本选集可以说是圆了自己多年来的心愿，却也同时是一桩异常艰难的任务。在此过程中，有无数的左右为难和忍痛割爱，像是不得不在千万种丰富迷人的可能性中选定唯一的一种。在这里，我将那些由于篇幅和其他种种原因未能入选的篇目一并列出，供有兴趣的读者参考，其中包括苏学军的《远古的星辰》(1995)、杨平的《千年虫》(1999)、李兴春的《橱窗里的荷兰赌徒》(2000)、ShakeSpace 的《马姨》(2002)、拉拉的《春日泽·云梦山·仲昆》(2003)、凌晨的《潜入贵阳》(2004)、马伯庸的《寂静之城》(2005)、陈茜的《迅行十载》(2007)、江波的《湿婆之舞》(2008)、长铗的《屠龙之技》(2009)、迟卉的《伪人算法》(2010)、张冉的《以太》(2012)、宝树的《人人都爱查尔斯》(2014)。

最后,感谢三联书店对当代中国科幻的关注,感谢这套书的另外几位编者李广益、陈颀和宝树所完成的出色工作,感谢责任编辑王竞对于我的鼓励、耐心和督促,更要感谢为这本选集贡献作品的各位科幻作家。祝愿中国科幻在未来的日子里生生不息、繁荣昌盛。

[1] 朱步冲、陈赛、黄艳:《科幻已死?》,《三联生活周刊》,2016年第38期。

[2] 鲁迅:《〈月界旅行〉辨言》,《鲁迅全集》第十卷,北京:人民文学出版社,2005,第164页。

[3] 载《新小说》第一、二、三、七号,共五回,未完,署"饮冰室主人著"。

[4] 载《绣像小说》第21—24期,26—40期,42期,59—62期,共三十五回,未完。

[5] 载《小说世界》第1卷第1期,1923年1月5日。

[6] 参见《梦想的中国》,刘仰东编,北京:西苑出版社,1998年。

[7] 郑文光:《谈儿童科学文艺》,《作家谈儿童文学》,刘杰英编,长沙:湖南少年儿童出版社,1983年。

[8] 载《中国青年》,1958年第23—24期。

［9］吴岩:《论郑文光的科幻文学创作》,见《郑文光70寿辰暨从事文学创作59周年纪念文集》,第213页。

［10］载《人民文学》,1979年第6期。

［11］饶忠华、林耀琛:《中国科幻在探索中前进》(序),《中国科幻小说年鉴·科学神话(三)》,饶忠华编,北京:海洋出版社,1983年。

［12］载《科学文艺》,1987年第6期。

［13］吴岩:《杂乱中是否存在着秩序》,《中国科幻新生代精品集》序言,济南:山东教育出版社,2001,第2—4页。

［14］姚海军:《姚海军答〈星云VII〉问》,http://www.sfw.com.cn/html/zixun/zazhitushu/2009/1218/1814.html。

［15］飞氘:《寂寞的伏兵——新世纪科幻小说中的中国形象》,见《2010年度中国最佳科幻小说集》,吴岩、郭凯编,成都:四川人民出版社,2011年,第316—317页。

ID: 1 9 9 6

决斗在网络

星河

星河,男,本名郭威,1967年生。迄今为止已发表中短篇小说150多篇,长篇作品20多部,短篇作品《朝圣》《决斗在网络》《潮啸如枪》等曾获银河奖。1998年成为北京作协合同制作家,除文学创作之外,还从事科幻研究和科幻编辑等工作。

决斗是解决一切情感问题的最好方式。

时间:五分钟之后;地点:数理楼间的草坪。

我关闭了屏幕和终端,也关闭了眼前这两行无论怎样也清除不掉的字符。

电梯四壁反射着银白色的金属光泽,引导着我向下离开这座以香港投资者命名的心理系豪华系楼。

在心理楼北面是物理系和天文系灰暗陈旧的楼房,在物理楼北面是数学系和信息系质朴肃穆的仿古建筑。在物理楼和数学楼之间,有一片供人消夏纳凉的绿地。

在即将到达绿地时我忽然改变了主意,返身进了物理楼。我希望先从隐蔽处一睹对方的尊容——万一他叫来一干人高马大的体育系帮手呢。

我当然知道他不会,所谓"决斗"不过是一种形象性的说法,在如今这个以智力论英雄的时代,我们决不至于为所谓"情感问题"而去借鉴中世纪的剑术。面晤的目的只是为了见见从未谋面的对方,多少也带点"英雄识英雄"的惺惺相惜之感。再说,既然我出身心理系,专业知识告诉我应该在对方毫无察觉的情况下先偷窥一下对手,这样将会使谈判对自己更为有利。

暑气抹杀了自动浇水器辛苦了一下午的功绩,嫩绿的小草环绕着席地而坐、细语啁啾的情侣。至少在我目力所及的草坪内外都是成双成对,唯一一位孤傲的苗条少女踯躅走过,举步间凝眸远眺,顾盼生姿,显然也是在等待王子的驾临。这里本来就是谈情说爱的地方,两名同性在这儿讨论信息传送问题那倒稀奇了。

对方没来。

但这恰恰说明他不可小觑。此时此刻,他一定也躲在数学楼里的某扇窗户背后,静待我的出现。

我是昨天下午才认识他的。

不过在认识他之前,我先在前天晚上认识了她。

那是我们组的上机时间,我很快编完了课内程序,又开始了百无聊赖的"散步游戏"。这并非真是一个电子游戏,机房老师看得很紧,在他眼皮底下没有玩儿猫腻的可能。我不过是在系里的电脑网络里偷偷给自己设了个信箱,然后借助这一跳板进入全校的公共网络。

所谓"全校的公共网络"就是 Internet 网络这一信息高速公路在国内的延伸,由于近年来所开设的民用出口日益增多,这一原本服务于美国军方的高新技术已成为包括我们大学生在内的普通用户的日常工具。不过照理说一个准文科学生不太可能对电脑系统如此了解,不过我自己家里有台486微机,结果当同班同学还在磁盘操作系统里踏步时,我便开始利用机房里的先进设备和电子通信系统窥见网络一隅了。

我"迈步踏上"主干道,但这绝不是我的目的地,只不过是借道而已。这是一条对全校开放的公共线路,每个有信箱编号的人都能随便出入,早已无奇可猎。它就像一条热闹而荒芜的大道,在这里采摘信息的企图只能是一种奢望。

而且,道路上充斥了各式各样的病毒,都是像我这类既无事又好事之徒有意感染进去的。因此在行进当中,我仿佛看到自己的邮件在一团团乌云般的病毒簇中艰难穿行。我极力摒弃这种想法,以免自己浑身泛起鸡皮疙瘩。

好在我对病毒的看法还算达观,只要你不扰乱屏幕不强行死机,最起码不冲洗数据不篡改文件,随便开点儿玩笑倒也无关宏旨。事实上网上的病毒莫不如此,不是告诉你在超时离开女生宿舍而不被门房大爷训斥以至没收证件的秘诀,就是给你讲讲喝啤酒时什么样的酒瓶可以被称之为"酒头",或者以半吊子的心理学知识向你解释"梦见所有想买的东西云集一处"的深刻寓意。而后屏幕便自动翻了上去,丝毫不影响正常工作。我遇到的最有意思的一个小病毒名为"惩治饕餮",它先是打出一行"今晚你打算到哪儿进餐,我请客",接着便给出"香味庄""金达莱""乐群餐厅"和"兰州牛肉拉面馆"四处校内饭馆。我试着把光标移到"金达莱"

处予以确认,可它却打出一行"今天关门不营业",并伴随有一阵"嘻嘻"的窃笑,实在无聊透顶,弄得我哭笑不得。

开始我对病毒制造者或传播者的手段一直不明就里,因为这些病毒都不是从主干道上被释放的,那样的话网络检测系统很容易就能追踪到释放者,并紧跟不放直追至其出发点,结果便是取消恶作剧者的上机资格,校方可没我那么宽宏大度。

后来我终于发现,所有病毒的释放地点都是在备用分支道的交叉点上,说得更准确些是立体交叉通路的"立交桥"下。在这里释放病毒用一般的检测手段很难发现,而对这类小玩意儿校方也没精力大动干戈非要查个水落石出不可。

不过由于整个网络都是相通的,释放出的病毒很快就会传遍整个主干道。其速度之快,就像一个在海中遇难的人不慎割破了手指,附近海域的鲨鱼便立即能够嗅到那股血腥。

我离开主干道,无聊地在各个分支道信步游弋。家家户户"门窗"紧锁,我所有的叩访均遭拒绝。而当我试着瞎蒙人家的密码时,每次出现在屏幕上的都是一行不带任何感情色彩的单调字符:

您所打出的密码不正确,请您再试一遍。

我当然知道再试多少遍也没用。正当我已灰心失望,随意敲击键盘并准备退出的时候,突然发现一扇"柴扉"悄然而启。一时间我惊喜交加、手足无措,眼看着一行行汉字流淌出来。

那是对方的日记。而且,本已加密的文件里显然是一席女儿情怀。我敢肯定对方在那边机房肯定"咦"了一声，因为我的无意干扰在那里不可能不激起丝毫波澜。偏巧这时老师宣布上机结束，并边说边向我的座位走来，大概他对我两个小时的分外老实深感奇怪。我匆匆退出网络，抢在老师走近之前回身送了他一个微笑，只是面犹潮红、心仍狂跳。

这是前天晚上的事，接着便到了昨天下午。

昨天下午我在系办帮老师录入资料。这种事本该研究生来干，但老师清楚他们在电脑操作上比我略逊一筹。不过老师还是低估了我的能力，或者说他有意多给了我一些上机的自由，他所允许的时间大大超过了真正的需要，这便给了我第二次"溜门撬锁"的机会。

上次虽然是胡乱敲出的密码，但毕竟也有规律可循，因此这回很快便碰试了出来。她使用的公开代码是"QIANGE@04.BNU.CN"。这是 E-mail 中很标准的一个代码：分隔符 @ 前的 QIANGE 是她的名字；04 是工作站的机器名字，在这里无疑是系的代号；BNU 是学校名称；而 CN 自然就是 CHINA。其密码则是一个英文单词：SHIELD——盾牌，遗憾的是现在它已毫无阻挡功能。当"盾牌门"开启时，我仿佛听到钥匙打开门锁的悦耳嗒声。我就像一头得到示意的警犬，精神为之一振，大大方方地"登门入室"，轻车熟路，如返家中，毫无羞涩之感。事先我也曾担心能否再次得逞，我记起小学时在电子游戏室的一次经历：当时我不经意地拉开了游戏机下装有金属代币的钱匣，亮出满满一箱子的黄铜硬币，我顿时便觉出四周的贪婪目光已向这里扫来，只好心虚地赶紧关上；及至左右无人我想再次得手时，"芝麻"却再也不肯"开门"了。

在进入的同时我已捎带着搞清了 04 是中文系的代号。中文系的女生爱写日记，中文系的女孩多愁善感。

我就像一名窃贼一样蹑手蹑脚地走进一间属于别人的书房，并打开了人家抽屉里的日记。技艺高超者并不意味着就是道德楷模，高等学府并非一个完人的集合。

按照中央情报局的说法，"窥探别人的秘密是人类的天性"。

日记只是一段，因为加密文件超过若干行就会出现非法字符；里面也不过是那名女生的日常起居。从日记里看，这段时间她正在写一篇有关文艺心理学的论文，但她抱怨说在图书馆教育阅览室那浩如烟海的心理学典籍架上，要想找到她所需要的心理学著作几近徒劳。而馆内检索处的终端又只能查找已知书名或书名前面部分的书籍，不能像国外一样输入书名中的一个词或只输入书籍的意向就能列出书目。

这简直太容易了！我虽然没读过几本心理学经典著作，但我们系学生应该读些什么经典著作我还是心中有数的，她想查找的方向我一清二楚，随便开几个书名还不是易如反掌。我信手敲出几行书名和著者，并追忆着摘出了它们的大意。只是离开时我没留下任何其他痕迹，而且还抹去了书写时间，使她不知道我曾于何时进入，当然也就无从猜测我还将于何时再来。让她先惊讶一番好了，我就喜欢来点戏剧性。

仅仅在四个小时之后，那本日记便不再"摊"开。但在隔壁的一个开放文件里，一束五彩缤纷的鲜花正在绽放，一行花体的"THANK YOU VERY MUCH!"斜斜地穿过画面。

这幅画我见过,它剪自一张大画。在网络里收发信件,会经常接到这样的贺卡——从一张电脑画中剪下部分画面,然后加上祝词发进网里。据说这种方式风靡 Internet 在世界各地的所有分支。

这就是说她也只会往网里发些现成的图案,与我的水平半斤八两。

中文系的小姐嘛,能比我强到哪儿去?

第一步成功了!我抑制不住成功的喜悦,马上再次向那空荡的信箱诉说留言。这次我是向她咨询中文系是否藏有品钦的《万有引力之虹》中译本。不能说我是故作姿态,这部有争议的"黑色幽默"经典名著一直是我梦寐以求的作品。

倒是在最后我又没事找事地额外打出了一句废话:

"顺便问一句,您会打领带吗?"

我自己不会打领带,我的领带到现在为止还是我过去的女友打的,后来女友和我吹了,我也就一直没敢解开它。

如果她不会打领带,说明她还没有男友。在情人节亲手为男友打上自己所送的领带,一直是这所高校世代相袭的传统。

我将等待她的回答。

不料今晚我再进网络时风云突变,任我使尽花招也不能挤进那条支路。我利用检验系统遥相查询,发现对方的文件依然敞开,可临门的通路却被死死阻塞。

通过进一步的检验,我发现那份文件出奇冗长,也就是说她留给了我一封长信,可我却不能够读到它!

无奈我只好退回出发点,看来我需要查些资料了。但我刚想退出网络，一个信息便如影随形般地紧贴着我进了我的信箱，无声无息地一通乱闯。

这要在平时我肯定会和他逗逗，看来如我一般寂寞无聊者大有人在，但今天我没时间，只想客气地请他出去：

"走错了，朋友。"

"没错，我是跟着你进来的。"

看到这行字我不禁一愣，跟着我进来的？莫非是她？难道刚才她是在试探我的能力？看来还真低估她了。

"你是QIANGE？"

"错了，我和你一样，也是追求QIANGE的人。你的同路人。"

原来我并不孤独。

"那你还是走错了，追求QIANGE追到我这里干什么？"

"只是通告一下，从现在起你可以退场了。"对方耐心地解释道，"我比你先进入QIANGE的信箱。"

"老天在生了周瑜之后完全有权力再生诸葛亮。"

"问题是你肯定再也借不着东风了。"

我修养很好地无语观看，停了一会儿对方又打出一行信息：

"另外顺便告诉你，领带可以这样打——"

接着屏幕上便出现了一段三维动画，一条色泽鲜艳的柔软绸带在一只无形巧手的摆布下上下翻滚，左右扭动，很快便结成一根成形的领带。

我的第一个反应就是伸手去关屏幕，可伸到半截还是停了下来。干吗不把这组图形移到我的信箱里呢，在如今这个时代里没必要跟任何人赌气。

我出门直奔图书馆理科（一）阅览室，遇到劲敌最好的办法就是先提高一下自己的战斗实力。真是分秒必争！

然而从那天开始，我便经常在网里遇到一些怪事。姑且不说这次决斗的通知和其后的失约，先是信箱左近的通路发生局部紊乱，随后干扰因素便渗透进信箱内部，接踵而来的竟是拷贝文件功能的失效，最后干脆动不动就死机。最可气的是这些破坏的针对性极强，从系办终端到机房的学生用机没有一台出现毛病，唯独我用哪台机子哪台机子就出事，只要一沾信箱的边儿里面立即就被"塞"满一些乱七八糟的东西。我就是更改信箱号也没用，因为按捣乱者的话说，他已经掌握了我的"笔法"。虽然我觉得这纯属故弄玄虚，但我就是没有对策。从公来说我这是私设的信箱，不受学校规章的保护；从私来讲我的水平有限，与他斗智远不能及。唯一的办法就是我取消自己的信箱，可真要那样我还进不进中文系的网络了？

当然啦，病毒就不分青红皂白地随便感染了，自调目录起就开始光顾，从最古老的到最新型的一应俱全，我连累着全系所有的微机都跟着倒霉。幸亏系里有最新的杀毒软件，但由专人保管，因此使用起来也不那么方便。机房老师被弄得莫名其妙，变本加厉地惩处胆敢私玩游戏的学生。

问题关键在于我在明处，而他在暗处。我们光明磊落的人就怕恶人偷施暗算，唯一的办法只有抓住他的蛛丝马迹。

说实话这完全是出于无意,当我再次利用上机时间在主干道上漫无目的地闲逛时,突然发现一个熟悉的信息踪影。我紧跟上去,围追堵截,但他还是像一条鱼一样狡猾地迅速溜掉,我眼看着他进了数学系的子网络。

该死的数学系有一个自成系统的子网络,覆盖了包括数学系和信息系以及计算机专业独立网络的全部系统,使得我无法搞清他到底属于哪一部分。我穷尽了自己所有的电脑知识,同时借助主干道上一些可资利用的病毒,才挖掘出一条少得可怜的信息——系统告诉我对方的名字系由两个汉字或者三个汉字组成。这不是废话嘛!全校除了留学生和少数民族同学的名字稍微长一些,再刨去几个极其个别的复姓,谁的名字不是俩字或仨字?

但仅仅一分钟之后,对方旋即出现在我的信箱里。

"水平见长啊,会在信息高速公路上设卡子了!"

"哪儿呀,不过是在乡间小道上盯个梢儿而已。"

"是校园林荫路。"他纠正道。

"对对,情洒校园路嘛。"我随和地补充道,"数学楼前的草地小路。"

在对方再次发来信息之前有一个微妙的停顿,但立刻就被我捕捉到了。

"怎么样?没想到我居然跟进了子网络吧?"我想乘胜追击,再诈出他几句真话。"您在电脑里的动作稍微慢了那么一点点。"

"别累了,你什么也诓不出来,数学系的子网络绝没那么好进。"他对我的诡计心知肚明,"不过能跟我到门口的人已经极为罕见了,想不到心理系居然还有这样的计算机高才生,上届计算机大赛你怎么没参加?"

与他谈话我发现一个很有趣的现象,那就是我们在一些术语和称谓的使用上略有不同。理科专业沿袭了他们导师以及导师的导师的传统词汇——计算机,而我们文科专业的使用者则更习惯称之为电脑。

"我参加的是非专业组,像您这样的专业组冠军当然不会注意到我。"我不失时机地再次套问他的身份。

"你真该上数学系。"他不理睬我的鱼钩,继续自写自话。

"其实我小时候也挺喜欢数学的,要不是后来成绩掉下来差点也报了数学系。"

"从什么时候开始往下掉的?"

"初中吧。小学我的数学成绩一直名列前茅,一到初中就跟不上趟了。"

"就这还称喜欢数学呢!"

"过了好久我才明白,闹了半天我喜欢的不是数学,我喜欢的那叫算术!"

我注意到导线在上下震颤,给人的感觉好像是对方在那边笑得前仰后合。

"谦虚了。"笑罢之后他打出评语。

"哪里哪里,和您相比显然还差那么一小截儿。"我的语句中不乏沾沾自喜。

"知道具体差在哪儿吗?"

此言一出我马上意识到要坏事，这无疑是一纸最后通牒。还没容我采取保护措施，屏幕中顿时漆黑一片，我被强行推出网络，回到刚才的DOS状态下。紧接着，我便目睹了Zero Bug（食零臭虫）病毒的巨大威力。

这是一个非常古老的病毒，但它的版本却不知被谁给升级了，我猜想罪魁祸首很可能就是对方本人。原始的病态特征是当病毒进驻内存并感染任意一个被执行的文件后，一只臭虫出现并缓慢爬行着吃掉屏幕上所有的零字符；可在我面前的屏幕上不但出现了众多的臭虫，而且我还有幸观赏了他新设置的尾声——当所有的臭虫争抢着进罢晚餐之后，一种鼻音很重的怪诞腔调念出了屏幕上那行隽永的仿宋体字：

"零，就是什么也没有。"

简直能把人给活活气死。

在剩下的时间里我就像无头苍蝇一样在网络里四处乱撞，希冀在主干道或者哪条羊肠小道上碰到那个家伙。我一想到这小子很可能就跟在我身后窃笑就禁不住怒火中烧，好几次中途突然"返身"，试图侥幸识破他的伎俩。然而后面从来没有信号，只有一阵阵无意义的电子干扰嘲笑着我那过敏的神经。如果网络里还有别人，他一定会认为我是一个电脑痴人。

直到精疲力竭两眼发花时我才返回信箱。我的能力有限，在这个软件决定一切的时代里，我也只能算个电脑盲。今天是周末，我必须去"金达莱"补充点高级能量，就像给电池充电一样；接着再去舞场跳破舞鞋。按照一般文学作品的设计，我应该相当有缘地在那里遇到那位记日记的中文系小姐。

然而他再次贴着我挤进"箱"来,通知我今晚正式决斗。

他提出了几种决斗方式,包括在网络中互设障碍、互相追寻对方所隐藏的信息信号、分别进入某两家密码信箱,以及——电子游戏。但只要决斗一分出胜负,赢家就有权要求输家不再骚扰QIANGE。这将成为一个君子协定而被双方同时接受和遵守。

不管他刚才是否跟踪了我,他在说这番话时毕竟非常严肃,没有丝毫嘲弄的意思。

我选择了最后一项。

我没有别的能力,其他几项我一无所长,而这项也是稍微长那么一点点;可以说我根本就别无选择。

而这也就意味着,我必须同时接受那个君子协定。

不过老师给我的时限已到,在我交出资料磁盘时也交出了系办的钥匙。我把这一困难告诉对方,对此他宽容地表示理解,并说他可以等待任何方便的时候。

但我还是如约应战了。一个研究生与我关系甚笃,我只对他说了一句晚上想在系办的机子上玩游戏,他二话没说便把钥匙给了我。随后我预备了充足的食品和饮料,给人的感觉是准备郊游而决非决斗。

如今的决斗,是一种智慧的对垒。而头脑的应用,必须有其充分的物质基础——营养和能量。

晚上的系楼阴森而寂静,众多雪亮的灯光使我分辨不出走廊墙壁上自己的身影。虽然我知道这种所谓决斗没有任何危险,但还是无端地想起了俄国诗人普希金的情场饮恨,想起了法国数学才子伽罗瓦的决斗前夜。仅仅是一念之差,就使这些天之骄子命殒枪下。

他们是伟人吗?当然是。但他们也一样会为感情而献出自己年轻的生命。

难道谁能有权力借此而指责他们牺牲的无谓吗?

我颇有一种悲壮的感觉。

决斗当然不是普通的攻关斗技,那是街头小学生的把戏。对方刚才提出的是一种全新的玩法。

首先我们将利用网络中的"远程登录功能"让各自的电脑联通。由于是周末,检测系统无人监视,我们很容易就能"铺设"好一条通路。然后我们将把自己的主机与屏幕间的联系切断,而将对方的主机与自己的屏幕连接。这样,我所控制的就是对方的屏幕,而对方所控制的则是我的屏幕。

也就是说,我们将在自己看不见而对方却很清楚的情况下击键攻关。

我想所谓"盲棋"也不过如此。

在决斗——说得更准确些,事实上是一场比赛——即将到来之前,我几次产生出问一问他真实姓名的冲动。而且我相信,这会儿他也一定肯回答我。

但我最终还是放弃了这一想法。既然定下了君子协定,将来就必然有一方要被淘汰出局。如果我取得了决赛资格——与QIANGE本人还需要有一场长期的较量呢,那又何必一定要知道谁曾是我的手下败将；如果我今朝败北，难道还要在内心深处埋藏起一次曾被打翻在地的耻辱记录？

毫无意义！

寒暄之后是一阵冷场，短暂的几分钟好似太空肥皂剧般的漫长。

首先打破沉默的是他。他建议我们先互相熟悉一下对方所提供的游戏，同时还可以来一下短暂的热身，我欣然同意。

"当然，如果某一方发现自己对对方提供的游戏耳熟能详，完全可以非常绅士地提出更换。"他补充说明他的建议。

别做梦了，我有那么绅士吗？我巴不得他所提供的游戏正是我的强项呢。

此时此刻，胜利的欲望已经压倒一切，甚至压倒了胜利后的效果本身。

游戏一上屏幕我的心里便乐开了花，我本能地用手捂住嘴唇。其实他要真在我身边这一系列动作根本就瞒不过他的眼睛，好在我们毕竟还距一箭之遥。

这个以主人公进取杀敌的游戏我虽不曾从头到尾地亲手玩过，可我却清楚地知道使主人公"无敌永生"和"拥有一切"的秘诀！

这就相当于知道了世界级大毒枭在瑞士银行的账号和密码！

但我仍旧故作新奇地详细询问了游戏的规则和方法，而他也不厌其烦地对我解释个不休。其实并没有人要求他这样做，是否向对方完整而无保留地介绍游戏情况完全出于决斗者自愿，他只不过是在实践他的绅士风度。但关于秘技他却只字未提,我猜想或许他根本就不知道有这么一说。

这是一个残酷而真实的游戏。游戏者置身于一个场景宏大而细腻的大型建筑里,独自面对众多扑上来的恶鬼。在屏幕的底端,显露着代表游戏者的裸手,使每一参与游戏的人都有一种魔鬼随时会扑上来的逼真感觉。

接着我又假装笨拙地将他的提示一一加以试验,直到没有问题方始罢休。说实话我这还真不能算是完全"假装",因为我对这个游戏几乎一无所知,只是在别人家里无意记下了它的攻关秘诀。

接下来是我向他介绍我的游戏。我提供的游戏非常简单,就是大家所熟知的"俄罗斯方块"。

他马上反馈回信息,告诉我他是全系数一数二的高手。别说是"平面俄罗斯",就是它的升级版本"立体俄罗斯"也一样不在话下。他诚恳地希望我换一个游戏。

看来各人层次就是不一样,人家武松专挑大虫打,哪像我这样只会打猫!

"我手头只有这个游戏。"

"那决斗可以延期。"他的语句斩钉截铁。

"我答应过的事情决不变卦。"我的回答同样不容置疑。

"日期是我临时通知的。"

"开弓没有回头箭!"

他没有发回信息,显然是在考虑劝说我的最好办法。我不失时机地揶揄道:

"你以为你在蒙上眼睛的情况下也能搭好积木吗？别太自大了好不好，明眼人和瞎子可完全是两码事。"

我故意把语气使用得极为恶毒："该不是害怕了吧？"

"那好吧，如果你输了可不要后悔。"他在那边一定叹了口气，"君子一言，奔驰难追。"

"波音难追。"我补充道。

他在那边一定又略带内疚地长长舒了一口气。

不过这口气他舒早了。这次比赛——这次决斗，他根本就赢不了。

就算他的"俄罗斯方块"玩得全世界数一数二，就算他瞪大双眼盯着屏幕玩，他也一样赢不了。

因为这是一个经过游戏者擅自改编的版本，而其创意的提出者恰恰是我本人。更重要的是，它在外界从未流传过。

这是我一个哥们儿的杰作。他的专业本是医学工程，对于电脑来说他和我一样也是半路出家。但由于他天资聪颖和接受能力极强，使得他对电脑早已驾轻就熟到了极点。说实话，我之所以能有今天，幸得他的指点。

这个游戏共有 20 关，但事实上从第 12 关开始就已经没有实际存在的价值了。当游戏者玩到第 11 关的时候，在各种参差不齐的鲜艳色块中，会时而出现一种特殊的图形。

那就是圆形。

比赛开始前我们互道了一声"再见"，然后各自进入自己的阵地。

一上来我就把眼前的屏幕关了,我不想审视他的出色表演。反正前10关他玩得再好我也只能干瞪眼,而再往后用不着我看他也玩不过去。我没必要招自己心烦,那样只会扰乱我的心绪。

我只是专注地倾听着我所进入游戏的逼真伴音。

不过我很谨慎,在刚开局时没敢使用秘技,凭着自己的一腔热血横冲直杀。如果从一开始我就所向披靡,一定会引起他不健康的注意和激动。

先死几条命不要紧,要紧的是必须保住最后一条命。

然而我实在是太笨了,第一关没过就丢掉了自己的全部性命。没有屏幕显示,使得我不知道应该在何时开始选用秘技以保留生命的火种。正当我恐慌之际,对方在百忙之中发来了信息:"你可以重新开始。你可以有无数次的选择。我们的胜利标准是谁先成功,而不是计算你经历了多少次失败。"

说得太好了。

在我的感情历程中,又何尝不需要这样一种激励和强化?

想当初大革命失败以后,活下来的共产党人掩埋了战友的尸体,揩干净身上的血迹,擦拭掉面颊边的泪水,化悲痛为力量,埋头苦干,从头再来。

楼外飘来悠扬的乐曲,我这才突然想起今晚不但在新北舞厅、图书馆一层以及教工食堂办有舞会,心理楼下也将举行露天舞会。一想到这儿我心头就不禁腾起万丈怒火,要不是他这颗横插进来的扫帚星,说不定今天我就能通过网络邀请到那位中文系小姐共舞良宵!

可现在,我居然要对着关闭的屏幕不停地敲击键盘!

但我很快便冷静了下来:只要今天能够早些取胜,还是有可能到下面去寻访那名小姐的;

而只要是最终取胜,即使今晚无望,也还有明天后天;

但如果今天不能取胜,那就连下礼拜、下下礼拜都没戏了!

成败在此一举!

经过几次生死之间的轮回反复,我估计他已逐渐考察清了我的能力,即使仍在观察也已放松应有的警惕。于是,我悄悄开始了自己的投机生涯。

我首先打出五个字母,它使我的主人公变成了金刚不坏之身;

随后我又打出五个字母,它使我的主人公拥有了所有的装备。

如果这时他看屏幕的话,就会发现在主人公的头部示意图中,双眼已经变得金光四溢;而在旁边的库存示意图中,已经填满了所有的武器标号和彩色钥匙。

但是对方毫无反应,看来他现在正处于如火如荼的关键时刻。我抽空打开屏幕看了一眼,发现他尚在10关之内苦苦挣扎。

别着急,好戏还在后头呢。

游戏中可供选择的武器多达七种,有单发与连发的各式枪炮,有电击金属棍和火焰喷射器,但这些我都没有选。我选择的是一把电锯。

我要用电锯将这些吃人的魔鬼一一切割成碎片!

透过虚幻的夜幕,我仿佛看到所有的妖魔鬼怪都在我的电锯下纷纷倒地，血肉横飞。一种人莫予毒的施虐快感油然而生。

"你真残忍！"

他还是抽空看了一眼，我不禁吓出一身冷汗。好在他没发现我的阴谋。

看来他已经面临关键时刻，无暇再认真注意我了。

我有百分之百的把握相信，像他这样的高手，在感到吃力时一定也会把别人所操纵的屏幕关掉，以免扰乱自己的心智。

但难道是我残忍吗？如果我不消灭它们，我就会被它们的魔爪所抓挠，为它们的利齿所撕咬，受它们的炮火所炙烤；我将身首异处，我将碎尸万段，我将暴尸街头。

难道是我残忍吗？

即使有了"金刚不坏之身"，我也一样遇到了极大的阻力。因为在这如迷楼般迷幻的巨大建筑里，我始终找不到那正确的出口。即使我手中钥匙无数，并随时可以提取出来，可没有门扉，掌钥千把也是枉然。

我像一个瞎子一样在其中胡打乱撞，在丰富的食物包围中一天天消瘦以致饿死。

一阵令人沦肌浃髓的音乐声陡然响起，我有一种明显的感觉：他过关了。

他过了第11关了！

在有圆形积木出现的情况下，他居然过了第11关！

我急忙打开屏幕，事实果如所料。

我看到一个个姹紫嫣红的圆形构件从屏幕上方徐徐下落，而一只在冥冥之中操纵的手则将它们一一摆放到占有两个位置的空档。这一安排不但充填了虚空缝隙,也使圆形得以固定而不再滚动。

恰恰是因为没有屏幕,才使他不带成见地正确解答了这道难题。他终于在直线与曲线之间找到了一种折中与和谐。

只能说对方天生就是电脑才子,今生今世我永远也不可能超过他。

我顿感焦躁不安,每当事情不顺手时我一概如此。我只喜欢一帆风顺,很怕处理亡羊补牢或力挽狂澜之类的险情。

虽说后面的圆形会越来越多,但我相信对他来说已经跨过了一次质的飞跃,下面就仅是量变而已。他会非常得体地处理好这一情形的。

我只能寄希望于第20局了。在那一局里,所有的下落积木都将以同一种形式出现——圆形。

就在这思忖的当儿,从伴音系统中不间断地发出用利甲撕挠肌肤的声音——魔鬼们在凶狠地抓挠我的后背。如果不是我有无敌的功能,我的后背肯定早已鲜血淋漓。

我突然转过身来,挺锯便锯,一时间魔鬼怪兽凄楚惨叫,血如泉涌。

难道是我残忍吗?是我残忍吗?

与此同时,我也加快了自己的进攻步伐。

根据判断,我现在所处的地方还仅仅是第三关,而这一游戏似乎总共有五关之多。无论我怎样如没头苍蝇般地四下游走也找不到该走的道路,我始终不能像他一样突破自己的固有局限。

但我仍凭借自己的无敌之身迅速向纵深挺进。这一回我严格地按照右转弯的原则前进，同时一路上不停地尝试着使用钥匙，我相信这样我必将遍历所有的道路和关卡，早晚能有出头之日。

我仿佛追随着自己在那巨大无比的迷宫中摸索，因疲惫而传出的喘息声自很远很远的地方传来。

此时此刻，对方正在攻打第16关。

从刚才起，我就再也没敢把屏幕关上。

紧张使我的掌心汗如雨下，我不停地在笔挺的西裤上抹来抹去。现在已过夜半时分，不会再有人来注意我的着装打扮是否符合舞场标准了。

寻找出口的工作依然没有丝毫进展。

我不相信自己会放过出口的大门，因为我已经沿着墙壁一寸寸地缓慢移动了至少三遍。现在唯一的可能就是这一关根本没有出口！

看来所有人的心境都是一样的，我们完全有权以小人之心度小人之腹。

问题在于，圆形积木对于他这样的电脑天才无关宏旨，而没有出口的甬道对我这类天资鲁钝者来说却是登天蜀道。

我沮丧地操锯向金属墙壁猛然锯去，一阵阵饱含讥讽的刺耳噪音旋即反弹回来。

但是等一等，我在极度绝望中突然茅塞顿开，想到了另外一种可能性——

当你开始沿墙壁右转弯的时候，如果它是一个自我封闭的系统,那么你将只能绕着它循环往复地不停环绕,永远也走不出来!

而我刚才决定以右手型前进时,显然不知道自己身在何处!

非常简单!

我略微整理了一下思路,然后毅然向通道对面移去。经过了三遍的环绕,我已经对这里的地形了如指掌。闭着眼睛我也照走不误——倒真应了这句俗话。

这一回我必将凯旋而出!

而且,凭着我的不坏之身,下两关也同样易如反掌。

此时此刻,他仍停留在第16关。

看来量变一样也能引起质变,在紧张焦躁当中我仍没忘记粲然一笑。

再踏征程,这一回我满怀信心。举步前进,所到之处,挡我者死。

突然,我在垂直方向上下降了一个明显的高度。我顿时意识到情况有变。

从周围的嘈杂声中我猜测到,我掉进了那墨绿色的毒液池塘!

在整个游戏中布满了这种池塘,当然对我的无敌身躯来说它们与一汪清潭毫无区别。但是这回,我却本能地有一种不祥的预感。

果然,当我试图举步离开池塘时,我发现自己力不从心。小小的池塘被我转悠了个遍,但巨大的落差却使我根本无从攀缘。

我无法从这里爬上去!

我拥有着永远不死的身躯,却将被困在这里永无出头之日!

一阵阵低沉的咆哮自不远处传来,怪兽们显然正围绕着池塘不停地旋转，虎视眈眈地注视着我。它们在等待，等待着我的肉躯无力抵御毒液侵袭而支撑不住时，它们将下塘饕餮进餐。

我听见有些魔鬼已经开始脱衣服了。

此时此刻，他已经挺过第 16 关，开始攻打第 17 关。

而我，却被困毒池，欲行不允，欲死无门！

魔鬼们终于与我在这小小的池塘里短兵相接了。我几乎没有还手，只是坐以待毙，反正它们不能伤我毫发。

我感到魔鬼们以其令人发指的暴行对我虐待摧残，我难过地闭上了眼睛。

在一阵大汗淋漓的搏斗之后，魔鬼们终于发现它们不可能置我于死地，数以十计的魔鬼竟对付不了我一个小小的人类。

我似乎听见有人窃窃私语，我猜想它们是在商讨对策。

它们再次向我聚集。

这一次，它们抓住我的头发往毒液里按去。尽管我紧闭双眼，却好似看到四下一片墨绿，我几乎能感受到黏稠的毒液在浸润我的肌肤。虽然我没有丧生之忧，却感到一种极度的无助和绝望。

难道是我残忍吗？是我残忍吗？

两行干涸已久的热泪从我的面颊上缓缓流过。

此时此刻，他正在第 17 关里移挪承转，安排着那一块块方圆相间的空间。

我必须制止他。如果他侥幸得胜，我将失去这最后的机会。

我虽然没有死期，但我却毅然退出了游戏。

同时，我拿出了"CH 桥"。

"CH 桥"的名称并非来自它的形状,只是取其"人机之间的桥梁"之义。

事实上它的外形如同一个摩托头盔,但却是由柔软的塑料材料制成,随身携带极为方便。通过它,从理论上可以实现人机联网。

之所以说是"从理论上",是因为它还从未被使用过。

这又是我那个哥们儿的一项发明,但没等来得及付诸实践,他便被直肠癌夺去了年轻的生命。后来这个玩意儿便一直珍藏在我的身边,我揣摩出它的使用方法,并画出了一份不合规范的设计图纸,等待着有一天能够以他的名义去申请专利。

今天我之所以敢于应战,一部分原因也在于我手边有这样一把撒手锏。

事实上自从我刚开始被他纠缠之后,"CH 桥"便一直被我带在身边。

"CH 桥"的道理非常简单,只要你对脑电波图的原理略知一二就能马上理解和领会。人的大脑会产生出轻微的生物电流,那么只要将它连接到电脑网络当中,通过一系列诸如三极管之类元器件的放大作用,肯定会引发多米诺骨牌般的连锁反应,最终必然能大到足以改变电脑中的参量。

当然啦,我相信像什么"三极管之类"对我的哥们儿来说已经如木牛流马般的古老和原始,我只是以我的知识水平和理解能力来解释"CH 桥"的工作原理,其中必定还有许多我所不知道的名堂。时至今日我很想再一次聆听他的教诲,但他却只是经常无声地出现在我的梦中。

贸然使用将有可能冒很大的险。使用"CH桥"进行人机联网的时间最多不能超过30分钟，否则将会对人脑产生极大危害，一个最为直接的可能性就是使操作者变成植物人。尽管哥们儿生前的话危言耸听，不过话说回来，这么长的时间还不绰绰有余吗？

我机械地安装着各种插头，面色冷静，动作准确。在这样一个特定的时刻，我忽然意识到以身殉情，死不足惜。我们所处的时代，是一个安定祥和的时代，在这个没有英雄的时代里，我不想有什么壮举，只不过想得到一位小姐的青睐。

我戴上头盔，放下面罩，把面孔与现实世界分割开来。

我的手指触摸着拨动开关，浑身感受到一阵轻微的振荡，没有什么不适的感觉。紧接着，我便感到四周已是雾霭一片……

……

我以一种从未经历过的兴奋体味着周遭的一切，刚才初入网络时的晕眩早已荡然无存。左顾右盼，墨蓝的天空中充斥着电子天使和魔鬼，一个个清晰逼真却又触摸不到；俯身鸟瞰，心理物理诸楼鳞次栉比，依序流过；背景音乐是罗大佑的《爱人同志》。也许这只是因为我在以一种人类的眼光来看这个世界，因此衍生出许多人类社会的真情实景。

如果由它们来看，会不会也把我看成一粒普通的电子？

我随意飘荡着，几乎忘记了自己进入网络的目的。我记起高中时代的一个梦境：一颗不听妈妈话的小彗星淘气地低飞浅游，被地面上的我伸手一把抓住，滑溜溜地似无筋骨；彗星妈妈在上面焦急地呼唤，我一松手，小彗星迅速向上蹿去，重新傍依到妈妈身边。

现在，我就像那颗无忧无虑、无牵无挂的小彗星。

无论天使还是魔鬼，它们都是电脑病毒的化身。我仿佛如梦方醒，又好似早已洞悉。思绪的疾速变化已使我跟不上它的步伐，我像一个睁大双眼痴痴望人的无知孩童一样贪婪地接受着一切新奇东西。我同它们嬉戏欢笑，轻歌曼舞。我们亲密无间，形同挚友。

因为现在，我本身就是一只电脑病毒。

现在我终于明白，它们——我们——为什么会被称为病毒。因为我们具备自然界病毒的一切特征。在那里，比细菌更单纯、更微小的病毒介于生物与非生物之间，它的主要构成是具有记忆功能的核酸 DNA 和 RNA，以及包围着它们的蛋白质外衣。它虽然自己不能繁殖，但却可以寄生在宿主细胞里攫取细胞核糖体、酶以及一切维持生存的物质。病毒的 DNA 或 RNA 一旦潜入宿主的细胞，就会以猛烈的势头开始繁衍生息，于是宿主细胞里充满了病毒，以致最终破裂。

而这只不过是病毒最典型的一般生活方式，还有一种更为阴险毒辣的病毒。我狞笑着在想象中类比着自己。它们会在宿主细胞的 DNA 中插进它们自身的遗传基因！有一种 RNA 病毒就是如此，它们在插进宿主细胞之前就已经带有一种从 RNA 到 DNA 逆转录酶的基因，使得所感染的疾病成为不治之症。插进病人 DNA 里的病毒遗传基因很难清除，于是病人的染色体总是没完没了地编码和复制，无休无止地产生着病毒。

我们相信，今天人类体内某些 DNA 的一部分就有来自病毒的可能。可以想象，早在远古时期人类祖先的 DNA 中，便已被那时的病毒插进了它自己的遗传模板。人类与病毒的战斗将遥遥无期，究竟鹿死谁手更是殊难把握……

虽然从心理楼传输到数学楼只需要不足半微秒的时间，但我却仿佛度过了无数的岁月。在我的身上，刻画着上亿年的沧桑。

我的族类是一个比人类历史更加悠久的种族，我们在新的时代将以新的面貌与人类一争高下，决一雌雄。

一争高下？决一雌雄？恍惚间我原有的人类本能突然被唤起，我记起自己重任在肩，无暇在此游戏闲逛。游戏？我下意识地折转身躯，摆脱开同伴的纠缠，迅速向数学系子网络系统奔去。

离开了伙伴，我的心头一阵失落；但也正因为离开了伙伴，我的心境才日益清晰。

我必须赶快！

我本来的计划是通过网络进入对方的系统，抛弃了物质载体的我现在已无物能挡，所有有无密码的大小道路都对我畅通无阻。我将利用自身的病毒性质将"俄罗斯方块"游戏的程序再次改变，使其反复编码和复制，让关数无休止地延续下去！

我必须赶快！

然而在进入数学系子网络的大门后我却遇到了困难，因为三条完全平权的岔路展现在我的面前。

本来我应该只选择其中一条通路的，但电脑病毒的本能使我不肯放弃任何一个感染他人的机会。于是倏忽之间，我的意识已裂解成三个相对独立的部分，分头流入三条不同的通道。

我想问题就是从这里开始的。

我的第一支意识直扑通路的尽头,压倒一切的胜利念头仍旧没有被其他杂念所取代。

我的第二支意识则开始自我制造未来历史,并不存在的飞旋时钟超前运转,指针悸动铮铮有声。

我的第三支意识缺乏足够的能量支持,随意游走于数学楼的走廊,漫无目的地扒看着一扇扇门扉窗棂。

我的第三支意识透过玻璃,窥视着一行行自习的人群。

但这本该是昨晚的情形,却被后推到了拂晓时分!

我的第二支意识返归楼外,校友捐赠的新型电脑终端大联网系统正被正式展示和开启。

但这本该是上午的场面,却被提前到了凌晨时刻!!

我的第一支意识依旧执着,很快便到达了目的地,透过屏幕望见已陷入绝境的游戏者……

她竟然是一个女生!!!

一时间我感慨万千,与她相识的整个经过在我脑海里汩汩流过。局势豁然间变得明朗起来,因为我那已具电脑病毒特征的意识无所不知,刹那间我终于看透了这其中的前因后果,阴错阳差。

她与我进入了同一个信箱;但她所读到的,显然是一个男生的日记。

那个信箱,是一对情侣合用的不完全分隔箱。

文件相通,号码相同。

我一直以为QIANGE是"钱歌",而她则将此词理解为"齐安格"。

而实际上,QIANGE是两个姓氏的组合,它们分别是"强"和

"鄂"。尽管这种拆解方式最难为人所想到，但事实就是如此。

我们各自误会了对方，竟各自为追寻一个已有伴侣的幻影而打得头破血流不可开交。

我一直不知道她竟然是一位小姐，她也始终不曾料想到我是一名男士。

而那天，那位形只影单的小姐所等待的，正是我。

本来，我们该相逢于草坪而不该决斗在网络。

……

但是，已经晚了！

由于我的进入，游戏程序受到了极大的扰动，联机系统也不再稳定如初。

而最致命的一点是，她的意识已被强行劫掠，同我一样也进入了网络！

而此时我已无力控制局面。火一旦着起来，玩火者自己也就控制不了局势了。

同样，她的意识也被一分为三，各自为战。

她的第一支意识进入屏幕继续与我针锋相对，难以了结的冤怨依然不能得到化解。

她的第二支意识则飞向楼外，如小龙卷风一般在楼前的绿地上舞袖翩翩。

她的第三支意识缺乏足够的能量支持，漫无目的地行走于楼道走廊之间。

理性睿智的第一支固围成见，不肯化干戈为玉帛！

淫邪丑恶的第二支得罅宣泄，正欲伺机再做破坏！！

胸无大志的第三支游手好闲，力不从心无所事事！！！

而在心理系和数学系的两间屋子里，两具无魂肉躯正面临着极大的危险。

30分钟的沙漏正以其平静而均匀的速度完成着自己对时间流逝的验证使命。

情势已迫在眉睫。

再这样拖下去，当太阳出来的时候，朝霞只能照耀到两名植物人身上。

或者说得更准确一些，是CGP病人。

所谓CGP，就是Computer Gaming Pseudodementia的缩写，意即"电脑游戏性痴呆症"。关于这一病症以前我曾详细读过有关介绍材料。它最先发现于美国，目前患者已为数不少。尽管所有患者在身体素质、神经类型以及各方面的经历上都大相径庭，但他们患病时恰恰都正坐在电脑前操纵键盘杀敌攻关。美国政府已将所有患者秘密收容起来，与其说是为了避免恐慌，毋宁说是意欲从中发现一条人机对话的可行途径。

但我没有感到忧虑。当一个人的意识已被肢解、意志已遭湮灭时，他是不会有丝毫忧虑的。我不动声色地斜视我的第一支与她的第一支兵戎相见，略带犯罪快感地目睹展览样机内我的第二支听凭她的第二支游说蛊惑，悠闲恬静地看着我的第三支和她的第三支柔肠百转互诉衷情。

第三部分最具情节。

没想到我已支离破碎的整体意识居然依旧能阐述出自己的观点。

那就看吧——

我的第三支与她的第三支在走廊交肩错过，继而动心驻步，再继而回眸凝视，一切都是那么顺理成章，自然而然。

在一个没有英雄的时代，我们只有等待结局的到来。

接下来的便是诗情画意，便是缠绵悱恻，便是交融汇聚。

然而，随着两束意识的集聚，一种新的意识观念窗口被打开，它突然意识到了问题的严重性，迅速向楼外奔去。

由于它的出现和环绕，连锁反应赋予了两个第二支以新的感受。虽然它们暂时还不能如第三支一般汇集融合，但是，这种意识已经产生。

所缺乏的只是实际操作能力。她的第二支与我的第二支之间虽然只有一扇屏幕，却有如相隔着千山万水，在非转换状态下根本不可能出入屏幕握手相逢。唯一的办法是她以粒子形式高速冲撞终端前的变异空间，并使病毒本形被激发出来涌进屏幕。

然而，即使是百米冲刺的速度也不及这个初速，而没有初速就意味着根本不可能进入。我们现在的意识都是电脑式的意识，对局势我们有着充分的估计。

展示台前熙熙攘攘，工作人员忙忙碌碌，剪彩仪式就要开始，越来越多的人将会出现在这一被提前了两个小时的空间里。

一旦足够多的参量被牵扯进来，这就将成为一次不可更改的历史事件而被永铭史册。

但是，存在一块比其他空间的时间要早两个小时的空间，会使整个世界从此变得混乱不堪！

不能说在这一决定中我的意识没有起丝毫的作用，因为此时我们的部分已融为一体。但我还是明显地感受到了她的果敢与机敏，单凭我的智商绝对无力作此决断。我坚信有时候对整个人类命运的深刻思考，未必如对自己健康的担忧更能有益于历史的发展进程。

她飞身蹿上旁边一辆没有熄火的桑塔纳。

在场的工作人员一片躁动，无不失色动容。

我的第三支见到轿车的尾灯随风闪烁，似睹盏盏萤虫；

我的第二支听到轿车的马达恣肆轰鸣，如闻千军万马；

我的第一支看到轿车的顶篷熠熠反光，犹瞥璀璨星河。

演出正式开始。

后来我多次在梦境中重新回忆起过这一终生难忘的景象：那辆桑塔纳由缓慢而逐渐加快，随着一个跟跄似的猛烈抖动骤然加速，以其突兀的爆发力将展台前的一排桌椅撞得东倒西歪，桌上的鲜花水杯四下飞散。在雄壮的音乐声响伴随下，我清晰地看到一柱浓郁的棕色茶柱从杯中激溅射出，就像俗称"变色龙"的避役在捕捉昆虫时疾吐的长舌。

我所在的电脑屏幕连同主机一同飞升起来，颠扑震跃。我在里面跟着电场机械一同翻滚悬旋，左摇右摆。只是在行将坠落的瞬间，才在动荡中给了外界仓促的一瞥。

在这动荡的最后时分，她的身影倏然间化作一道长虹般的彩束,飞也似的射向屏幕窗口。我感到刺眼的光芒直逼眼帘,令我闭目并几乎窒息。

我的第二支意识与这束辉光紧紧地相拥在了一起。

紧紧地相拥在了一起!

随后,双方合并后的第二、第三支绞成一束并直扑楼上,奋力将两个相斗犹酣的第一支强行分开。

再贴近时,已经全然没有了刚才的仇恨。度尽劫波、历经磨难的两个第一支纠缠扶掖,携手拉扯,一同加入到已经难分彼此的双倍整体意识当中。

终于完成了最终的熔融。

双方在眷恋中充分表达着各自的感情,世界上所有的时钟都为之停止了走动。

但是必须分手了。自然界有其自己的步伐,长夜已经过去,黎明就要来临。

自然是依依不舍。

没有关系,属于我们的时间还长。属于我们的现实时间无限漫长。

再度分成两支,只是已很难分辨出自己是否还是当初纯粹的自我。一步三回头,各自返回原来的出发点。假如这时有人注意到了它们,也只会误以为是清晨霞光中那最初也是最特别的两道。

我仍坐在心理楼那昏暗的系办公室里,电脑背后的窗帘微微开启,金光流溢。仿佛刚刚被松绑的我下意识地活动了一下臂膀,然后以娴熟的指法敲向键盘。

"你困吗?"

"一点都不困。"

"那我们去共进早餐。"

"上午去草坪看展览。"

"下午去图书馆——对了,下午图书馆不开。"

"可晚上舞场肯定开。"

"我只是担心……我只是担心……"不知是因为疲惫还是心虚,我费了好大的劲才把这句话写完整,"我只是担心数学楼前真的满目疮痍,一片废墟。"

"你太投入。"从这句简单的回话中我似乎看到了她的微笑。是的,刚才我已经见过她了,"刚才的一切都只存在于我们的记忆当中。"

我走出电梯,四周静谧无声,大部分人都还在睡梦中没有醒来。

外面的世界曙色初露,晨光熹微。

外面的世界旭日东升,云蒸霞蔚。

外面的世界湛蓝无霾,晴空万里。

20世纪90年代,电脑和网络尚未在中国普及,而与之相关的"赛博朋克"(cyberpunk)科幻作品也并未得到完整译介。彼时,一批出生于六七十年代的青年作家开始凭借自己对电子游戏、科幻小说和电影的有限经验,融合天马行空的想象力,创作出别具一格的"赛博朋克"科幻作品。这些作品的主人公不再是科学家或宇航员,

而往往只是当代社会中一个普通的城市青年,一个带有少许叛逆和边缘色彩的"多余人"。他们被平淡乏味的都市生活所压抑,渴望逃往"别处",而赛博空间则为他们提供了现实之外的另一个世界,以及另一种超凡脱俗的感官体验。

《决斗在网络》是星河发表的第一部"赛博朋克"作品,也是最有影响力的一部。今天我们已经很难想象,故事中的网络世界曾对当时的读者造成过怎样的冲击。小说中有大量真实的校园生活细节,对大学男生的精神状态描写也颇为传神。后半部分进入赛博空间的描写,则彻底打乱现实逻辑,从而充分展现出后现代文化所特有的那种"精神分裂"式的欣狂喜悦感(euphoria)。尤为有趣的是,小说中的第一人称叙事者"我",与化名为"星河"的作者之间存在着奇妙的镜像关系,如同游戏者与其在游戏世界中的分身,这一特征在星河的大量早期作品中都有所体现。可以说,这部作品标志着中国科幻开始进入一段躁动不安的"青春期",科幻小说逐渐成为当代年轻人抵抗现实和表达自我的一种文化载体。

1 9 9 7

七重外壳

王晋康

王晋康,男,1948年生,中国民盟成员,中国科普作协、中国作协会员。1993年开始业余科幻创作,迄今为止已发表短篇小说80余篇,出版长篇小说及作品集10余部,共计500余万字。作品多次获中国科幻银河奖,并于2016年获全球华语科幻星云奖终生成就奖。

1999年8月23日,小甘和姐夫乘坐中航波音747客机到达旧金山。姐夫斯托恩·吴,中文名字吴中,买的是单程机票,给甘又明买的是往返机票。小甘打算在七天后返回北京,去上他的大学三年级课程。

在旧金山他们没出机场,直接坐上联合航空公司去休斯敦的麦道飞机。抵达这个航天城时已是万家灯火了。高速公路上的车灯组成流动跳荡、十分明亮的光网,城市的灯光照彻夜空,把这座新兴城市映成一个透明的巨大星团。飞机开始下降,耳朵里嗡嗡作响,那个巨大的亮星团开始分解出异彩纷呈的霓虹灯光。直到这时,甘又明才相信自己真的到了美国。

下了飞机,他们乘坐地下有轨电车来到一个停车场,吴中找到自己那辆银灰色的汽车,用遥控打开车门。10分钟后他们已来到高速公路上。吴中扳动一个开关后便松开方向盘,从随身皮包里取出一个小巧的办公机,开始同基地联络。

"我在为你办理进基地的手续。"他简短地说。

甘又明惊讶地看着这辆无人驾驶的汽车在高速公路上疾驶。路上,除了对面的汽车刷刷地掠过去之外,百里路面见不到一个行人和警察。在这道机械洪流中,甘又明真正体会到为什么"汽车人"在美国的动画片中大行其道。他们的汽车对前边汽车追尾太紧时,甘又明免不了心中忐忑,斯托恩·吴猜到他的心思,从办公机上抬起头,平淡地说:

"放心,它有最先进的防撞功能。"

甘问:"它是卫星导航?我见资料上介绍过,说这种自动驾驶方式是下个世纪的技术。"

姐夫微微一笑:"国内的资料比国外的现状常常有 5~10 年的滞后期,我带你去的 B 基地又是美国国内最超前的。你在那儿可以看到许多科幻性的技术,可以说是 21 世纪科技社会的一个预展。比如这辆汽车,你知道它是什么动力吗?"

不是姐夫问,他还真没想这个问题。他看看汽车,外形和汽油车没什么区别,车速表上的指针已超过了 150 英里,汽车行驶得异常平稳。他猜道:

"从外形看当然不是太阳能汽车,是高能电池的电动汽车?氢氧电池的电动汽车?高容量储氢金属的氢动力汽车?在我的印象中,这些都是公元 2000 年以后的未来汽车。"

吴中摇摇头:"都不是。这辆汽车是惯性能驱动,它装备有 12 个像普通汽车汽缸大小的飞轮,秒速 30 万转。所以储能量很大,充电一次可以行驶1000公里。飞轮悬浮在一个超导体形成的巨大磁场里，基本没有摩擦损失，使惯性能在受控状态下逐步转化为电能。这是代替汽油车的多种方案之一，但不一定是最好的方案。"

甘又明半是哂笑地说："也许，B基地里还有能给植物授粉的微型昆虫机器？有克隆人？有光孤子通信？有激光驱动的宇宙飞船？"

斯托恩·吴扭头看他一眼，平静地说："没错，除了'克隆人'囿于伦理问题没有付诸实施外，其他的都已投入实用或小规模试用。"

之后他就不再说话，在他的办公机上专心致志地办公。甘又明不由得暗暗打量他的侧影。他的相貌平常，身体比较单薄，大脑门，有如女性般的纤纤十指在电脑键盘上翻飞自如，时而停下来在屏幕上迅速浏览一下从基地发来的数据。

如鱼得水。甘又明脑子里老是重复这一个词。这个文弱青年在科技社会里真是如鱼得水，无怪乎姐姐是那样爱他、崇拜他。这种人正是21世纪的弄潮儿，在女性心目中，他们已代替了那些筋腱突出的西部牛仔英雄。

七天前，34岁的斯托恩·吴突然飞回国内，第三天就同31岁的星子姑娘举行了婚礼。婚礼上，新娘满脸的幸福，新郎却像机器人一样冷静。刚从老家返校的甘又明借着三分酒气，讥讽地对姐夫哥说：

"谢天谢地，我姐姐苦苦等了八年，你总算从电脑网络里走出来了。你知道吗？很长时间我认为你已经非物质化了，或者只剩下一个脑袋泡在美国某个实验室的营养液中。"

斯托恩·吴平静宽厚地笑笑，同小舅哥碰碰杯，一饮而尽。甘又明对他一直非常不满，甚至可以说是抱有敌意。八年来，至少是从他考进清华大学计算机系的三年来，他极少在姐姐那儿听到吴先生的消息，最多不过是在电脑网络中发来几句问候。甘又明曾刻薄地对姐姐说：

"你的未婚夫究竟是吴先生，还是一个 ZHW@07.BX.US 的网络地址？别傻了，那个人如果不是早已变心，就是变成了没有性程序的机器人。"

姐姐总是笑笑说："他太忙，现在是美国 B 基地虚拟实验室的负责人。"不过弟弟的话并非没有一点影响。那天晚上，她发了一封电子邮件，委婉地说想要一张他的近影。第二天一张表情漠然的照片传回来了——仍是在电脑网络中！为此，甘又明一口咬定这张照片是虚拟的："美国的警务科学家早把面孔合成软件发展得尽善尽美，你想叫这张照片变胖变瘦，是哭是笑，或者想从 10 岁的照片变化出 34 岁的模样，都只用半秒钟的时间！你想，他为什么不寄一张普通相片呢，这里面一定有鬼！"

即使婚礼过后，甘又明仍然敌意难消。客人走后，他悻悻地对姐姐说：

"他为什么不接你去美国？这位上了世界名人录、名列美国 20 位最杰出青年科学家的吴先生养不活你吗？姐姐，我担心他在那边有了十七八个情人，甚至已成了家。我知道你是个高智商的学者，但高智商的女人在对待爱情上常常低能。用不用我再提醒一次？

那个国度既是高科技的伊甸园,又是一个世界末日般的罪恶渊薮。"

星子已听惯了弟弟的刻薄话,她笑着说:"你不是说他是没有性别的机器人吗?这种机器人是不需要情人的。"

"那他为什么不接你去美国?"

"他说这儿有他的根,有他童年的根,人生的根。他说,当他在光怪陆离的科技社会里迷失本性时,需要回来寻找信仰的支撑点,就像希腊神话英雄安泰需要地母的滋养。"

她在复述这些话时,脸上洋溢着圣洁的光辉。甘又明喊起来:

"姐姐呀,你真是天下最痴情又最愚蠢的女人!这都是言情小说中的道白,你怎么也能当真!"他看看表,9点40分,是中央7台的科技影视长廊节目时间,这个时间他是雷打不动的。他打开电视,嘟囔道:

"反正我把该说的都说了,到时你莫怪我。"

那晚的科技影视节目是"电脑鱼缸"——正是它促成了他的美国之行。"电脑鱼缸"是一种微型仿真系统,电脑中储存了几百种鱼类的基因,你只要任意挑选几种,按下确认钮,它们就开始在屏幕上从容遨游。每秒48帧画面,比电影快一倍,所以从画面上看上去甚至比真鱼还逼真。不仅如此,这些鱼还会生长,会弱肉强食,会求婚决斗,会因鱼食的多寡而变肥变瘦。雌雄配对的机会完全是随机的,一旦某对夫妻结合,它们的后代就兼具父母的基因,因而兼具父母特有的形态习性。它们会根据环境条件产生变异。一句话,这个鱼缸完完全全是一个鱼类社会的缩影——但只是虚拟状态。

新婚夫妇来到客厅时,甘又明正在击节赞叹:

"太奇妙了，太奇妙了！"每次看到类似的节目，他常有"浮一大白"的快感。这会儿他完全忘却了对姐夫的敌意，兴致勃勃地对姐夫说：

"很巧妙的构思。如果把节奏加快——这对于电脑是再容易不过了——是否可以在几分钟内预演鱼类几千万年的进化？还可以把主角换成人，来模拟人类社会的进化。比如说模拟第三次世界大战的进程？把所有的社会矛盾、各国军力、民族情绪、宗教冲突、各国领导人的心理素质等等输进一个超级虚拟系统，推演出二三十种战争进程，我想它对军事统帅的决策一定大有裨益。"

斯托恩·吴看了他一眼，他发现这个清华大三学生的思路比较活跃，不免对这位小舅子发生了兴趣。他坐到甘的面前，简捷地说：

"你说的不错，这正是虚拟技术诸多用途之一。不过这个电脑鱼缸太小儿科了，我们早已超过它，远远地超过了它。"

甘又明好奇地问："发展到什么程度？能否给我讲讲，如果不涉及贵国，"他有意把这两个字念重，"利益的话。"

吴中笑笑，接过妻子递过来的两杯咖啡，递给小舅子一杯。他略为思考后说：

"我想你已知道，在虚拟技术中，人可以'进入'虚拟世界。"

"对，通过目镜和棘刺手套，可以进入电脑鱼缸和鱼儿嬉戏。"

吴中摇摇头："那都是20年前的旧古董了。我们现在使用的是一种被称作'外壳'（Shell）的中介物。通过它，人可以完全真实地融入虚拟世界。我们的技术甚至已发展到这种程度：某人进入虚拟系统之后,如果没有系统外的帮助就无法辨别出所处环境的真假。正像一个密闭飞船里的乘员,若没有系统外参照物就无法确认自己是否在运动。"

甘笑嘻嘻地说:"那个'某人'是否服用了迷幻药?科克(Coke)?快克(Crack)?哈希什(Hashish)?"

斯托恩·吴看看他,心平气和地说:"没有。"

甘又明大笑起来:"那你就有点吹牛了!我想,一个神经健全、头脑清醒的人,肯定能从虚拟环境中找出破绽来!要不,是美国人普遍智力低下?也难怪,在美国,全民性的吸毒泛滥至少已延续了一百年,难免引起智力退化。"

吴中冷冷地说:"说几句俏皮话是很容易的,不过献身科学的人一般已经摈弃了这种爱好。甘先生,你想试试向我的虚拟技术挑战?"

甘又明两眼发光,跃跃欲试地说:

"这可挠到我的痒处了!我天生喜欢这样的智力体操,从小至今,乐此不疲。不过,我恐怕暂时去不了美国吧。"

吴中笑笑,对妻子说:"我给他安排一次为期七天的短期访问,不耽误他回校上课。"

甘又明很快就领教了姐夫的地位和能量。三天后,吴中告别新婚妻子匆匆返回美国时,甘又明也怀揣着一张往返机票、一份特别签证和1000美金坐在头等舱里,享受着空姐的微笑和茶几上的新鲜水果。

一条公路沿着海滩穿行，再往前是广阔的滩涂地。这儿人烟稀少，雪亮的灯光刺破夜色，展现出一个茂密安静的绿色世界，自然的蛮荒和嵌入其中的现代化建筑相映成趣。天刚亮，他们就赶到一个营地。营地占地不大，在做工粗糙的铁栅栏中散布着十几座平房。虽然途中已经联系过，但警卫室声称没有收到对甘又明放行的命令。斯托恩·吴面色不豫，拿起内线电话，节奏很快地说了一通。甘又明的英语水平基本可以听懂他们的谈话。

吴说，我与贵国政府签了合同，我自然会恪守它，包括其中的保密条款。实际上，只要这次我回国七天而未泄密，你就不必担心了。从这几句话中，甘又明听出了他的傲气。

他又说，实际上这位中国青年是作为临时雇员来基地的。你知道我们一直在招募挑选那些最有天资的美国青年，让他们去寻找虚拟世界的漏洞，以求改进设计。成功者还要发给一万美元的奖金。这位甘先生也是一个很合适的人选，他思维灵活，天生是个怀疑派，而且是在一个完全不同的文化背景中长大。我们的技术只有经过不同文化背景的人士的检验，才是万无一失的。当然，甘先生没有经过例行的安全甄别，但我的话是否可以作为担保呢？

对方显然犹豫片刻，然后交谈了几句。吴中笑道："谢谢，我记住你的这次人情。"

他把话筒递给警卫，警卫听完后殷勤地说："头头说，对两位先生免除一切检查。我送你们过去。"

现在，在他们面前是一个巨大的圆形管道。吴中按动一个电钮，管道上一座密封门缓缓打开。他们走进一个圆筒状的车厢，车厢

内相当豪华,摆着四部真皮转角沙发。吴中同仅有的两名乘客打了招呼,安顿甘又明坐下,打开酒柜门,问:

"喝点什么?威士忌、橙汁还是咖啡?"

"橙汁吧。"

吴中倒橙汁时,车厢非常平稳地起动了。甘又明只是在看到橙汁液面向后倾斜时,才察觉到车厢在加速。他从窗户向外望去,看到飞速后掠的绿树旷野。一群海鸟在窗外掠过,立即出现在后边的窗户中。但他敏锐地发现,所谓窗户只是一张液晶屏幕上的仿真画面。他笑着用手敲敲假窗户:

"也是虚拟的?"

吴中微笑着说:"你的观察力很敏锐。对,这种管道是全封闭的,是饱和蒸气管道。车厢行进时,前方蒸气迅速凝为水滴,车厢经过后又迅速气化,所以几乎没有空气阻力。车辆可以达到两马赫的高速;使用磁斥悬浮和驱动。相信在下一个世纪中叶,它将在很大程度上代替火车。"他笑道,"当然啦,因为是封闭环境,旅客容易感到压抑郁闷,所以我们搞了这些仿真窗户。"

磁悬浮车辆已达到最高速,正保持着这个速度无声地疾驶,窗外景物的后掠也越来越快。按方位和地图推算,这时头顶已经是浅海了。吴中严肃地说:

"还有10分钟时间。我想简单地介绍一下我们的虚拟技术,希望你不要过于轻敌。像你这样的青年志愿者我们已接待过上千人次,只有六个人挣到了自己的一万美元。此后我们堵住了所有的漏洞,再没人能挣到这笔奖金了。我很希望你能成为第七个成功者,但首先你要彻底清除你的轻敌思想。"

他略为沉吟，平缓地说：

"你要知道，一个智慧生物若处于封闭系统中，很难对自身所处环境做出客观的判断。比如当宇宙飞船达到光速时，时间速率就会降为零，但光速飞船内的乘员感觉不到这个变化，他们仍然认为自己是在正常地吃饭、谈话、睡眠、衰老。再比如，我们说宇宙在膨胀，也能用光线的红移来测出膨胀速率。但这种膨胀只是天体距离的膨胀，天体本身并未膨胀。如果所有天体连同观察者本身也在同步地膨胀，我们能拿什么不变的尺度来确认宇宙的膨胀？绝无可能。"

甘又明笑道："我信服你的理论，但进入虚拟环境中的人并未完全封闭，至少他们的思维是在虚拟系统之外形成的，自然带着它的惯性。我完全能以这种惯性作为参照物来判断环境的真实性，就像刚才用水面的倾斜来判断车辆是否加速。"

斯托恩·吴凝眸看着他，良久才笑道：

"我没有看错你，你的思维确实非常明快，一下子抓到了关键。但请你相信，我们也不是笨蛋。我们已能把被试者的思维取出来，并即时性地反馈到虚拟环境中去。比如说，尽管我们的虚拟系统与全球信息网络相通，可以随时汲取几乎无限的信息，但它肯定不能囊括你的个人记忆：你母亲20年前的容貌啦，你孩提时住的房舍啦，童年时的游戏啦，你对某位女同学的隐秘爱情啦，等等。但是，"他强调道，"凡是你在自己的记忆库中能提取到的东西，立即会天衣无缝地织进虚拟环境中，所以你仍然没有一个可供辨别的基准。"

甘又明微笑不言，对自己的智力仍然充满信心。吴中也不再赘言，简捷地说：

"我的话已经完了，你记着，我们将让你在虚拟世界中跳进跳出，反复进行。何时你确认自己已回到真实世界中，就向我发一个信号。如果你的判断是正确的，你就会怀揣一万美元回国。"他又加了一句，"不要轻敌，小伙子。哎，已经到站了，下车吧。"

他们在地下甬道里走了一段路，碰到的工作人员都尊敬地向吴中致意，这使甘又明又一次掂出了姐夫在这儿的分量。他们来到一座空旷的大厅，四周是天蓝色的墙壁和屋顶，浑然一体，大厅中央有两把测试椅。这幢大厅不算豪华，但建筑做工十分精致，每一处墙角，每一寸地板，都像象牙雕刻一样光滑严密，毫无瑕疵。吴中拿上一个遥控器，带甘又明来到大厅中间，说：

"先让你对虚拟世界有一个感性认识。让你看看哪种环境呢？"他略为思考，说，"你先看看我们的电脑鱼缸吧。"

他按动电键，大厅中瞬时间充满清澈的海水，波光潋滟，珊瑚礁巍然耸立，有的成伞状，有的成蘑菇状。一只一米长的蛤蜊垂直地嵌在珊瑚里，半露的身体犹如彩色的丝绒。还有彩色的鳌虾、五条手臂的星鱼、漂亮的石斑鱼。突然前边冒出一只巨大的八足章鱼，它的小眼睛阴森地盯着前边，行动诡秘地缓缓爬过来。甘又明本能地蜷起身子，但章鱼熟视无睹，缓缓从他的身体中穿过，消失在幽蓝的深海中。甘又明喘口气，笑问：

"激光全息仿真技术？确实可以乱真。"

吴中点点头，按一下快进，眼前又立刻变成深海海底景色。火山口冒着浓烟，就像地狱中的烟囱。两米长的蠕虫在海水里轻轻摇动着，管端血红色的羽状触手缓慢地开合。熔岩上铺着一层细菌，犹如白色的地毯。一只奇形怪状的细菌蟹贪婪地一路吃过去，有时还去啃食蠕虫的肉质触手。这是加拉帕戈斯群岛海底依靠硫化氢为生的太古生物群。甘又明看呆了，虽然他明知这是个虚拟世界，但似乎能感受到那深海海水的阴冷和重压。

忽然幻觉消失了，在一刹那间消失得干干净净。甘又明一时跳不出视觉的惯性，呆愣愣地立在那儿。斯托恩·吴淡淡地说：

"这只是虚拟技术的开场锣鼓。下面我要为你套上所谓的外壳，使你与虚拟环境融为一体。跟我走。"

他们走进大厅旁的一间屋子。甘又明第一眼就看到一个光脑袋的女性人体模型，几个工作人员正在它周围忙着。看见他们进来，那个人体模型竟然扭过头来——原来是一个真人！

甘又明傻望着这个脑门锃亮的裸体姑娘，解嘲地说：

"我已经进了虚拟世界？这种景象我只在青年的绮梦中见过。现在这个一丝不挂又毫不羞涩的漂亮姑娘到底是真是假？"

斯托恩·吴微笑着没有搭腔，别人听不懂他的中国话独白。几个工作人员开始小心翼翼地为那个姑娘套上"外壳"，那是一件色泽纯白、很薄很柔的连体服。她把双腿蹬上后，工作人员小心地展平外壳，使上面的神经传感乳头与她的身体完全贴合。吴中低声解释，这些乳头将把虚拟信号传到相应的感觉神经，比如你"踩"上火炭时，脚底神经就送去烧灼感的信号。外壳已套到肩部，

只有头盔还未戴上,它比较笨重,与黑色的目镜相连。姑娘在套上头盔前微笑道:

"我叫琼,琼·比斯特。很高兴做你的向导。"

甘又明疑惑地看看吴,吴中点点头:

"对,这是你在虚拟世界里的向导,心理学和逻辑学博士,会三国语言,包括汉语。需要了解什么信息尽管问她。但她是完全超脱的,绝不会帮助你做出判断。现在请你脱光衣服,剃光头发。"

一个自动理发机无声地移过来,几秒钟内把他变成脑门锃亮的和尚,同时把发茬吸走。工作人员为他穿上那件洁白的衣服。这件衣服又薄又柔,弹性极好,穿在身上几乎变成了自己的皮肤。两人来到大厅,面对面坐在两只椅子上。听见送话器中斯托恩·吴用英语说:

"虚拟系统即将启动,请你瞪大眼睛寻找它的漏洞吧。你想从哪儿开始?是海洋,太空,还是台风眼中?我们都可以为你办到。"

甘又明稍稍想一会儿,说:"还是从海水中开始吧,既然这一切都是由那个电脑鱼缸所引发。而且,我没有告诉你,我是北京高校百米自由泳纪录保持者。"

斯托恩·吴在屏幕中笑笑:"在虚拟世界里不会游泳并不是一个问题,电脑很容易为主人公加上令人信服的校正。不过,就按你的意见办吧。现在我要按下电钮了。"

甘又明在一刹那间被抛入水中。他看见自己和那位琼姑娘都穿着潜水衣,身后背着两个小小的黄色氧气瓶。他用力浮上水面,透过面罩远眺，海面十分广阔，只有后方隐约可见一线海岸。海浪轻轻地推揉着他，透过潜水服，能感到海水的浮力和温暖。他在水中做了几个滚翻，他的前庭器官感觉纤毛依旧精确地给出重力变化的方向。他知道这些都是假象，他身上穿的是白色的"SHELL"而不是黑色的潜水服，他是坐在空旷的大厅里而不是在水中。但由那件"外壳"传给他的视觉、听觉和触觉效果太逼真了，实在太逼真了，使你没办法不相信。

他取下头盔——他真的感觉到把头盔取下了，能呼吸到海面上略带咸味的空气，感到清凉的微风。琼从他旁边冒出来，甩着水珠，他喊道：

"琼！这儿是什么地方？"他笑着有意强调，"或者说，这是模拟的什么地方？"

琼也取下头盔，抖抖长发。长发如瀑布般散落，发出耀眼的金黄，这和他记忆中的光脑袋姑娘形成强烈的反差。他随口问道：

"这是你的真实形象吗？"

琼奇怪地问："你说什么？"

"你在剃光脑袋进入虚拟世界之前，就是这个模样吗？"

琼笑笑，只回答了他的第一个问题：

"我想这儿就在我们基地上方。这儿是阿查法拉亚湾附近海面，离墨西哥不远。近年来这儿贩毒活动很猖獗。"

不远处海面上有一艘快艇，上面没有人——按照虚拟系统的逻辑，这当然是他们带来的。他忽然看见南边海面上出现一个三角形的背鳍，划破水面迅速逼近，他惊慌地喊道：

"鲨鱼!"

琼挺直身子看看,笑道:"不要慌,这是海豚。"

他们戴上面罩潜入水中,果然看到十几只海豚。它们的皮肤是鸽灰色的,十分光滑,嘴里有整齐的白牙,呼哧呼哧地喘息着,喷水孔一张一合。它们排着队向西北方向游去,很快掠过两人的身边。他们甚至能感到海豚所搅起的湍流。甘又明兴致勃勃地追过去,一边笑道:

"琼,如果是在虚拟世界里被鲨鱼吃掉,会是什么后果?"

"你当然不会真的死去,但系统会'死机',只能重新进行冷启动。另外,你会真的感到鲨鱼利齿切断身体的痛苦。所以劝你不要尝试。"

在那群海豚之后,甘又明忽然又发现两只。它们的体形相当大,在飞速游动中严格保持着相对方位。当海豚靠近时,甘又明发现它们身上套着挽具,身后拖着一个流线型的容器,他大声喊:

"看哪,海豚邮递员!"

琼在水下通话器中听到了他的喊声,也看到了那对海豚,它们像是受过严格训练的军马,以极快的速度掠过他们的身边。琼饶有趣味地说:

"我看过一些资料,说军方在着力培训海豚蛙人,让它们咬断敌方通信电缆,或者给深海作业的潜水员递送工具。海湾战争中就征调了海豚部队去排除鱼雷。噢,对了,听说贩毒集团也开始利用海豚和信鸽越境贩毒,这是最廉价又最难发现的方法。"

甘又明似笑非笑地看着她,他想琼这几句话一定是预定情节中的台词。他嬉笑道：

"要不，咱们追过去？"

"好的。"

他们迅速爬上快艇，瞅准那片背鳍追过去。海豚的速度很快，甘又明看看速度表，已超过每小时10海里。它们有时也潜入水中，好在海豚必须浮上水面换气，所以他们一直保持着追踪。马上就到岸边了，前边有一个狭长的海岛，海岸警备队的快艇远远地向他们驶来。那两只海豚忽然昂起头——甘本能地感觉到它们是在做一次深呼吸——便潜入水中，倏然不见。琼急急地说：

"恐怕它们不会再浮出水面了，下水追踪吧。"

两人随即下水，听见海岸警备队在快艇上大声喊叫着，似乎是在命令他们待在船上听候检查，但两人没理会。海豚的速度很快，一会儿就失去了踪影。两人在岸边的红树林和乱石中徒劳地寻找十几分钟，终于失望了。琼懊丧地说：

"找不到了，回航吧。"

就在这时，甘忽然发现前边有一个狭窄的洞口。那两只海豚正一前一后从洞口钻出来，径直向大海游回去。它们身上已没有挽具和那个流线型的物体。但甘分明觉得它们就是原来那两只。从它们从容不迫的神情看，似乎已经完成了邮递任务。甘又明拉着琼游近观察，洞穴非常幽深。他问琼，"进洞看看？"

琼犹豫着，甘又明又鼓动道：

"不会有危险的，既然海豚能游进去又能游出来。何况，咱们还带着氧气瓶。"他笑着补充，"何况只是虚拟世界。"

"好吧。"

两人把面罩戴上,费力地钻进洞穴。进口相当狭小,但里面越来越宽,也越来越暗,几乎成了漆黑一团。他们继续前行,大约两公里后,前边出现了暗蓝色的微光。再往前游一会儿,海水逐渐变成清澈的天蓝色,浮光摇曳,色彩斑斓的各种鱼儿在蓝光中遨游。琼惊喜地说:

"太美啦,我在这儿当向导已经五年,一直没发现这个神奇的蓝洞。"

蓝光逐渐变淡,两人同时钻出水面,摘下面罩,好奇地打量着。这儿很像一个天井,水面离岸有几米高,头顶上方仍然是岩顶,岩洞四周卧着两三幢小房子。忽然有人高喊:

"水下有人!"

立即响起凄厉的警报声,十几个人一下子冒出来,从岸边探下身,端着枪向他们瞄准。两人知道这儿不是说理的地方,迅速戴上头盔,一个鱼跃,疾速向水下潜去。后边如开锅一样,无数子弹搅着海水。琼在通话器中气喘吁吁地说:

"一定是贩毒分子!否则不会不问情由就开枪的,我们快返回!"

他们尽力向来路游回去。眼看快到洞口了,忽然"唰啦"一声,一个秘密栅栏门从洞壁上伸出来,把洞口封得严严实实。甘又明用力摇撼,粗如人臂的铁栅栏纹丝不动。琼惊惶地喊:

"后边!他们追来了!"

十几个蛙人已经悄无声息地逼过来,他们手中的长矛和水下步枪闪闪发亮,有如鲨鱼口中的利齿。他们透过面罩阴森森地盯着两人,慢慢把包围圈缩小。在这生死关头,甘又明忽然一声大笑,大声喊道:

"暂停!吴先生,场上队员要求暂停!"

眼前的景象"呼啦"一下子消失了,两人仍坐在椅子上。甘又明抬起胳膊想去掉头盔,两个工作人员急忙过来帮助他。头盔取下后,面前仍是那所空旷的大厅,两人仍穿着那件白色的外壳。他大笑着站起身:

"太奇妙了,太逼真了!我虽然明知道它是假的,但却看不出一丝破绽。我能感受到海水的波动、子弹的尖啸和死亡的恐惧。那个蓝汪汪的洞穴实在美极了,还有那两个勤奋尽职的海豚邮递员!吴先生,真难为你编出这么生动的情节。"

琼也取下头盔,笑问:"你在哪儿看出了破绽?"

甘又明微笑道:"你不要拿我的智力开玩笑。这是个非常逼真的故事,可惜没有开头——我们是突然跌入海水中的。稍有逻辑判断力的大脑,自然能做出正确的结论。"

从控制室出来的斯托恩·吴一直没有说话,笑着看他。这时才问一句:"什么蓝洞?"

甘又明惊奇地说:"你是开玩笑吧,你们构思的情节,你能不知道?"

斯托恩·吴微微一笑:

"你太小觑我的系统了。告诉你,系统的信息来源是完全真实的，也几乎是无限的。但究竟把哪点信息用于这一次的虚拟环境——比如你在海水里看到的是海豚还是食人鲨——却是完全随机的。电脑根据这些信息随机地进行构思，所以系统内的情节绝不会重复。"他开玩笑地说，"我说过，我一直不忍心把这套技术公开，我怕它砸了所有小说家、剧作家的饭碗。"

"那么，我们在虚拟世界里游逛时，你并不知道我们的经历？"

"当然可以知道，不过我们一般懒得监视，你的进入只是千百个普通试验中的一个。"

这话使甘又明的自尊心颇受打击。他简要讲了当时的情形，吴中似乎对海豚和蓝洞的情节很感兴趣，盯着问了几个问题。然后他说：

"今天到这儿结束。让琼陪你去逛逛美国吧，你已经只剩下六天了。"

甘又明点点头，从身上慢慢剥下那件白色的外壳，穿上他自己的衣服。从外壳的禁锢中解脱出来，顿时觉得十分轻松。

尽管通过电影和电视，甘又明对美国的夜生活已是耳熟能详，但只有亲身置于夜总会的环境中，才真的感受到那种世纪末的气氛。大厅里光线幽暗，烟雾腾腾，紫色、蓝色、血红色的光柱一波波扫过人群。高高的屋顶上垂下一个秋千，一个近乎裸体的艳色女郎"嘎嘎"地笑着，一下下擦着头顶荡过人群。大厅正中是一个高台，一对身穿白色紧身衣的男女疯狂地扭动着，做出种种猥亵的动作。他们的紧身衣颇似B基地里的外壳，甘又明不由得想起裸体的琼套着外壳时的情形。他扭头端详琼,她今晚的打扮也很性感,裸露的肩头和脊背十分润泽,她穿着短裙,大腿修长白皙。两人找到位置坐下,甘又明问:

"喝点什么?"

"来杯威士忌。"

甘又明为自己要了三瓶矿泉水,一杯杯地往肚里灌。他解嘲地说:"早就渴坏了。"

琼呷了几口威士忌,问:"跳舞吗?我在等你邀请呢。"

甘说:"我去一趟洗手间。"他在挨肩擦背的人群中费力地挤过去。洗手间是男女合用的,便池各自独立,两名女子正对镜整妆。他拉开一间便池的门,忽然吃惊地后退一步,一个40岁左右的黑人男子侧卧在便池上,眼睛像死鱼一样翻着,胳膊上的静脉血管上插着一支注射器。

不用说,这是过量吸毒引起的猝死。那两名女子出门时也看到了尸体,但她们只漠然地扫一眼,若无其事地走了。甘又明厌恶地看着这名吸毒者。他一直生活在正统保守的中国,对席卷全球的吸毒狂潮只有三个字的感受:不理解。他不理解竟然有数千万人屈服于这种魔鬼的诱惑,莫非末日审判的钟声已经敲响了吗?

他回到柜台前,向侍应生问清了报警电话,把电话要通。警察局的值班人员说:

"谢谢,我们将在10分钟内赶到。请问你的名字?我们在哪儿可以找到你?"

"我叫甘又明,10分钟内不会离开这家夜总会,你到第七号餐桌前找我。"

回到桌旁,他看见座位已空,琼正同一个陌生男子跳舞,狂热地扭动着臀部和肩部。她的眼光仍留意着这边,见甘返回,向他作一个抱歉的手势。甘又明向她摆摆手,坐到原位。

两个中年人忽然出现在他的面前,他们身着便衣,一个身材矮胖,手背上长满金色的软毛;另一个是瘦长个子,耳朵很大。矮个子彬彬有礼地问:

"你是中国来的甘又明先生?"

甘又明狐疑地看着两人,嘲讽地说:

"两位来得太快了吧,这不像是真实世界的速度。"他有意把这两个字咬得特别重,"我报案才一分钟。再说,我在电话中并没说我是从中国来的呀。"

这下轮到那两人纳闷了:"你说什么报案?"

"你们不是警察?"

"我们是联邦警察,"两人出示了证件,"我们是联邦调查局派驻B基地的警官汤姆和戈华德。但你说什么报案?"

甘又明讲了刚才的见闻。听了甘的解释,大耳朵的戈华德警官匆匆去洗手间处理那桩凶杀案。汤姆笑道:

"一场误会,我们是为另一件事来的,要占用你一点时间。你不会介意吧。"

"我不会介意,但我首先要确认自己是不是在梦中。"他笑着问,"请二位向我解释一下,你们是如何在一个远离B基地的繁华小镇一下子就找到我,一个刚来美国的外国人?"

"很容易。我们知道琼经常来这儿玩,又在停车场发现她的汽车。"

甘又明"噢"一声,觉得自己是多疑了。他说:"那么请讲吧,什么事情我可以效劳?"

汤姆开门见山地说:"听说你和琼无意中发现一条贩毒通道?"

甘又明哑然失笑:"先生,你是B基地常驻警官,难道对他们的虚拟技术一点儿也不了解?对,我们是发现了一条通道,还差点儿丧了命。但那只是一个虚拟的故事。"

汤姆微笑着说:

"恐怕正是你本人还不了解虚拟技术。你是否知道,虚拟环境中所涉及的信息都是真实的,是从间谍卫星、水下拾音器、水下摄像机输到电脑中的。海岸警备队在南部海岸线确实设了许多秘密摄像机,以便监督无孔不入的贩毒分子。所拍摄的数千英里的胶片都经过电脑的处理,把有用的资料甄别出来,送到联邦缉毒署长的办公桌上。但是,电脑不是万无一失的,它也有可能漏掉很重要的一段,又偶然被组织进那次的虚拟环境中去。我们尚未在浩如烟海的背景资料中查到这一部分,为了稳妥,请你帮我们复查一下。这也是吴先生的意见。"

"现在就去?"

"越快越好。"

"好吧,"他把最后半瓶矿泉水灌进肚里,"需要琼一块儿去吗?"

"当然。"

他把琼从舞池中唤回来，戈华德正好也返回了。他说："本巡区的警官已经去了洗手间。我们走吧。"

琼迷惑地问："到哪儿？"

"上车再说吧，走。"

警用快艇上已经备好四套轻便潜水服和水下照明灯。甘又明很有把握地说："我想我会很快找到的。当时我仔细记下岸上的特征和水下岩石的特征。"

果然，不到一个小时，他已在黝黑的水底找到那个洞口，洞口看不见栅栏。甘低声说：

"就是这儿，不会错的。余下的工作由你们去做吧，我可不想再被关进这个捕鼠笼子里被人捅死。"

戈华德游近洞口察看，怀疑地低声说：

"是这儿吗？洞口处没有安装栅栏的痕迹呀。甘先生，琼小姐，请你们再辨认一下。"

甘又明不相信自己会弄错，他和琼游过去，一眼就看到栅栏缩回的两排小圆洞。他猛然惊醒，但不等他做出反应，两名警官忽然用力把他们向洞里推去，同时按下一个按钮。铁门"唰啦"一声合拢了，把两人关在里面。琼惊呼道：

"上当了！他们一定和毒贩有勾结！"

两名警官在外面狞笑着："聪明的姑娘，可惜你醒悟得晚了点儿。回头看看吧。"

后边"刷"地射来一道强光，两人本能地捂住双眼。等眼睛稍微适应光亮,看到五六个蛙人正迅速逼近,手中的水手刀和水下步枪像鲨鱼的利齿。琼失声惊叫着,甘又明迅速把她拖到身后。

但他知道这是徒劳的。蛙人正慢慢逼近,身后是坚固的栅栏,即使栅栏外面也是虎视眈眈的敌人。甘又明用身体把琼压在栅栏上,忽然厉声喝道:

"汤姆警官,临死前我有一个要求!"

汤姆游近栅栏,戏弄地说:"请讲吧,我乐意作一个仁慈的行刑者。"

甘又明忽然笑起来,油头滑脑地说:"我想撒泡尿。"

汤姆愣了一下,恶狠狠地说:"我佩服你死到临头还有心情幽默,动手吧!"

几把长矛正要捅过来,甘又明急忙高喊:"暂停!吴哥,我要求暂停!"

两人突然跌回现实中,仍坐在那两张椅子上,甘又明的双手还保持着篮球比赛的暂停动作。琼取下头盔,看看他的滑稽样子,"扑嗤"一声笑了。吴中从控制室走出来,微笑着问:

"你真是个机灵鬼,从哪儿看出破绽?"

甘又明也取下头盔,笑嘻嘻地说:"我是否可以不回答?我不想削弱自己取胜的机会。"

但一分钟后他就忍不住了,笑道:

"很简单,我在夜总会有意猛灌几杯水,可是一个小时后还不觉得膀胱憋胀。这可不符合我的习惯——我从小就是个有名的尿漏子。所以我理所当然地得出结论：那几杯水并没有真正灌进我的肚里，也就是说，我仍是在虚拟世界里。"

斯托恩·吴忍不住大笑起来，琼和几名工作者也笑个不停。吴中忍住笑说：

"你很聪明，用一泡尿戏弄了超级电脑。不过我要给你一个忠告，实际上电脑里有尽善尽美的程序，可以根据你的进食或饮水等情况，及时发出饱胀感或憋尿感信号。这只是一次丢脸的疏忽，我再也不会让它出这样的纰漏了。现在你可以脱下外壳，让琼真的领你去看看美国社会。"

甘又明忽然想到一件事：

"顺便问一句，在这次的虚拟场景中，汤姆警官说的是真实情况吗？那个蓝洞真的有可能存在吗？"

"他说得不错。我的确在10分钟前向汤姆警官通报过这件事。"他笑着说，"而且，这两位警官也确实是你在虚拟环境中见过的尊容。既然身边有现成的模特儿，我何必舍近求远或凭空臆造呢。"

工作人员小心地脱下"外壳"。这种由银丝和碳纳米管混织而成的白色连体服是世界上最昂贵的衣服，甚至超过每件价值3000万美元的太空服。甘又明斜睨着裸体的琼，咕哝道：

"我一定还没跳出虚拟世界。在真实世界里，我绝不敢这样坦然地看一个姑娘的裸体。"

琼慢慢地穿着衣服，一直在斜睨着他，她的脑袋泛着青光。甘受不了她目光的烧灼，尴尬地说：

"你为什么一直盯着我？想和我比一比谁的脑袋更亮吗？"

琼含笑不语，突然说："谢谢，甘，谢谢你。"

"为什么？"

"谢谢你在危急关头总是把我掩到身后。纵然只是在虚拟世界里，也能看出你的骑士风度。"停停她又加了一句，"我希望能有机会让我给予回报。"

甘又明笑嘻嘻地说："你上当了，那时我已经判断出是在虚拟环境中，乐得充一阵空壳子好汉。"

琼摇摇头说："你何必装得比实际上坏呢。"

甘又明有点尴尬，忽然笑道："你愿意回报吗？现在就可以。"

琼误解了他的意思，吃惊地说："现在？在这儿？"

甘又明把赤裸的左臂伸过去："喂，咬上一口，狠狠地咬上一口。这就是你的回报。"

琼迷惑地笑道："你怎么啦？"

"老实说，我对这种虚拟世界已经心怀畏惧。在刚才那层虚拟中，我分明感到我已经脱下外壳，可是实际上它仍然紧紧地箍着我。现在我又把它脱了，谁知这回是真是假？你咬我一口，看我知疼不。用力咬！"

琼笑着，真的用力咬了一口。甘又明疼得大叫一声，低头看看，胳膊上四个深深的牙印，略有沁血。甘又明笑道：

"好，好，这下子我真的脱下那层外壳了。你说对吗，琼？"

琼含笑不言。甘又明苦笑道：

"我知道你只能做一个超然的向导，不会帮我作出判断。我也知道自己是自我安慰。即使这会儿外壳仍套在身上,也同样能造出这样逼真的痛觉和视觉效果。"他把琼的手臂拉过来,用手摩挲着。姑娘的皮肤光滑柔软,滑腻如酥,有一种麻麻的电击感。他苦笑道:"真希望我现在触摸到的是真正的你,而不是那种比真实还要真实的虚拟效果。"

琼被他话中蕴含的情意所感动,轻轻地握住他的手。突然甘又明的目光变冷了,他紧盯着琼的臂弯,那儿白皙的皮肤上有两个黑色的针孔。那分明是静脉注射毒品的痕迹。他没再说话,默然穿上衣服走出大厅。

琼自然感觉到了他突然的冷淡,走出大厅后她说:"愿意逛逛夜总会吗?"

甘又明客气地说:"不,谢谢。我今天累了,想早点休息。"

琼犹豫好久,抬起头说:"请到我的公寓里坐一会儿,好吗?我住在基地外的一所公寓里,离这儿不远。"

甘又明犹豫着,不忍心断然拒绝琼的邀请,他知道琼是想对他作一番解释。他迟疑地说:"好吧。"

琼驾着汽车在隧道中开了半小时,她说隧道下面就是你们来基地时走的蒸气管道。出了隧道又开了大约15分钟,前边又出现辉煌的灯火。琼放慢车速,缓缓开进这个小镇。她告诉甘又明:

"这儿是红灯区。基地的男人们在周末常常到这里寻欢作乐。"

街道很窄,勉强可以容两辆车交错行驶。琼耐心地在人群中穿行。左边一个白人男子在大声吆喝着,对过往车辆做着手势。他头上的霓虹女郎慢慢地脱着最后一件衣服。琼告诉他,这里面是表演脱衣舞的地方,老板和演员都是法国人。甘又明瞥见几个年轻人聚在街角唧唧咕咕,有黑人也有白人,他们的头发大都染成火红色,梳成爆炸式的发型。琼告诉他,这是吸毒者和毒品小贩在做生意,对这些零星的贩毒,警方是管不及的。忽然一个人头出现在他们的车窗上,这是一个眉清目秀的白人青年男子,戴着耳环,嘴唇涂着淡色唇膏,对着车内一个劲儿搔首弄姿。甘又明知道这是一个同性恋者,厌恶地扭过头。

汽车终于穿过红灯区,似乎又掉头开一会儿,停在一个整洁的公寓外。几个小孩儿在绿草坪上骑自行车,暮色苍茫中听见他们在兴奋地尖叫。琼掏出磁卡打开院门,停好汽车,又用磁卡打开公寓门。

公寓很大,也很静,只有洗衣房里有一个女佣在洗衣服。琼把他安顿到客厅,告诉他,公寓里的客厅、洗衣房、健身房是公用的。这里住客很少,几个护士又常上夜班,所以今晚只剩下她一个人。

她端来两杯咖啡,坐在他对面的沙发上,笑问:"今天我有意绕一段路,领你去看看红灯区。有什么观感吗?"

甘又明沉吟一会儿说:"浮光掠影地看一眼,说不上什么观感。我对美国的感情是很矛盾的,一方面,我非常敬慕美国的科技,羡慕美国人在思想上永葆青春的活力。我常常觉得美国的精英社会已经提前跨入 21 世纪。另一方面,我又非常厌恶美国社会中道德的沦丧、人性的沦丧:吸毒、纵欲、群交、同性恋、妇女拒绝繁衍后代……简直是世界末日的景象。我最担心的是,这种堕落是否是高科技的必然后果?因为科学无情地粉碎了人类对自然的敬畏,对生命的敬畏。如果美国的今天就是其他国家的明天,那就太令人灰心了!"

琼沉默很久,冷淡地说:

"不必那么偏激吧。我知道中国南北朝时,士大夫就嗜好一种毒品——金石散;明清的士大夫盛行养孪童。中国人比西方人摩登得更早呢。"

甘又明冷笑着,尖利地说:

"我很为那些不争气的祖先脸红!差堪告慰的是,我们已把它们抛弃了。美国呢,据统计,全国服用过一次以上毒品的有6600万人!对了,你刚才还忘了提中国清末的嗜食鸦片呢,那是满口仁义道德的西方人一手造成的。现在他们的子孙吸毒成癖,是不是冥冥中的报应!"

琼久久不说话,一种敌意在屋内弥漫。很久之后,琼走过来坐在甘又明旁边,握住他的手说:

"请原谅,我并不想冒犯你。坦率地讲,从一见面我就很喜欢你,你的清新质朴是我不多见的。我不瞒你,我确实偶尔服用毒品,这在美国是很普遍的事。在西班牙等国家,吸毒甚至已经合法化。不过,我知道你是在禁欲主义的国度长大,对此一定很反感。如果……我答应你从此戒掉毒品。"

甘又明听出她话中的情意,很感动,但他最终用玩笑来应付:

"那首先要确定我自己是否仍在虚拟环境中。谁知道呢,也许你是假的,我也是假的,你身上的针孔连同这会儿说的话都是假的。

怎么样？能不能在这上面偷偷帮我一点忙？"

琼笑了："我不能违犯自己的职业道德。"

甘又明笑着站起身："时间很晚了，恐怕我该告辞了。"琼没有起身，微笑道："你可以不走的。"她补充道，"你可以睡沙发，或者为你另开一间。"

"不，我还是走吧，我怕抵挡不住某种诱惑。"

两人都笑了。甘又明说："你不必送我，我可以叫一辆出租车。"

"不，还是我送你吧。"

两人刚打开房门，正好两个警察用力挤进来，把两人挤靠在墙上，他们出示了证件：

"警察！请退回你的房间！"警察把两人逼回客厅，甘又明立即认出这正是在虚拟世界里见过的汤姆和戈华德。汤姆冷冷地说："琼小姐，据线人说你屋里藏了大量的毒品，我们奉命搜查。"

琼和甘又明吃惊地面面相觑，琼说："不，我从来没有藏过大宗毒品！"

汤姆用力扳过她的胳臂，厌恶地说："那么，这些针孔是怎么回事？"他不再理会琼，径自进卧室去搜查。10分钟后，他提着两袋白色药品走出来，怒冲冲地说：

"是高纯度的快克，足有两公斤！"

琼非常震惊，瞪大眼睛盯着他手中的药品，忽然愤怒地嚷道：

"这是栽赃！这两袋毒品一定是你刚放进去的！"汤姆走过来，狠狠地抽了她一耳光。鲜血从她嘴角沁出来。她转身对甘又明说："请你相信我，他们一定是栽赃，一定是为了那个蓝洞报复我！"

戈华德奇怪地问:"什么蓝洞?"

甘蓦然惊觉,他急忙问戈华德:"你不知道蓝洞吗?就是贩毒集团的秘密通道。是我们无意中发现的,斯托恩·吴先生说他已通知了汤姆警官。"

戈华德警觉地回头看看汤姆,但晚了一步。后者已从腋下拔出一支旋着消音器的手枪,一声轻微的枪响,戈华德警官的额头上钻了一个洞,鲜血猛烈喷射,他沉重地倒在地上。琼惊叫一声,第二颗子弹已击中她的胸膛,立时她的T恤衫一片鲜红。甘又明猛扑过去,把她掩在身下,抬起头绝望地面对枪口。汤姆狞笑着说:

"谁知道蓝洞的秘密,谁就得死!你那位斯托恩·吴也活不过今天晚上。"他把枪口抵在甘又明的嘴里,枪身伴着冰冷的死亡感。甘恐惧地盯着他慢慢按下扳机,忽然口齿不清地喊:

"暂停!斯托恩·吴先生,暂停!"

工作人员为两人取下头盔,两人都面色苍白,惊魂未定。琼下意识地用手按着胸部,甘又明也提心吊胆地紧盯着那儿。不过,当白色的外壳慢慢脱下后,那儿仍然白皙光滑,并没有一丝伤痕。

斯托恩·吴已经站在他们身后,笑问:"小甘,你这个鬼灵精,这次又在哪儿看出了破绽?"

甘又明喘息一会儿,才苦笑道:

"不,我只是侥幸。我并没有完全确定自己是在虚拟环境中。我只是想,如果戈华德先生是一个循规蹈矩的警官,他就不会到不是自己值勤区域的地方去办案;汤姆如果想杀我们灭口,又何必拉着并非同伙的戈华德同去。不过,这段推理并不严密,很容易找到其他解释。"

琼的灵魂仍未归窍,甘又明勉强打起精神问:"琼,你是虚拟世界的向导,你怎么也会相信它呢。"

琼苦笑道:"有时我也难辨真假。"

甘又明分明觉得,他所经历的虚拟环境中的阴暗气息正逐渐渗入他的心田。他压着怒气冷嘲道:"吴先生,虚拟世界是从好莱坞请的导演吗?我看这里怎么尽是好莱坞的暴力、血腥、毒品和性感女郎。"

斯托恩·吴摇摇头:"不,我们不必请什么导演,我说过,虚拟技术很快能抢掉他们的饭碗。该系统的超级电脑有很强的学习能力,我们只需把近20年来美国每年的十大畅销片输进去,它就能学会他们的导演手法,并远远超过他们。"

甘刻薄地说:"怪不得这些情节十分眼熟呢。"那层无影无形的"SHELL"似乎一直在裹着他,箍得他无法喘息,他疲倦阴郁地说:

"我要休息了,想睡个好觉再干下去。我的住处在哪儿?"

"就在对面的白领人员公寓里,103号。"

"你也在那儿吗?"

"对,118号,我们离得不远。琼,今天的工作就到这儿结束吧,谢谢。"

琼简单地同甘又明告别,披上外衣走出大厅。她还要赶回自己的公寓。

晚上,甘又明在床上辗转难眠。倒不是因为下午"身历"的血腥场面，而是因为他不敢确认自己身上那件"外壳"是否真的已经去掉。他对姐夫的虚拟技术已有了深深的畏惧，就像害怕一个摆脱不掉的幽灵。

比如说，这会儿斯托恩·吴没有邀请他去屋里做客，就不符合真实世界的常理，毕竟小舅子是万里之外来的客人呀。

不过，也许这是西方世界的习俗？也许是吴先生的屋里还藏着一个情人？也许……还有别的秘密？

他一跃而起，他要去姐夫的屋里看一看才放心。尽管知道自己的决定有点神经质，他还是来到118号房间。按响门铃后很久，姐夫才打开房门：

"是你？还没有睡吗？"

姐夫穿着睡衣，脸上是冷淡的客气，分明不欢迎他进屋。他佯装糊涂，径自闯进去。没有等他的侦察工作开始，卧室中就传来嗲声嗲气的声音：

"亲爱的吴，快进来吧。"

一个浓妆艳抹的裸体男人扭着腰肢从浴室里走出来，两只硕大的耳环在耳垂下游荡。正是在红灯区拉客的那只兔子！甘又明痛心疾首地扭头瞪着姐夫。他十分痛心姐夫的堕落，但最使他痛心的甚至不是这件事情本身，而是姐夫那种冷静的厌烦的神情，他肯定是讨厌这位多事的小舅子。甘又明狂怒地喊道：

"我知道这不是真的！暂停！"

工作人员为他取下头盔，吴中微笑着走过来，没等他开口说话，甘又明已经愤懑地喊：

"我退出这个游戏！我要回家去！"

吴中和刚取下头盔的琼都吃惊地看着他，想要劝阻，但甘又明厉声喝道："不要说了，我要回国！"

看来吴中很不乐意，他冷淡地说："这是你的最后决定吗？那好，我让秘书安排明天的机票。"

第二天琼陪着他坐上了中国民航的波音747班机。甘又明曾冷淡地执意不让琼陪同，琼小心地解释：

"甘先生，这是我作为向导的职责，只有在你确定自己回到真实世界的时刻，我才能离开你。"

18个小时的航行中，甘又明一直紧闭双眼，不吃也不喝。直到出租车把他送到北京芳古园公寓，他才睁开眼。他急急地敲响姐姐的房门。姐姐惊喜地喊：

"小明，你这么快就回来了？这一位是……"

甘又明不回答，在屋里神经质地走来走去，目光疑虑地仔细打量着屋内的摆设。琼只好向女主人做了自我介绍，两人用英语和汉语亲切地交谈着。甘又明在博古架前停住，突兀地问：

"姐姐，我送的花瓶呢？"

姐姐迷惑地问："什么花瓶？"

"你们结婚那天我送的花瓶！"

"没有啊，那天你是从老家下火车直接到我这儿，只带了一些家乡的土产。"

甘又明烦躁地说："我送了，我肯定送了！"在他脑海中，对几天前的回忆似乎隔着一层薄雾。他清楚地记得自己送过一只精致的花瓶，那是件晶莹剔透的玻璃工艺品，但他又怕这只是虚拟的记忆，是逼真的虚假。这种无能为力的感觉使他狂躁易怒。他忽然冷笑道：

"姐姐，非常遗憾，那位斯托恩·吴先生不是什么好东西……不不，我和他没什么实际接触，这几天实际我一直是在虚拟世界里和他打交道。但仅凭虚拟环境中的阴暗情节，我也可以断定创作者的人品。"

姐姐沉默很久才委婉地说："小明，你怎么能这样说你姐夫呢，你和他在一块儿相处一共不过五天。五天能了解一个人吗？再说，虚拟世界是超级电脑根据美国高科技社会的现状为蓝本构筑的，他即使是首席科学家也无能为力。"

甘又明立即胜利地喊道："这不是你的话，是吴中的话！我仍是在虚拟世界里，暂停！"

工作人员为两人取下头盔，甘又明一直紧闭双眼，不断地重复着：

"我要回国，回我的家乡。"

吴中和琼看着心理崩溃的小甘，担心地交换着目光，说：

"好吧，我们马上送你回国。"

破旧的大客车在碎石路上颠簸着。车里大多是皮肤粗糙的农民，他们一直好奇地盯着那位漂亮的白人金发姑娘。她身旁是一个脑袋锃光的中国小伙子,一直闭着双眼,似乎是一个病人。姑娘小心地照顾着他。

直到下了车,视野中出现一个山脚下的小村庄时,甘又明才睁开眼,他指点着:

"看,前边那株弯腰枣树下就是我的家。"

他们进了村,小孩们好奇地围观着。琼饶有兴趣地打量着这个农家院落,大门上贴的春联已经褪色,茂盛的枣树遮蔽着半个院子。墙角堆着农具,墙上挂着苞米穗子,院里还有一口手压井。甘又明比她更仔细地端详着院子,目光中是病态的疑虑和狂热。

他妈妈从后院喂完猪回来,看见他们,惊喜地喊道:

"明娃,你咋回来啦?哟,你咋成了个光瓢和尚?"她欢天喜地把两人让进屋,不错眼珠地盯着那个洋妞。停一会儿,她冲了两碗鸡蛋茶端出来,瞅空偷偷问儿子:

"明娃,这个美国妞是谁?"

在这之前,甘又明一直表情复杂地看着妈妈,既有亲切,更有疑虑。听见这句问话,他立即睁大眼睛,劈头盖脸地问:

"你怎么知道她是美国人?谁告诉你的?"

妈妈让这一连串的质问弄懵了,怯生生地问:"我说错话了吗?打眼一瞅,任谁也知道她不是中国妞哇。"

甘又明不禁哑然失笑,知道自己多疑了。他忘了妈妈的习惯:凡不是中国人的,她都叫他们美国人。他和解地笑道:

"没错,妈,你没说错。这位姑娘的确是美国人,她叫琼。你问我们回来干什么?琼想听你讲讲我小时候的事儿,一定讲那些我自己也忘记了的事儿,好吗?"

妈妈笑嘻嘻地看着儿子,他们巴巴地从北京赶回来就是为了这事儿?不用说,这个美国妞是儿子的对象,是他的心尖儿宝贝,哼一声也是圣旨。她笑着说:

"好,我就讲讲你小时候的英雄事儿,只要你不怕丢面子。姑娘能听懂中国话吗?"

"她能听懂中国话,听不懂的地方我给她翻译。"

"你8岁那年,在洄水潭差点丢了命……"

"这事我知道,讲别的,讲我不知道的!"

妈妈想了半天,嘴角透出笑意:"行,就讲一个你不知道的,我从来没告诉过你。初中一年级时,有一天你在梦中喊李苏李苏!我知道李苏是你的同班同学,模样儿很标致,对不?"

甘又明如遭雷殛,他一下子想起来了。李苏是个性情爽朗的姑娘,常笑出一口白牙。那时他对李苏的友情中一定掺杂着特别的成分,但他把这种感情紧紧关闭在12岁小男子汉的心灵中,从未向任何人泄露过。他一直不知道自己在梦中喊过李苏的名字,也不知道大大咧咧的妈妈竟然能把这件事记上十几年。

李苏没有上大学,她在初二就患血癌去世了。同学们到医院去和她告别时,她的神志还清醒,那双深陷的大眼睛里透着深深的绝望。甘又明一直躲在同学们后边,隐藏着自己又红又肿的眼睛,也从此埋葬了那些称不上初恋的情感。

妈妈看见儿子表情痛楚,两滴泪珠慢慢溢出来。她想一定是自己的话勾起儿子的伤心,忙赔笑道:"明娃,你咋啦?都怪妈,不该提那个可怜的姑娘。"

甘又明伏到妈妈怀里,哽声道:"妈,现在我才相信你真的是我妈。"

妈妈又是好气又是好笑又是担心:"你发魔怔了?我不是你妈谁是你妈!"

甘又明没有辩解,他回头对琼说:"琼,现在我可以确认了,我已经跳出虚拟环境。"

琼笑着掏出一张支票:"祝贺你,你终于用思维的惯性证实了这一点。吴先生说,如果你能确认,让我把一万美元奖金交给你。"

从这一刻起,两人都如释重负。妈妈开始做午饭,她在厨房里大声问:"明娃,你能在家住几天?"

甘又明问琼:"我娘问咱们能住几天,看你的意见吧。你是否愿意多住几天,领略一下异国情调。"

"当然乐意。我还在认真考虑,是否把根扎在这儿呢。"

甘又明当然听出她的话意。自打摆脱"外壳"的禁锢,他觉得心情异常轻松,几天来对琼的好感也复活了。他笑着把琼拥入怀中。妈妈端着菜盘进屋,瞥见那个美国丫头偎在儿子怀里,翘着嘴唇等着那一吻,她偷偷笑笑,赶紧退回去。

甘又明把手指插在琼金黄色的长发里,扳过她的脑袋,在她嘴唇上用力印上一吻。琼低声说:"你把我的头发揪疼了。"

在这一刹那,她觉得甘的身体忽然僵硬了。他不易觉察然而又是坚决地把怀中的姑娘慢慢推出去,他的身体明显地又套上一层冰冷的外壳。琼奇怪地问:"你怎么了?"

甘又明勉强地说:"没什么。"停一会儿,他把目光转向别处,低声用英语问:

"琼,请告诉我,你吸毒吗?"

琼看看他的侧影,平静地说:"我不想瞒你,几年前我曾服用过大麻,现在已经戒了。这在美国青年中是很普遍的。不过我从来没有静脉注射过快克。喏,你看我的肘弯。"

她白皙的肘弯处的确没有什么针孔。甘又明仅冷漠地扫了一眼,又问:"斯托恩·吴……真的是一个同性恋者?当然,我所见到的只是虚拟世界里的情节。请你如实告诉我。"

琼摇摇头:"我不知道。我不是瞒你,我真的不知道。在B基地,除了工作上的交往,我和他没什么接触。同性恋在美国是普遍的社会现象,有公开的同性恋组织和定期的公开集会,某些州法律已经承认同性恋为合法。但华人中尤其是高层次的华人中,有此癖好的极少。吴先生大概不会吧。"

甘又明阴郁地沉默了很久,突兀地问:"你的头发不是假发?在进入虚拟世界之前,在套上那件'SHELL'之前,我看见你剃光了头发。"

琼迟疑着回答:"这是一个复杂的技术问题……"甘又明烦躁地摆摆手,不想听她说下去,不想听一个"逼真"的解释。他清楚地记得,光脑壳的琼是他在进入虚拟环境之前看到的,也就是说,这件事情是真实的。那么,他就不该在这会儿的真实世界里看到一个满头金发的姑娘。他苦涩地自语:

"我已经剥掉了六层'SHELL',谁知道还有没有第七层?也许我得剁掉一个手指头才能证实。"

琼吃惊地喊:"你千万不要胡来!我告诉你,你真的已跳出虚拟世界,真的!"

甘又明冷淡地说:"对,按照电脑的逻辑规则,一个堕入情网的女向导是会这样说的。"

琼唯有苦笑。她知道两人之间刚刚萌生的爱情之芽已经夭折了。午饭后她很客气地同伯母告别。甘的妈妈极力挽留很久,但姑娘的去意很坚决。儿子冷着脸,丝毫不作挽留,似乎是一个局外人。她十分纳闷,不知道这一对儿年轻人为什么无缘无故地翻了脸。

两个小时后,琼已经坐上到北京去的特快列车,并在车站邮局向北京机场预定了第二天早上去旧金山的班机。她还给斯托恩·吴先生打了一个越洋电话,说甘已经赢得一万美元奖金。对甘又明在赢得奖金之后的反复,她未置片语。她听见吴先生简单地说一句:"知道了。"就挂上了电话。

按照一些批评家的说法,科幻小说中所描写的虚拟现实,恰好反映出我们对于这个已被信息、媒介与金融资本高度编码的后工业社会的矛盾态度:它能够营造出无比美妙的幻象,但却毕竟是不真实的,所以故事主人公必须抵抗幻象的诱惑,回到不那么完美的现实中来。《七重外壳》则将这个议题推向更加复杂的境地。故事中的"外壳"几乎像是对大众传媒的一种隐喻,它的可怕之处不仅仅在于高度仿真,更在于它可以将每个使用者自身独一无

二的隐私与记忆提取出来,天衣无缝地组织到幻象中去,使人彻底丧失辨别真伪的能力,而这一点在今天几乎已变成现实。

小说中另一处耐人寻味的地方,在于主人公对自己文化身份的焦虑。甘又明所对抗和恐惧的不仅仅是"外壳",更是姐夫与B基地所象征的一整个"美国梦"。这个梦从他一下飞机便已开始,并且像一个永不餍足的怪物般,企图吞下这个中国青年所拥有的一切。因此小说结尾处,他执意要回到那个荒僻的中国小山村,通过一场"文化寻根"之旅来搞明白自己究竟是谁。从这个角度来说,《七重外壳》折射出的是中国人在90年代社会转型期间的一种噩梦般的心理症候。"现实"与"虚拟"之间的张力,生动地勾勒出"乡土中国"与"全球化之梦"之间的深刻裂隙。后者自始至终都是王晋康科幻创作中最为核心的议题,而他笔下那种沉郁苍凉的色彩正是由此而来。

桦树的眼睛

赵海虹

赵海虹,女,1977年生,浙江杭州人,中国作家协会会员,任教于浙江工商大学。从大学时代开始从事科幻创作与翻译,曾于1997年至2002年连续获得6届科幻银河奖,自译英文小说"Exuviation"(《蜕》)发表于美国LCRW杂志。

瑟瑟姓许,是一个文静的女子。她不仅是我少年时代的好友,亦是我成人后难得的知音。

瑟瑟是一个很好的说话对象,她很有耐心,即使我接连几个小时滔滔不绝地发牢骚,她也会一直面带微笑地倾听。她是研究植物学的,拥有一个设备完善的个人研究所,房前还有一片白桦林,四季风光如画。她细心地照料她的植物连同那片小树林,并用她无比的耐心等待它们的回应。她很早就说过,植物也是有感情的。许多人对此付之一笑,包括顾世林。

顾世林与我俩是老朋友,我们三人从小就是邻居,时常一起在海边拾贝壳、堆沙堡。我们缘分不浅,又在同一所小学、中学读书。成人后,我当上了世界畅销华文周刊《默》的海外记者,周游列国。世林定居香港,只有瑟瑟仍留在北方海滨的A市,进行她默默无闻的研究。

瑟瑟的表情总是平淡恬静，只有两件事能让她平凡的脸生出光彩。头一桩是在她说到植物的时候。

她说，清代《秋坪新语》中有记载：当夜深人静时，有个叫侯崇高的读书人在他"异彩奇葩，灿列如锦"的菊花书斋中，弹起了悠扬悦耳的古曲。没有多久，四周的菊花"闻琴起舞，簌簌乱摇"起来。这时"风静帘垂"，纹风不进，为什么菊花会"动"起来呢？侯崇高停指歇弦，菊花安静如常，复弹则又摇动，吓得他推琴而起，不敢再弹了。这种现象，过去一直被认为是无稽之谈，现在则被一些科学实验所证实了。

每当提到这类事情，瑟瑟便脸色微红。一次她还兴致勃勃地说："我这儿有许多资料：印度做过植物对音乐反应的实验，发现一种'拉加'乐可以使水稻、花生、烟叶的产量大幅度提高。N国也做过一个实验，在长着西葫芦的两间屋子里分别播放摇滚乐和古典音乐。结果放摇滚乐那间的西葫芦背向收音机生长，而播放古典音乐那间的西葫芦的茎蔓则缠绕在收音机上。可见，植物也有喜欢和讨厌的感情，是吧？"那时的瑟瑟，让我看了也忍不住兴奋起来，对植物发生了兴趣。

还有一种情况是当她提到顾世林时，语调中总有种深切的关怀，眼波流动，透出浅浅的温柔。我若是男人，见到这样的姑娘，一定会怦然心动的。但顾世林是个傻子，这么多年也未看出瑟瑟的心。我曾想告诉他，但瑟瑟不答应。

"你不让我说，那你自己告诉他呀！"

"他呀，他已有了所爱的人。"我闻言一呆，顿时为瑟瑟伤心起来。此后,大家分散到各地工作,我也再没有机会为瑟瑟做些什么,或者,当时我应该告诉世林?

两周前,许瑟瑟死于心脏病,年仅27岁。

瑟瑟的未婚夫白朴立刻打电话通知了我,但我直到今天才处理好手头的事务,赶到A市。

今天下午3点,我刚下飞机就给白朴打了电话。

"喂,请找白朴先生。"

"我就是,你是陈平吗?我分辨得出你的声音。"

"是的,我刚到A市。瑟瑟她……"

"对不起,无法让你见她最后一面。前天……把她火化了,骨灰已葬在海滨公墓。"

"我想看看她。"

"那么,我带你去。"

见到白朴的时候已近黄昏。海边的天色很美,天空好像喝醉了酒似的,天蓝中带着橘红。海风很大,呼呼的风声中夹着海浪拍岸的声音。一位身着灰色长大衣的男子,手里拿着一束白色的鲜花,静静地站在海边。他一见到我就迎上来问:"你是……"

"我是陈平。"我也分辨得出他的声音——低沉的男中音,"你好,白先生。"

"请叫我白朴。"

这是我第一次见到白朴。半年前瑟瑟才在信中提起他,说他是她父母安排的结婚对象。她从不愿意细谈他的情况,只说他是她父亲的学生,在A市一家N国与我国合作的CN研究所工作。她说:"那人虽不讨厌,但也只是我父母喜欢的人,不是我喜欢的。"或许,她中意的男人永远只有顾世林一个。

"我带你去瑟瑟的墓地。"白朴转身向前走去。我回过神来,跟在他身后,不一会儿,就看到了那块嵌着瑟瑟27岁生日照片的白色大理石墓碑。

白朴把花放在墓前,一言不发。那是一束洁白的百合花。

"花一摘下来就失去了生命,瑟瑟不喜欢摘下来的花。"我忽然说。

"就算她不接受了,但这是我的表达方式。"白朴的神情变了,目光中流露出他的痛苦,"她在乎她的植物,却不在乎我。"

我心中黯然,觉得他很可怜。但瑟瑟呢?她的感情呢?我望着瑟瑟的照片,年轻的瑟瑟,你爱情的秘密已永远埋在了地下。我的鼻子发酸,眼眶也禁不住湿润了。

"有件事我不太明白:瑟瑟是心脏病发作去世的,那么她应该患有先天性心脏病。但我和她是20多年的朋友了,从未听说过她有这种病,也从未发现她的心脏不好。"

"医院的检查结果是心脏病致死。医生也不明白,这么年轻的死者,以前没有心脏病史,为何会心脏病发作。我希望他们能再仔细研究一段时间,但瑟瑟的父母不想再拖下去了。瑟瑟之死对他们而言是难以承受的打击,他们只希望让瑟瑟早日安息,不要再徒留人世供人解剖研究。"

白朴停顿了一下,继续说:"瑟瑟的父亲是我的恩师。我父母早亡,在北大就读时,许教授夫妇在学习上、生活上都给了我许多帮助。我毕业回A市前,他们告诉我,他们的独生女瑟瑟还留在A市,要我照顾她。言下之意当然很明白。"

"是这样……瑟瑟很少提这些。"

"我回A市后,和瑟瑟接触了一年。许教授夫妇还曾特地从北京赶来,希望我们能确定关系。可是,才半年她就……"

我转向白朴,抬头望着他,不漏过他任何细微的感情变化:"那你,爱她吗?"

"我不知道。"白朴的目光顿时黯淡了,微锁的眉头给人以忧郁感,"她一心一意只为工作,我们见面的机会不多。而每次见了面,她不是谈植物的感情问题,就是怀念她逝去的少女时代,这使我感到,我在她心中没有任何位置。陈平,其实我很早以前就认识你了。她常常说到你,讲你生活中的一点一滴,关于你的趣事仿佛特别多,使从未谋面的你在我想象中笑着、说着、生活着,以至于我和她在一起时觉得仿佛是在和你约会。"

这一瞬间我恨白朴。但听到瑟瑟是那样深情地怀念和我共同度过的青春岁月,我的心中又充满了甜蜜的哀伤。

白朴犹豫了一下又说:"但是,从瑟瑟的回忆中,我总觉得还有一个男人的身影,从未离开她的身边,好像已经根植于她的心灵深处。我不知道那个男人是谁,但我清晰地感到了他的存在,明白只要有他在,瑟瑟的心中就永远不会有我的位置。"

说到这儿,白朴忽然掉转头背对着我,不让我看到他的表情:

"我告诉自己不爱我的女人我也不爱,我以为我做到了,可是……她死了,她再也不会对我说见鬼的植物情感,她再也不能对我讲述她的过去……我受不了这样!"

我的视线一下子模糊了,我的悲哀与白朴的情感找到了契合点。我顿时觉得自己了解他了,他的悲伤,他的无奈,他的痛苦!我哭了,极少在人前哭泣的我哭得泣不成声。白朴也哽咽着,泪水顺着脸颊往下淌。我从没想到我会看到这样的景象,我和一个刚刚谋面的男子在瑟瑟的坟前一同哭泣。我们只有一个共同点:我们都爱瑟瑟。

父母都已去北京工作,在 A 市还给我留下一套旧房,这次回国就住在那里。快到旧居时已近晚上 8 点。此时我的情绪已经稳定下来,我掏出钥匙正要走进单元楼,耳边忽然响起一个熟悉的声音:"陈平,是你吗?"我回过头,那人是顾世林。"我接到你的电报就想来的,但手头还有一些紧急的工作,所以……"

"我也是今天刚到。我们都是成人了,不比以前那么轻松。三天后,我就要回 N 国,为太空英雄莱曼一家做专访。""我住在白桦旅馆,也是只预订了三天。我想你应该早到了,所以到这里来找你。"我们绕来绕去,谁都没有吐出那个令人心痛的名字。"世林……"我开了口,又说不下去。我能说什么呢?说瑟瑟对他的感情?

突然间他的目光变了,变得那么忧伤。他开始说瑟瑟,说我们三个人以前的故事,说到动情处,他握住我的手,泪水一滴滴落在我的手背上。我轻抚他的头,好像安慰一个小孩子。我的悲哀已在今天下午瑟瑟的墓前痛痛快快地倾泻了出来,与白朴共同分担了。现在的我没有哭泣,只在心中哀哀地叫着:"瑟瑟呀,瑟瑟呀——"

第二天清晨,我带顾世林去海滨墓场为瑟瑟上坟,之后我又独自赶到市红十字会医院了解瑟瑟去世时的具体情况。

"许瑟瑟被送到医院时心脏就已停止跳动。当然,我们还是尽力抢救,希望能出现奇迹,但最终没能拯救过来。她的死因是心肌梗死,而她以前从未有过心脏病史。她的未婚夫倒是提出要查清病因,院方也希望家属能贡献许瑟瑟的遗体供解剖研究,但她的父母不同意。"

我完全理解伯父伯母的心情。女儿已经死了,再也活不过来了,何必再让她受苦呢?

"是否有可能是药物引起的心肌梗死?据我所知,尼古丁就能造成中毒者心肌梗死,使受害者在短时间内死亡。"

"是有这样的药物,但经过我们的仔细检查,病人死前并未注射、服用任何有害药剂。"

我总觉得瑟瑟的死亡像非正常死亡。那么难道这是谋杀?如果是谋杀,那就必定有凶手和谋杀动机。与世无争的瑟瑟,她的存在会威胁到谁的安全呢?我决心弄个水落石出。

下午,我又去了瑟瑟的个人研究所。两年前,我回国休假时来过这里,此次故地重游,却已物是人非。

研究所坐落在郊外，规模很小。研究所不远处有一片白桦林，瑟瑟把林子也布置成实验区，在那里安装了一些实验设备。

"这些白桦树都是我的朋友！"瑟瑟的笑语犹在我耳边回响，让我想起"人面不知何处去，桃花依旧笑春风"的诗句。瑟瑟喜欢白桦树，她说桦树干上的黑色斑块像无数双友善的眼睛。

"这是你的眼睛，像不像？"瑟瑟仿佛正站在我身边，指着一棵白桦树说，"我常常站在这儿看着它，就像看到了你一样。"

此刻漫步林间，每一棵桦树上似乎都有无数只眼睛在闪动，每一只都像是瑟瑟的眼睛，温柔美丽的眼睛。阳光透过枝叶照进林间，在碎石小径上洒下点点跳跃的金斑。本来是晴朗无风的天气，桦树的枝叶却在微微颤动，发出"瑟瑟"的声音，空气中仿佛飘荡着一种令人怀念的气息。瑟瑟已匆匆离去，离开了她热爱的生活，离开了她热爱的世界。但为什么此时此刻，我却感到她还活着，与那桦树林一同在我身边低唱？我的心中涌起难言的情感，有怀念，有悲哀，还有追忆往事时的怅惘。

小路的尽头就是研究所，那是一排乳白色的平房。所有的房间都是互通的，只有一扇对外进出的门，使用20字密码锁。整个研究所有严密的保护措施，如果不通过正门，绝对无法进入其中的任何一间。我忍不住敲了敲正门，好像瑟瑟还会像两年前那样喜出望外地开门迎接我。我一声声地敲，一声声地唤："瑟瑟，瑟瑟，开门呀！"

没有回音。泪水顺着我的脸颊往下流，我的手无力地垂下来。我才完全醒悟了——瑟瑟死了，我最好的朋友真的死了！

我的目光停在那锁上,恍惚看到了有一行字:输入既定的20个数字。我的脑海中飞速掠过一些印象,随即蓦然想起瑟瑟的最后一封信:"平,还记得我们三个共同毕业的日子吗?请牢牢记住。"

我们,我、瑟瑟和世林,我们共同毕业的日子。小学毕业日、初中毕业日、高中毕业日,刚好是20个数字。是巧合吗?

我用颤抖的手指输入了这20个数字,仿佛冥冥中受着瑟瑟的指引。我有一种预感,如果能打开这扇门,我一定会有极其重要的发现。

"咔嗒"一声,门果然开了。

研究所共有13间房,我感兴趣的仅有两间:瑟瑟的卧室和中心实验室。

瑟瑟的卧室不大,只有很少几件家具,摆放得很整齐。瑟瑟死后,无人打扫,家具上都蒙着一层薄薄的灰。瑟瑟一向独处,这间卧室只有我两年前来过,据她的来信说,连白朴都从未获允许进入。

床头的书桌上摆着一个镜框,放着一张瑟瑟、世林和我高中时的合影。我深深体会到了瑟瑟对世林默默付出的感情。

我又试着打开了书桌抽屉。我相信是瑟瑟召唤我来查明一切,她告诉我"我们三个共同毕业的日子"肯定不是无心的,我一定要把她托付给我的事办好。

一张放在抽屉深处的画片吸引了我的注意力。再仔细一看,原来是从一本杂志上剪下来的"青年植物学家白朴"的照片。我一下呆了。

白朴，瑟瑟的心中也未尝没有你的位置呀。

确实，性格内向的瑟瑟会向白朴讲述自己的过去，本身就说明她没有对他紧闭自己的心扉。

我缓缓把画片放进提包。我想把它交给白朴，也许能令他得到一点安慰。

接着我又走进中心实验室。两年前我曾在这里消磨过两天时光，瑟瑟教会了我几种仪器的简单操作方法，我最喜欢"玩"的是植物情感变化测定仪。

上个世纪，许多世界知名的植物学家都做过关于植物情感的实验。如"植物对痛苦感受"的实验：把植物根部置入热水中，从仪器中立即传出植物绝望的呼叫声。又如"植物与记忆力"的实验：把两种植物并排置于屋内，让一个人当着其中一株的面毁掉另一株，然后让这个人混进由六人组成的队伍依次走过来（这些人全部戴着面罩），当毁坏植物的人走过时，那株活着的植物便在记录纸上留下强烈的信号指示。由此可见，植物不仅也有喜怒哀乐，而且会表露感情。

瑟瑟设计制造的植物情感变化测定仪比上个世纪的任何同类装置都要先进，在当代也属世界前列。这台仪器与桦树中的若干台观察仪相连，可以接收到桦树感情波动的信号。仪器还与智能电脑合为一体，具备多种功能，操作方法比较简便。此时我又试着开动测定仪，仪器的显示屏上立刻出现了许多信号。我忽然想到：

既然这台测定仪以前每天24小时不间断地接收桦树林中观察仪发出的信号,并自动储存记录,那么,我可以查到瑟瑟死亡当天桦树的感情信号了。瑟瑟是在桦树林中突然"发病"死亡的,也许我会从中找到什么线索。

我按下"人机对话键":"请显示今年12月9日晚10点至11点桦树林实验区的信号记录。"

显示屏上出现了无数条波动的线条,刚开始是剧烈地上下波动,不久变为激烈颤抖的线条,如同病人心脏病发作时的心电图。

我倒吸一口凉气,继续命令:"总结这一时期桦树林观察区的信号变化,并进行'情感辨识'。"五秒钟后,我看到了这样的字样:

"忧虑——愤怒——仇恨、恐惧、痛苦——极度的悲哀。"这就是那晚10点至11点桦树的感情变化过程。

我的疑虑被证实了。根据这样的记录,瑟瑟只能是被谋杀的。从颤抖的线条中,我仿佛看到了凶手与瑟瑟激烈的争执,看到他要伤害瑟瑟,瑟瑟极力挣扎,凶手得逞,瑟瑟死去……

瑟瑟,相信我,我一定会找出真凶,将他绳之以法!我一定会为你雪恨的!可我在A市只有两天时间了,而对凶手以及谋杀的动机、方法一无所知。公安部门不可能将仪器显示的结果作为瑟瑟死于谋杀的证据而立案侦察,我只能靠自己。

"请显示今天下午3点至3点20分桦树林实验区的植物感情变化。"这是刚才我通过白桦林的大概时间段。如我所料,显示屏上出现的是微微波动的线条,如同春天的湖水泛起的轻波细浪,辨识结果:"友好,轻度伤感,怀念。"

我为这新的测试结果喜不自禁,无意间触动了一个按钮。显示屏上的图像变了,又出现了起伏很大的线条,不仅频率高,而且波强远远大于刚才。我大吃一惊,看清显示屏上同时显示出4点38分的时间。是桦树林区现在传来的信号,发生了什么事?情感辨识:极度反感。一个念头疾速在脑际产生:凶手来了!凶手正穿过桦树林向这里走来!正在这时,我听到敲门声。

瑟瑟不喜欢门铃,她说门铃声对她和她的植物都是一种有害的刺激。因此她在研究所内装上了"回音"设备。那种设备使来人的敲门声和呼唤,甚至说的话都能清晰地传到研究所的每一间房里。这时,我还听到了这样的话:"有人在吗?我是CN研究所的马吕斯博士,与这里的前任研究者许小姐有些业务上的往来。如果你是下任研究员,我想和你商量一下以后的合作,以及上月交换的实验植物的问题。"

CN研究所?这是白朴工作的研究所呀。这个马吕斯是否就是白朴的合作者?"有人在吗?中心实验室有人吗?"马吕斯继续问。是灯,我开着的灯泄露了我的存在。我该怎么办?我的心中迅速转过千百个念头。如果这个马吕斯是凶手,他杀害瑟瑟的动机是否与植物研究有关?CN研究所是N国与我国合办的植物研究所。N国的学者为什么要到我国来研究植物?今天上午从医院回来,我顺便做过调查,CN研究所仿佛正在研制一种什么生化制剂。

我在N国几年的工作中,触及过这个国家各个层面的黑幕,深知这个国家的科研、文化、体育活动等都渗透着政治目的。近年来,新闻界多次揭发N国采用与别国合作的形式秘密研制生化武器，一般由 N 国出资，合作国提供场所，以避免污染 N 国的环境。如今把生物制剂与 N 国相连，我脑海中冒出的第一个念头就是——生化武器！

我一下子兴奋了起来：假设 N 国的马吕斯假合作之名，暗中研制新型生化武器，并未让合作者白朴察觉，却被瑟瑟发现，她甚至掌握了他研制生化武器的证据，他是否就有充分的理由杀害瑟瑟？

绝对有。马吕斯很可能就使用了他新研制的生化制剂——用一般检测方法是无法发现的——害了瑟瑟。

如果事实果真如此，那么，既然瑟瑟已死，他的罪恶又不为人知，他为什么还要到这里来呢？他要寻找什么？是不是这里留有他的犯罪证据，比如：瑟瑟先前所掌握的他研制生化武器的证据？

想到这儿，我的目光飞快地在实验室中搜索。突然，我捕捉到了一抹不协调的色彩。那是一只很小的瓶子，瓶口密封，里面盛着大约 20 毫升的液体，瓶身上半截是红色，下半截则是透明的。由于瑟瑟喜欢白色，中心实验室中使用的器具除透明以外仅有白色，所以那一抹红就特别醒目。或者可以这样想：这不是瑟瑟实验室的药剂瓶。

敲门声停了，也许马吕斯已经离开，或者还守在门口，危险警报还未解除。我打算暂时躲一躲，并利用这段时间更细致地调查一下。

我把小瓶子放在掌心中仔细地瞧，发现瓶上还贴着一个小小的标签，上面写着 "Danger"（危险），瓶底玻璃上浮出浅浅的 "CN"

字样。它使我对马吕斯就是谋杀瑟瑟的凶手的想法深信不疑。但我该怎么办？马吕斯也许还不知道谁在这里，可如果我走出研究室，他必定会跟踪我。而且，很可能他事先就从白朴那儿知道我与瑟瑟是最好的朋友，我一到A市他就注意我了，怀疑瑟瑟告诉过我什么。至少，他现在已知道我能开启密码锁，我掌握了他想要的密码！

马吕斯一定会有所行动，在此之前我必须采取主动。当务之急是查明小瓶中的液体，一旦证实它是一种可当作生化武器的新型原病毒，我将立刻通报国际组织并与《默》总部联络。只要尽快把事实公之于众，马吕斯杀我灭口也就没有了意义。

我的心中起伏着几种念头：一是为瑟瑟报仇，一是惩办这个制造生化武器的魔头马吕斯并声讨N国政府，一是保护自己的生命安全！我深知这事件幕后有N国的势力，斩草容易除根难，那将是另一场异常艰苦的斗争。

这一瞬间，我胸中充满了战斗的勇气与力量，我不是孤独的，为瑟瑟讨回公道，不仅仅是私人恩怨，更是与世界和平息息相关的重大行动。然而，此刻我独自一人，身处一间与外界隔绝的实验室里，旁边都是冷冰冰的仪器与试管；研究所外仿佛弥漫着罪恶与恐怖的气息。我内心深处有一点害怕，不，是非常害怕。

我的身体微微颤抖，我渴望有谁能帮助我，这时候我想到的第一个名字就是白朴。为什么是白朴？也许因为他让我觉得，他是瑟瑟的未婚夫，是一个可以信任和依靠的人。

我取出手提式电话，正准备输入白朴的电话号码，耳边却又传来了马吕斯的声音——他果然一直等在门口："如果你现在不能见我，我还会再来造访。或者请你给我打电话，我的号码是57326389。"随后，植物情感变化测定仪上的信号证实他又一次通过了白桦林并消失了。我相信，这一次他是真的走了。他大概已知道我的身份，不怕我会逃出他的手掌心。

我松了一口气，又拿起电话。不能找白朴——心里有个声音这样说。我犹豫了半响，才按下顾世林的号码。为什么不找白朴？因为他的电话很可能被马吕斯监听，他的一切活动，说不定也都受着马吕斯的监视。这个推理合乎逻辑。

"喂喂，我是顾世林。"

"是我，陈平。"

"平，我刚才去找过你，但没有找到。我有事要告诉你。我现在过来可以吗？"大概是感觉到我的犹豫，他做了解释，"是这样的。我中午接到一个电话，请我们两个明天上午9点一起去CN研究所。平，你去吗？"

CN研究所？"是谁打来的电话？"

"对方没有说明。他好像很急，只说请我们去就挂断了电话。不过，CN研究所不就是瑟瑟的未婚夫工作的地方吗？也许是他要请我们去？"

"你打算去吗？"

"我想见瑟瑟的未婚夫，看看他是个什么样的人。"

我飞快地思考着——如果是白朴打的电话，他一定会留下姓名。那么，会不会是马吕斯设下的圈套？不，我们不能去！

但是，如果是白朴打的电话呢？这也不是不可能的。今天我电话里对他说过，瑟瑟还有一位朋友到了A市，还把顾世林房间里的电话号码告诉了他。或者白朴已猜到顾世林就是那个在瑟瑟心中占有重要地位的人，所以打邀请电话的时候，由于某种心理障碍而没有自报姓名。

当然，假如是马吕斯的约会，我们去是很危险的。谋杀并不难，尤其是凶手掌握了不留痕迹的新式杀人武器。但这样也好，这正是一次我们互探虚实的机会。不过，我不能让顾世林也惹上杀身之险，我需要想个理由。有了，正好有一件事可以交给他去做。

"世林，拜托你一件事可以吗？"

"尽管说。"

"世林，你是知道的，我能留在这儿的时间只有两天了，可我还有其他事要做。明天上午，我本来应该去找一位化学家，请他帮我检验某种药品的成分，这是一件非常重要的工作。当然我更希望去CN研究所。"

"你的意思是——"

"明天我代表我们两个人去赴白朴之约，请你代我去找那位化学家，可以吗？"

"平！"世林在电话里的声音变得怪怪的，许是觉得我有点儿蛮不讲理吧。

"我们是老朋友了，就帮我这个忙吧！"

"平，我不是怪你提出的要求不合理。我想你这么决定一定另有原因，你为什么不告诉我呢？有问题我也可以帮你啊！"

我的心中涌上浓浓暖意，世林原来是这样明白我。但是那个原因我不能告诉他，否则他一定要孩子气地和我共同冒险。"那么你是答应了？"我趁势问。"是的。"世林的回答颇有几分心灰意冷。我对他有些抱歉，但我不希望他涉险。他是我的好朋友呀，我没能救瑟瑟，我至少要救他。

我把贴着"危险"标签的小瓶放进包里，站起身来，最后把实验室里各种实验器具细细察看了一遍。我事先并没有想到还会有新的发现，这发现后来改变了我的命运。

那是一只白色大圆筒，打开盖子可以看到筒里装有一只绿色的密闭容器，我认得这是一种恒温器，可以使容器内部保持特定的温度，而我手中的这个恒温器内部竟保持了 –67 摄氏度的低温。筒内大约有 500 毫升左右的液体。可以想象，这种液体在常温下呈气态。我盖上盖子，一字一字地读出瑟瑟贴上的标签说明：桦树之酒——植物兴奋剂——现仅证明对桦树有效。那么瑟瑟成功了！

她曾对我谈起她的设想：植物表达感情的方式很难被人类所察觉，但只要研究出一种能使植物兴奋的物质，把它们的情绪充分地显露出来，人类终究会认可植物也是有情感的。如果发明了这种物质她要把它叫作"酒"。

虽然这种"桦树之酒"只对桦树有效，但这发明已能震惊世界——这是植物的兴奋剂呀，能让我们的世界变成一个有更多的声音、更多的情感、更丰富、更快乐的世界。我要把这件事通知瑟瑟的父亲，他一定会为瑟瑟感到骄傲。我也希望他能以自己的国际知名度，帮助瑟瑟实现她生前的愿望——把"植物之酒"推上世界植物学研究的高峰，而瑟瑟的名字将被载入史册。

当夜,我秘密离开了瑟瑟的研究所。第二天早晨,我便把那可能盛放的是新病毒的药剂瓶交给顾世林,请他按我给的地址去找那位化学家。然后,我只身前往CN研究所。

CN研究所占地不大,从外观上看与其说像研究所,不如说像一幢高级别墅。

迎候的人果然是白朴,我顿时松了一口气,悬着的心落到了实处。

"你好。"

"早上好。怎么,只有你一个人吗?"

"世林另外有急事要做,让我代他向你致歉。"

"请进来坐。"我跟在白朴的身后走进实验大楼,"会客室在一楼,我的卧室在二楼,或者你想看看我的工作室?"

"不,我想去你的卧室说话。"我轻声说,"这幢楼里还有别人吧?有些话我不想在会客厅里说。"

"这里还有我的合作者马昌斯教授和他夫人。"白朴望了我一眼,接着说,"那就按你的意思,到我卧室去吧。"

一进他卧室,我立刻关上门,取出一个小如火柴盒的仪器,在房间里四处寻找。

"怎么了,你在干什么?""嘘——"我示意噤声。大约五分钟后,我解除了警报。

"我怀疑你被别人监视,不过你的卧室没有装监视仪和窃听器,我可以放心说话了。"我见他的神情变得十分严肃,"我待会儿向你解释。你请我和顾世林到这里来有什么事?"

白朴有些犹豫,他缓缓回答:"我……其实我是想证明自己的一个猜想。嗯,就是想证实顾世林是否就是瑟瑟一直惦记的那个人,我想看看他到底是什么模样。"

"果然如此。"

"你总能了解我。"白朴笑了,他的微笑能令人感到温暖,"所以我希望你也一起来。在这种情况下看到你,会使我不那么难过。"

我被他的话感动了,从包里取出那张从瑟瑟的卧室里找到的照片。

"这是瑟瑟的卧室里放着的,是你的照片。"瑟瑟虽然一直暗恋世林,但她终于也被白朴的真情感动了。这张暗藏的照片就如她深藏未露的情感,他一看就会明白。

他颓然地跌坐在床沿,低垂着头,喃喃道:"我明白那句话了……我真愚蠢……"

"白朴,别这样,你应该高兴,她是关心你的!"我不愿看到他颓唐的样子,这令我难受。

白朴抬头望了我一眼,那目光中有种我不能明了的感情,是幸福?痛苦?还是悔恨?不,我说不清这是一种什么样的目光。我忍不住在他身边坐下,轻轻拍拍他的肩膀,当年我也是这样来安慰瑟瑟的。

"请你支持我。"他说。他紧紧握住了我的手。

我感到他的手是冰凉的,和我一样。"让我们互相支持吧。"我说,接着向他讲述了我昨天下午的经历。

我省略了关于植物情感变化测定仪的部分,因为白朴说过,他认为植物有感情的说法是荒诞的。我强调说明,从瑟瑟的实验室里藏有 CN 研究所的剧毒制品,瑟瑟的离奇死亡以及马吕斯的出现这三点,就可以推断马吕斯有很大的谋杀嫌疑。

"今天下午我就能得到化验结果,只要那的确是一种新研制的病毒,单凭这一点我就可以报告公安机关和相应的国际组织。但我还需要你的帮助。"白朴握着我的手在激烈地颤抖,我相信此时仇恨与愤怒也正在他的胸中沸腾。

我需要白朴的帮助,而且他必须这样做,他必须协助我及公安部门、国际组织的各种调查,证明自己的清白。不管怎么说,他也是 CN 研究所的一员,至少在研制生化武器上有难以洗刷的嫌疑。

"我明白了。"他望着我,恳切而坚定地说,"我会去查看马吕斯的实验室。今天下午你如果得到了肯定的消息,请马上告诉我。"

"如果证实了那种液体是生化武器原病毒,我打算约马吕斯今晚在瑟瑟的研究所会面。"

"是我们与他会面,同时我联系好本地公安部门把他当场抓获。马吕斯如果拥有特殊病毒,很可能会像杀害瑟瑟那样杀害你的。记住,我们要并肩战斗!"白朴说。

"好,我们并肩战斗。"我有些哽咽了。

"这件事你没有告诉顾世林?"

"没有。"

"那就别告诉他。这次行动太危险,涉险的人越少越好。"

"我也是这么想的。"

白朴深深地望了我一眼,仿佛了解了我所有的心意。他的嘴角露出一丝笑意:"现在,把那20位的密码告诉我好吗?"

现在是12月25日晚7点20分,我正坐在瑟瑟的中央实验室里等待白朴的到来。我的心情既紧张又激动,目光则停留在实验台上摆着的那个小小的药剂瓶上。

顾世林已为我带来了我想要的答案。这个看似普通的小瓶子中有一个可怕的魔鬼——一种类似艾滋病毒的新型病毒。它通过呼吸道和消化道感染,并使感染者自身的免疫系统在半个月内遭到完全彻底的破坏。这种病毒是以多种植物提取液加上动物激素化合而成,无色无味,是一种极其可怕的"隐形杀手"!

杀害瑟瑟的,应该是另一种毒剂,比起我面前的这种"隐形杀手",那会使人心肌梗死的药物实在是小巫见大巫。而能研制出"隐形杀手"的人要研制出那种相对"简单"的毒剂并不难。

我和白朴约好了7点30分在瑟瑟的中心实验室会面,并约马吕斯今晚8点来此处。当然,白朴已通知了公安机关,从7点40分就开始对整个实验区实行监视。计划应该是万无一失了。我现在的心情有如即将上战场的战士那么紧张和兴奋。

植物情感变化测定仪上的图像出现异状,有人进入了桦树林。是白朴吗? 不,不是他。

桦树的感情变化是那么强烈,甚至超过了上一次马吕斯出现时的情况。屏幕上出现高频波状线,一如心肌梗死病人的心电图,连仪器本身也开始微微振动,并发出嗡嗡的声音。

"一模一样! 简直一模一样!"我不禁叫出声来,脸变得煞白。

这图像与瑟瑟被害时的记录极其相似。

我努力抑制自己心中的惶恐,对图像进行"情感辨识"。

辨识结果:"极度仇恨!"

极度仇恨!难道是马吕斯提前来了吗?但为什么昨日与今日,桦树的情感变化会有这么大的改变?这不符合逻辑!

不,不,冷静,我要冷静下来。从头至尾想一想,我觉得遗漏了什么,我的推理和判断是在哪一步出现了错误?植物感情变化测定仪上显示的不是"极度反感",而是"极度仇恨"。难道,马吕斯不是真凶?

也许……也许还有一种解释。

真凶另有其人?

我从不敢这样想,我甚至不忍心做这样的假设。

如果我敢于在心里吐出那个名字,一切问题就很容易得到解释,因为这个人可以比马吕斯更方便地杀害瑟瑟。可是我从一开始就像蒙住了眼睛,一直一直。

那个在瑟瑟墓前痛哭的男人……怎么可能是他?

我心里乱成一团麻,甚至不能思考下一步我该怎么做,直到我听到了那个人的声音:"陈平,我来了。"这一刻我如雷轰顶,全身战栗不已。真的是白朴!

马吕斯只是他的帮凶。他应该正在输入密码,他马上就要进来了!

我猛地跳了起来,把"隐形杀手"装进提包,又近乎下意识地带上那筒"桦树之酒",迅速离开中心实验室,冲进走廊斜对面的另一间房。

这里大约是书房,屋里一片黑暗。我背靠着关上的门,微微喘息,心脏猛烈跳动,几乎要从嗓子眼儿里蹦出来。

我听到了走廊上的脚步声,只有一个人,他是一个人来的。对了,他并不知道有一种仪器早已暴露了他的真实身份。他也许还要演一场戏,骗回"隐形杀手",然后,他的同伴马吕斯会到来,他们可以一起杀死我。当然,不会有什么公安人员来协助我,我不会傻到此刻还指望白朴预先通知了公安机关。

我屏住呼吸,等待着白朴进入实验室的那一刻。这里所有的房间在每次开启后都会自动关上,我只等着白朴进入中心实验室,门一关,我就可以乘机离开这里,冲出大门,逃离研究所。我嘴唇咬出了血,带着一丝甜腥味儿。

随着"咔嗒"的声响后,又是"嗒"的一声——中心实验室的门关上了,我的等待已至尽头。我立即抽身出门,蹑足向走廊那一边的研究所大门走去。然而我疏忽了一点:书房门也会自动关闭,那暴露了我行踪的轻轻一声"嗒"对我而言不亚于山崩地裂的巨响。我不能寄希望于白朴的迟钝,他一定听到了。我不再蹑足,而是飞也似的一口气奔出了研究所。

不知何时,屋外已下起了大雪,雪片如鹅毛般铺天盖地而来。没有风,但桦树林仍在颤动,想来是它们对白朴的仇恨之情尚未平复。我奔入林中,在那条林间小径上拼命地跑着。白朴追上来了,他急促的脚步声与愈来愈近的呼吸像原始部落祭祀之夜的死亡鼓点。他马上就要追上我了,逃是逃不掉的。我要赶快想个办法,不然就只能引颈待毙。

提包里有件东西沉甸甸的,影响了我奔跑的速度。对了,那是"桦树之酒",这种低温存放的植物兴奋剂一旦接触常温就会立刻汽化。

我站住了,每每在最紧张的时刻我会突然镇定。

我取出"桦树之酒",打开白色圆筒,又小心地打开内层恒温瓶的瓶盖。仅仅半秒,瓶中腾出一阵水汽,在雪光的映照中仿佛闪着绿色的荧光。水汽散得很快,随风飘向林中的每一个角落。这时,白朴已到了我的身后。

我盖上两层瓶盖,"桦树之酒"大约还剩一半,我希望自己还有机会把这剩下的一半交给许教授。

"陈平,是你吗?"白朴问,"你在做什么?"

我把"桦树之酒"放回提包里,回身面对着他。

"你为什么躲着我?我们不是事先约好了……"

我只是平静地望着他,无法提出可以自圆其说的借口。我悲愤而痛苦的目光早已暴露了心中的秘密。

"原来如此……"他喃喃地说,脸色也变了。

也许是我的幻觉,我觉得此刻桦树颤动得更厉害了,枝叶相击发出"哗哗"的响声。桦树林仿佛正经受着龙卷风的袭击,连树干也开始摇晃起来。

白朴从大衣口袋里掏出一个小瓶,大约是某种喷剂。

"你都知道了?是的,是这么回事。瑟瑟发现我和马吕斯合作研制生化武器,还掌握了我们的犯罪证据,她约我在这个地方会面,逼我向公安部门自首。她把我逼得太紧了,我没有办法,只能杀了她。马吕斯没有出手,他只是冷眼旁观,看我执行任务。"

我没有淌泪,我唇上的血也凝固了,我的心早已冰冷。我只是说:"我真愚蠢。"

"我才真正愚蠢。如果我早知道她对我的感情,或许我会有别的选择。"白朴摆弄着手中的喷剂,好像还没有对我动手的意思,"我一直恨她对我毫不在乎。现在想来,如果我当时选择自首,即使入狱她也许都会等着我。我自小孤独,一无所有;马吕斯给了我一笔巨款,我想金钱或是爱情我至少总应拥有一样吧。昨天你告诉我她对我的感情,我才后悔当初的选择。"

桦树树干开始左右摇摆,在我们身边发出可怕的"哗啦""哗啦"的巨响。我的心中萌发出希望,但也未尝不为这种景象感到害怕。

白朴却依然毫不在意,他从不相信所谓的"植物情感"。他伸手拉我,我想甩开他的手,但他用右臂把我紧紧抱在怀里,左手已把那瓶喷剂凑到我的面前。

我不敢挣扎,我怕挣扎时屏不住呼吸会吸进什么可怕的气体,我知道如果那样我会像瑟瑟一般死去。心肌梗死,不留痕迹地死去,公安部门即使怀疑也找不到证据。

"我没有骗你。"白朴用一种异常温柔而此刻却令我毛骨悚然的语调说,"第一次见面时,我说的是真话。我很早就认识了你,甚至很早就喜欢你。但这一次我没有选择了,我们之间只有一个人可以活命。"

我心里说:他就要喷毒气了,他就要喷毒气了!

此时整个桦树林已如地狱,四面充斥着可怕的声音,摇摇摆摆的大树、纷纷折断坠落的枝叶、鹅毛般的雪片,仿佛都是有生命的,全都一起在我们身边怒吼!不,不仅仅是这样,它们也要战斗!

我们身边的几棵桦树更是摇摇欲坠,我们仿佛身处于即将倒塌的大厦底层。白朴也好像意识到了什么,他一手死死抱紧我,不让我逃脱,一手把喷剂对着我的面部狂喷。

我紧闭着嘴,屏住鼻息,甚至闭上眼睛。我害怕极了,我不知道自己还能强忍多久,再这样下去我没被毒死就先要窒息。无论是哪种情形,我都已看见死亡的大门向我敞开……

忽然间,我听到"轰隆"一声巨响夹着一声惨叫,抱着我的手臂松开了。

我睁开眼,只见白朴倒在地上,一棵粗大的白桦树重重地压在他的身上。不仅如此,还有三四棵桦树剧烈地摇摆着,接二连三地倒在他的身上,发出一声声的轰然巨响。

这是桦树的愤怒……

风停了,雪停了,桦树林里静悄悄的。有人在虚弱地呻吟着。

我缓缓走到白朴身边,蹲下身子,以悲喜交集的心情默默地望着他的脸。

他的头受了重击,血流满面。虽然映着地上的雪光,我却仍然看不清他的表情。

他就要死了,救不活了,他口中仿佛还在喃喃地说着什么。

我凑近他,想听清他最后的话。

"瑟瑟,那是瑟瑟的眼睛,到处都是……"

我抬头看,黑暗的林中仍可见到桦树干上无数的黑斑,仿佛无数只眼睛。

现在是7点39分,白朴已停止了呼吸。马吕斯不久也会来吧?不要紧,我已向公安局报了警,他们即将赶到现场。

明天下午我就要回N国,相信不久就可以在世界各大报刊上看到关于N国在我国建立研究所研制生化武器、并被当地公安机关破获的新闻。那将给N国的生化武器计划带来沉重的打击,不过,瑟瑟和白朴的名字将不会见报。

明天,我又得离开A市了,离开我亲爱的故乡。我想再见世林一面,和他好好谈谈,再一次追怀我俩和瑟瑟共同度过的美好时光。

我隐隐听到了警车的声音,仿佛落幕的铃声,宣告又一个故事将要结束。

此刻的我,忽然想到两天前初见白朴的时候,黄昏的海边那迷人的天色……

我轻声对着天空说:瑟瑟,你可以瞑目了!

一颗泪珠滑过我的腮边。

在许多科幻小说中,我们都能看到"男性/技术/理性/主体——女性/自然/情感/客体"所构成的经典二元对立,前者对后者具

有毋庸置疑的支配力量。相比之下，赵海虹则擅长通过复杂且有力量的女性角色，通过她们身上所携带的另类特质，对充满男性色彩的现代文明发展逻辑提出质疑和挑战。

按照生态女性主义的观点，自然界与女性之间那种充满灵性的伙伴式关系，与男性化的以科学技术为主导的支配式关系，二者之间构成一种对抗性张力。在《桦树的眼睛》中，真正的对抗正是在这样两个世界之间展开：一边是陈平、瑟瑟与白桦林之间通过不需要语言的隐秘交流，共同建构起一个万物有灵的神秘乌托邦，另一边则是白朴、马吕斯、CN研究所与N国所构成的利益至上的世界。陈平相信瑟瑟的梦想，相信研究植物的情绪能够让世界更加丰富多彩，而白朴则对此不屑一顾，认为植物研究的价值仅在于制造生化武器，两个世界之间最根本的分歧正在于此。

在小说高潮处，我们看到带有近乎巫术色彩的一幕：白桦林终于"说"出自己的愤怒之情，并代替沉默的受害者——既包括瑟瑟，也包括一直处在科学技术宰制之下的自然界本身——向为所欲为的男性科学家施以惩罚。白朴的失败，不在于技术的落后，而在于他的野心与傲慢，在于他不懂得聆听和体察。这为我们提供了另一种角度来反思今日人类所面临的困境。

1998

偃师传说

潘海天

潘海天，男，生于1975年。国家一级注册建筑师，科幻、奇幻作家。作品五次获得中国科幻银河奖。奇幻架空世界"九州"创始人之一，《九州幻想》杂志主编。现致力于科幻与奇幻影视方向。

一个阳光明媚的下午，西周穆王姬满的爱妃盛姬在自己的房间里收到了无数精美的礼物。在这些礼物中，有一只琢磨得晶莹剔透的汤匙，它像一只黑色的鸟儿在光滑如镜的底座上微微颤动，翘起的长喙令人惊讶地固执地指向南方；在另一只黄金雕成的盒子里，装有一满把黑色的粉末，这些粉末蕴藏着一个惊人的秘密：在没有月光的晚上，把它们撒在火上，就会招来怒吼的蓝色老虎的精灵；在这些叫人眼花缭乱的珍宝中，还有一团神秘地永恒燃烧着的火焰，火光中两只洁白的浣鼠正在快活地窜上窜下，这团永不熄灭的火焰就是它们的宇宙和归宿。

这一切匪夷所思的礼物都没能让盛姬露出她那可爱的笑容来。她皱紧了好看的眉头，叹着气摆了摆手，围簇着的宫女和奴隶立刻倒退着把这些礼物撤了下去。

姬满听到了侍从的报告，匆匆结束了和祭父的谈话，从前殿赶了回去。他怜惜地扳过爱妃的肩头，问道："这些玩物没有一件不是天下最杰出的巧匠殚精竭虑、呕心沥血的杰作,没有一件不沾染着我属下最勇敢的武士的鲜血。多少人惨遭杀戮,血溅五尺,只是为了一睹这些宝物。我游历四方,网罗而来的这些天下至宝,难道就没有一件能讨你的欢喜吗?"

王妃慵懒地叹了一口气:"何必让那些贱民再去白白浪费生命呢,我不会从这些俗物中找到快乐。大王你东征西讨,日理万机,又何必在意一个小小妃子的苦乐呢!"

被爱情激起了勇气的穆王叫道:"我拥有整个帝国,环绕我的国土一周,快马也要奔驰三年;我的麾下有80万甲士和3000乘战车,他们投下的马鞭就能让大江断流;我的属民像砂粒一样不计其数,他们拂起衣袖就能吹走满天乌云。难道我,伟大的姬满,竟然不能让所爱的人展露一下她的笑容吗?"

他飞步奔出后堂,大声发布命令:"传我的旨意,30天内,召集天下最有名的术士艺者,最能逗人发笑的优伶丑角。不论是谁,只要能让我的爱妃露出一丝最微弱的笑容,我就赐给他10座最富裕的城池,外加黄金500镒,玉贝1000朋[1]。"

他抽出那把伴随他征战多年的锟铻宝剑往地上一插:"如果这些艺人都没能成功,他们也就丧失了存在的权利,大周朝从此将是所有流浪者的死敌。"锋利的剑刃穿透了垫地的花岗岩石砖,猛烈地晃动,述说着国王的决心。

500名信使跳上他们的快马汗流浃背地向四方奔驰而去,国王

---

[1] 镒:古代重量单位,20两为一镒;朋,古代货币单位,5贝为一朋。

的承诺像野火一样迅速传遍了整个帝国。

三足乌第 30 次又回到它在崦嵫[1]之山的住所时,周王朝镐京王宫的大殿前已经竖起了象征帝王威严的九座铜鼎。熊熊燃烧的火焰照亮了鼎上的饕餮纹饰,也照亮了周围的巨大庭院。

这是一个长 400 两[2]、宽 200 两的巨大空间,纵然里面摆放着五百张堆满了珍肴佳馔的桌子,也仍然能感觉得到那宽广坦荡的帝王尺度。在每一张桌子后面,在火光照不清晰的黑暗角落里,挤坐着数不清的来自天涯各方的奇人异士。云游四方的旅行家带着他们那奇形怪状的坐骑,来自遥远国度的流浪艺人小心翼翼地掩盖着他们赖以糊口的神幻秘技,不少人脸上的尘土还未洗净,他们是为了那一份不可思议的丰厚赏金而匆匆从数千里外的地方赶来的。

这些最卑下的贱民,每日里只能在风雨和泥尘中打滚,以求得一份口粮。也不知是他们上辈子修了什么德,才有福一睹这个天下最大帝国的尊严。衣着华丽的奴隶在席前往来穿梭,端上来的都是他们见所未见、闻所未闻的山珍海味;貌若天仙的宫女在廊间轻歌曼舞,她们身上的香气和龙涎香燃烧的气味混合在一起,弥漫在空气中;500 名站在阴影中的青铜甲士寂然无声,只有微风拂过他们的长戈和甲衣时才能听到轻轻的呜咽声。在左右回廊围绕着的中央高台上,被贵族和百官簇拥着的,就是威震天下的国

---

〔1〕 崦嵫:日没入之山,见《离骚》。
〔2〕 两:古长度单位,5 两为一丈。

王和他所宠爱的盛姬。

一位神情猥琐的老头捧着一具式样古怪的乐器率先登上了场。他向高台行了叩拜礼后坐下来开始吟唱一首抑扬顿挫的颂歌，人们听不懂他的语言，却都迷醉在他的歌喉中；两名衣着袒露的少女扭动着柔柔的腰肢跳起一种风格特异的舞蹈，她们那飞旋的脚尖宛如田野上跃动的狐狸，就连宫中最善舞的宫女都看直了眼。

国王偷眼看了看身边的爱妃，她的脸上露出了不耐烦的神色。他摆了摆手，老头的乐器落在了地上，传出最后一声颤动的低吟。

接着上场的是一位来自遥远国度的魔术师，他有一个傲慢的鹰钩鼻子和一把桀骜不驯的大胡子，他的家乡远在胡狼繁衍生长的另一方土地。他倨傲地向国王和他的妃子鞠了一个躬，然后从随身携带的旧羊皮袋里抓出一把豆子撒在地上，"喃喃"地念了几句咒语。周围传来一阵压低的惊呼，奇迹出现了，地上的黄豆和黑豆自动分成了两组，各自排兵布阵，有进有退地厮杀了起来。

可是王妃的眉头甚至连动都没有动过。两名剽悍的武士立刻上前把这位不幸的异乡人连同他的豆兵带走了。

一位身材矮小、肤色黝黑、缠着包头巾的汉子快步走了上来。他的手里提着一团同样是黑黝黝的毫不起眼的绳子。他盘腿在尘埃中坐下，把一个大家先前都没有注意到的短笛凑到了嘴边，顿时，一股低沉的魔音在夜空中响起。

慢慢地，那团放在地上的绳子动了一下，一端的绳头抬了起来，缓慢但是坚定地沿着一条优美的轨迹向上升去，仿佛有一只无形的手在提着它上升，上升，直升到一朵低垂着的乌云中。围观的人群情不自禁地憋住了呼吸，就连一直从容镇静的王妃也忍不住展了一下眉头，但是自始至终，她的笑容没有绽放过。

失望的国王招来了卫兵，但是那位机敏的艺人在武士还没有靠近他的时候，就一纵身跳上了那股笔直挺立着的绳子，飞快地爬了上去，消失在那一团乌蒙蒙的积云中。一名卫兵对着绳子砍了一剑，绳子断成两截落了下来，可是那名矮小的黑皮肤汉子却不见了。

包头巾的人引起的骚乱只持续了一小会儿，表演接着进行下去，可是再也没有谁能像他那样幸运地逃脱国王的惩罚，锟铻宝剑上留下的血痕越来越鲜明。

寥落的晨星从东方升起，盛姬望着高台下面那些耸动的人群，鼎下的烈火照得她的脸半明半暗。小时候，她曾经有过一个荒诞的梦想：有那么一天，能够拥有难以数计的财富和珠宝，甚至连高山、湖泊、幽暗的森林和广袤的大海都属于她的名下；而所有的那些自高自大的男人都只是她的奴仆，蹲伏在脚下听候吩咐。那时候，她就是世界上最幸福的女人了。而这一切，身边的这个男人都替她做到了，甚至就连他自己也拜伏在她的裙下。现在她快乐吗？

高台下传来一片喝彩声。一个艺人完成了一个高难度的吞剑动作后，胆怯而又充满希冀地望过来。盛姬毫无表情地扭过头去，她知道这等于又宣判了他的死刑。无数的艺人正玩命地表演他们的拿手绝技，只是为了赢得她的一个笑容。他们真的是为了她的快乐，还是为了那一份丰厚得足以拿生命去冒险的赏金呢？

夜晚眼看就要过去了，国王的神情变得越来越焦躁不安。就在这时，守卫在门边的卫兵和拥挤的人群骚动了起来，人们纷纷向后退去，一袭黑袍出现在晨曦之中，带着魔鬼的气息。

一名年轻的士兵带着惊恐低声说："我敢对大神发誓，他是突然出现的。"

确实，他的出现是那么的引人注目，就连盛姬也抬起了头，饶有兴趣地看着他。

黑袍人缓步走上前殿，卑恭地向王座行了礼，开口说道："至高无上的王啊，你是这个世界中生命的主宰。我听到了你的承诺，从时间的溪流中浮泛而下，穿过了世纪的物质和存在的象征，带来了我的作品，期望能得到王妃的赞许。"

他的话引起了一片惊叹，因为就连王国中最富有智慧的谋父都不能全部了解他的话。

"你知道失败的下场吗？"国王带着醺醺的酒意，用威胁的口气问道。

时间的旅行者笑了一笑，他拍了拍手，四名仿佛同样从黑暗中冒出的黑衣奴隶抬着一只透明的箱子快步抢上前来。

箱子在晨星的光芒中宛如水晶般闪闪发光，旅行者猛地张开双手，他的手杖顶端放出刺目的光华。一只胡狼在远方发出一声凄厉的长啸。篝火余烬的红光照在水晶上，仿佛一阵水纹波动，箱子里显出一个人形来。

黑衣奴隶打开箱盖，箱中人直起身来，他带着惊异观望着身边的崭新世界，目光越过了骚动的人群和辉煌的殿堂，凝在了高台上。这是多美的一个小伙子啊，他的鼻梁高秀挺拔，他的目光明亮有神,他的笑容火焰一般灿烂。

面对着这样的一个奇迹,人群没有欢呼,没有激动,有的只是焦躁和狂乱的低语:"只有神才有权造人,这是亵渎……""巫术!""抓住他,地狱里来的魔鬼!"

周穆王的脸色有些发白,他的权力足以让他藐视一切法术,但用造物主才能拥有的魔力去刺穿生命的庄严,放肆地污辱神灵,那是另一回事。他犹豫不决地回头看了看,看见他的王妃唇边浮起一抹微笑。他举起了一只手,人群安静下来。

王妃微笑着开口说道:"异乡人,你的法术让人大开眼界。你说这是送给我的礼物,可我要这个卑贱的男人有什么用呢?"

她的话音犹如雪夜中的铃声一样清脆撩人,甚至黑袍人在她的美貌面前也不得不低下了头,谦卑地回答道:"聪慧美丽的王妃呵,他叫纡阿,只是一个傀儡,既没有生命,也没有尊严,但他从娑婆那里学到了音乐,从阿沙罗加[1]那里学到了舞蹈,当他展示他的所能的时候,就连石头也会欢笑。而他存在的唯一目的,就是尽其所有来让您拥有欢乐。"

他转过身,拍了拍手,喊道:"跳起来吧,纡阿!"

仿佛一阵微风吹过琴弦,站着的年轻人微微一颤,接着指头曼妙地动了一下,就让所有的人都屏住了呼吸。突然间,他浑身上下都洋溢起舞蹈的气息,就连足迹踏过最遥远国度的旅行家也

---

[1] 娑婆、阿沙罗加:我不知道黑袍人属于哪个时代和哪个民族,从他无意中提到的这两位神祇的名字来看,也许他带有印度血统。

从未见过的华丽欢快的舞姿,如同流水一样,从他的头,从他的手,从他的足,从他的每一根指头,甚至从每一寸肌肤中喷涌而出。有什么东西能够比拟他的舞姿呢,飘零在急流中的花瓣,回旋在风中的火焰——让人看了止不住地就想热泪流淌,想放声长笑。一支长矛从卫兵的手中脱落,掉在国王脚下的尘埃中。国王费了很大的劲才把目光收回,转到了坐在身边的盛姬身上,他看到了渴盼已久的笑容就挂在王妃的嘴角。

一舞既罢,高台上下鸦雀无声。国王站起身来想说话,却发现自己嗓音嘶哑,他稳了稳神,说道:"异乡人,你的礼物正是我想要的。我的承诺是有效的,我不想知道你的来历,从今天开始,你就是代地 10 座城池的城主了(大臣和贵族中传来一阵妒忌的低语,但是国王只是威严地朝他们扫视了一眼,低语声就消失了)。至于其他这些无聊的艺人,我要限你们在 15 天内,离开我的王国。从第 16 天起,只要在我的国土上察觉你们的踪迹,就一律格杀勿论!"

黑袍人匍匐在高台下,回答说:"伟大的圣朝天子,我只是一介贱民,怎敢充当管理城池的重任。我不是为了赏赐才带来我的作品,如果陛下喜欢纤阿,那么请宽恕所有的这些艺人们吧。我迷恋他们用自然的力量显示出的巧技,而后世人已经忘了如何去接近它。我们能借机械造就梦幻,却忘记了自己本身曾一度拥有的魔力。我渴望能从这些艺人中找到我所寻求的东西,去创造另一个梦幻般的神话时代。"

穆王听了他的话,微微一愣,随即不以为忤地哈哈大笑:"你是个疯子吗,大海难道还要向小河寻求浪花,你的技艺在我看来已经出神入化了,还要向这些无用的流浪汉们学什么呢?好,城池我就不给你了,大周国境内的流浪艺人我也不再驱赶,从今以后,他们都作你的奴仆好了。"他不容黑袍人再反对,大声叫道,"来人哪,将先生送到驿站的精舍中,把我的礼物和这些艺人一并送去……哈哈哈……乐师,奏乐!我要与爱妃及各位爱卿继续狂欢。"

黑袍人鞠了一躬,如同来时一样寂然地消失在阴影中。

周王的狂欢持续了三天三夜,最后一堆篝火终于熄灭了,筋疲力尽的宾主丢下了狼藉的大殿,各自回去休息。

在后宫深处,重璧台[1]那高高的回廊上,盛姬把她滚烫的额头贴在冰凉的大理石柱上。她问自己,我这是怎么了?为什么从看到纡阿的第一眼起,我就心中狂跳不止;为什么他的目光转向高台,我就情不自禁地想欢笑。她当然要笑,哪怕是为了纡阿的生命,她也要微笑。那些贪婪的艺人为了他们那份可望而不可即的赏金而送命,一点也引不起盛姬的怜悯。只有纡阿,是真心真意地为了她,为了她的欢乐而舞蹈。他不可能夹杂着一丝儿其他的欲望,她难过地想,因为他只是一具傀儡,甚至没有生命,没有因为她的微笑而得以保存的生命。

爱上了一个傀儡,她自嘲地摇了摇头,绕着寂静无人的回廊慢慢地踱了起来。她的目光不由自主地望向了那些奴隶们居住的低矮窝棚(对她来说,那些只能算是窝棚)。三天前,第一次发现她对纡阿那份令人惊异的感情后,她就托词溜回了后宫,一个人

---

[1] 重璧台:见《穆天子传》,"天子乃为之(盛姬)台,是曰重璧之台。"

体会那又惧又喜的感觉。

国王的盛宴持续了三天,那班残忍粗鲁的家伙,就让纡阿跳了三天的舞。他一定累坏了,盛姬怜悯地想道,现在,所有的大臣和贵族都在呼呼大睡的时候,也许此刻他正痛苦地躺在哪个窝棚中喘息。

仿佛回答她的关切,一声鸟鸣打破了清晨的宁静,哀伤缠绵,仿佛一线游丝浮动在夜空中。然后,轻轻地,宛如青鸟般宛转的啼唱刺破了低沉的和音,欢乐和痛苦同时缠绕在一个孤独精灵的歌声里,犹如晨曦融合着光和影一般完美。天哪,盛姬又喜悦又痛苦地想道,这不是夜莺的欢唱,而是一个傀儡令人难以置信的美妙歌喉。他知道她在这儿。

带着异乡情调的低沉的喉音轻轻地摇曳着她,让她不由自主地想起了遥远的过去,想起了一个清冷的早晨,桨叶打碎了水上的晨光;想起了一个烛影摇红的夜晚,父亲把她送入了宫中。她的父亲后来如愿以偿地当上了盛地的领主……

不,不行,盛姬绝望地想,我的心承受不了再多的负荷,我不能再见他了。爱情宛如躲藏着的河流,在黑暗中流动。壁龛里的烛苗静悄悄地燃烧着,她惊恐地向四处看了看,把头伸出高台,向脚下花草掩盖着的黑暗低声问道:"纡阿,是你在那儿吗?"

歌声戛然而止,一个发颤的声音回答了:"是我,我的女王。"

"我的脸一定像少女一样发红。"她心慌意乱地想。犹豫了一会儿,她柔声问道:"纡阿,你为什么不去休息?跳了这么长时间的舞,一定累了吧。"

"我用不着休息……能源……我不知道,"他在黑暗中沉默了一会儿,"我的胸口有个地方跳动得厉害,我不能去休息。主人说过,我是为了你的快乐而存在的。离开了你,我不知道该做些什么。"

他低低地吟诵着:"我不能闭上我的双眼,我只能让我的热泪流淌。"[1]这句话表白一个人的内心所拥有的魔力让王妃心跳不已。

"我的心指引我为你歌唱,把我留在你的身边吧,我不想为那些庸俗的贵族舞蹈。我只有10天的能源……10天的生命,让我用这剩下的七天来陪你一个人,让你快乐。"

王妃低低地呻吟了一声,说:"你不应该这样。"

"您不喜欢吗?"黑影的声调里充满了悲伤,"那么说一句话吧,只要一个词……一个词,我就可以为你去死。"

"你会为她死的!"一个粗暴的声音打断了他的话。盛姬惊恐地转过身,看见姬满正满脸怒容地站在高台的楼阶口处,他暴跳如雷地咆哮:"一个木偶竟然也敢调戏我的王妃,我要让你和你那该死的魔鬼主人一块儿粉身碎骨!"

"不!请不要杀死他!"盛姬恳求道。

妒忌的国王奔下高台,大声招呼着卫兵。

盛姬探出栏杆外,看见黑影还在那儿没动。他的声音依然平静:"告诉我该怎么做,我只听从你的吩咐,也许我死了会更好。"

国王在高台下愤怒地咆哮着,一群士兵沿着鹅卵石砌成的通道从远处跑来,铠甲和兵刃相互撞击着,打破了花园里的静谧。

---

[1] 引自海因里希·海涅《深夜之思》,纤阿肯定读过它。

盛姬拿定了主意。"快跑,"她低声嘱咐,"从这儿逃走吧!"

傀儡依然留恋不舍,他仰着头问道:"你还让我再见你吗?"

盛姬眼角的余光看见几名士兵已冲进了内廷,正向着那个胆大包天的冒犯者跑来。"当然,"她说道,"现在,看在大神的份上,快跑吧,为了你自己。"犹豫了一下,她加了一句,"也为了我。"

"我这就走,"那位激动的仆人低声而快速地说着,"燃起你召唤精灵的黑药粉,我一定会再来……"他转身向围墙跑去。王妃惊恐地看着两个卫兵挥舞着长戈追了上去,可是纤阿用一种令人难以置信的敏捷和技巧一下子就翻过了高高的围墙,不见了。

镐京里的大搜捕持续了整整三天,国王的卫兵仍然没有抓到纤阿和他的主人,尽心尽职的卫兵虽然几次发现了那个逃逸的傀儡的踪迹,但都被他从容逃走。

负疚的侍卫头领奔戎对暴怒的国王解释说:"那个巫师就在我们的眼前消失了,连同他那四个长得一模一样的仆人……有七八个人眼睁睁地看着哩;至于那个跳舞的木偶(他说到这儿,平板的脸上流露出一分惧意),他有着豹子一般的敏捷,大象一般的力量,他能空手扭断我们的铜戟,跑起来超得过最快的战车。"他最后下了结论,"他不是人类,而是一个扎扎实实的魔鬼小崽子,我们根本不是他的对手。"

停了停,他偷眼看了看国王的脸色,又补充说:"依我看,他好像受到了什么禁制,当每次他可以轻而易举地拧断我们某个人的脖子时,却猛然停了手。要是搜捕逼得太紧或禁制解除了的话……"

国王"嘿"了一声,大步在大殿里走来走去,脸色阴晴不定。

连号称最精锐的国王卫队都对付不了一个小小的偶人，这个大胆的家伙竟敢还流连在京城不走，国王隐隐感到一股逼向王座的不安全感。自从那个不幸的清晨之后，盛姬就只以沉默和流泪来回答他的恐吓和哀求，他烦躁地来回踱步，终于立定了脚步："来人，速请盛伯晋京！"

盛姬知道她的丈夫一直在搜捕纡阿，但她一点儿也不为他担忧。因为她从负责搜索的卫队那里打探到了纡阿神出鬼没的消息，她相信自己所爱的人儿拥有的魔力是战无不胜的。他们知道只有她才能引出纡阿来，姬满每日里到她这儿来，或软语哀求，或大声恐吓，她始终无动于衷。宫里每个人的表情都惶惶不安，她却仿佛带着一种恶作剧般的快乐，直到满头白发的老父亲跪在她的脚下，用整个家族的存亡兴衰来恳求她时，她才犹豫了起来。

"原谅我，纡阿，"她在心中想道，"你终究只是个傀儡，一个还有几天生命的木偶。我无法为了你放弃一切。"

第三天夜里刮起了轻柔的西风，盛姬在重璧台上点燃了一撮黑色粉末，粉末剧烈地燃烧着，爆发出一簇簇明亮的蓝色火焰，如同一只被束缚住的老虎挣脱了囚笼。一股青烟袅袅飘散在风中，有股硫黄的味道弥漫在空气里。

夜色更加浓厚，重璧台上静悄悄的，仿佛只有盛姬一个人。他不会来，盛姬庆幸地想。不知为什么，却又有一丝失望。

壁龛里的火焰摇动了一下，盛姬突然转过身来，看见纡阿就站在高台长廊的尽头凝望着她。时间在回廊间悄悄地流动，是那么的安静。有一瞬间，她甚至忘了陷阱的存在，而想跳向前去，扑向傀儡的怀抱。

一匹战马在她的身后轻声长嘶。我干了什么，她猛地醒悟。一股可怕的恐惧攫住了她：虽然纡阿注定会死去，但她这一辈子都将无法轻释背叛他的负疚了。"别过来，"她向着长廊的尽头喊道，"纡阿！这是个陷阱！"

纡阿转头扫了一眼花园里出现的国王的精兵，他的脸色因为痛苦而苍白。"那有什么关系，"他继续向王妃跑来，"如果这是你的选择，那么就让我死在你的脚下吧。"

国王咬牙切齿地喊道："拦住他，杀死他！"

两百名最精锐的卫士冲了上去，那个赤手空拳的傀儡毫不畏惧地向着这堵青铜盾牌和长戟组成的金属洪流迎来。大周朝那些最著名的勇士——奔戎、造父，在他的手下如同草把一样纷纷倒下。傀儡在小心翼翼地控制着自己不过分地伤害脆弱的人类，爱情的魔力冲掉了永远不许与人抗争的禁令。激飞的刀剑像流星一样射入天空，又发出长鸣坠落在花木丛中。大周朝的卫士们发现自己陷入了这辈子最可怕的一场战争中。

最后一声刀剑的叹息也寂然了，两百名失去了武器和战斗力的卫士倒在了尘土中。满怀创伤的痛苦的傀儡一瘸一拐地向王妃走近。

满脸铁青的国王一只手按在剑柄上，不知该如何是好。

"你还爱我吗？"傀儡悄声问道。

"我爱你。"盛姬回答道，向跳舞的艺人伸出手去。纡阿接过了她的纤纤玉手，跪下来放到嘴边轻轻一吻，如同一尊青铜雕像般僵硬不动了。

嫉火如烧的国王拔出了那把削铁如泥的宝剑,砍掉了傀儡的头。王妃惊叫着闭上了眼,没有温热的血液喷出来,他那漂亮的头颅下面是一大堆金光闪闪的金属片,以一种完美的不可思议的复杂联系在一起,随即在风中分崩离析,变成无数的金属碎片"叮叮当当"地散落在尘埃中。

王妃张开她含泪的双眼,一块透明的玉一般的簧片跳上了她的手,精巧地微微颤动着,发出了和纤阿的歌喉一样动听但却是单调的嗡嗡声。

后记

先秦时代是一个神话的时代,周穆王更是一个充满了传奇色彩的人物,这个故事来源于关于他的一个古老的传说,偃师造人的故事源远流长……1997年,我在一位神秘的黑袍人那里找到了一份手稿,他告诉我在几个世纪以前这份手稿就已经存在了,他只稍微改动了几个地方。我很怀疑他的说法,可是抓不着他的把柄,文中提到的"撒豆成兵""绳技""浣鼠"……确实都能在古老的书籍中找到依据,几个世纪以前,也许它们真的存在过……历史永远让人充满遐想。

什么是中国科幻的"中国性"?如何处理"科学幻想"与"民族形式"之间的紧张关系?类似这样的问题始终困扰着当代科幻

作家。甚至于，当"中国"与"科幻"这两个词组被放置在一起时，本身就会带来一种张力——前者会更容易让人想起历史、传统、神话、武侠、本土化、特殊性，而后者则代表着未来、现代、科技、西方、全球化、普遍性。

对于潘海天来说，"科幻民族化"并不意味着生硬仿古，因此他尝试用现代文学技巧重新阐释古代神话，以达到一种"神似而形不似"的境界。《偃师传说》正是这样的一次重要探索。潘海天改写了《列子·汤问》中偃师造人的传说，并且有意模仿尤瑟纳尔和博尔赫斯在改写中国神话传说时所使用的语言风格，将来自于古今中外的文学元素并置一处。这些文学技巧仿佛构造出一组组相对而立的镜像，令读者的阅读体验始终在熟悉与陌生、东方与西方、传统与现代、真实与虚构、历史与传说、神话与科幻的多重视域之间来回滑动。

在周穆王的大殿上，黑袍人用来自西方科幻中的技术奇观战胜了东方术士们的幻术，但他本人却叹息道："我们能借机械造就梦幻，却忘记了自己本身曾一度拥有的魔力。"正是通过这个来自现代的时空旅行者的眼光，令我们发现了古老神话所蕴含的幻想资源。实际上，黑袍人正代替作者说出了创作这篇小说的意图，即在一种古今中西的视域融合过程中，重新开启一个想象和叙事的空间。

高塔下的小镇

刘维佳

刘维佳,男,1974年生。1992年高考失败后踏入社会,1996年开始在《科幻世界》杂志上发表科幻小说,2002年进入《科幻世界》杂志社从事编辑工作至今。短篇小说《我要活下去》《高塔下的小镇》《来看天堂》等曾获中国科幻银河奖。

一天的劳作终于结束了。我从麦田里走出来,小心地坐在田垄上,从陶罐里倒了满满一木杯凉水,敞开喉咙痛快地喝下肚去。清凉的水顿时消除了劳作造成的燥热。我伸展四肢使劲伸了个懒腰,深吸一口气将胸膛撑得鼓鼓的。吐出热气,我感到那种劳动过后特有的舒适感正在从身体的深处慢慢向全身渗透。

结实的麦穗在轻风中摇荡出奇妙的波纹,滚滚麦浪令我感到赏心悦目。风儿将麦田的清香和泥土的热烈气味拂入我的鼻孔,我怀着吝啬的热情,一点点享受着它们。又是一个丰收年啊,地里呈现一片生机勃勃的健康绿色,每一茎麦穗都沉甸甸的。我感到极大的满足,快乐如同热热的泉水在我全身迅速流动。

马上就要大忙特忙啦。收割麦子是头等的大事,也是最累的,之后得赶在商队到来之前把麦子打出来。先将那份与口粮数量相等的应急储粮交到围绕着高塔塔基建造的半地下式公共粮仓里去,然后将口粮储存到自家地窖的大瓮里……每次麦收后不多久,商队成群结队而来。这时可以用富余的麦子和上年用余粮酿的酒来与商队交换所需要的物品,诸如布匹、奶酪、金属工具、调味品等。最令人惊叹的是文明发达地区所制造出的种种东西:比如计时的钟表、效力极强的医疗药品、高效肥料之类……贸易会结束,还有得忙:家里果树上的果子要收获下来并制成果酱或果干,菜地里的蔬菜成熟了要收获储藏,沼气池也要清理,将发酵后的残渣掏出还田,再将切碎的秸秆撒进去,为家禽牲畜准备过冬饲料……这一切都是我和父亲的责任,而母亲则要为我们做饭、缝制、洗涤衣服……一年到头也累得够呛。在我们这小镇,男人们的力量化为汗水洒在了泥土里,女人们的青春在操持家务和生儿育女中消磨了……这就是生活,我们必须付出一生的艰辛才能维系它的正常存在,镇上的4000个家庭都是这么过的,这种忙碌却自给自足乐在其中的生活已经持续了……300多年啦。

我将头使劲向后仰,观望我们这小镇的保护神——高塔,白色的圆柱形的高塔宛如一柄长剑,插在蓝色的天空中。

就是它保卫着我们的这种生活。这座100多米高的白塔是300多年前我们祖先修建的,真该感谢他们的远见。当年他们这群救生主义者认定世界性的毁灭战争已不可避免,于是选中了这片土地,修筑了藏身之所,尽可能地储存了物资,为将来能在战后混乱的世界上生存下去而做着准备。大战过后,劫后余生的他们立刻着手修建这座久经他们设计验证的高塔。至于那一场疯狂战争的爆发原因,已经随着早已崩溃了的文明消失在了时间的洪流中,搞不清了，也没人关心了……据说极为辉煌的过去现在已无人愿意问津，但是先辈们所说的一句话却穿透时空完完整整地保留了下来："生活理应是轻松而幸福的。"

最后，历经千辛万苦，这座白色的高塔终于坚固稳当地站立在了镇子的中央，于是他们终于拥有了一个世外桃源，可以在这乱世之中安全地生存下去了。这是因为在高塔之顶的圆形望楼里，有一台能摧毁一切的制造死亡之光的机器，还有一双昼夜观察监视四周情况的不知疲倦的眼睛。高塔履行使命的原则很简单：以塔基为圆心，方圆半径5000米以内即为禁区，外来者进入即杀！

高塔的威名如今已远播四方，路过的旅人无不敬畏地绕道远行，但每年总还是有那么一些笨蛋有意无意地置高塔的原则于脑后，结果无一例外地被死光劈杀。他们中有些人确实不是存心来碰运气的，这些人死得稀里糊涂，但高塔是不管你有何理由、是否冤枉，它铁面无私、冷酷无情，只知近者必杀！正因为如此，每年贸易会的情景甚是有趣：双方聚到那道一米宽一直不能长草的"生死线"旁，互相展示各自的货物，彼此展开砍价战。买卖谈成之后，双方各自向对方抛出绳索，将对方的绳索系在自己的货物上，然后彼此同时将对方的货物拽过来。交易一般很公平，据说很久很久以前发生过几起奸商拿了我们祖先的粮食却又耍手腕把已卖出的货物又拽了回去的事，不过这种事已经久远得成了传说，因为那些奸商都被我们的祖先击毙了，从此再无人敢贪这种小便宜。至于我们，从来没有耍过赖，因为多余的粮食在我们这里并没有什么用处，不用于交换就只能任它烂掉。

高塔下的小镇

我举目环视这片我们世代生存的土地,只见目力所及之处全是一望无际的麦田和草地,就在这横无际涯的绿色海洋里高塔保护着一个直径10000米的伊甸园。说到选址问题这里实在妙不可言。土质就没得说了,水也不成问题,随处都可以打出井来,并且还有一条小河横贯小镇。有了这两样,生存就有了保障。自然条件也好,灾祸很少,地质构造也稳定,使我一直没感受过传说中的地震的可怕。

以高塔为圆心半径约900米之内,是居住区及仓储区,那儿每户都拥有一座配有牲口棚、沼气池和地窖的两层住房,人们就在那儿一代又一代地重复上演人类的生存之戏。居住区外是耕种区,田地一律每人五亩,绰绰有余了。介于居住区和耕种区之间的是果树林带,每户都拥有果林的一部分。我们所需的生活资料绝大多数都由田地和果树提供,当然,你得凭力气去换取。

我躺在被阳光晒得热烘烘的土地上,双手枕在脑后,仰望没有一丝云彩的蓝天。满眼温柔的蓝色令我惬意地微笑起来。我很高兴,我很快乐,因为我有力量换取幸福的生活。我从小就随父亲操持农活,两三年前就是公认的一流种田高手了,而在这里,只要能种好田,生活中就不会再有恐惧、忧虑以及压力,所见到的将只有明媚的阳光……我的心脏开始发热。我知道当情感袭来之时理应好好利用它,于是我随手扯了根草叶叼在嘴里,将思绪移到了水晶的身上,回忆着,思索着。

我很爱水晶,因为我一直觉得她是个与众不同的女孩儿。我们从小就和许多孩子在一起扎堆儿玩,水晶总是吸引着我的眼球。

我常常专注地看着她，一看就是好长时间，而别人干什么我都不在意，除非与她有关。我很早就问自己这是为什么。水晶确实漂亮可爱，但她独有的魅力显然并非源自容貌，她所发出的魅力可以轻易直达我的心灵最深处，使我怦然心动，而别人谁都不行。我不明白这是为什么。

后来经过认真的观察和分析，我渐渐地发现这个女孩最大的特点，是她的感觉力和想象力超群，她可以轻易地从世间的万事万物中将美信手拈来，仿佛小至草叶露珠大至蓝天云朵，其背后都蕴藏着妙不可言的美好世界以及撼人心魄的浪漫故事。这个世界攫住了我的心，令我无限向往无限留恋，所以我一见到水晶，心跳就不规律起来……我渴望能一直和她在一起，因为那样我才能完全拥有一个美好的世界。若能娶到这样的女孩子，我这辈子还奢求什么呢？我无比真切地意识到：我爱她，无论如何，我一定要让她成为我的妻子……为此我想尽办法接近她。

……情绪高涨了片刻之后趋于低落，苦恼占据了我的心。这两年来，我和水晶之间出现了危机，这让我苦恼，然而她却没有意识到，因为这危机的根源，就是她的理想。我非常爱她，所以我尊重她的理想，于是这两年我尽力忍耐着，一直没尝试向她摊牌。结果这两年我是在焦躁不安和惶恐的陪伴下度过的，而且危机还在扩大，我不知该怎么办，时间似乎已不多了……

我双手撑地站了起来，吐掉嘴里苦涩的草叶，握紧了拳头。我决定了：去向她摊牌吧，勇敢些，别再犹豫了。我只有全力尝试劝说她放弃她的那个理想，这是我避免失去她的唯一机会。

每一次从田里回到居住区，我都可以看见小镇的心脏——广场。我凝视着此刻几乎空无一人的广场，脑中浮现出了农闲或节日时这儿举行歌舞集会的热闹场面。那时镇长会取出那个神奇的黑匣子，播放歌曲给我们听。只要将那些光闪闪的碟片儿放一张进黑匣子，它就能播出几十首歌曲，当然，还得有高塔提供的电才行。从小我就喜欢听那些歌儿，喜欢得直想掉眼泪。那些歌儿都是我们祖先的那个文明创造出来的。虽然大部分歌曲所用的语言在今天早已消逝，我们不可能再理解它们所表达的意义，歌中流淌着的是我们不知道的故事和不曾拥有的人生体验，这令人感到怅然和伤感。但是，它们的旋律却能引起我全身的每一个细胞的共振，使我能抽象地感觉到它们的存在。这些歌曲具有和水晶类似的力量，可以唤起我心中的美好情感。

将目光从广场收回来后，我踏着居住区平整的石板路向图书馆走去。

五米宽的街道干净而整齐，右边是最里层的住户，左边就是环绕着塔基修建的仓库之类的公共建筑，图书馆亦在其中。水晶此刻很可能就在图书馆里埋头苦读。水晶可不是那种什么也不懂的傻乎乎的天真少女，她是一个将知性与感性和谐地集于一身的女孩儿，从小就爱看书和思考。

我轻轻推开阅览室的木门，木门"吱"的一声为我而开启。

室内空无一人，老旧的桌椅还算整齐地摆放着，大多数上面都躺满了灰尘。现在仅靠父辈言传身授即可轻松应付生活，谁还耐烦看什么书？只有那些天性不安分的人才来这儿消磨时间，水晶就是其中的一员。就是这间不太大的房子占去了水晶那短促生命中的很大一部分时间。这图书馆里堆着数千本书，每一本中都充满了疑问，也许我们要再过300多年才能知道答案，水晶她又何必坚持这种无望的探索？水晶的问题就在于她的心灵无法安分守己，想得太多了。要知道，宇宙广袤无垠，世界复杂无比，试图把一切问题都琢磨透，只会自讨苦吃。这丫头……

我静立于寂寂然的阅览室中，凝视着从窗口射进来的光柱中浮动的灰尘粒子，耳朵捕捉着楼上的声音。一分钟后，我认定此刻没有人在图书馆里借书，那么她一定是在望月那儿听他"传教"了。这让我很不高兴。我不愿意到望月那儿去，但此刻也没别的办法。于是我退出阅览室，轻轻地关上木门，向果树林子走去。

望月的演讲会，全镇闻名。他总是在果树林子的固定地点不定期地举办这种演讲会，宣扬着一个异常危险的思想，那就是：我们应该跨过那道"生死线"，到外面的世界去！

望月这个人，可以说是全镇年轻人的首脑。他从小就是个野心勃勃喜欢哗众取宠的人，总是在竭力谋求孩子们中的领袖地位，他不能忍受谁给予大家的印象比他还强烈。平心而论，他还是有些领导天赋的，所以半大不小的时候他身边就聚集了一批一摸猎枪就热血沸腾的少年。这伙人厌恶种田，整天跟随望月扛着枪在镇子的闲置地里四处打猎，把野兔、狐狸和各种飞鸟打得浑身是洞。

我不理解他们，我对枪和杀害小动物都没多大兴趣，对我而言种麦子要有趣得多，看着麦苗一点点长高并最终结出饱满的颗粒，可以令我获得相当大的成就感。不过那时我对他们也仅仅只是不理解，还不怎么厌恶。

等望月在演讲会亮出了他的主张之后，我对他的厌恶情绪一下子涌了上来。他的荒谬危险的主张令我震惊，而他讲得天花乱坠的理由又令我恶心，我知道他真正的动机是什么，他在撒谎。我觉得这人心理十分阴暗。

然而不幸的是，水晶居然赞同他那种荒谬绝伦的主张！

两年前的某一天，水晶突然异常激动地向我宣称她的思考有了重大突破！她说她发现了我们这镇子的不正常不自然的地方，即：我们的镇子居然可以不进化！那段时间，她像着了魔似的一有所悟就向我陈述这镇子没有进化的具体表象：300多年来，小镇上的生活几乎完全没有变化，商队带来的商品品种越来越多，可我们只有粮食；这小镇没有历史，每一年都没有什么不同，人们如昆虫一般地生存和死去，什么也没留下，没有事迹，没有姓名，没有面目，很快便被后人彻底忘却……镇上的人口很早就恒定不动了，一切都和谐无比，尤为奇妙的是，没有一个人违背清苦淳朴的民风放纵自身的欲望……她说小镇与整个世界很不谐调，说我们的小镇已经凝固在时间的长河里了……

于是我花了很多时间仔细琢磨进化的含义。但凡水晶所关心的问题，不管我是否赞同，我想我都应该至少努力弄懂，因为这将有助于我了解她。可在我尚未彻底领悟之前，她就已经和望月走在一起，加入了他的团体，开始为将来的出走做着准备。这让我惊恐和焦虑。不论是谁，一旦跨过了那道生死线，就再也不可能回来了。高塔是分不清进入者究竟是不是在镇上出生的土著居民的，反正只要是从生死线外面进来的统统格杀勿论！小镇建成300多年来，还从未有一个人走出去过。但现在许多年轻人都赞同望月的主张。我无法理解他们那要出去的强烈愿望，我无法像他们一样轻松地蔑视那铁一般的禁忌如无物。每次靠近生死线，我就不寒而栗，我害怕失去我的土地、我的麦子和我自食其力的生活。

刚进果树林子，我就听见了望月的声音，真令人讨厌。就是这个人偷走了我的水晶。他还在撒谎："……我们浪费了多少时间和机会了？300多年前，大战刚刚结束之时，这颗星球上星散着成千上万的文明残余势力，可现在它们大部分都消失了。大的文明势力吞并小的文明势力，这势所必然乃是铁的规律！将来的世界必定将为它们其中的某一个所独占或被几方瓜分。创造历史的只可能是强者，弱者只能充当铺路石……我们本来是有机会加入强者的行列甚至凌驾于其上的！当初我们的基础相当好，有6000人，还有大量的武器、机械、优良的粮食种子，这些资本本可以供我们迅速扩大居民人数和势力范围的，但祖先们却将它们消耗在了这座莫名其妙的高塔上。这是一个极大的错误！祖先们只看到了乱世之中安全的重要性，却完全忽视了发展！真是可惜！要知道，在这个世界上若想不被别人吞没，只有拼命发展、壮大……这片平原的面积起码是我们这小镇的一百倍，如果当初一开始就放手发展的话，现在我们的势力早遍布这片平原了，人口起码也有三四十万了，这样我们将成为这颗星球文明复兴过程中的一股不可轻视的力量，我们将成为历史的一个重要部分！可是看看我们的现状吧：苟且偷安，用压抑发展来获得安全。这是没有出路的！

若不迈出这镇子，我们就注定只能是一支无关紧要的弱小势力，不可能有大作为，只能处于整个世界的风云变幻之外，听任潮流的摆布。最好的境遇，也不过像块石头似的待在原地，被时代越抛越远……这就是我们的命运。你们甘心成为历史大潮中的一颗无足轻重的小石子吗？如果你们不愿意这样，那就请跟我一起走出这没有前途可言的小镇，到外面的广阔天地中去！请相信这是我们得救的唯一途径。高塔总有那么一天将不能保护我们，那时肯定将是我们的末日！这种时刻可能很久才会降临，也可能一分钟之后就会发生！时间无比珍贵！让我们马上行动吧！我们先要在平原上站稳脚跟，然后发展、壮大，建立军队，向外扩张、占领、征服、攫取……"

他说到这儿时，我已经坐到了水晶的身边。她乌黑的长发披散在双肩上，亮闪闪的眸子格外漂亮，可惜我从未彻底知晓这一泓秋水之后所隐藏的一切。

于是我用右手轻轻拍了拍她的右肘。"走吧。"我凑近她的耳边轻声说。

"他还没讲完呢。"她说。

"几年来他一直讲的就是这些个玩意儿，你还没听够啊？走吧，我有话跟你说，很重要。"我撺掇着。

她低头犹豫了一下才说："那好吧。"说完她就马上站起了身来。这女孩从小就是这样，说得出做得到。

我急忙也跟着站了起来。这时我看到望月的目光向我们移来。于是我面带微笑冲他潇洒地挥了挥手，说："您慢慢忙着。"在转身的最后一瞬我注意到了望月眼中一闪而逝的不悦之色。我努力克制着不让自己笑出声来。我喜欢看他眼中的这种神色。

走出果树林,阳光又将我们笼罩。天边的云彩鲜艳得直如节日舞会上的鲜红果汁。有水晶在我身边,夕阳的气势令我无法抵挡,我心神震荡,认为天堂之门已为我开启。我看着身边微微低头随我一同前行的水晶,只觉得她美得令人头晕目眩。夕阳的鲜红光芒笼罩中的她,宛如正在火中行走的仙女。我觉得此刻我就是在天堂中漫步,我真想和她一直走下去,永不停步!

水晶的问话打碎了这美好的寂静:"哎,你想说什么啊?"

是啊,我想说什么呢?我想说,我很爱你啊!我想说,放弃你的理想,嫁给我吧!可我没有胆量这么直截了当地说。

10秒钟后,我找到了话题:"你觉得望月讲得怎么样?"

"不错。"她说,"他的口才很好,年轻人都爱听,也很有道理。"她的口气比较随便,听起来她似乎对望月并没什么特殊的感情,这让我高兴。然而她仍然赞同望月的主张,这又让我着急和害怕。

"你们真的……要走吗?"踌躇了一阵我终于小心翼翼地问,"我是说,你们真的要离开这镇子吗?"

"是啊。"她随口回答,口气就好像这事如同日出日落一般理所应当、势所必然。

"为什么?为什么一定要走?这镇子不好吗?"我说,"你们为什么不喜欢这里的生活呢?为什么要抛弃小镇?"我将这两年来一直萦绕在心头的不解与迷惘向她倾诉了出来。

"因为它不能进化。"她干脆利落地回答。

"为什么一定要进化?"我立刻追问。

"因为整个世界都在进化,一切的一切。我们作为其中一部分,没有任何理由拒绝进化,对吧?"

她说得似乎合情合理,我的脑子转得又不怎么快,一时只好沉默。

"在这个不正常亦不自然的镇子上生活,我们真的能无忧无虑没有烦恼吗?"她目不转睛地凝视着我的眼睛,那黑幽幽的瞳仁宛若深不可测的池渊,"这镇子唯一的失衡之处,就在于我们的心理。在小镇日复一日千篇一律的生活中,我时时感到心慌意乱,经常因为空虚而伤心。我眼睁睁地看着时间一天天地流逝,生命一点点地离我远去,而我却连自己为什么而生又为什么而死都弄不清,只能浑浑噩噩地混日子,消耗生命,这让我一想起来就惊恐不已。为了找到我的生命的意义,我一定要走出去!"她很动感情地大声对我说。

"可是你能肯定出去之后一定能找到你所渴望的那些东西吗?"我低声说,"或许你什么也得不到,只是徒然地失去了一切!这值得吗?"

"我可以肯定我一定能找到一样我们这儿没有的东西。"她说。

"什么?"

"希望。"她说,"我们的镇子里没有希望。不进化就没有未来,一成不变的生活将一直持续下去,最终的结局就是望月所说的高塔不再保护我们……有了希望就有了一切,可我们这儿却没有希望……"

"可这儿也没有绝望!"我大声说,"别听望月的胡言乱语,那个最终的结局离我们还极其遥远!这镇子还有足够的存在时间供我们度完余生,至于我们死后的事,已与我们无关,我们何苦惶惶不可终日?外面是一个凶险的世界,以邻为壑就是那儿的人们最基本的生存原则,在那里人们互相伤害,纷争无休无止,一切都纷乱不堪。这也叫有希望?你没听过商人们所讲述的那些故事吗……"水晶的头缓缓地低了下去,看上去这是因为她在心中无法否定我所说的事实。这让我倍受鼓舞。

"水晶!"我乘胜追击,"不要再考虑什么意义不意义了!意义那玩意儿纯属子虚乌有,千万别被它迷了心窍……你不要再和望月那帮人搅在一起了。那混蛋讲的倒是天花乱坠头头是道,但他在撒谎!我知道他真正想要的是什么,他才不在乎什么进化不进化意义不意义哩,他真正想要的是权力!是的,权力!我们这小镇上没有权力,社会是靠成年人自觉克制自身欲望来平衡和维系的,镇长只是可有可无的东西,这里没有真正意义上的权力。而望月这人的权力欲又特别强,所以他才狂热地鼓动大家出去,一出去他就可以为所欲为了。你没听见他要干什么吗?他要征服要掠夺要扩张要杀戮!天哪,你怎么能追随这种人?他不是你志同道合的朋友——"

"这不重要。"她平静地说,"每个人心中都有属于自己的理想。我追求生命的意义,望月追求权力,别人也许在追求着别的什么东西……各人的具体理想都并不重要,重要的是我们大的目标一致,那就是走出这镇子参与进化。眼下这个目标最重要,为了拥有足够的勇气与决心，我们必须相互依靠相互激励。只要一出去，我们就都能找到实现各自心中理想的希望了……"

"那我呢？"我脱口而出。

水晶怔怔地望着我的眼睛。

"你走了，我怎么办？"我不想再拐弯抹角了，"留下我一个人孤零零在这儿，对我公平吗？水晶，你想过我吗？你在意过我吗？我……我是多么爱你啊！几年前我就意识到这一点了。每一次见到你想到你，我的心都直发颤，就是这种感觉，错不了的……别走，留下来吧……和我一起生活……嫁给我吧！我、我会种地，我是一流的种田好手，我能让你过上轻松幸福的生活……"我不能再说下去了，因为我的双唇和牙齿在剧烈地颤抖，全身也抖得厉害。

但是水晶却垂下了双眼，我看见她的双颊开始泛红。我们之间陷入了沉默。这时夕阳开始冉冉没入地平线，黑夜的影子已悄然显现。

良久，她缓缓抬起了双眼："阿梓，谢谢你送我回家。"

她就这么走了，头也不回地走了。她的身影很快消融于浓重的暮色之中，看不清了，不见了……她走了之后好久，我仍旧伫立在原地望着她身影消失的地方。时间仿佛已经死去，我的思维凝滞了，全身不能动弹。这种状况一直持续到黑夜彻底占领大地，家家户户的窗口摇曳灯光的时候，我才如梦初醒。我索然无味地呆立了一阵子，终于迈动沉重的双脚，向我的家走去。

一转眼麦收时节到了。

这是段忙碌的日子。家家户户的主要劳动力都得手挥镰刀汗如雨下地下田收割；而女人和老人则要在家忙着烧水做饭清理晒场修理农具，搞好后勤。每一个人都忙得不行，时间是不等人的，迎接商队可以说是一年中的头等大事。然而我爱这段日子，爱这种充实的劳累，以及期盼商队到来的兴奋。

商队的到来，带给了我们缺乏的盐、油料、洗涤用品、布匹之类的必需品，还有许多构思精巧可以帮我们在生活中投机取巧但却并非必需的奢侈品，同时，也带来了一个惊人的坏消息：北方的"黑鹰"部落由于今年遭遇罕见旱灾，整个部落有组织地集体南下，准备以劫掠农庄和城邦来渡过难关。他们已经荡平了两个村庄，初步实现了自己的愿望……像这样红了眼窜出去了的流浪部落，即使是强大的城邦也惹不起，他们就像瘟疫一样，谁碰上谁倒霉。

然而令我们吃惊的是，商队明确无误地告诉我们，这个黑鹰部落对我们这个小镇兴趣最浓厚！

同样令我吃惊的是镇上的长辈们似乎对这消息无动于衷，他们依旧若无其事地干活、吃饭，和商人们砍价、交易。我知道他们见过更大的场面，但是我没有，我想象着漫山遍野饥饿的人群冲过来的场面，心里直打鼓。

这支商队走后，一直没有新的商队到来。小镇在平静安闲之中打发了12天的时间。这期间人们不疾不徐地各忙各的，似乎完全忘了有可能到来的危险。镇长甚至举办了两次歌舞会，像往常那样用娱乐来调剂小镇单调的生活气氛。这两次集会我都去了，依然在震撼人心的歌声中尽情享受着生存的幸福。但是到会的年轻人明显减少了，水晶也没有露面，对我而言舞会上没有水晶气氛就平淡了许多。

第13天，随着初升的朝阳，远方的地平线上出现了黑压压的人影。

不一会儿居民区的街道上就站满了人，人们翘首等待着塔上拥有望远镜的观察员通过广播传达的观察结果。

随着黑鹰部落一步步逼近，有关它的基本情况也逐渐清晰了：这个部落人数在两万六七千人左右，最前方是约1000名壮年男子，均全副武装；中间是由牲畜或人力拉拽的辎重车辆和妇女儿童以及部落主力武装；最后又是1000名武装男子。以他们的前进速度，下午4点左右即可抵达生死线。值得注意的是，这个部落中老年人不多，看来他们已经妥善处理了这些"拖后腿的包袱"……

镇长的命令下来了：全镇成年男子全部自备武器前往各家的果林区，组成最后一道防线，以防万一。

上午的剩余时间里，我和父亲在家中仔细擦拭我们家的那两支猎枪上的黄油。

黄澄澄胖乎乎的子弹油腻腻的，给我的感觉很陌生。因为我这辈子只打过三发子弹，而且还是父亲装填好了的。枪在我们这儿的用途只是打打鸟雀小兽，再不就是用来作为与商队交易时的公平保证，能派上用场的机会不多。

父亲擦枪时沉默不语，我从他眼中看出他并无恐惧之情，而是心中另有什么复杂的感情。我想问问他，却又不知该从何说起，遂作罢。

母亲则在忙碌地为我们制备干粮和饮水,她在竹篮里放了果干、咸肉、奶酪、熟鸡蛋,水罐里也撒进了薄荷,父亲的酒壶里装上了最醇厚的陈酒。在她看来,我们好像只是去野餐似的。

准备停当,我和父亲背上猎枪和子弹袋,他提着酒壶水罐食品篮,我背上卧具,向果树林子走去。

这真是热闹非凡的一天。阳光明媚和煦,街上到处是身背猎枪手提食品的男人,家家户户的厨房都冒出腾腾热气,孩子们爬上自家楼房的天台,一边咬着蘸了蜂蜜的麦糕,一边好奇地望着远方模模糊糊的人群。小镇的空气中弥漫着过节一般的气息,天呐,我喜欢这热闹的场面和这种节日般的气氛。

从下午4点开始,黑鹰部落的成员们渐次抵达生死线,他们有条不紊地在那里扎下营来。

黄昏时分,一道道的炊烟从对面的营地里升起,在天边鲜艳的晚霞映照下,这道景致竟是那么动人。我怔怔地凝视着这画一般的美景,一时间竟忘乎所以到了丧失时间感的地步,只觉得仅一刹那工夫,天色就黯淡下来了……

寒森森的月亮升起来了,猎枪在我的怀里散发着寒气。今天我所见到的景象已烙在了我的脑海中,我爱今天小镇节日般的气氛,也爱傍晚时分在夕阳金晖映照下被如雾的炊烟笼罩着的部落人群,美使我分外留恋生命而害怕死亡。我不能理解即将发生的冲突的必要性,我不明白黑鹰部落为什么要来进攻我们?依水晶的说法,我们与他们唯一的不同,就是我们不必进化而他们仍在进化……进化究竟是一种什么样的感受?

一连串的爆响骤然响起,明亮的绿色死光划破夜空连续闪现!我头皮一炸,神经质地甩掉羊毛毯跳了起来,端起猎枪紧张地扫视四周。但月光笼罩的大地一片寂静什么也看不清,除了残留在视网膜上的死光的余韵。

"怎么回事?"父亲略带紧张的声音从我身后传来,他也被惊醒了。

"没什么,高塔发射了几道死光,除此以外看不见什么动静。"我故作镇定地说,竭力克制着刚才的惊悸造成的颤抖,我现在已经是个成年男人了,得像个样子,我不想永远做个孩子。

"喔,他们想趁夜暗摸进来……这可大大地失算了。高塔夜里照样看得见,白赔几条人命罢了……"父亲一边说一边重新躺了下去,不一会儿又睡着了。

我深知他此言不差。没人进来的话,高塔绝对不会发射,而高塔从来都是百发百中的,生死线之内现在肯定躺着不少尸体。

下半夜和父亲换班之后我很困了,再加上高塔大大增强了我的安全感,我很快就沉入了梦乡。

天亮后,母亲送来了早饭,看着我狼吞虎咽的样子,慈祥的爱意充满了她的双眼。母亲的关怀和热乎乎的麦糕令我分外留恋平常的普通日子,我真希望昨晚的那几个送死的人能令黑鹰部落认清现实,从此知难退去,这样那些人好歹也算没白死。

然而他们显然有不同的看法,9点钟的时候他们开始了新的行动。他们居然将一门长身管的火炮推到了生死线的边缘上,炮口指向高塔。我看过图书馆的书，对这种凶器有过初步的了解，而我们高塔上的那门电磁大炮在驱散冰雹云时的精彩表演更使我对这种武器的可怕威力有了直观的认识。我知道这东西发作时声如雷鸣，着弹处贯壁毁楼，破坏力极大。真不知他们是从哪里弄来了这种野蛮的物什。

正惊异间，只见那门大炮炮口火光一闪！

几乎就在同时，一道绿光也在空中闪现了一下。

于是有什么东西在空中猛然爆炸了！

弹片"噼里啪啦"地打在已收割后的田里，溅得尘泥飞散，那情景真如雨点打在小河河面上。一会儿之后，爆炸声传来，虽然声音已不算震耳了，但其凶猛的气势未减，仍能向我们展示着暴力的可怕。

紧跟着死光射出，火炮那儿立时腾起几股白烟。向小镇抛射速度超过安全标准的物体，也会违犯高塔的安全原则，高塔可以采取措施消除危险源。

之后那门火炮再也没有发射，极可能再也无法发作了。

直到天黑他们也再没什么新的动作。高塔连他们这样的王牌手段都轻易化解了，可能他们已无计可施。

连续三天，黑鹰部落毫无动静地待在那儿，并不想法进攻，但也不离开，不知他们还想干些什么。

第四天中午，高塔上的那一门电磁大炮突然发作了！

炮弹打在生死线之内，着地时并没有爆炸，而是深深地扎入了地下，片刻之后，爆炸才发生。那场面犹如火山爆发一般，黑色的烟尘和着泥末儿腾起三四十米高，煞是吓人。

"原来他们想挖地道从地下钻进来。"父亲望着正在散去的尘泥说，"这没用，躲不过高塔的眼睛，以前早就有人试过了。"

"如果加大地道的深度呢？再挖深些也许就行了，我不相信高塔的眼力没个止境。"我说。

"这是不可能的。小镇的地下水脉纵横，加大深度极易造成塌方。这镇子从地下是无法攻破的，淹不死压不死的除外。"父亲说。

我默然望着尚在冒烟的爆炸点，心想不知又有多少人断送了性命。

接二连三的失败并未令他们死心，翌日清晨，他们又亮出了新招数。

这一回他们挑出了100个成员，让他们一字儿排开列在生死线旁。

不久，观察哨报告说那100人全是老人。

父亲神色凝重，一言不发地掏出了祖父传下来的机械怀表，紧张地望着那些人。

猛然地，一个骑着马的人手中的步枪朝天喷出一股白烟，那100人竟然立刻冲过生死线狂奔起来！

绿色的死光冷静地连续闪烁，奔跑中的人一个又一个地倒下。他们死了。这是我第一次亲眼看见活人被剥夺生命。我感到寒冷。我克制着不让自己颤抖。可其余还活着的人仿佛没有看见一般只管埋头狂奔，似乎他们有绝对的把握可以冲入居住区似的。

然而事实证明他们纯粹是在自杀，他们一个不漏地全被死光放倒在了地上。

"25秒。"父亲合上怀表盖轻声说,他脸色苍白。

"他们这么干是什么意思?纯粹送死嘛。"我不解地问。

"他们想弄清高塔杀人的速度有多快……"父亲双眼直勾勾地望着已经空无一人的麦田回答,"但愿他们不要……但愿……"他喃喃地说。

我低头盘算着。杀100人要25秒,一秒钟是4个人,从生死线到果林不足4000米,一个人跑步大约只需要十七八分钟,就算20分钟吧,20分钟是1200秒,这期间高塔只能杀死4800人,算5000人吧,也还不及他们整个部落的零头……我的脸也白了。

空气骤然紧张了起来,人们不安地张望着,双手不离自己的猎枪或者砍刀。

对面的黑鹰部落也蠕动不已,人员调动频繁,明显是大行动征兆。

下午4点,灾难降临了!

随着一阵海啸般的呼喊,早已集结好了的人群向我们小镇发起了冲击!洪水般的人浪席卷而来,竟如排山倒海一般,令人毛发倒竖!

不过高塔显然对此无动于衷,绿色的死光准时闪现了起来。令我意外的是,好几道死光竟是同时闪现的,高塔在四面开火:原来它的火力发射点不止一个!

狂奔中的人们如同镰刀下的麦子一般连连倒下。冲在最前面的是妇女以及仅存的一些老人,他们的使命就是死,部落用他们来吸引高塔的火力,争取时间。在他们的后面,才是主力的壮年男子。

他们的打算无可指责,就战术来说确实是明智之举,但是不幸他们在战略上彻底错了,他们实在不应该进攻我们的。因为高塔现在不仅在四面开火,而且它的杀人速度远不止一秒钟 4 个人,大约达到了一秒钟 10 个,并且还在逐渐提高效率。看来高塔是具有分析判断能力的,它可以视情况决定自己的行动。而那些人却不知道这一点,太可怕了!现在一切都无可挽回了,大错已经铸成!

高塔的杀人速度现在大约已提高到了每秒 30 人左右,密集的死光犹如一张绿色的大网,罩在小镇的上空。

看似不可一世的人浪此刻如同撞上了礁石,生命的脆弱现在暴露无遗:三十分之一秒而已。似乎还嫌火力不足,那一门电磁大炮也加入了杀人的行列。它一炮又一炮地打在人群的纵深,帮助减轻压力。炮弹以最佳杀伤效率在离地面 10 来米的空中爆炸,用飞射的弹片将大片的人割草般地砍倒。我能看见翻滚着飞向天空的头颅和手臂……

急风暴雨般打来的死亡以前所未有的力度冲击着我。我仿佛遭受了严冬酷寒的突然袭击,身体、灵魂、思维一起被冻住了,以至于我做不出任何反应,因而也没有任何感觉。

令人不可思议的是,明明已经完全没有了冲进居民区的任何希望,他们却仍然疯狂地继续冲击着。人浪缓慢地向镇里流动,但不等冲到一半的距离这人浪的能量就将笃定耗光。这些人此刻似乎丧失了正常的分析判断能力,而完全被一种莫名的力量所控制,令他们对死亡麻木不仁无动于衷。但在高塔面前,这种顽强也是没有意义的。只见绿光闪处,死者层积,黑鹰部落的身躯急剧缩小……

终于有人开始恢复自我意识,感觉到了恐惧,他们开始回转身向外面跑,但在跑出生死线之前,向前冲和往后退并没有什么不同。

我扭头望向父亲的脸,想了解此刻别人的感受。我看见父亲的脸色苍白得像天上的云朵,但他的耳朵却奇怪地变得通红,似乎血都流向了双耳。

恐惧终于彻底感染了所有的入侵者,人浪的大退潮开始了。但高塔似乎并不打算减低效率。人们依旧在成片地倒下。只是电磁大炮安静了下来。

这时我有感觉了。这是一种非常奇怪的感觉,它既像是令我直欲燃烧的火热,又像是将我冻彻骨髓的酷寒,总之难受得厉害,简直无法忍受。

等到高塔的死光发射频率开始下降之时,生死线之内的人影已经稀稀落落了。

逃得了性命的人木然地站在生死线边缘,一动不动看着自己的同胞哭着喊着奔跑或倒下。他们没法帮助线内的人。

当生死线之内的最后一个人倒下之后,死一般的沉寂降临大地,我们和外面的幸存者都陷入了凝滞状态。空气中飘荡着空气电离之后的辛辣味道。

隐隐地,我听见了一种微弱的声音,它细若游丝但又令人不能忽略它的存在。

终于,我听清楚了,那是哭声,是从外面传来的幸存者们的哭声。那哭声分外悲切,我从中听出了生还者对死者的哀悼,还有对自己的怜悯。他们今后的命运凶多吉少。这个部落中最强壮有力的部分死去了,女人也差不多全死了,只剩下了一些儿童和少年,这个部落事实上已经灭亡了。

哭声在天地之间缓缓飘荡,但在广漠的世界中这哭声显得那么的微弱……

一切都已结束,但是人们却都不离开果林,吃完晚饭人们仍然露宿在这儿。

我像前几天一样守上半夜。

怀抱猎枪身披着皮毯的我,疲惫地坐在地上,完全不想动弹一下。我实在不明白我为什么感到这么累。

我倚靠着一棵果树,偏着头用脸颊贴着冰凉的枪管,一动不动地木然凝视着这个已被黑暗笼罩的世界。

今天所发生的一切简直就是一场噩梦!可怕的现实使我终于无比深切无比形象地领教了外面世界那残酷的、以邻为壑的生存原则,领教到了他们相互争斗伤害的激烈程度,今天我终于看清了这样一个……真实的世界。这个真实的世界使我彻底明白了进化的沉重的分量:它竟能迫使一个极为强悍的群体不惜以全族灭亡为赌注,甘愿忍受巨大的牺牲也要尝试卸下它!黑鹰部落绝不是为了我们仓库中的麦子才不顾一切地向我们一再进攻的,需要足够的粮食只需多抢几个弱小部落就可以了,他们的真正意图,是要夺取我们的这座独一无二的小镇,夺取我们的高塔,卸下肩头沉重的进化的重负，拥有一种轻松幸福的生活。这就证实了我一直以来对进化的猜测：绝不存在令人心旷神怡的进化！有进化就会有艰辛！因为进化是一种动态的过程，只要进化存在世界就一定会不停顿地运动、不停顿地改变，和谐与平衡因此根本无法长存。哦，众生求有常而世界本无常，就是这一矛盾决定了人生的苦涩与艰辛，决定了进化的沉重。世界啊，你为什么非执意要进化不息呢？我们人类为什么这么命苦啊！进化为什么非要是一种压迫我们的异己力量呢？进化有尽头吗？进化的尽头会是什么呢？……我仰起头凝视天顶的一轮明月，只见苍白的月光映出了云层的轮廓，天穹显得寥廓而神秘。我心灵一颤，一丝凄然一丝悲哀涌上心头，我想哭，但我不知道这泪究竟该为谁而流？

第二天清晨太阳升起之时，我们发现黑鹰部落的幸存者们已经全部消失了。他们在昨天夜里悄然离去，走向了虎视眈眈的未来。他们甚至连亲人的尸体也没法取回。

于是我们帮他们承担了义务，在镇长的安排下，一部分壮年男子回家取来农具到镇子的闲置地上去挖坑，其余人负责搬运尸体，我们必须尽快处理掉遍布麦田的尸体，以免发生瘟疫。

男人们两人抬一个开始向闲置地搬运尸体。人人脸上都漠无表情，看不到恐惧，看不到悲伤，每个人都只是埋头干活。但是我知道这冷漠的表情下是颤抖的心，父亲那痛苦的表情就是证明。现在我知道长辈们为什么谁也没有出去的原因了，可以想象他们之中肯定也有人向往过外面的世界，进化的诱饵肯定也强烈地吸引过他们，然而后来他们肯定都认识到了进化的沉重与艰辛，因而都死心塌地安下心来。喂,望月,你小子认识到了这些吗?你为了获取权力而不负责任地狂热鼓动大家出去,可那么强悍的黑鹰部落都渴望卸下进化的重担,你们这把嫩骨头承受得了吗?我四处寻找着望月,因为我知道他不比我笨,我所悟出的一切他肯定也悟出了,事实是最好的论据,我想看看此刻他的脸色,我非看不可,不然不解恨。

很快我就看见了望月,他也发现了我。我挑衅地望着他,我们的目光交会了一秒钟,他就低下头走开了。看着他我想大声冷笑,但终于没有笑出来。

麦地里的死者太多了,简直形成了一个外径5000米内径约3000米的由尸体组成的环!即使是猪或牛的尸体,达到这个程度,我看那也是相当可怕的。恐怖压得我们几乎无法呼吸。那场面我终生难忘!

为了赶时间,我们将儿童的尸体都投入了河里,让他们顺流漂下去了。看着一具具小小的尸体慢慢消失在远方,许多人和我一样在擦汗的同时抹去泪水。

我们终于赶在尸体开始腐烂之前将它们处理完毕了,当最后一锹土投出之后,小镇又恢复了原来的生活节奏,就好像巨石掀起的波澜已然平复的河流,又开始像以往一样平缓地流动。

但是我敏锐地感觉到,镇上的一切都与原先有了少许但却是无法忽略的不同。就在不久前的某一天,我曾轻易感受到了生活的美好和温馨,那一刻,节日般的气氛令人心跳,音乐撼人心魄,麦酒香气醉人,孩子们天真可爱……一切都很美。但是现在,我干活、唱歌、散步时,再也没什么感觉了,劳动不再乐在其中,歌曲虽仍悦耳但却再也没有了往常那种让我身心都为之颤抖,令我直想大声呐喊的力量,我的心变得对一切都无动于衷了,似乎有什么东西从空气中消失了,永远地消失了……

不久后我发现了镇上生活的一个最显著的变化,那就是望月的演讲会再也没有举办了。这一场大屠杀干净利落地击碎了年轻人不切实际的幻想,我们又一次开始重复300多年来一直在这镇上反复重复的人生轨迹,自觉而主动地维持小镇的和谐与平衡。从今以后我们这辈子最高的使命就是娶一个自己喜爱、长辈也能接受的妻子,再生一到两个孩子(不可以再多了),并将他们抚养成人,要他们重复我们的生活……这没什么不好,生活这东西就该是这样的。我决定过一阵子重新去试探一下水晶的态度,我也该结婚了。

然而出乎意料的是没多久的一天中午,水晶主动来找我了。她站在屋外的耀眼的阳光中,我看不清她的表情,但不知为什么我竟有些害怕靠近她。尽管有大厅的阴暗保护,我仍感到了凌厉锐气的逼迫。

她约我5点钟到镇西的"兔窝"去,说有话要对我说。我自然求之不得。"兔窝"就在镇西离生死线不远的闲置地上,因三年前望月他们成功地对一群刚搬迁到此的野兔进行了一场种族灭绝行动而得名。

她消失在明媚阳光之中时,我的心忽地抽动起来。

当天夜里和第二天白天我一直心神不宁,干什么都安不下心来。

下午4点刚过,我便忍不住向镇西走去。

大出我意外的是,一出果树林子我就看见不远处望月也在向西走,方向也是"兔窝"。不快的感觉立刻在我的心中产生,我不明白水晶为什么还要约上这个人?我放慢了脚步,与望月保持着一定的距离,我不想和他说话。

可以看见水晶了,她站在前方的草地上,望着我们,长长的头发和她连衣裙的下摆在风中飘动。我们向她接近着。

随着距离的拉近,一种感觉从我心底悄然升起,它驱动我的心跳得快起来。我的脚步越来越快。望月也走得更快了。

望月终于跑了起来,我也撒开了两腿。而我的心跳得比脚步还快。

当我们停下脚步之后,我和望月都呆立着不动了。我们好久也没有发出一点声音,因为我们不知道该说些什么,一切都无法挽回了:水晶此刻已站在了生死线之外!

"我决定了。"她微笑着对我们说。她居然笑了!

"你疯了!"我大吼道,"你疯了!你知道你干了什么?!"

"也许能想个办法……"望月喃喃地说。

"还有个屁办法!"我凶狠地吼叫着打断了他,自从上次见面对视之后我就再没把这个人放在眼里,"谁他妈能有这个手段?你给我闭嘴!"然后我将脸转向水晶,继续冲她喷吐怒火,"你脑子出了什么毛病?该死!这不是儿戏!"

"我全都想明白了。"水晶仿佛全然没有听见我的怒吼,抬手一指高塔，语调平静，"是它封闭了小镇。我们这个镇子是个完全自我封闭的存在，它利用高塔来与整个世界隔绝开，用自我封闭来逃避进化，消除不安和恐惧。这就是真相。"

停顿了一会儿，她继续说道："从表面上看，这镇子可以说是很理想很完美的，它里面没有争夺没有仇恨没有暴力没有侵略没有欺诈没有难填之欲壑。但是，在得到这些东西的同时，我们也就失去了另一些东西，那就是未来和希望，还有存在的意义，甚至还有……幸福。在这个地方我们活着只意味着不死，仅此而已，其余什么都没有……这个世界是为参与进化的人而设计的。我们与世界隔绝，世界也就抛弃了我们。在这镇子里我们的生命形同一堆堆石块……这样的生活有何幸福可言？有什么值得留恋的地方？"

水晶的慷慨陈词，猛烈地震动了我的心，我的思维以前所未有的速度飞转了起来。这时我终于彻底明白了镇上的年轻人何以会产生那种候鸟迁飞般的向往外部世界的不安定情绪了，是因为人的体内天生就有追求进化的本能！这一刹那我豁然开朗：进化的真正动力，乃是人们心中的欲望与理想！这就是世界何以进化的原因！

"我们总是需要一个开始的……"水晶又开口了，这时她的气色平静了许多，"那么就让这开始从我这儿开始吧……人总有一死，为什么要让自己宝贵的生命成为一种虚假的生命？……并且，逃避进化于这个世界也不公平，我们推掉了进化的责任，世界的进化动力就因此减弱了一些，因而我们人类到达那个我们为之无限向往的目的地的时间就要推迟一些。这不是可以视若无睹的无关紧要的事,这是使命!进化是生命的使命!屈服于恐惧而逃避责任、逃避使命是可耻的!非常非常可耻……"热情在她的眼中燃烧闪烁,使她的双眼在这苍茫暮色之中分外醒目,"你们和我一起出来吧!怎么样?望月,你不是从小就在期盼走出来吗?这么多年你不是一直在为出来做准备吗?现在,行动吧……"她一边说一边将她那灼人的目光射向望月。

她没有首先将目光投向我,这一点刺疼了我的心。但令我宽慰的是我看见望月的眼中闪现出惊恐的神色,他不由自主地向后略微退了一步。虽然只是极小的一步,但失望无可遏制地浮上了水晶的面庞。她的目光开始向我移来,我感到心脏里的血液开始向大脑涌升。"你呢,阿梓?你不是说你爱我的吗?你说过为我干什么都行的……"她望着我轻声说。

一刹那我只觉得我的大脑被她的目光"轰"的一声融化掉了,我全身热血沸腾,身不由己地向前迈了一步。

然而,宛如炮弹在我的脑中炸响,我猛然惊醒!不!我不能再往前走了!一旦跨过了那道一米宽的生死线,进化的重负便会如冰山一般劈头盖脸地压在我的身上。我认为我将不堪重负。看着水晶那映照着夕阳余晖的微笑的面庞,我突然明白了我和她的分别:我们的不同之处就在于气质的浪漫程度。我天生就是一个农夫,真正关心的只有庄稼、农活、收成以及日常生活,别的我很少主动去关心。而她天生就是个气质极为浪漫的人,她从小就能感受到这个世界中我们难以感受到的成分,她思考我们无法独自理解的问题,她追求我们视若水中之月的东西……正是她的这种浪漫情怀最终驱使她走出了这镇子,做出了前无古人的壮举……而我深深地爱着的恰恰是她这独一无二的浪漫……我突然意识到,我之所以那么强烈地爱着水晶,实际是源于我对未来对希望对生命意义的渴望与憧憬!这种渴望和憧憬虽从小就在被排挤被压抑,但它却以另一种形式,以对充满人生活力的女孩的爱恋的方式,顽强地存活了下来。人都有进化的本能,实际上我也在追求我心中所缺失的那一切成分,我实际是在爱着希望、未来和完整的人生啊!只是我一直没有意识到……

我当然有机会改变这一现实,只需要前进一米即可。前进了这一米,我就能获得我渴求了好些年的爱,就能拥有一个完整的真实的人生,我的一生就将发生彻底的改变……这一步将是我人生的转折点。但我的双腿此刻如同铸在了地上一般无法动弹,恐惧将我死死地按在原地。

终于,她转身走了。在失去了太阳正在逐渐向黑夜转换的天空下,她离开我们,离开这个小镇,用她那柔弱的双肩承担着进化的重担,远去了……她一边走,还一边回头回望我们。一时间我感到难过得直想放声悲泣,但眼眶中却怎么也流不出泪水。我双膝一软,跪在地上,痛彻肺腑地将双手十指深深插入了泥土之中……

在当代中国科幻作家笔下,"进化 / 选择"是一组出现率很高

的关键词。迫于"进化"的压力,一切智慧种族,无论人类、机器人、"人造人"或外星人,都不得不为了生存竞争而"不择手段地前进",个体的选择亦因此与集体命运息息相关,这一点往往构成故事中最为核心的矛盾。

1998年,刘维佳在一次同学聚会聊天时谈到了中国的历史处境问题。他认为,如果世界是一个弱肉强食的战场,那么中国其实是不那么情愿地被卷进去的,若中国能够选择,历史可能会是另一番模样,《高塔下的小镇》即是伴随这样的思考写成的。故事中的"小镇"与"小镇之外"这两种截然对立的空间形象,正生动再现出中国在全球化时代所面对的冷酷情境。因为"进化/进步"的历史阶梯,已先在决定了"内"与"外"这两个世界之间的等级秩序和发展方向,所以前者注定无法避免被后者侵吞的命运。在这个意义上,主人公的选择其实是"没有选择的选择"。

另一方面,刘维佳作为一个来自小城的文学青年,将自己高考失败后踏入社会的艰难生存经历反映在科幻写作中,并且特别关注那些陷入绝境之中无路可走的小人物和左右他们命运的冷酷法则。可以说,《高塔下的小镇》不仅仅是抽象的文明寓言,也同时包含了对转型期中国城乡关系变化的一种观察,而男女主角对于"出走"或"留守"的不同选择,也需要放在这样的语境下才能得到更好解读。

一日囚

柳文扬

柳文扬,男,生于1970年。1999—2002年间为《科幻世界》撰写"封面故事"十余篇,2000—2003年成为《惊奇档案》画刊主要撰稿人之一。短篇小说《戴茜救我》《一线天》《一日囚》《废楼十三层》等曾获中国科幻银河奖。2007年7月因病去世。

B先生死了。就在他搬进这座大楼不到24小时。

B先生是昨夜,不,准确地说是今天深夜0点住进来的。那时夜雾弥漫,有两个黑衣男子陪着他,拎着三只大提箱,敲开我值班的房门,要租一间不带家具的房子。这个要求有点奇怪,因为大多数人都想要有家具的房间。

"请问你们要租多大的屋子?"我打量着B的光头问。他戴着眼镜,苍白而又腼腆,脸上有种愁苦的模样。

一个黑衣男人说:"最小的单元就可以了。一间卧室,带厨房和洗手间。"

"请原谅,三个人住这么小的房子是不是太挤了……"我说。

黑衣人面无表情,指了指B:"就他自己住。"

"好吧,您想租多久?半年还是一年?"我问B。

B先生低声说:"一天……"

"什么?"我没听清楚。

黑衣人说:"租一个月吧。这是你们最短的租期?"

"对。"我拿出登记簿,让B写下自己的名字。黑衣人付了一个月租金,然后我带他们上电梯,到了大楼16层的那个小套间。

B先生对客厅表示满意,但他抱怨房子的视野太狭窄了。黑衣男人们冷淡地沉默着,把大箱子打开。里面竟装满了简易家具——折叠的帆布衣柜、充气床垫,还有一些换洗衣服。最后,B安顿下来,一个黑衣人看了看表,说:"8月18日了,现在是深夜0点整。"

两个黑衣人走了。我对B说:"早点休息吧,希望您在这里住得愉快。"

他点头说:"是啊,愉快……我不会打扰你们太久的。"

"您说什么?"

一瞬间,他眼睛里流露出虚弱和渴望,好像要说什么。我被吓住了。但他马上恢复了常态,也就是说,恢复了那种腼腆和愁苦的模样。

"麻烦你了。请让我休息吧。"他客气地把我送出门外。

这就是我记忆中的昨夜。

仅隔二十几个小时,B就死在房间里。他死后形容枯槁,看上去老了很多。

那两个黑衣人穿过夜雾走进大楼,还带了一位医生模样的人。我现在还不懂,他们是如何预知B先生的死讯的。当他们要我打开那间屋子的门,发现B毫无生气地躺在客厅地下时,他们一点也不惊讶。医生走过去，翻开 B 的眼皮，然后摸摸他的脖子，转身对两个黑衣人点了点头。

"他死了。"

他们想抬起 B 先生的尸体，我拦在门口说："等一下，我应该去报警。还有，我都没有发现他已经死了，你们是怎么知道的呢？"

一个黑衣人走过来，低沉地说："不必报警。"他拿出一份证件给我看，那是种让人无法怀疑其权威性的身份证明。我沉默了。

他们在房间里翻来翻去，把所有简易家具拆开，每一件衣服都抖开来看——我发现那些衣服都很旧，而且都是一模一样的套装。B 在这儿住了还不满一天，难道能在房子里藏什么东西吗？最后，他们将屋中的一切装进大提箱，抬起 B，消失在门外。只剩我一个人站在四壁皆白、空空如也的房间里。

对这个死去的人，我有种奇怪的感觉。我认识他只有二十几个钟头，但却像是多年的老友似的。细究原因，大概是他每次见我都表现出老友一般地熟络。

B 先生真的有些古怪。他的精力一定非常旺盛，单看外表会被欺骗的，他苍白憔悴，仿佛弱不禁风，但是他整整一天频繁地出入于大楼内外，仅仅被我看见的就有十几次。他好像可以突然间出现在这里，又突然间出现在那里。

自从午夜安排好房间，我第一次看见 B 先生竟是在半分钟后。谁知道他是怎么样飞快地、神不知鬼不觉地下了楼，无声地站在我旁边。

我目瞪口呆地盯着他。他眼睛红红的，仿佛换了一个人，急切地问我:"现在怎么样?"

"什么怎么样?"我莫名其妙地说。

"现在是几点?几号了?"他梦游一样问。

我几乎被他吓住,很快地回答:"8月18日凌晨……0点过1分。您是什么时候下来的?"

他没有理睬我的问题,呆了呆,说:"哦,是这样……谢谢你。"

他回去睡了。但早上3点钟,我竟透过窗子看见他在楼外。他佝偻着身子,从雾气里慢慢地移动过来,苍白的脸像一盏昏灯。我赶忙出去,打开玻璃大门。他疲倦地走进来。

"您才安顿下来,不好好睡一觉吗?"我说,"是什么时候出去的?"

"什么?"他愣了一下,然后说,"哦,我不累。我出去的时候,你没看到?"

我迟疑地说:"可是,楼门一直是锁着的啊……"难道他是从16层的窗户中爬下来的吗?

"是吗?"他微笑,"你记错了吧。我是从这里出去的。"

他的背影蹒跚着走进电梯,我锁好楼门,回到值班室里打盹。

早晨7点半,他经过前厅,对我说:"早上好!"

"早上好!"我很惊讶,他只睡了这么一会儿,居然有精神出去散步。

奇怪的是,只过了几秒钟——至少在我的印象里,只过了很短暂的时间——又看到他经过前厅向楼门外走去。他冲我打招呼,就像刚才没见过面似的:"早上好!"

我诧异地望着他,他走出了楼门。

大约一个小时后,他乘着一辆出租车停在楼外,慢慢从车上挪出来,疲惫不堪地走进大楼,也不理睬我,直接上了电梯。

B先生怎么了?他在外面这一个小时做了什么?我想得走了神,却又看到他微笑着从我面前经过,道了一声:"辛苦!"就去按电梯的按钮。

我捧住头,使劲闭上眼睛又睁开。我疯了吗?我的大脑提前老化了吗?我在做梦吗?

我在前台上趴了一会儿,想养养精神。一抬头,就看到B愁苦地在大厅里走动着。我下意识地弹了起来!他对我羞涩而凄凉地笑笑。"我丢了件东西……"他茫然地说,"一定要找到,一定要找到……"

"您丢了什么?"我问他。

他摇摇头,走出了楼门。

我跟着他走到门外,身后有只手拍了拍我的肩,真是差一点叫我跳起来!

原来是住在1608号的那位老寡妇,她非常神经质,而且,说起来她还是B先生的隔壁邻居。

"他叫什么?"她伸出一根瘦得像巫婆的手指头,远远指着B先生的背影。

"B。怎么啦?"我问。

老太太低声说:"他很怪!"

这我知道,但怎么跟她说呢?

她看见 B 消失在拐角,把嘴凑在我耳边:"刚才我听见他的房子里有人在哭!"

"哭?"我觉得她太敏感了。

"没错!我趴在门上听到了!"她忽然转向里面,脸上皱起惊恐的纹路。

B 先生又从里面走出来了。

我也百思不解,但是客气地问了一句:"您丢的东西找到了吗?"

"什么?"他抬起头来,惊疑地望着我,"什么东西?"

真是莫名其妙。

他走出楼门。老太太拉着我跟出去,停在阳光下面,悄悄地说:"一个妖怪!"

B 在远处上了出租车。我转过身,想着老太太的话,无意地向上一瞥。

我看见 16 楼上,B 先生房间的窗内有个人影。我退远几步,用手遮住阳光重新分辨。没错,是他的房间。那个清瘦而衰颓的人影移到了窗帘后面。我吓出一身冷汗。

"你看见了?你看见了?"老太太激动地念着。

我扯着老太太,在她的心脏和腿脚允许的情况下尽快跑到管理室,拿上电棍,乘电梯上了 16 层,在 B 的门口站住。我们紧张地倾听着。

"B 先生!您在里面吗?"我轻轻敲门。没有人回答。

老太太尖利的手指掐得我生疼。我拿出备用钥匙打开了门,必须搞清楚。我手握电棍,走进宁静狭小的房间。

里面空荡荡的。

老太太干瘪的嘴唇哆嗦着:"他是个妖怪,他是幽灵……"她惊惶地转动脑袋四处张望,好像这间屋子里真的有什么看不见的幽灵。

"我们快离开吧!"她使劲拉我的衣服。我也害怕了。

就是这样。我确实在今天一天里看到 B 先生十几次出入于楼门内外。而且,他的容貌像雾中的猫头鹰一般不可捉摸,一会儿苍老,一会儿又变得比较年轻。他的衣服也时新时旧。这个世界上是没有幽灵的,但我拿不准 B 先生是什么。

快到中午的时候,他拿着一副纸牌走到前厅,要跟我玩一会儿。

我无法拒绝,他明显地苍老了,真奇怪。而且他眼睛下面有暗淡的黑晕,目光仿佛是发高烧的病人。

他向我展露出令人惊叹的牌技,就算我把牌洗得再彻底,他还是能记住每一张牌的位置。我更加相信他是个隐藏在现代城市里的巫师。

最后,他把牌丢在台子上,说:"这一点也不神秘,我不是什么魔法师。年轻人,去买一副偏光眼镜吧。这牌留给你。有些时候你会发现,一件不可思议的事情,换一副眼镜就能看得清清楚楚。"

我真的托人去眼镜店帮我买了副便宜的偏光镜,戴上它再看那副纸牌,原来每一张的背面都用特殊墨水做了标记。

这是 B 先生教我的一件最有趣的事,也许他另有用意,但我没有猜破。

吃过午饭,我发现他站在楼门口,呆望着对面的路灯。

"天气很好。"我小心地跟他打招呼。

"是啊,天气每次都是这样。我倒希望某一次看见下雨。"他更像是在喃喃自语,然后他奇怪地说,"你瞧那盏路灯,"

"路灯?"

"对,它一直在那儿吗?"

我仔细看了看路灯,又看看他:"当然,它早就在那儿,一直在。"

"它……没有……没有被打破过?"他耳语似地问我,仿佛心怀恐惧。

"没有吧。"我摇摇头。这是拿不准的,附近的顽童很多,而我来这儿当管理员才两个月。

他问出一个令我浑身发冷的问题:"你没看见过路灯碎片从地面上飞起来,自动地重新组合好吗?"

阳光灿烂,他的脸还是那么苍白。我的心像被看不见的冰冷的手狠狠捏住了。他看出我在害怕,就笑一笑进去了。

老实说,才认识一天就能让我这样害怕的人,B先生算头一个。

我不敢再主动招呼他。下午我又看见他进进出出,来来去去。有时也跟我说话。但没有特别奇怪的事情发生。

夜里,他就死了。

两个黑衣人把B的尸体和屋子里所有东西都搬走以后,我站在他的卧室里茫然四顾,雪白的墙壁,一尘不染的地板。黑衣人想在房间中搜寻什么? B先生难道真的在这里藏了东西吗?回忆着B的种种诡异之处,我感觉这房间把我的心牢牢吸引住了。这里留着他的灵魂,我荒唐地对自己说。

突然,在灵机一动之下,我从衣袋里取出那副偏光眼镜。戴上它后,我惊呆了。

老天哪,墙壁上写满了字。

毫无疑问,这是 B 先生特意写给我的,他成功地瞒过了那两个黑衣人。我把门从里面锁好,回到卧室激动地读着墙上的字。这儿写着一个最让人毛骨悚然的故事。

我写下这些,是因为我预感到自己就要死了。我一直渴望对人说出自己的遭遇,但我不敢。现在,我用这种方法告诉你,世界不像你想得那么简单。

在墙上写字是因为:1. 他们在最后会把所有能移动的东西都拿走,留下的只有墙壁;2. 用这么原始、简单和不可靠的办法才能骗过他们。你很聪明,理解了我对你所做的暗示。

我死后没人能看到我的坟墓,让我来悼念自己吧:B,65 岁,死于长久的孤独和生命力枯竭。我是个罪人,然而又是个可怜的牺牲者。我在这个地方,在这一刻,被囚禁了 10 年。

10 年。

噩梦是这样开始的,由于人类共同的弱点,我犯了罪,大罪。在我的世界里,在你还没有见到、无法想象的世界里,我得知自己将接受什么样的惩罚。

法官说:"你被处以一日无期徒刑:在有生之年,你将永远过着同一天——我们为你随机选择的那一天,2008 年 8 月 18 日,你的一切生命活动都只限于这24小时之内，直到自然赋予你的生命结束。作为一种人道主义的优待，你可以在一座热闹的都市中服刑，但在服刑期间，你不能对周围的任何人提起关于你和你所受的刑罚，否则，我们将把你转移到一个封闭的小空间内，在孤独中度过刑期。"

你理解吗？朋友，这是无止境的噩梦。

据说我是第一批被处以时间囚禁的罪人之一。他们还不能了解这一技术的全部内涵，我们算是实验品。

一开始，我对这刑罚的可怕之处还没有真正的体会。这是座热闹繁华的城市，处处充满生机。我住进自己的房间，对置身于开放的大世界里感到高兴，我透过玻璃窗观察下面的人群，不准备担忧以后的日子。

第一天——我这样说是按照自己的习惯，其实我度过的这10年，这3600多个日子，对你们来说都是同一天。第一天，我早早地起了床，打算出去散步，呼吸一下这座都市的空气。我的邻居，1608号的那位太太——她真是个细心人——热情地问候我。

"您好！您是新搬来的邻居吗？"

我答道："是的。很高兴认识您。"

"您从哪里来？"

我把早已编好的谎言对她说了一番。她最后说："希望您在这儿住得愉快！"

在楼下我对你打了个招呼："早上好！"你对我报以关心。

走到大街上，我在拐角处的报童手里买了一份报纸，先看了看日期：2008年8月18日，头版的新闻很吸引人。我过马路，在对面的咖啡馆里要了早餐，巴西咖啡和烤面包。我看报纸，咖啡馆老板对我说："我觉得您很面生。"

"对，我是刚刚搬来的。"我回答。

"喜欢我们这里吗？"

"很好，大家都很友善，咖啡很香。"我向他微笑。

接下来我去公园散步，看场电影，吃午饭，在市政广场坐着喂鸽子，逗弄躺在婴儿车里的小孩。

吃过晚饭后，在街道上漫步，直到疲倦才回家。我躺在床上睡觉，一觉醒来，仍然是2008年8月18日。

第二天（还是按照我的习惯说的），我在同一时刻出门。1608号的太太站在楼道里问："您好！您是新搬来的邻居吗？"

我答道："是的。很高兴认识您。"

"您从哪里来？"

这真有趣，我又一字不差地说了那番话。她最后说："希望您在这儿住得愉快！"

我又在下面问候了你，在街拐角买了同一份报纸：2008年8月18日的日报，头版的新闻对我来说早已是往事。我过马路，在对面的咖啡馆里要了早餐，还是巴西咖啡和烤面包。我看报纸，咖啡馆老板对我说："我觉得您很面生。"

这一切都像钟摆一样准确。

我说出了跟昨天一模一样的回答。我感到自己好像一个无意间走进一部老电影里的客串者，我知道电影里发生的一切，但其他角色却对此一无所知。

公园、电影、午饭、鸽子、婴儿车里的小孩……一模一样的场景,一模一样的事,唯一不同的只有我。不,唯一不同的只有我的心。我很清楚,这个日子我已经是第二次度过。这感觉真怪,2008年8月18日,这一天是否像录像带一样永远保存在某处,保存在宇宙的一个神秘角落?而我则被施了咒语,一次次地进入这盘录像带,带着了解一切的心,却被迫重复着一成不变的情节……

在开始的几天里,我并不沮丧,也没有害怕。甚至还抱着一种优越感和好奇的兴趣,观察这发疯的世界。我按照固定的时间表过日子,我记熟了在每个时刻、每个地点将遇到的人,以及他们将做的事情。我背诵着自己的台词,还在心里替对方念出他想说的话,我暗自对他说:"嘿,我知道你下一分钟要做什么。"

但我很快厌倦了。如果你觉得生活中的某个日子是快乐的、丰富多彩的,那只因为它是唯一的,是转瞬即逝的。永不逝去的一天是可怕的一天,它会由新鲜变为陈旧,变为腐烂,变为恶毒。

我默默地服刑。第一个星期,我快乐;第二个星期,我累了;第三个星期,我愤怒;第四个星期,我想到死;第五个星期,我知道自己将会发疯。

真不可思议,在同一个人身上,在同一天,竟可以承载这么多的眼泪、愤怒、挣扎、绝望和疯狂。我躲在房间里痛哭,用力咬着自己的手。时间囚禁之刑,无法打破、不能逃脱的监牢。

有一种魔力笼罩着我,每当一个24小时的周期即将过去,我似乎要追随着时间之流,冲破牢笼;那魔力一下子又把我拉回24

小时之前。于是一切又周而复始。我又开始见到昨天见到的人，重复昨天做过的事。最可怕的是，只有我清楚这一切，其他人对此一无所知。我多羡慕他们，多嫉妒他们！对他们来说，我被永世困在其中的这一天只是生命中的千万个平凡日子之一。他们将无知无识地度过这普通的一天，然后把它忘记，走进我永远也看不到的"明天"。可我呢，我还要在循环往复的苦刑中挣扎下去，得不到一点同情和援助……

而且，要知道，除了我自己之外，其余的一切人、一切事，都是固定不变的，在每一次循环当中比原子钟还更稳定。所以，我必须注意每一件事的准确时刻，以免与这个世界脱节。我有一个固定的时刻表，精确到秒。在这钟表般的世界里我是唯一可变的因素，但我却要强迫自己成为钟表里的一个零件。我是罪有应得，但我要告诉你，这种刑罚过于残酷了，即便是对我这样的罪人。

时间的囚徒，比空间的囚徒更可悲。全世界都与你无关，只有你独自在不变的时光中老去，日复一日地重复着比死亡还苍白的生活。

时间是多么可怕、伟大和不可驾驭的东西。我是想说，当猴子学会一种把戏，它只能想到凭借这把戏来换一点食物。人，只有人，才会把他所掌握的一切权力和知识都用于"惩罚"。

在无数次孤独的发作之后我决定破坏规则，看一看能给世界造成多大的麻烦。我扔掉了时刻表，故意在头一天的早上 7 点 30 分整出门，而在第二天早上的 7 点 30 分 15 秒出门。我在比平时晚半分钟的时间进入咖啡馆，要热面包卷和冰咖啡。在下一个循环中，再晚半分钟进去，要蛋糕、柠檬冻和香草冰淇淋。我选择不同的时刻——但相差不超过一分钟——从报童手里买报纸。我在每个循环中换着看不同的电影。我这次踩死一只蜗牛，下次却把它从地上捡起来放进草丛里。出于一种可笑的仓皇失措，为了逃离牢笼般的感觉，我曾经到处乱跑，跑到城市的边缘，再乘坐出租车回来。

我在郊外过夜，仿佛希望这能帮助自己奇迹般地逃离被困于今天的命运。我蜷缩在草丛中，看着星星。时间一秒一秒地流逝，每一秒钟都在心中撞击出宏大的回响。午夜12点，我激动地坐起来，在星空下奔跑。我狂喊着："出租车！出租车！"我上车就问司机："现在是几点？今天是几号？"

"0点10分啦。您喝得够多的，今天是8月18日。"司机说。我的心沉了下去。汽车穿过入睡的城市，停在被夜雾笼罩的大楼前，已是凌晨3点，我还要回到那间小屋，回到监牢中的监牢里睡觉。

我的歇斯底里症发作了不止一次。我幻想着，在某个特殊的时刻"再次"进入大楼，就能打破魔法。我从郊外回来，在午夜12点整走进楼门，问你："几点了？今天是几号？"

小伙子，记得吗？你说："12点啦，您住进这儿快有一整天了。今天当然是8月18号。"就是这个时刻，魔法的转折点，我要在你的见证之下突破了……我激动万分，盯住你，在那里站了一会儿，又问你："现在怎么样？"

"什么怎么样？"仅隔几秒钟，你就像完全忘了刚才的事。我有种不祥的感觉，我说："现在是几点？几号了？"

你惊讶地回答："8月18日午夜……0点过1分。您是什么时候下来的？"

你知道当时我是多么绝望吗？

我还有过更疯狂的主意：我想带着几个人走得远远的，走到郊外去。晚上，我们围坐在篝火旁，我要在午夜时分讲一个故事。当时钟越过12点、又回到24小时前的瞬间，我会看到什么情形？那几个人会像幻影一样消失吗？他们又会看到什么？他们会发现自己忽然从家里的卧室中来到了野外吗？

我不敢做那样的实验，风险太大了，可能会伤害别人。我只能用自己做试验品，给世界找一点小小的麻烦。

世界没有垮掉，无论我怎么躁动，都像笼中困兽的挣扎一样无济于事。只有寥寥几次，我从你和别人的目光中看出了诧异与恐惧。你们发现了吗？我不清楚。

本来我有种可怕的猜疑：这刑罚只是一种心理层面的感受，只有我的"灵魂"（我只能这么说）被硬生生地剥离出来，拉回一次次循环的开始，而肉体则像行尸走肉一样，僵硬地重复着比钟摆还准确的固定行为。也许为了打消这种恐惧，我才故意在每天的行动中做一点变化。没有遇到阻碍，而且，我慢慢地发现自己的身体在衰老，我放心了。

如果你的外部行动被限制在一个小范围内，那么你会发现，心灵的活动将变得十倍百倍地丰富和激烈。我不是科学爱好者，但现在却对时间这个东西产生了兴趣。我很想知道自己是用什么方式被一次次拉回8月18日的午夜0点。我还想知道，时间是什么，被困在时间中的人又如何与世界发生关系。

后来的日子里，我一直在观察和思索。这样反而不太难过。我列出了几种被抛入时间循环的方式。

第一种，像那些物理学家所说的，每当我被"拉回"一次，时间就在这里产生了一个分枝，出现了一个新的"平行世界"，在这个新世界里，除了我本人，其余的一切都与原来的世界相同。但是，我有证据否定这种理论：这个新世界中的人将不会知道原来那个世界在 8 月 18 日发生的事，可有一次，你突然问我："您丢的东西找到了吗？"我大惑不解。想来这是因为在后面的某次循环当中，我将丢失一样东西，而时刻却在此时之前。后来证实了这个猜测，我的钱夹丢失了，时刻是上午 9 点。

还有一种最简单的解释：8 月 18 日这一天是固定不变的，只有我一次次地回到这天当中，重复我的生活。但这会造成一个难点，我反复地度过这 24 小时，度过了 3650 次。我一个人在此期间所耗费的物质，比如水和电，会超过整个大楼中其他居民用量的总和。难道没人发现这桩怪事吗？

有一次，我一言不发地走到大楼对面的路灯底下，脱下鞋子，用它打碎了路灯。然后我穿好鞋走回大厅里。当时你惊讶极了，你一定认为我发疯了。不，我在思考问题。

在路灯被打破后的整整一天里，我记住了每个人看着我的神情、对我所说的话。次日（我习惯的说法），我一早就发现路灯好好地立在那里，当然啦，我还没有去打它呢。这一天真的与前一个循环大不相同。

我的存在使世界变得充满悖论。我在这次循环当中，在上午

9点打碎了街上一盏路灯,那么在别人即旁观者眼里,这盏路灯在9点之后就应该不存在了;但在此次循环之前的那些天里,路灯一直存在到一天的结束。旁观者究竟会"记得"哪一种情况呢?

记得我问过你,在一个中午。你完全不知道我打碎过路灯。

我的最后一个猜测是:每当一个循环结束,我就仿佛被单独拉出这个世界,而那神秘的魔力,即操纵时间的力量,使整个世界(除我之外)退回到24小时之前的初始状态,然后我又被扔进世界里面,一切重新开始。那就是说,无论我在服刑期间做了什么,把路灯打碎多少次,旁观者都只会"记得"最后一次循环。

不知我猜得对不对,多想向某个旁观者询问一下啊。

但丢掉钱夹的事,还有你看到我不按时刻表行动时的诧异,又如何解释呢?

大概,在旁观者眼中,我在若干次循环中的行为,像立体空间的物体在平面上的投影一样,被叠加于一天里面,于是形成了这么一种情况:你看着我走出大楼,然后又看见一个我走出大楼,而紧接着,你可能发现我的房间里仍有一个我。我所处的微观时间循环被嵌套在整个宏观的时间之内,于是在外人看来就有了一种粒子态一般测不准的"闪动"。

如果有一位超然的观察者俯视这座城市,他会发现我就像一个做布朗运动的粒子那样,狂乱而无序地出现在各个角落。这一秒钟在东边,下一秒钟又到了西边,甚至在同一秒钟里出现在几个地方。普通人如果留意我的行踪,一定会被这奇怪的现象搞疯的。

我很遗憾在将要死去的时候才发现了思考的乐趣。我相信,那些孤守在灯塔上的人不会疯狂,因为他们是思想者。

但唯一不公平的是,他们的每一天都是不同的。

我要死了,我仍然没有明白时间是什么,被困于时间中的人又怎样与世界发生联系……再见了,朋友,你将幸福地进入明天,把今天的我永远忘记。而那个明天是我绝对无法想象的。再见。

我摘下眼镜,墙壁又变得洁白无瑕。这一切真的发生过吗?我又戴上眼镜,B先生写下的字迹布满了整面墙。

应该把这些字涂抹掉。谁知道以后的住户会不会戴起偏光眼镜来看这墙壁呢?B先生此时已经死了,但在此时之前,在2008年8月18日午夜0点到夜里10点,他依然活着,永远活着,一次一次地活着。他的秘密仍然不能泄露。

我看了看手表,已经是11点半了。

我忽然激动起来。

B先生是今天0点住进来的,他的死亡时间是今夜10点,而现在是11点半,距离一个循环结束还有半小时!他在墙上写着,他曾在午夜12点从郊外回来,希望由我见证他突破时间的牢笼。我有办法验证他的猜想了。

"一个"B先生已经死了。如果在12点,"另一个"B先生从外面回来,那就至少能证明他的一部分猜想。可那种情况会多么诡异、恐怖和激动人心啊。

如果是那样,如果"另一个"回来了,我应该对他说什么?B先生,您已经死了,现在的您是无数镜子里的鬼魂之一?我能不能这样认为:当我们这些幸福的人无知无识地越过了今天午夜,进入B先生无法求得也无法想象的明天;在被我们超越、抛弃和遗忘的这一天里,还有一个、两个、无数个B先生,无可奈何,循环往复地永远被困于此。我对这些道理一点都不懂,也想不明白。

我怀着莫大的期望和恐惧,坐在大楼门口的管理员室内,望着窗外的夜世界。

我头一次注意到时间是这么奇妙,每一秒钟都仿佛在我心中跳跃着流过。流逝,流逝,流逝……在某一次循环当中,B先生此时此刻还坐在由郊外赶回来的出租车上。我心乱如麻,等待他穿过夜晚的浓雾,苍白的脸像一盏灯一样往大楼里走来;等待他从时间的某个角落佝偻着走来;等待他迷茫绝望地一边寻找一边走来。从未知走进未知,从无限走进无限,从幽暗走进幽暗,从牢笼走进牢笼。我要紧紧拉着他的手,不,我要紧紧地抱住他,跟他一起度过由今天到明天的那一秒钟。如果这样,我能够把他带进明天吗?或者是他把我拉进那循环的魔咒当中?天哪,我在想些什么?

12点钟就要到了,我的心跳几乎停止。

窗外,夜雾茫茫……

柳文扬最为人称道的是他讲故事的才华。他的小说并不以新奇宏大的科技构想见长,但那些已被读者所熟悉的题材——太空探险、时空旅行、虚拟网络、星际冲突、机器人与复制人,却总能够在他笔下化腐朽为神奇。他的语言诙谐幽默,善于化用口语、

京味俚语和网络语言，字里行间流露出温暖而狡黠的智慧。他作品中少见"生存或毁灭"的激昂论辩，却能够用精巧的细节和生动的对话，于细微处展现人性的本真与丰富。正是这些特点令他得到年轻读者们的由衷喜爱。

《一日囚》的科幻构思会令人想起电影《土拨鼠之日》，但故事的重点并不在于主人公如何依靠爱情的魔力打破循环，而在于他如何向另一位萍水相逢的陌生人倾吐自己一生的故事。孤独与交流的可能性/不可能性，其实是隐藏在柳文扬作品中一个贯穿始终的重要议题。如何通过言说/理解/共情（empathy），去打破各种不可见的"壁"或者"膜"，我们需要在不同技术语境下不断思考这个问题。另一个与之相关的重要议题，则是个体如何在令人绝望的庸常生活中，奋力抓住一星半点希望之光。就像柳文扬在另外一篇作品的副标题中写道："午夜的飞蛾向黎明跋涉。"在那些看似轻盈的故事中，其实处处可见"跋涉"的意象。

《一日囚》的开放式结尾同时呈现了这两个议题。在茫茫夜雾中，"我"是否能够紧紧拥抱B先生，带他走入"明天。"我们都希望答案为"是"。

流浪地球

刘慈欣

刘慈欣，男，1963年生，毕业后长期担任山西娘子关电厂计算机工程师。已发表短篇科幻小说30余篇，出版长篇科幻小说六部，共计400万字。1999—2006年连续八年获得中国科幻文学"银河奖"，作品被翻译为包括英语在内的11种文字，2015年长篇科幻小说《三体》获得"世界科幻协会雨果奖"最佳长篇小说奖。

刹车时代

我没见过黑夜，我没见过星星，我没见过春天、秋天和冬天。我出生在刹车时代结束的时候，那时地球刚刚停止转动。

地球自转刹车用了42年，比联合政府的计划长了三年。妈妈给我讲过我们全家看最后一次日落的情景，太阳落得很慢，仿佛在地平线上停住了，用了三天三夜才落下去，当然，以后没有"天"也没有"夜"了，东半球在相当长的一段时间里（有十几年吧）将处于永远的黄昏中，因为太阳在地平线下并没落深，还在半边天上映出它的光芒。就在那次漫长的日落中，我出生了。

黄昏并不意味着昏暗，地球发动机把整个北半球照得通明。地球发动机安装在亚洲和美洲大陆上，因为只有这两个大陆完整坚实的版块结构才能承受发动机对地球巨大的推力。地球发动机共有12000台，分布在亚洲和美洲大陆的各个平原上。从我住的地方，可以看到几百台发动机喷出的等离子体光柱。你想象一个巨大的宫殿，有雅典卫城上的神殿那么大，殿中有无数根顶天立地的巨柱，每根柱子像一根巨大的日光灯管那样发出蓝白色的强光。而你，是那巨大宫殿地板上的一个细菌，这样，你就可以想象到我所在的世界是什么样子了。其实这样描述还不是太准确，是地球发动机产生的切线推力分量刹住了地球的自转，因此地球发动机的喷射必须有一定的角度，这样天空中的那些巨型光柱是倾斜的，我们是处在一个将要倾倒的巨殿中！南半球的人来到北半球后突然置身于这个环境中，有许多人会精神失常的。比这景象更可怕的是发动机带来的酷热，户外气温高达摄氏七八十度，必须穿冷却服才能外出。在这样的气温下常常会有暴雨，而发动机光柱穿过乌云时的景象简直是一场噩梦！光柱蓝白色的强光在云中散射，变成无数种色彩组成的疯狂涌动的光晕，整个天空仿佛被白热的火山岩浆所覆盖。爷爷老糊涂了，有一次被酷热折磨得实在受不了，看到下大雨喜出望外，赤膊冲出门去，我们没来得及拦住他。外面雨点已被地球发动机超高温的等离子光柱烤热，把他身上烫起了一层皮。

但对于我们这一代在北半球出生的人来说，这一切都很自然，就如同对于刹车时代以前的人们，太阳、星星和月亮那么自然，我们把那以前人类的历史都叫作前太阳时代，那真是个让人神往的黄金时代啊！

寂寞的伏兵

我在小学入学时，作为一门课程，教师带我们班的 30 个孩子进行了一次环球旅行。这时地球已经完全停转，地球发动机除了维持这个行星的这种静止状态外，只进行一些姿态调整，所以在从我 3 岁到 6 岁这三年中，光柱的光度大为减弱，这使得我们可以在这次旅行中更好地认识我们的世界。

我们首先在近距离见到了地球发动机，是在石家庄附近的太行山出口处看到它的，那是一座金属的高山，在我们面前赫然耸立，占据了半个天空，同它相比，西边的太行山山脉如同一串小土丘。有的孩子惊叹它如珠峰一样高。我们的班主任小星老师是一位漂亮姑娘，她笑着告诉我们，这座发动机的高度是 11000 米，比珠峰还要高 1000 多米，人们管它们叫"上帝的喷灯"。我们站在它巨大的阴影中，感受着它通过大地传来的振动。

地球发动机分为两大类，大一些的叫"山"，小一些的叫"峰"。我们登上了"华北 794 号山"。登"山"比登"峰"花的时间长，因为"峰"是靠巨型电梯上下的，上"山"则要坐汽车沿盘"山"公路走。我们的汽车混在不见首尾的长车队中，沿着光滑的钢铁公路向上爬行。我们的左边是青色的金属峭壁，右边是万丈深渊。车队是由 50 吨的巨型自卸卡车组成，车上满载着从太行山上挖下的岩石。汽车很快升到了 5000 米以上，下面的大地已看不清细节，只能看到反射的地球发动机的一片青光。小星老师让我们带上氧气面罩。随着我们距喷口越来越近，光度和温度都在剧增，面罩的颜色渐渐变深，冷却服中的微型压缩机也大功率地忙碌起来。在 6000 米处，我们见到了进料口，一车车的大石块倒进那闪着幽幽红光的大洞中，一点声音都没传出来。我问小星老师地球发动机是如何把岩石做燃料的。

"重元素聚变是一门很深的学问，现在给你们还讲不明白。你们只需要知道，地球发动机是人类建造的力量最大的机器，比如我们的所在地华北794号，全功率运行时能向大地产生150亿吨的推力。"

我们的汽车终于登上了顶峰，喷口就在我们头顶上。由于光柱的直径太大，我们现在抬头看到的是一堵发着蓝光的等离子体巨墙，这巨墙向上延伸到无限高处。这时，我突然想起不久前的一堂哲学课，那个憔悴的老师给我们出了一个谜语。

"你在平原上走着走着，突然迎面遇到一堵墙，这墙向上无限高，向下无限深，向左无限长，向右无限远，这墙是什么？"

我打了一个寒战，接着把这个谜语告诉了身边的小星老师。她想了好大一会儿，困惑地摇摇头。我把嘴凑到她耳边，把那个可怕的谜底告诉她。

"死亡。"

她默默地看了我几秒钟，突然把我紧紧地抱在怀里。我从她的肩上极目望去，迷蒙的大地上，耸立着一片金属的巨峰，从我们周围一直延伸到地平线。巨峰吐出的光柱，如一片倾斜的宇宙森林，刺破我们的摇摇欲坠的天空。

我们很快到达了海边，看到城市摩天大楼的尖顶伸出海面，退潮时白花花的海水从大楼无数的窗子中流出，形成一道道瀑布……刹车时代刚刚结束，其对地球的影响已触目惊心：地球发动机加速造成的潮汐吞没了北半球三分之二的大城市，发动机带来的全球高温融化了极地冰川，更使这大洪水雪上加霜，波及南半球。爷爷在30年前目睹了百米高的巨浪吞没上海的情景，他现在讲这事的时候眼还是直勾勾的。事实上，我们的星球还没启程就已面目全非了，谁知道在以后漫长的外太空流浪中，还有多少苦难在等着我们呢？

我们乘上一种叫船的古老的交通工具在海面上航行。地球发动机的光柱在后面越来越远，一天以后就完全看不见了。这时，大海处在两片霞光之间，一片是西面地球发动机的光柱产生的青蓝色霞光，一片是东方海平面下的太阳产生的粉红色霞光，它们在海面上的反射使大海也分成了闪耀着两色光芒的两部分，我们的船就行驶在这两部分的分界处，这景色真是奇妙。但随着青蓝色霞光的渐渐减弱和粉红色霞光的渐渐增强，一种不安的气氛在船上弥漫开来。甲板见不到孩子们了，他们都躲在船舱里不出来，舷窗的帘子也被紧紧拉上。一天后，我们最害怕的那一时刻终于到来了，我们集合在那间用做教室的大舱中，小星老师庄严地宣布：

"孩子们，我们要去看日出了。"

没有人动，我们目光呆滞，像突然冻住一样僵在那儿。小星老师老师又催了几次，还是没人动地方。她的一位男同事说：

"我早就提过，环球体验课应该放在近代史课前面，学生在心理上就比较容易适应了。"

"没那么简单，在近代史课前，他们早就从社会上知道一切了。"小星老师说，她接着对几位班干部说："你们先走。孩子们，不要怕，我小时候第一次看日出也很紧张的,但看过一次就好了。"

孩子们终于一个个站了起来,朝着舱门挪动脚步。这时,我感到一支湿湿的小手抓住了我的手,回头一看,是灵儿。

"我怕……"她嘤嘤地说。

"我们在电视上也看到过太阳,反正都一样的。"我安慰她说。

"怎么会一样呢,你在电视上看蛇和看真蛇一样吗?"

"……反正我们得上去,要不这门课会扣分的!"

我和灵儿紧紧拉着手,和其他孩子一起战战兢兢地朝甲板走去,去面对我们人生中的第一次日出。

"其实,人类把太阳同恐惧连在一起也只是这三四个世纪的事。这之前,人类是不怕太阳的,相反,太阳在他们眼中是庄严和壮美的。那时地球还在转动,人们每天都能看到日出和日落。他们对着初升的太阳欢呼,赞颂落日的美丽。"小星老师站在船头对我们说,海风吹动着她的长发,在她身后,海天连线处射出几道光芒,好像海面下的一头大得无法想象的怪兽喷出的鼻息。

终于,我们看到了那令人胆寒的火焰,开始时只是天水连线上的一个亮点,很快增大,渐渐显示出了圆弧的形状。这时,我感到自己的喉咙被什么东西掐住了,恐惧使我窒息,脚下的甲板仿佛突然消失,我在向海的深渊坠下去,坠下去……和我一起下坠的还有灵儿,她那蛛丝般柔弱的小身躯紧贴着我颤抖着;还有其他孩子,其他的所有人,整个世界,都在下坠。这时我又想起了那个谜语,我曾问过哲学老师,那堵墙是什么颜色的,他说应该是黑色的。我觉得不对,我想象中的死亡之墙应该是雪亮的,这就是为什么那道等离子体墙让我想起了它。这个时代，死亡不再是黑色的，它是闪电的颜色，当那最后的闪电到来时，世界将在瞬间变成蒸气。

三个多世纪前，天体物理学家们就发现太阳内部氢转化为氦的速度突然加快，于是他们发射了上万个探测器穿过太阳，最终建立了这颗恒星完整精确的数学模型。巨型计算机对这个模型计算的结果表明，太阳的演化已向主星序外偏移，氦元素的聚变将在很短的时间内传遍整个太阳内部，由此产生一次叫氦闪的剧烈爆炸，之后，太阳将变为一颗巨大但暗淡的红巨星，它膨胀到如此之大，地球将在太阳内部运行！事实上在这之前的氦闪爆发中，我们的星球已被汽化了。

这一切将在400年内发生，现在已过了380年。

太阳的灾变将炸毁和吞没太阳系所有适合居住的类地行星，并使所有类木行星完全改变形态和轨道。自第一次氦闪后，随着重元素在太阳中心的反复聚集，太阳氦闪将在一段时间反复发生，这"一段时间"是相对于恒星演化来说的，其长度可能相当于上千个人类历史。所以，人类在以后的太阳系中已无法生存下去，唯一的生路是向外太空恒星际移民，而照人类目前的技术力量，全人类移民唯一可行的目标是半人马座比邻星，这是距我们最近的恒星，有4.3光年的路程。对于以上看法人们已达成共识，争论的焦点在移民方式上。

为了加强教学效果，我们的船在太平洋上折返了两次，又给我们制造了两次日出。现在我们已完全适应了，也相信了南半球那些每天面对太阳的孩子确实能活下去。

以后我们就在太阳下航行了,太阳在空中越升越高,这几天凉爽下来的天气又热了起来。我正在自己的舱里昏昏欲睡,听到外面有骚乱的人声。灵儿推开门探进头来。

"嗨,飞船派和地球派又打起来了!"

我对这事儿不感兴趣,他们已经打了四个世纪了。但我还是到外面看了看,在那打成一团的几个男孩儿中,一眼就看出了挑起事儿的是阿东,他爸爸是个顽固的飞船派,因参加一次反联合政府的暴动,现在还被关监狱里,有其父必有其子。

小星老师和几名粗壮的船员好不容易才拉开架,阿东鼻子血呼呼的,振臂高呼:"把地球派扔到海里去!"

"我也是地球派,也要扔到海里去?"小星老师问。

"地球派都扔到海里去!"阿东毫不示弱,现在,在全世界飞船派情绪又呈上升趋势,所以他们又狂起来了。

"为什么这么恨我们?"小星老师问,其他几个飞船派小子接着喊了起来。

"我们不和地球派傻瓜在地球上等死!"

"我们要坐飞船走!飞船万岁!"

……

小星老师按了一下手腕上的全息显示器,我们面前的空中立刻显示出一幅全息图像,孩子们的注意力立刻被它吸引过去,暂时安静下来。那是一个晶莹透明的密封玻璃球,直径大约有10厘米,球里有三分之二充满了水,水中有一只小虾、一小枝珊瑚和一些绿色的藻类植物,小虾在水中悠然地游动着。小星老师说:"这是阿东的一件自然课的设计作业,小球中除了这几样东西外,还有一些看不见的细菌。它们在密封的玻璃球中相互依赖、相互作用。小虾以海藻为食,从水中摄取氧气,然后排出含有机物质的粪便和二氧化碳废气,细菌将这些东西分解成无机物质和二氧化碳,然后海藻利用了这些无机物质与人造阳光进行光合作用,制造营养物质,进行生长和繁殖,同时放出氧气供小虾呼吸。这样的生态循环应该能使玻璃球中的生物在只有阳光供应的情况下生生不息。这是我见过的最好的课程设计,我知道,这里面凝聚了阿东和所有飞船派孩子的梦想,这就是你们梦中飞船的缩影啊!阿东告诉我,他按照计算机中严格的数学模型,对球中每一样生物进行了基因设计,使他们的新陈代谢正好达到平衡。他坚信,球中的生命世界会长期活下去,直到小虾寿命的终点。老师们都很钟爱这件作业,我们把它放到所要求强度的人造阳光下,也坚信阿东的预测,默默地祝福他创造的这个小小的世界。但现在,时间只过去了十几天……"

小星老师从随身带来的一个小箱子中小心翼翼地拿出了那个玻璃球,死去的小虾漂浮在水面上,水已混浊不堪,腐烂的藻类植物已失去了绿色,变成一团没有生命的毛状物覆盖在珊瑚上。

"这个小世界死了。孩子们,谁能说出为什么?"小星老师把那个死亡的世界举到孩子们面前。

"它太小了!"

"说得对,太小了,小的生态系统,不管多么精确,是经不起时间的风浪的。飞船派们想象中的飞船也一样。"

"我们的飞船可以造得像上海或纽约那么大。"阿东说,声音比刚才低了许多。

"是的,按人类目前的技术也只能造这么大,同地球相比,这样的生态系统还是太小了,太小了。"

"我们会找到新的行星。"

"这连你们自己也不相信。人马座没有行星,最近的有行星的恒星在 850 光年以外,目前人类能建造的最快的飞船也只能达到光速的 0.5%,这样就需 17 万年时间才能到那儿,飞船规模的生态系统连这十分之一的时间都维持不了。孩子们,只有像地球这样规模的生态系统,这样气势磅礴的生态循环,才能使生命万代不息!人类在宇宙间离开了地球,就像婴儿在沙漠里离开了母亲!"

"可……老师,我们来不及的,地球来不及的,它还来不及加速到足够快,航到足够远,太阳就爆炸了!"

"时间是够的,要相信联合政府!这我说了多少遍,如果你们还不相信,我们就退一万步说:人类将自豪地去死,因为我们尽了最大的努力!"

人类的逃亡分为五步:第一步,用地球发动机使地球停止转动,使发动机喷口固定在地球运行的反方向;第二步,全功率开动地球发动机,使地球加速到逃逸速度,飞出太阳系;第三步:在外太空继续加速,飞向比邻星;第四步:在中途使地球重新自转,调转发动机方向,开始减速;第五步:地球泊入比邻星轨道,成为这颗恒星的行星。人们把这五步分别称为刹车时代、逃逸时代、流浪时代Ⅰ(加速)、流浪时代Ⅱ(减速)、新太阳时代。

整个移民过程将延续2500年时间，100代人。

我们的船继续航行，航到了地球黑夜的部分，在这里，阳光和地球发动机的光柱都照不到，在大西洋清凉的海风中，我们这些孩子第一次看到了星空。天啊，那是怎样的景象啊，美得让我们心碎。小星老师一手搂着我们，一手指着星空，看，孩子们，那就是半人马座，那就是比邻星，那将是我们的新家！说完她哭了起来，我们也都跟着哭了，周围的水手和船长，这些铁打的汉子也流下了眼泪。所有的人都用泪眼探望着老师指的方向，星空在泪水中扭曲抖动，唯有那颗星星是不动的，那是黑夜大海狂浪中远方陆地的灯塔，那是冰雪荒原中快要冻死的孤独旅人前方隐现的火光，那是我们心中的星星，是人类在未来100代人的苦海中唯一的希望和支撑……

在回家的航程中，我们看到了启航的第一个信号：夜空中出现了一个巨大的彗星，那是月球。人类带不走月球，就在月球上也安装了行星发动机，把它推离地球轨道，以免在地球加速时相撞。月球上行星发动机产生的巨大彗尾使大海笼罩在一片蓝光之中，群星看不见了。月球移动产生的引力潮汐使大海巨浪冲天，我们改乘飞机向南半球的家飞去。

启航的日子终于到了！

我们一下飞机，就被地球发动机的光柱照得睁不开眼，这些光柱比以前亮了几倍，而且所有光柱都由倾斜变成笔直，地球发动机开到了最大功率，加速产生的百米巨浪轰鸣着滚过每个大陆，灼热的飓风夹着滚烫的水沫，在林立的顶天立地的等离子光柱间疯狂呼啸，拔起了陆地上所有的大树……这时从宇宙空间看，我们的星球也成了一个巨大的彗星，蓝色的彗尾刺破了黑暗的太空。

地球上路了，人类上路了。

就在启航时，爷爷去世了，他身上的烫伤已经感染。弥留之际他反复念叨着一句话。

"啊，地球，我的流浪地球啊……"

逃逸时代

学校要搬入地下城了，我们是第一批入城的居民。校车钻进了一个高大的隧洞，隧洞呈不大的坡度向地下延伸。走了有半个钟头，我们被告知已入城了。可车窗外哪有城市的样子？只看到不断掠过的错综复杂的支洞，和洞壁上无数的密封门，在高高洞顶一排泛光灯下，一切都呈单调的金属蓝色。想到后半生的大部分时光都要在这个世界中度过，我们不禁黯然神伤。

"原始人就住洞里，我们又住洞里了。"灵儿低声说，这话还是让小星老师听见了。

"没有办法的，孩子们，地面的环境很快就要变得很可怕很可怕，那时，冷的时候，吐一口唾沫，还没掉到地上呢，就冻成小冰块儿了；热的时候，吐一口唾沫，还没掉到地上，就变成蒸气了！"

"冷我知道，因为地球离太阳越来越远了；可为什么还会热呢？"同车的一个低年级的小娃娃问。

"笨，没学过变轨加速吗？"我没好气地说。

"没。"

灵儿耐心地解释起来,好像是为了分散刚才的悲伤。"是这样:跟你想的不同,地球发动机没那么大劲儿,它只能给地球很小的加速度,不能把地球一下子推出太阳轨道,在地球离开太阳前,还要绕着它转15个圈呢!在这15个圈中地球慢慢加速。现在,地球绕太阳转着一个挺圆的圈儿,可它的速度越快呢,这圈就越扁,越快越扁越快越扁,太阳越来越移到这个扁圈的一边儿,所以后来,地球有时离太阳会很远很远,当然冷了……"

"可……还是不对!地球到最远的地儿是很冷,可在扁圈的另一头儿,它离太阳……嗯,我想想,按轨道动力学,还是现在这么近啊,怎么会更热呢?"

真是个小天才,记忆遗传技术使这样的小娃娃成了平常人,这是人类的幸运,否则,像地球发动机这样连神都不敢想的奇迹,是不会在四个世纪内变成现实的。

我说:"可还有地球发动机呢,小傻瓜,现在,10000多台那样的大喷灯全功率开动,地球就成了火箭喷口的护圈了……你们安静点吧,我心里烦!"

我们就这样开始了地下的生活,像这样在地下500米处,人口超过百万的城市遍布各个大陆。在这样的地下城中,我读完小学并升入中学。学校教育都集中在理工科上,艺术和哲学之类的教育已压缩到最少,人类没有这份闲心了。这是人类最忙的时代,每个人都有做不完的工作。很有意思的是,地球上所有的宗教在一夜之间消失得无影无踪,人们现在终于明白,就算真有上帝,他也是个王八蛋。历史课还是有的,只是课本中前太阳时代的人类历史对我们就像伊甸园中的神话一样。

父亲是空军的一名近地轨道宇航员,在家的时间很少。记得在变轨加速的第五年,在地球处于远日点时,我们全家到海边去过一次。运行到远日点顶端那一天,是一个如同新年或圣诞节一样的节日,因为这时地球距太阳最远,人们都有一种虚幻的安全感。像以前到地面上去一样,我们需要穿上带有核电池的全密封加热服。外面,地球发动机林立的刺目光柱是主要能看见的东西,地面世界的其他部分都淹没于光柱的强光中,也看不出变化。我们乘坐飞行汽车飞了很长时间,到了光柱照不到的地方,到了能看见太阳的海边。这时的太阳已成了一个棒球大小,一动不动地悬在天边,它的光芒只在自己的周围映出了一圈晨曦似的亮影,天空呈暗暗的深蓝色,星星仍清晰可见。举目望去,哪有海啊,眼前是一片白茫茫的冰原。在这封冻的大海上,有大群狂欢的人。焰火在暗蓝色的空中开放,冰冻海面上的人们以一种不正常的忘情在狂欢着,到处都是喝醉了在冰上打滚的人,更多的人在声嘶力竭地唱着不同的歌,都想用自己的声音压住别人。

"每个人都在不顾一切地过自己想过的生活,这也没有什么不好。"爸爸突然想起了一件事,"呵,忘了告诉你们,我爱上了黎星,我要离开你们和她在一起。"

"她是谁?"妈妈平静地问。

"我的小学老师。"我替爸爸回答。我升入中学已两年,不知道爸爸和小星老师是怎么认识的,也许是在两年前那的毕业仪式上?

"那你去吧。"妈妈说。

"过一阵我肯定会厌倦,那时我就回来,你看呢?"

"你要愿意当然行。"妈妈的声音像冰冻的海面一样平稳,但很快激动起来,"啊,这一颗真漂亮,里面一定有全息散射体!"她指着刚在空中开放的一朵焰火,真诚地赞美着。

在这个时代,人们在看四个世纪以前的电影和小说时都会莫名其妙,他们不明白,前太阳时代的人怎么会在不关生死的事情上倾注那么多的感情。当看到男女主人公为爱情而痛苦或哭泣时,他们的惊奇是难以言表的。在这个时代,死亡的威胁和逃生的欲望压倒了一切,除了当前太阳的状态和地球的位置,没有什么能真正引起他们的注意并打动他们了。这种注意力高度集中的关注,渐渐从本质上改变了人类的心理状态和精神生活,对于爱情这类东西,他们只是用余光瞥一下而已,就像赌徒在盯着轮盘的间隙抓住几秒钟喝口水一样。

过了两个月,爸爸真从小星老师那儿回来了,妈妈没有高兴,也没有不高兴。

爸爸对我说:"黎星对你印象很好,她说你是一个有创造力的学生。"

妈妈一脸茫然:"她是谁?"

"小星老师嘛,我的小学老师,爸爸这两个月就是同她在一起的!"

"哦,想起来了!"妈妈摇头笑了,"我还不到40,记忆力就成了这个样子。"她抬头看看天花板上的全息星空,又看看四壁的全息森林,"你回来挺好,把这些图像换换吧,我和孩子都看腻了,但我们都不会调整这玩意儿。"

当地球再次向太阳跌去的时候,我们全家都把这事忘了。

有一天,新闻报道海在融化,于是我们全家又到海边去。这是地球通过火星轨道的时候,按照这时太阳的光照量,地球的气温应该仍然是很低的,但由于地球发动机的影响,地面的气温正适宜。能不穿加热服或冷却服去地面,那感觉真令人愉快。地球发动机所在的这个半球天空还是那个样子,但到达另一个半球时,真正感到了太阳的临近:天空是明朗的纯蓝色,太阳在空中已同启航前一样明亮了。可我们从空中看到海并没有融化,还是一片白色的冰原。当我们失望地走出飞行汽车时,听到惊天动地的隆隆声,那声音仿佛来自这颗星球的最深处,真像地球要爆炸一样。

"这是大海的声音!"爸爸说,"因为气温骤升,厚厚的海冰层受热不均匀,这很像陆地上的地震。"

突然,一声雷霆般尖利的巨响插进这低沉的隆隆声中,我们后面看海的人们欢呼起来。我看到海面上裂开一道长缝,其开裂速度之快如同广阔的冰原上突然出现的一道黑色的闪电。接着在不断的巨响中,这样的裂缝一条接一条地在海冰上出现,海水从所有的裂缝中喷出,在冰原上形成一条条迅速扩散的急流……

回家的路上,我们看到荒芜已久的大地上,野草在大片大片地钻出地面,各种花朵在怒放,嫩叶给枯死的森林披上绿装……所有的生命都在抓紧时间发泄着活力。

随着地球和太阳的距离越来越近,人们的心也一天天揪紧了。到地面上来欣赏春色的人越来越少,大部分人都深深地躲进了地下城中,这不是为了躲避即将到来的酷热、暴雨和飓风,而是躲避那随着太阳越来越近的恐惧。有一天在我睡下后,听到妈妈低声对爸爸说:

"可能真的来不及了。"

爸爸说:"前四个近日点时也有这种谣言。"

"可这次是真的,我是从钱德勒博士夫人口中听说的,她丈夫是那个航行委员会的天文学家,你们都知道他的。他亲口告诉她已观测到氦的聚集在加速。"

"你听着亲爱的,我们必须抱有希望,这并不是因为希望真的存在,而是因为我们要做高贵的人。在前太阳时代,做一个高贵的人必须拥有金钱、权力或才能,而在今天只要拥有希望,希望是这个时代的黄金和宝石,不管活多长,我们都要拥有它!明天把这话告诉孩子。"

和所有的人一样,我也随着近日点的到来而心神不定。有一天放学后,我不知不觉走到了城市中心广场,在广场中央有喷泉的圆形水池边呆立着,时而低头看着蓝莹莹的池水,时而抬头望着广场圆形穹顶上梦幻般的光波纹,那是池水反射上去的。这时我看到了灵儿,她拿着一个小瓶子和一根小管儿,在吹肥皂泡。每吹出一串,她都呆呆地盯着空中飘浮的泡泡,看着它们一个个消失,然后再吹出一串……

"都这么大了还干这个,这好玩吗?"我走过去问她。

灵儿见了我以后喜出望外,"我们俩去旅行吧!"

"旅行?去哪?"

"当然是地面啦!"她挥手在空中划了一下,从手腕上的计算机中甩一幅全息景象,显示出一个落日下的海滩,微风吹拂着棕榈树,道道白浪,金黄的沙滩上有一对对的情侣,他们在铺满碎金的海面前呈现出一对对黑色的剪影,"这是梦娜和大刚发回来的,他们俩现在还满世界转呢,他们说外面现在还不太热,外面可好呢,我们去吧!"

"他们因为旷课刚被学校开除了。"

"哼,你根本不是怕这个,你是怕太阳!"

"你不怕吗?别忘了你因为怕太阳还看过精神病医生呢。"

"可我现在不一样了,我受到了启示!你看,"灵儿用小管儿吹出了一串肥皂泡,"盯着它看!"她用手指着一个肥皂泡说。

我盯着那个泡泡,看到它表面上光和色的狂澜,那狂澜以人的感觉无法把握的复杂和精细在涌动,好像那个泡泡知道自己生命的长度,疯狂地把自己渺如烟海的记忆中无数的梦幻和传奇向世界演绎。很快,光和色的狂澜在一次无声的爆炸中消失了,我看到了一小片似有似无的水汽,这水汽也只存在了半秒钟,然后什么都没有了,好像什么都没有存在过。

"看到了吗?地球就是宇宙中的一个小水泡,啪一下,什么都没了,有什么好怕的呢?"

"不是这样的,据计算,在氦闪发生时,地球被完全蒸发掉至少需要100个小时。"

"这就是最可怕之处了！"灵儿大叫起来，"我们在这地下500米，就像馅饼里的肉馅一样，先给慢慢烤熟了，再蒸发掉！"

一阵冷战传遍我的全身。

"但在地面就不一样了，那里的一切瞬间被蒸发，地面上的人就像那泡泡一样，'啪'的一下……所以，氦闪时还是在地面上为好。"

不知为什么，我没同她去，她就同阿东去了，我以后再也没见到他们。

氦闪并没有发生，地球高速掠过了近日点，第六次向远日点升去，人们绷紧的神经松弛下来。由于地球自转已停止，在太阳轨道的这一面，亚洲大陆上的地球发动机正对它的运行方向，所以在通过近日点前都停了下来，只是偶尔做一些调整姿态的运行，我们这儿处于宁静而漫长的黑夜之中。美洲大陆上的发动机则全功率运行，那里成了火箭喷口的护圈。由于太阳这时也处于西半球，那儿的高温更是可怕，草木生烟。

地球的变轨加速就这样年复一年地进行着。每当地球向远日点升去时，人们的心也随着地球与太阳距离的日益拉长而放松；而当它在新的一年向太阳跌去时，人们的心也一天天紧缩起来。每次到达近日点，社会上就谣言四起，说太阳氦闪就要在这时发生了；直到地球再次升向远日点，人们的恐惧才随着天空中渐渐变小的太阳而平息下来，但又在准备着下一次的恐惧……人类的精神像在荡着一个宇宙秋千，更恰当地说，在经历着一场宇宙俄罗斯轮盘赌：升上远日点和跌向太阳的过程是在转动弹仓，掠过近日点时则是扣动扳机！每扣一次时的神经比上一次更紧张，我就是在这种交替的恐惧中度过了自己的少年时代。其实仔细想想,即使在远日点,地球也未脱离太阳氦闪的威力圈,如果那时太阳爆发,地球不是被气化而是被慢慢液化,那种结果还真不如在近日点。

在逃逸时代,大灾难接踵而至。

由于地球发动机产生的加速度及运行轨道的改变,地核中铁镍核心的平衡被扰动,其影响穿过古腾堡不连续面,波及地幔,各个大陆地热逸出,火山横行,这对于人类的地下城市是致命的威胁。从第六次变轨周期后,在各大陆的地下城中,岩浆渗入灾难频繁发生。

那天当警报响起来的时候,我正走在放学回家的路上,听到市政厅的广播:"F112市全体市民注意,城市北部屏障已被地应力破坏,岩浆渗入!岩浆渗入!现在岩浆流已到达第四街区!公路出口被封死,全体市民到中心广场集合,通过升降向地面撤离。注意,撤离时按危急法第五条行事,强调一遍,撤离时按危急法第五条行事!"

我环视了一下四周迷宫般的通道,地下城现在看上去并没有什么异常。但我知道现在的危险:只有两条通向外部的地下公路,其中一条去年因加固屏障的需要已被堵死,如果剩下的这条也堵死了,就只有通过经竖井直通地面的升降梯逃命了。升降梯的载运量很小,要把这座的36万人运出去需要很长时间。但也没有必要去争夺生存的机会,联合政府的危急法把一切都安排好了。

古代曾有过一个伦理学问题:当洪水到来时,一个只能救走一个人的男人,是去救他的父亲呢,还是去救他的儿子?在这个时代的人看来，提出这个问题很不可理解。

当我到达中心广场时，看到人们已按年龄排起了长长的队。最靠近电梯口的是由机器人保育员抱着的婴儿，然后是幼儿园的孩子，再往后是小学生……我排在队伍中间靠前的部分。爸爸现在在近地轨道值班，城里只有我和妈妈，我现在看不到妈妈，就顺着几公里长的队身往后跑，没跑多远就被士兵拦住了。我知道她在最后一段，因为这个城市主要是学校集中地，家庭很少，她已经算年纪大的那批人了。

长队以让人心里着火的慢速度向前移动，三个小时后轮到我跨进升降机时，心里一点都不轻松，因为这时在妈妈和生存之间，还隔着两万多名大学生呢！而我已闻到了浓烈的硫黄味……

我到地面两个半小时后，岩浆在就在500米深的地下吞没了整座城市。我心如刀绞地想象着妈妈最后的时刻：她同没能撤出的18000人一起，看着岩浆涌进市中心广场。那时已经停电，整个地下城只有岩浆那可怖的暗红色光芒。广场那高大的白色穹顶在高温中渐渐变黑，所有的遇难者可能还没接触到岩浆，就被这上千度的高温夺去了生命。

但生活还在继续，在这严酷恐惧的现实中，爱情仍不时闪现出迷人的火花。为了缓解人们的紧张情绪，在第12次到达远日点时，联合政府居然恢复了中断达两个世纪的奥运会。我作为一名机动冰橇拉力赛的选手参加了奥运会，比赛是驾驶机动冰橇，从上海出发，从冰面上横穿封冻的太平洋，到达终点纽约。

发令枪响过之后，上百只雪橇在冰冻的洋面上以每小时200

公里左右的速度出发了。开始还有几只雪橇相伴，但两天后，他们或前或后，都消失在地平线之外。这时背后地球发动机的光芒已经看不到了，我正处于地球最黑的部分。在我眼中，世界就是由广阔的星空和向四面无限延伸的冰原组成的，这冰原似乎一直延伸到宇宙的尽头，或者它本身就是宇宙的尽头。而在这无限的星空和无限的冰原组成的宇宙中，只有我一个人！雪崩般的孤独感压倒了我，我想哭。我拼命地赶路，名次已无关紧要，只是为了在这可怕的孤独感杀死我之前尽早地摆脱它，而那想象中的彼岸似乎根本就不存在。

就在这时，我看到天边出现了一个人影。近了些后，我发现那是一个姑娘，正站在她的雪橇旁，她的长发在冰原上的寒风中飘动着。你知道这时遇见一个姑娘意味着什么，我们的后半生由此决定了。她是日本人，叫山彬加代子。女子组比我们先出发12个小时，她的雪橇卡在冰缝中，把一根滑竿折断了。我一边帮她修雪橇，一边把自己刚才的感觉告诉她。

"您说的太对了，我也是那样的感觉！是的，好像整个宇宙中就只有你一个人！知道吗，我看到您从远方出现时，就像看到太阳升起一样耶！"

"那你这什么不叫救援飞机？"

"这是一场体现人类精神的比赛，要知道，流浪地球在宇宙中是叫不到救援的！"她挥动着小拳头，以日本人特有的执着说。

"不过现在总得叫了，我们都没有备用滑竿，你的雪橇修不好了。"

"那我坐您的雪橇一起走好吗?如果您不在意名次的话。"

我当然不在意,于是我和加代子一起在冰冻的太平洋上走完了剩下的漫长路程。经过夏威夷后,我们看到了天边的曙光。在这被那个小小的太阳照亮的无际冰原上,我们向联合政府的民政部发去了结婚申请。

当我们到达纽约时,这个项目的裁判们早等得不耐烦,收摊走了。但有一个民政局的官员在等着我们,他向我们致以新婚的祝贺,然后开始履行他的职责:他挥手在空中划出一个全息图像,上面整齐地排列着几万个圆点,这是这几天全世界向联合政府登记结婚的数目。由于环境的严酷,法律规定每三对新婚配偶中只有一对有生育权,抽签决定。加代子对着半空中那几万个点犹豫了半天,点了中间的一个。当那个点变为绿色时,她高兴得跳了起来。但我的心中却不知是什么滋味,我的孩子出生在这个苦难的时代,是幸运还是不幸呢?那个官员倒是兴高采烈,他说每当一对儿"点绿"的时候他都十分高兴,他拿出了一瓶伏特加,我们三个轮着一人一口地喝着,都为人类的延续干杯。我们身后,遥远的太阳用它微弱的光芒给自由女神像镀上了一层金辉,对面,是已无人居住的曼哈顿的摩天大楼群,微弱的阳光把它们的影子长长地投在纽约港寂静的冰面上,醉意蒙眬的我,眼泪涌了出来。

地球,我的流浪地球啊!

分手前,官员递给我们一串钥匙,醉醺醺地说:"这是你们在亚洲分到的房子,回家吧,哦,家多好啊!"

"有什么好的?"我漠然地说,"亚洲的地下城充满危险,这你们在西半球当然体会不到。"

"我们马上也有你们体会不到的危险了，地球又要穿过小行星带，这次是西半球对着运行方向。"

"上几个变轨周期也经过小行星带，不是没什么大事吗？"

"那只是擦着小行星带的边缘走，太空舰队当然能应付，他们可以用激光和核弹把地球航线上的那些小石块都清除掉。但这次……你们没看新闻？这次地球要从小行星带正中穿过去！舰队只能对付那些大石块，唉……"

在回亚洲的飞机上，加代子问我："那些石块很大吗？"

我父亲现在就在太空舰队干那件工作，所以尽管政府为了避免惊慌照例封锁消息，我还是知道一些情况。我告诉加代子，那些石块大的像一座大山，5000万吨级的热核炸弹只能在上面打出一个小坑。"他们就要使用人类手中的威力最大的武器了！"我神秘地告诉加代子。

"你是说反物质炸弹？！"

"还能是什么？"

"太空舰队的巡航范围是多远？"

"现在他们力量有限，我爸说只有150万公里左右。"

"啊，那我们能看到了！"

"最好别看。"

加代子还是看了，而且是没戴护目镜看的。反物质炸弹的第一次闪光是在我们起飞不久后从太空传来的，那时加代子正在欣赏飞机舷窗外空中的星星，这使她的双眼失明了一个多小时，眼好以后的一个多月都红肿流泪。那真是让人心惊肉跳的时刻，反物质炮弹不断地击中小行星，湮灭的强光此起彼伏地在漆黑的太空中闪现，仿佛宇宙中有一群巨人围着地球用闪光灯疯狂拍照似的。

半小时后，我们看到了火流星，它们拖着长长的火尾划破长空，给人一种恐怖的美感。火流星越来越多，每一个在空中划过的距离越来越长。突然，机身在一声巨响中震颤了一下，紧接着又是连续的巨响和震颤。加代子惊叫着扑到我怀中，她显然以为飞机被流星击中了，这时舱里响起了机长的声音。

"请各位乘客不要惊慌，这是流星冲破音障产生的超音速爆音，请大家戴上耳机，否则您的听觉会受到永久的损害。由于飞行安全已无法保证，我们将在夏威夷紧急降落。"

这时我盯住了一个火流星，那个火球的体积比别的大出许多，我不相信它能在大气中烧完。果然，那火球疾驰过大半个天空，越来越小，但还是坠入了冰海。从万米高空看到，海面被击中的位置出现了一个小白点，那白点立刻扩散成一个白色的圆圈，圆圈迅速在海面扩大。

"那是浪吗？"加代子颤着声儿问我。

"是浪，上百米的浪。不过海封冻了，冰面会很快使它衰减的。"我自我安慰地说，不再看下面。

我们很快在檀香山降落，由当地政府安排去地下城。我们的汽车沿着海岸走，天空中布满了火流星，那些红发恶魔好像是从太空中的某一个点同时迸发出来的。一颗流星在距海岸不远处击中了海面，没有看到水柱，但水蒸气形成的白色蘑菇云高高地升起。

涌浪从冰层下传到岸边,厚厚的冰层"轰隆隆"地破碎了,冰面显出了浪的形状,好像有一群柔软的巨兽在下面排着队游过。

"这块有多大?"我问那位来接应我们的官员。

"不超过5公斤,不会比你的脑袋大吧。不过刚接到通知,在北方800公里的海面上,刚落下一颗20吨左右的。"

这时他手腕上的通讯机响了,他看了一眼后对司机说:"来不及到204号门了,就近找个入口吧!"

汽车拐了个弯,在一个地下城入口前停了下来。我们下车后,看到入口处有几个士兵,他们都一动不动地盯着远方的一个方向,眼里充满了恐惧。我们都顺着他们的目光看去,在天海连线处,我们看到一层黑色的屏障,初一看好像是天边低低的云层,但那"云层"的高度太齐了,像一堵横在天边的长墙,再仔细看,墙头还镶着一线白边。

"那是什么呀?"加代子怯生生地问一个军官,得到的回答让我们毛发直竖。

"浪。"

地下城高大的铁门隆隆地关上了,约莫过了10分钟,我们感到从地面传来的低沉的声音,咕噜噜的,像一个巨人在地面打滚。我们面面相觑,大家都知道,百米高的巨浪正在滚过夏威夷,也将滚过各个大陆。但另一种震动更吓人,仿佛有一只巨拳从太空中不断地击打地球,在地下这震动并不大,只能隐约感到,但每一个震动都直达我们灵魂深处。这是流星在不断地击中地面。

我们的星球所遭到的残酷轰炸断断续续持续了一个星期。

当我们走出地下城时,加代子惊叫:"天啊,天怎么是这样的!"

天空是灰色的,这是因为高层大气弥漫着小行星撞击陆地时产生的灰尘,星星和太阳都消失在这无际的灰色中,仿佛整个宇宙在下着一场大雾。地面上,滔天巨浪留下的海水还没来得及退去就封冻了,城市幸存的高楼形单影只地立在冰面上,挂着长长的冰凌柱。冰面上落了一层撞击尘,于是这个世界只剩下一种颜色:灰色。

我和加代子继续回亚洲的旅行。在飞机越过早已无意义的国际日期变更线时,我们见到了人类所见过的最黑的黑夜,飞机仿佛潜行在墨汁般的海洋中。看着机舱外那没有一丝光线的世界,我们的心情也暗到了极点。

"什么时候到头儿呢?"加代子喃喃地说。我不知道她指的是这个旅程还是这充满苦难和灾难的生活,我现在觉得两者都没有尽头。是啊,即使地球飞出了氦闪的威力圈,我们得以逃生,又怎么样呢?我们只是那漫长阶梯中的最下一级,当我们的100代重孙爬上阶梯的顶端,见到新生活的光明时,我们的骨头都变成灰了。我不敢想象未来的苦难和艰辛,更不敢想象要带着爱人和孩子走过这条看不到头的泥泞路,我累了,实在走不动了……就在我将被悲伤和绝望窒息的时候,机舱里响起了一声女人的惊叫:

"啊!不!不能亲爱的!!"

我循声看去,见那个女人正从旁边的一个男人手中夺下一支手枪,他刚才显然想把枪口凑到自己的太阳穴上。这人很瘦弱,目光呆滞地看着前方无限远处。女人把头埋在他膝上,嘤嘤地哭了起来。

"安静。"男人冷冷地说。

哭声消失了,只有飞机发动机的嗡嗡声在轻响,像不变的哀乐。在我的感觉中,飞机已粘在这巨大的黑暗中,一动不动,而整个宇宙,除了黑暗和飞机,什么都没有了。加代子紧紧地钻在我怀里,浑身冰凉。

突然,机舱前部有一阵骚动,有人在兴奋地低语。我向窗外看去,发现飞机前方出现了一片朦胧的光亮,那光亮是蓝色的,没有形状,十分均匀地出现在前方弥漫着撞击尘的夜空中。

那是地球发动机的光芒。

西半球的地球发动机已被陨石击毁了三分之一,但损失比启航前的预测得要少;东半球的地球发动机由于背向撞击面,完好无损。从功率上来说,它们是能使地球完成逃逸航行的。

在我眼中,前方朦胧的蓝光,如同从深海漫长的上浮后看到的海面的亮光,我的呼吸又顺畅起来。

我又听到那个女人的声音:"亲爱的,痛苦呀恐惧呀这些东西,也只有在活着时才能感觉到,死了,死了什么也没有了,那边只有黑暗。还是活着好,你说呢?"

那瘦弱的男人没有回答,他盯着前方的蓝光看,眼泪流了下来。我知道他能活下去了,只要那希望的蓝光还亮着,我们就都能活下去,我又想起了父亲关于希望的那些话。

一下飞机,我和加代子没有去我们在地下城中的新家,而是到设在地面的太空舰队基地去找父亲,但在基地,我只见到了追授他的一枚冰冷的勋章。这勋章是一名空军少将给我的,他告诉我,在清除地球航线上的小行星的行动中,一块被反物质炸弹炸出的小行星碎片击中了父亲的单座微型飞船。

"当时那个石块和飞船的相对速度有每秒100公里,撞击使飞船座舱瞬间汽化了,他没有一点痛苦,我向您保证,没有一点痛苦。"将军说。

当地球又向太阳跌回去的时候,我和加代子又到地面上来看春天,但没有看到。世界仍是一片灰色,阴暗的天空下,大地上分布着由残留海水形成的一个个冰冻湖泊,见不到一点绿色。大气中的撞击尘挡住了阳光,使气温难以回升。甚至在近日点,海洋和大地都没有解冻,太阳呈一个朦胧的光晕,仿佛是撞击尘后面的一个幽灵。

三年以后,空中的撞击尘才有所消散,人类终于最后一次通过近日点,向远日点升去。在这个近日点,东半球的人有幸目睹了地球历史上最快的一次日出和日落。太阳从海平面上一跃而起,迅速划过长空,大地上万物的影子在很快地变换着角度,仿佛是无数根钟表的秒针。这也是地球上最短的一个白天,只有不到一个小时。当一小时后太阳跌入地平线,黑暗降临大地时,我感到一阵伤感。这转瞬即逝的一天,仿佛是对地球在太阳系45亿年进化史的一个短暂的总结。直到宇宙的末日,它不会再回来了。

"天黑了。"加代子忧伤地说。

"最长的一夜。"我说。东半球的这一夜将延续2500年,100

代人后，人马座的曙光才能再次照亮这个大陆。西半球也将面临最长的白天，但比这里的黑夜要短得多。在那里，太阳将很快升到天顶，然后一直静止在那个位置上渐渐变小，在半世纪内，它就会溶入星群难以分辨了。

按照预定的航线，地球升向与木星的会合点。航行委员会的计划是：地球第十五圈的公转轨道是如此之扁，以至于它的远日点到达木星轨道，地球将与木星在几乎相撞的距离上擦肩而过，在木星巨大引力的拉动下，地球将最终达到逃逸速度。

离开近日点后两个月，就能用肉眼看到木星了，它开始只是一个模糊的光点，但很快显出圆盘的形状，直的地球发动机光柱中有一些开始摆动，地球在做会合前最后的姿态调整，木星渐渐沉到了地平线下。以后的三个多月，木星一直处在地球的另一面，我们看不到它，但知道两颗行星正在交会之中。

有一天我们突然被告知东半球也能看到木星了。于是人们纷纷从地下城中来到地面。当我走出城市的密封门来到地面时，发现开了15年的地球发动机已经全部关闭了，我再次看到了星空，这表明同木星最后的交会正在进行。人们都在紧张地盯着西方的地平线，地平线上出现了一片暗红色的光，那光区渐渐扩大，伸延到整个地平线的宽度。我现在发现那暗红色的区域上方同漆黑的星空有一道整齐的边界，那边界呈弧形，那巨大的弧形从地平线的一端跨到了另一端，在缓缓升起，巨弧下的天空都变成了暗红色，仿佛一块同星空一样大小的暗红色幕布在把地球同整个宇宙隔开。当我回过神来时，不由得倒吸一口冷气，那暗红色的幕布就是木星！

我早就知道木星的体积是地球的1300倍，现在才真正感觉到它的巨大。这宇宙巨怪在整个地平线上升起时产生的那种恐惧和压抑感是难以用语言描述的，一名记者后来写道："不知是我身处噩梦中，还是这整个宇宙都是一个造物主巨大而变态的头脑中的噩梦！"木星恐怖地上升着，渐渐占据了半个天空。这时，我们可以清楚地看到它云层中的风暴，那风暴把云层搅动成让人迷茫的混乱线条，我知道那厚厚的云层下是沸腾的液氢和液氦的大洋。著名的大红斑出现了，这个在木星表面维持了几十万年的大漩涡大得可以吞下整个地球。这时木星已占满了整个天空，地球仿佛是浮在木星沸腾的暗红色云海上的一只气球！而木星的大红斑就处在天空正中，如一只红色的巨眼盯着我们的世界，大地笼罩在它那阴森的红光中……这时，谁都无法相信小小的地球能逃出这巨大怪物的引力场，从地面上看，地球甚至连成为木星的卫星都不可能，我们就要掉进那无边云海覆盖着的地狱中去了！但领航工程师们的计算是精确的，暗红色的迷乱的天空在缓缓移动着，不知过了多长时间，西方的天边露出了黑色的一角，那黑色迅速扩大，其中有星星在闪烁，地球正在冲出木星的引力魔掌。这时警报尖叫起来，木星产生的引力潮汐正在向内陆推进，后来得知，这次大潮百米多高的巨浪再次横扫了整个大陆。在跑进地下城的密封门时，我最后看了一眼仍占据半个天空的木星，发现木星的云海中有一道明显的划痕，后来知道，那是地球引力作用在木星表面的痕迹，我们的星球也在木星表面拉起了如山的液氢和液氦的巨浪。这时，木星巨大的引力正在把地球加速甩向外太空。

离开木星时,地球已达到了逃逸速度,它不再需要返回潜藏着死亡的太阳,向广漠的外太空飞去,漫长的流浪时代开始了。

就在木星暗红色的阴影下,我的儿子在地层深处出降生了。

叛　乱

离开木星后,亚洲大陆上10000多台地球发动机再次全功率开动,这一次它们要不停地运行500年,不停地加速地球。这500年中,发动机将把亚洲大陆上一半的山脉用做燃料消耗掉。

从四个多世纪死亡的恐惧中解脱出来,人们长出了一口气。但预料中的狂欢并没有出现,接下来发生的事情出乎所有人的想象。

在地下城的庆祝集会后,我一个人穿上密封服来到地面。童年时熟悉的群山已被超级挖掘机夷为平地,大地上只有裸露的岩石和坚硬的冻土,冻土上到处都有白色的斑块,那是大海潮留下的盐渍。面前那座爷爷和爸爸度过了一生的曾有千万人口的大城市现在已是一片废墟,高楼钢筋外露的残骸在地球发动机光柱的蓝光中拖着长长的影子,好像是史前巨兽的化石……一次次的洪水和小行星的撞击已摧毁了地面上的一切,各大陆上的城市和植被都荡然无存,地球表面已变成火星一样的荒漠。

这一段时间,加代子心神不定。她常常扔下孩子不管,一个人开着飞行汽车出去旅行,回来后,只是说她去了西半球。最后,她拉我一起去了。

我们的飞行汽车以四倍音速飞行了两个小时,终于能够看到太阳了,它刚刚升出太平洋,这时看上去只有棒球大小,给冰封的洋面投下一片微弱的、冷冷的光芒。加代子把飞行汽车悬停在5000米的空中,然后从后面拿出了一个长长的东西,去掉封套后我看到那是一架天文望远镜,业余爱好者用的那种。加代子打开车窗,把望远镜对准太阳,让我看。

从有色镜片中我看到了放大几百倍的太阳,我甚至清楚地看到太阳表面的缓缓移动的明暗斑点,还有日球边缘隐隐约约的日珥。

加代子把望远镜同车内的计算机联起来,把一个太阳影像采集下来。然后,她又调出了另一个太阳图像,说:"这个是四个世纪前的太阳图像。"接着,计算机对两个图像进行比较。

"看到了吗?"加代子指着屏幕说,"它们的光度、像素排列、像素概率、层次统计等参数都完全一样!"

我摇摇头说:"这能说明什么?一架玩具望远镜,一个低级图像处理程序,加上你这个无知的外行……别自寻烦恼了,别信那些谣言!"

"你是个白痴。"她说着,收回望远镜,把飞行汽车向回开去。这时,在我们的上方和下方,我又远远地看到了几辆飞行汽车,同我们刚才一样悬在空中,从每辆车的车窗中都伸出一架望远镜对着太阳。

以后的几个月中,一个可怕的说法像野火一样在全世界蔓延。越来越多的人自发地用更大型更精密的仪器观测太阳。后来,一个民间组织向太阳发射了一组探测器，它们在三个月后穿过日球。探测器发回的数据最后证实了那个事实。

同四个世纪前相比，太阳没有任何变化。

现在，各大陆的地下城已成了一座座骚动的火山，局势一触即发。一天，按照联合政府的法令，我和加代子把儿子送进了养育中心。回家的路上我们俩都感到维系我们关系的唯一纽带已不存在了。走到市中心广场，我们看到有人在演讲，另一些人在演讲者周围向市民分发武器。

"公民们！地球被出卖了！人类被出卖了！！文明被出卖了！！我们都是一个超级骗局的牺牲品！这个骗局之巨大之可怕，上帝都会为之休克！太阳还是原来的太阳，它不会爆发，过去现在将来都不会，它是永恒的象征！爆发的是联合政府中那些阴险的有野心的人！他们编造了这一切，只是为了建立他们的独裁帝国！他们毁了地球！他们毁了人类文明！！公民们，有良知的公民们！拿起武器，拯救我们的星球！拯救人类文明！！我们要推翻联合政府，控制地球发动机，把我们的星球从这寒冷的外太空开回原来的轨道！开回到我们的太阳温暖的怀抱中！！"

加代子默默地走上前去，从分发武器的人手中接过一支冲锋枪，加入到那些拿到武器的市民的队列中，她没有回头，同那支庞大的队列一起消失在地下城的迷雾里。我呆呆地站在那儿，手在衣袋中紧紧攥着父亲用生命和忠诚换来的那枚勋章，它的边角把我的手扎出了血……

三天后，叛乱在各个大陆同时爆发了。

叛军所到之处，人民群起响应，到现在，很少有人怀疑自己受骗了。但我加入了联合政府的军队，这并非由于对政府的坚信，而是我三代前辈都有过军旅生涯，他们在我心中种下了忠诚的种子，不论在什么情况下，背叛联合政府对我来说都是一件不可想象的事。

美洲、非洲、大洋洲和南极洲相继沦陷，联合政府收缩防线死守地球发动机所在的东亚和中亚。叛军很快对这里构成包围态势，他们对政府军占有压倒性优势，之所以在相当长一段时间里攻势没有取得进展，完全是由于地球发动机。叛军不想毁掉地球发动机，所以在这一广阔的战区没有使用重武器，使得联合政府得以苟延残喘。这样双方相持了三个月，联合政府的12个集团军相继临阵倒戈，中亚和东亚防线全线崩溃。两个月后，大势已去的联合政府连同不到10万军队在靠近海岸的地球发动机控制中心陷入重围。

我就是这残存军队中的一名少校。控制中心有一座中等城市大小，它的中心是地球驾驶室。我拖着一条被激光束烧焦的手臂，躺在控制中心的伤兵收容站里。就是在这儿，我得知加代子已在澳洲战役中阵亡的消息。我和收容站里所有的人一样，整天喝得烂醉，对外面的战事全然不知，也不感兴趣。不知过了多久，听到有人在高声说话。"知道你们为什么这样吗？你们在自责，在这场战争中，你们站到了反人类的一边，我也一样。"

我转头一看，发现讲话的人肩上有一颗将星，他接着说："没关系的，我们还有最后的机会拯救自己的灵魂。地球驾驶室距我们这儿只有三个街区，我们去占领它，把它交给外面理智的人类！我们为联合政府已尽到了责任，现在该为人类尽责任了！"

我用那只没受伤的手抽出手枪，随着这群突然狂热起来的受伤和没受伤的人，沿着钢铁的通道，向地球驾驶室冲去。出乎预料，一路上我们几乎没遇到抵抗，倒是有越来越多的人从错综复杂的钢铁通道的各个分支中加入我们的队伍。最后，我们来到了一扇巨大的门前，那钢铁大门高得望不到顶。它轰隆隆地打开了，我们冲进了地球驾驶室。

尽管以前无数次在电视中看到过，所有的人还是被驾驶室的宏伟震惊了。从视觉上看不出这里的大小，因为驾驶室淹没在一幅巨型全息图中。那是一幅太阳系的模拟图。整个图像实际就是一个向所有方向无限伸延的黑色空间，我们一进来，就悬浮在这空间之中。由于尽量反映真实的比例，太阳和行星都很小很小，小得像远方的萤火虫，但能分辨出来。以那遥远的代表太阳的光点为中心，一条醒目的红色螺旋线扩展开来，像广阔的黑色洋面上迅速扩散的红色波圈。这是地球的航线。在螺旋线最外面的一点上，航线变成明亮的绿色，那是地球还没有完成的路程。那条绿线从我们的头顶掠过，顺着看去，我们看到了灿烂的星海，绿线消失在星海的深处，我们看不到它的尽头。在这广漠的黑色的空间中，还飘浮着许多闪亮的灰尘，其中几个尘粒飘近，我发现那是一块块虚拟屏幕，上面翻滚着复杂的数字和曲线。

我看到了全人类瞩目的地球驾驶台，它好像是飘浮在黑色空间中的一个银白色的小行星，看到它我更难以把握这里的巨大——

驾驶台本身就是一个广场，现在上面密密麻麻地站着5000多人，包括联合政府的主要成员、负责实施地球航行计划的星际移民委员会的大部分，和那些最后忠于政府的人。这时我听到最高执政官的声音在整个黑色空间响了起来。

"我们本来可以战斗到底的，但这可能导致地球发动机失控，这种情况一旦发生，过量聚变的物质将烧穿地球，或蒸发掉全部海洋，所以我们决定投降。我们理解所有的人，因为已经进行了40代人、还要延续100代人的艰难奋斗中，永远保持理智确实是一个奢求。但也请所有的人记住我们，站在这里的这5000多人，这里有联合政府的最高执政官，也有普通的列兵，是我们把信念坚持到了最后。我们都知道自己看不到真理被证实的那一天，但如果人类得以延续万代，以后所有的人将在我们的墓前洒下自己的眼泪，这颗叫地球的行星，就是我们永恒的纪念碑！"

控制中心巨大的密封门隆隆开启，那5000多名最后的地球派一群群走了出来，在叛军的押送下向海岸走去。一路上两边挤满了人，所有人都冲他们吐唾沫，用冰块和石块砸他们。他们中有人密封服的面罩被砸裂了，外面零下100多度的严寒使那些人的脸麻木了，但他们仍努力地走下去。我看到一个小女孩，举起一大块冰用尽全身力气狠命地向一个老者砸去，她那双眼睛透过面罩射出疯狂的怒火。

当我听到这5000人全部被判处死刑时，觉得太宽容了。难道仅仅一死了之吗？这一死就能偿清他们的罪恶吗？！能偿清他们用一个离奇变态的想象和骗局毁掉地球、毁掉人类文明的罪恶吗？他们应该死一万次！这时，我想起了那些做出太阳爆发预测的天体物理学家，那些设计和建造地球发动机的工程师，他们在一个世纪前就已作古，我现在真想把他们从坟墓中挖出来，让他们也死一万次。

真感谢死刑的执行者们，他们为这些罪犯找了一种好的死法：他们收走了被判死刑的每个人密封服上加热用的核能电池，然后把他们丢在大海的冰面上，让零下100多度的严寒慢慢夺去他们的生命。

这些人类文明史上最险恶最可耻的罪犯在冰海上站成黑压压的一片，在岸上有十几万人在看着他们，十几万双牙齿咬得嘣嘣响，十几万双眼睛喷出和那个小女孩一样的怒火。

这时，所有的地球发动机都已关闭，壮丽的群星出现在冰原之上。

我能想象出严寒像无数把尖刀刺进他们的身体，他们的血液在凝固，生命从他们的体内一点点流走，这想象中的感觉变成一种快感，传遍我的全身。看到那些人在严寒的折磨中慢慢死去，岸上的人们快活起来，他们一起唱起了《我的太阳》。我唱着，眼睛看着星空的一个方向，在那个方向上，有一颗稍大些刚刚显出圆盘形状的星星发出黄色的光芒，那就是太阳。

啊，我的太阳，生命之母，万物之父，我的大神，我的上帝！还有什么比您更稳定，还有什么比您更永恒，我们这些渺小的，连灰尘都不如的碳基细菌，拥挤在围着您转的一粒小石头上，竟敢预言您的末日，我们怎么能蠢到这个程度？！

一个小时过去了，海面上那些反人类的罪犯虽然还全都站着，但已没有一个活人，他们的血液已被冻结了。

我的眼睛突然什么都看不见了，几秒钟后，视力渐渐恢复，冰原、海岸和岸上的人群又在眼前慢慢显影，最后完全清晰了，而且比刚才更清晰，因为这个世界现在笼罩在一片强烈的白光中，刚才我眼睛的失明正是由于这突然出现的强光的刺激。但星空没有重现，所有的星光都被这强光所淹没，仿佛整个宇宙都被强光溶解了，这强光从太空中的一点迸发出来，那一点现在成了宇宙中心，那一点就在我刚才盯着的方向。

太阳氦闪爆发了。

《我的太阳》的合唱戛然而止，岸上的十几万人呆住了，似乎同海面上那些人一样，冻成了一片僵硬的岩石。

太阳最后一次把它的光和热洒向地球。地面上的冰结的二氧化碳干冰首先融化，腾起了一阵白色的蒸气；然后海冰表面也开始融化，受热不均的大海冰层发出惊天动地的巨响；渐渐地，照在地面上的光柔和起来，天空出现了微微的蓝色；后来，强烈的太阳风产生的极光在空中出现，苍穹中飘动着巨大的彩色光幕……

在这突然出现的灿烂阳光下，海面上最后的地球派们仍稳稳地站着，仿佛5000多尊雕像。

太阳爆发只持续了很短的时间，两个小时后强光开始急剧减弱，很快熄灭了。在太阳的位置上出现了一个暗红色球体，它的体积慢慢膨胀，最后从这里看它，已达到了在地球轨道上看到的太阳大小，那么它的实际体积已大到越出火星轨道，而水星、火星和金星这三颗地球的伙伴行星这时已在上亿度的辐射中化为一缕轻烟。但它已不是太阳，它不再发出光和热，看去如同贴在太空中一张冰冷的红纸,它那暗红色的光芒似乎是周围星光的散射。这就是小质量恒星演化的最后归宿:红巨星。

50亿年的壮丽生涯已成为飘逝的梦幻,太阳死了。

幸运的是,还有人活着。

流浪时代

当我回忆这一切时,半个世纪已过去了。20年前,地球驶出了冥王星轨道,驶出了太阳系,在寒冷广漠的外太空继续着它孤独的航程。

最近一次去地面已是十几年前的事了,那是儿子和儿媳陪我去的,儿媳是一个金发碧眼的姑娘,就要做母亲了。

到地面后,我首先注意到,虽然所有地球发动机仍全功率地运行,巨大的光柱却看不到了,这是因为地球大气已消失,等离子体的光芒没有散射的缘故。我看到地面上布满了奇怪的黄绿相间的半透明晶体块,这是固体氧氮,是已冻结的空气。有趣的是空气并没有均匀地冻结在地球表面,而是形成了小山丘似的不规则的隆起,在原来平滑的大海冰原上,这些半透明的小山形成了奇特的景观。银河系的星河纹丝不动地横过苍穹,也像被冻结了,但星光很亮,看久了还刺眼呢。

地球发动机将不间断地开动500年,到时地球将加速至光速的千分之五,然后地球将以这个速度滑行1300年,之后地球就走完了三分之二的航程,它将调转发动机的方向,开始长达500年的减速，地球在航行2400年后到达比邻星，再过100年时间，它将泊入这颗恒星的轨道，成为它的一颗卫星。

> 我知道已被忘却
>
> 流浪的航程太长太长
>
> 但那一时刻要叫我一声啊
>
> 当东方再次出现霞光
>
> 我知道已被忘却
>
> 启航的时代太远太远
>
> 但那一时刻要叫我一声啊
>
> 当人类又看到了蓝天
>
> 我知道已被忘却
>
> 太阳系的往事太久太久
>
> 但那一时刻要叫我一声啊
>
> 当鲜花重新挂上枝头
>
> ……

每当听到这首歌，一股暖流就涌进我这年迈僵硬的身躯，我干涸的老眼又湿润了。我好像看到半人马座三颗金色的太阳在地平线上依次升起，万物沐浴在它温暖的光芒中。固态的空气融化了，变成了碧蓝的天。2000多年前的种子从解冻的土层中复苏,大地绿了。我看到我的第100代孙子孙女们在绿色的草原上欢笑,草原上有清澈的小溪,溪中有银色的小鱼……我看到了加代子,她从绿色的大地上向我跑来,年轻美丽,像个天使……

啊,地球,我的流浪地球……

2000年1月12日 于娘子关

在刘慈欣笔下,宇宙、末日与远航等各种气势恢宏的科幻意象,总是与一种"走异路,逃异地"的超越性追求、一种寻找精神家园的执着紧密地联系在一起。用他本人的话说:"自己的科幻之路也就是一条寻找家园的路。"在这个意义上,《流浪地球》不仅仅是人类的末日生存故事,也是一代中国人在历史巨变中追寻希望的民族寓言。小说中垂死的太阳,依稀象征着失落的集体目标,而遥远的比邻星,则指出了一条重返乌托邦的漫漫征途。"流浪"归根结底是为了"回乡"。

在这看不到尽头的黑暗长夜中,如何理解希望变成一个深邃的哲学问题。如主人公的父亲所说:"我们必须抱有希望,这并不是因为希望真的存在,而是因为我们要做高贵的人。"实际上,在刘慈欣的许多作品中,主人公都不能确定希望是否真的存在,至少在现实世界中,按照常理推断,希望存在的可能性几近于无。然而,看不到希望并不能成为放弃希望的理由,相反,主人公必须离开自己熟悉的地方，必须突破现实世界的边界，去遥远的、不可知的"别处"追寻希望。一方面，对现实世界中的人来说，"别处"是完全的未知，没有人能够证明那里一定存在希望；另一方面，在那样一个物理与伦理法则都迥异于常理的地方，希望的不可能性亦被悬置了。就像鲁迅所说："绝望之于虚妄，正与希望相同。"这或许正是刘慈欣作品中最具感召力的精神内核。

2 0 0 3

伤心者

何夕

何夕,男,本名何宏伟,1971年生,中国作协和中国科普作协会员。代表作《爱别离》《异域》《六道众生》《伤心者》等多次获中国科幻银河奖,另有作品集《达尔文陷阱》与《人生不相见》等。

一

上午的菜场正是最繁忙的时候,我看着夏群芳穿过拥挤的人群,她的背影很臃肿。隔着两三米的距离我看不清她买了些什么菜,不过她跟小贩们的讨价还价声倒是能听得很清楚。从这两天的经历我知道小贩们对夏群芳说话是不太客气的,有时甚至于就是直接地奚落。不过我从未见过夏群芳为此而表现出生气什么的,她似乎只关心最后的结果,也就是说菜要买得合算,至于别的事情至少从表面看上去她是毫不计较的。现在她已经买完菜准备离开,我知道她要去哪儿。

这座城市的四月是最漂亮的时节,各个角落里都盛开着各种各样的花。气候不冷也不太热,老年人的皮帽还没取,小姑娘们就钻空在天气晴朗的时候迫不及待地穿起了短裙,这本来就是乱穿衣的时候呢。"乱花渐欲迷人眼",在这样的季节里成了不折不扣的双关说法。夏群芳对街景显然并没有欣赏的打算，她只是低着头很费劲地朝公共汽车站的方向走，装满蔬菜的篮子不时和她短胖的小腿撞在一起，使得她每走几步就会有些滑稽地打个趔趄。道路两旁的行道树都是清一色的塔松，在这座温带城市里这种树比原产地要长得快，但木质也相对地要差一些。夏群芳今天走的路线与平时稍有不同，因为今天是星期天，她总是在这个时候到 C 大去看她的儿子何夕。

由于历史的原因，C 大的校园被一条街道分成了两个部分，在这条街上还开着一路公共汽车。夏群芳下车后进入校园的东区，现在是上午 10 点，她直接朝着图书馆的方向走去，她知道这个时候何夕肯定在那里。同样由于历史的原因，C 大的图书馆有两个，分别位于东西两区，实际上 C 大的东西两区曾经是两所独立的高校。用校方的语言来说这两所学校是合并，但现在的校名沿用了东区的，所以当年从西区那所学校毕业的不少学生常常戏称自己是"亡校奴"，并只对西区那所学校寄予母校的情怀。何夕严格来讲也该算作"亡校奴"，不过何夕是在合并后才开始读 C 大的硕士，所以在何夕心中母校就是东区和西区的整体。

何夕坐在东区图书馆底楼的一个角落里静静地看书，不时在面前的笔记本上写上几句。这时候有一个人正从窗外悄悄地注视着他，窗外的人就是何夕的母亲夏群芳，她蛮有兴味地看着聚精会神的何夕，汗津津的脸上洋溢着止不住的笑意。我看得出她有几次都想拍响窗户打个招呼，但她伸出手却最终犹豫了。倒是临近窗户坐着的两个漂亮女生发现了窗外的夏群芳，她们有些讨嫌地白了她几眼。夏群芳看懂了她们的这种眼神,不过她心情好,不跟她们计较,她有个读硕士的儿子呢,夏群芳在单位里可风光了。想到单位,夏群芳的心情变得有些差,她已经四个月没有从那里拿到钱了。当然她这四个月并没有去上班,她下岗了,现在摆着个杂货铺。按照夏群芳一向认为合理的按劳取酬原则,她觉得这也是很自然的事情。夏群芳在窗外按惯例站了20来分钟,她的脸上显得心满意足。我算了一下,为了这一语不发的、莫名其妙的20分钟,夏群芳提着十来斤东西多绕了五公里路,这种举动虽然不是经济学家的合理行为,但却是夏群芳的合理行为。

其实,今天夏群芳是最没有理由来看何夕的,因为今天是星期天,何夕虽然住校,但星期天总是会回家一趟。不过他不会在家里住,吃过晚饭又会回学校。夏群芳知道在何夕的心里学校比家里好。不过对于这一点夏群芳并不在意,只要儿子觉得高兴她也就高兴。夏群芳永远都不会知道此刻摊放在何夕面前的那本大部头里究竟有什么吸引人的东西,但很肯定的是,每当夏群芳看到儿子聚精会神地沉浸在书中的时候,她的心里就有一种没来由的欣慰感。这种感觉差不多在何夕刚上小学的时候就成形了。她以前就从不去探究何夕读的是本什么书,更不用说现在何夕读的那些外文原著。从小到大,何夕在学业上的事情都是自己做主,甚至包括考大学填志愿选专业,以及当后来大学毕业时,由于就业形势不好又转回去读硕士等都是如此。想起儿子前年毕业时四处奔波求职时的情形,夏群芳就感到这个世界变化实在太快,她从没有想到过大学生也有难找工作的一天,在夏群芳的心里这简直无异于天方夜谭。有个同事对夏群芳说这算啥，人家发达国家早就有这种事情了，说话的时候那人脸上有幸灾乐祸的神情。不过事实却肯定地告诉夏群芳，的确没有一个好单位肯要她心中无比优秀的儿子何夕，她隐约地听说这似乎和何夕的专业不好有关。不过在夏群芳看来何夕的专业蛮好的，好像叫作什么什么数学。在夏群芳看来这个专业是挺有用的，哪个地方都少不了要写写算算，写写算算可不就是什么什么数学嘛。夏群芳有一次忍不住把自己的想法讲给何夕听，但何夕只是淡淡地笑了一下。夏群芳的心中早就有了主见，自己的儿子可没什么不好，儿子的专业也是顶好，那些不会用人的单位是有眼无珠，迟早要后悔死的。夏群芳有时没事就在想，有一天等何夕读完硕士后找个好工作，一定要气气当初那些不识好歹的人，想到得意处便笑出声来。夏群芳有些不舍地又回头看了眼专心看书的儿子，然后才满怀踏实地欣欣然离去了。

二

何夕抬起头来，向着我站的方向看过来。我愣了一下，立刻醒悟到他是在看夏群芳的背影。这时坐在窗户边的那两个女生开始议论说刚才那个在外边傻乎乎看了半天的人不知是谁，何夕有些愤怒地瞪了她们一眼。他其实很早就知道母亲就站在窗户外注视着自己，在他的记忆里，母亲几乎每个星期天的上午都会到学校的图书馆来看自己读书。何夕知道母亲之所以选在这一天来纯粹是前几年的习惯所致，实际上母亲现在的每一天都可算是放假。何夕看着母亲远去的背影叹了口气，他觉得自己的情形也差不了多少。有时候何夕的心里会隐隐地升起一股对母亲的埋怨，他觉得母亲实在太迁就自己了，从小到大的许多事情她几乎都由何夕自己做主，如果当初母亲能够在选择专业上不要过分顺从自己就好了。何夕摇摇头，觉得自己不该这样埋怨母亲，他其实知道母亲并不是不想帮自己而是实在没有这方面的见识。

何夕看了下表，急促地向窗外扫视了一下。按理说江雪应该来了，他们说好上午11点在图书馆碰面的。何夕简单收拾了一下，朝外面走去，刚到门口时就见到了江雪。

和何夕比起来江雪应该算是现代青年了。单从衣着上江雪就比何夕领先了五年。这样讲好像不太准确，应该说是何夕落后了五年。因为江雪的打扮正是眼下最时兴的。发型是一种精心雕琢出来的叫作"随意"的新样式，脑后用丝质手绢挽了个小巧的结，衬出她粉白的面庞益发清丽动人。看看那条手绢何夕心里感到一阵温暖，那是他送给江雪的第一件礼物。手绢上是一条清澈的江河，天空中飘着洁白的雪花。他觉得这条手绢简直就是为江雪定做的一样。看到他们两人走在校园里的背影，很多人都会以为是一个学生在向老教授请教问题，不过江雪并不觉得这样有什么不妥，尽管要好的几个女生提到何夕时总是开玩笑地问"你的老教授呢"。小时候她和大她两岁的何夕是邻居，有过一些想起来很温馨的儿时回忆。后来由于父母亲的工作变动而分开了，但却很巧地在十多年后的C大又遇上了。当时江雪碰到了迎面而来的何夕,两人不约而同地喊到"哎,你不就是……哎……那个……哎吗",等到想起对方名字后两个人都大笑起来。所以两人后来还常常大声地称呼对方为"那个哎"。江雪觉得何夕和自己挺合得来,别人的看法她并不看重。她知道有几个计算机系以及高分子材料系的男生在背地里说他们是鲜花和牛粪。在江雪看来何夕并不像外界所认为的那样,是一个迂腐的书呆子,恰恰相反,江雪觉得何夕身上充满了灵气。给江雪印象最深的是何夕的眼睛,在此之前她从未见过谁拥有这样一双睿智而深邃的眼睛。看到这双眼睛的时候江雪总止不住地想,有着这样一双眼睛的人一定是不平凡的。

每当看到江雪的时候,何夕的心情就变得特别好,实际上也只有这时候他才有如释重负的感觉。何夕很小就知道自己的性格缺陷。当他手边有事情没有完成的时候总是放不下,无论做别的什么事情总还惦记着先前的那件事。他本以为自己这辈子都是这种性格了,但江雪的出现改变了一切。和江雪在一起时,他也不知道为什么自己就像换了一个人。那些不高兴的事、那些未完成的事都可以抛在脑后,甚至包括"微连续"。一想到"微连续",何夕不禁有些分神,脑子里开始出现一些很奇特的符号。但他立刻收回了思想,实际上只有在江雪到来时他才会这样做,同时也只有在江雪到来时他才做得到这一点。江雪注意到了何夕一刹那间的走神,在她的记忆里这是常有的事。有时大家玩得正开心的时候,何夕却很奇怪地变得无声无息,眼睛也很缥缈地盯住虚空中的不知什么东西。这种情形一般不会持续很长时间,过了一会儿何夕会自己"醒"过来,就像从睡梦中醒来一样。这样的情况多了大家也就不在意了，只把这理解成每个人都可能有的怪癖之一。

"先到我家吃午饭。我爸说要亲自做拿手菜。"江雪兴致很高地提议，"下午我们去滑旱冰，老麦才教了我几个新动作。"

何夕没有马上表态，眼前浮现出老麦风流倜傥的样儿来。老麦是计算机系的硕士研究生，也算是系里的几大才子之一，当初同位居几大佳人之列的江雪本来都开始有了那么一点意思，但是何夕出现了。用老麦的话来说就是"自己想都想不到地输给了江雪的儿时回忆"。不过老麦却是一个洒脱之人，几天过后便又大大咧咧地开始约江雪玩，当然每次都很君子地邀请何夕一同前往。从这一点讲，何夕对老麦是好感多于提防。不过有时连何夕自己也不得不承认，当老麦和江雪站在一起的时候显得那样协调，无论是身材相貌还是别的，这个发现常常会令何夕一连几天都心情黯然。但是江雪的态度却是极其鲜明，她毫不掩饰自己对何夕的感情。有一次老麦带点不屑地说"小孩子的感情靠不住"，结果江雪出人意料地激动了，她非要老麦为这句话道歉，否则就和他绝交，结果老麦只得从命。当时老麦的脸上虽然仍旧挂着笑，但何夕看得出，老麦其实差点儿就扛不住了。在这件事情之后，老麦便再也没有做过任何形式上的"反扑"——如果那算是一次反扑的话。

何夕在想要不要答应江雪，他每个星期天都答应母亲回家吃晚饭的，如果去滑旱冰，晚上就赶不到回去吃饭的时间了。但是江雪显然对下午的活动兴致很高，何夕还在考虑的时候，江雪已经快乐地拉着他朝她家跑去，那是位于学校附近的一套商品房。路上江雪银铃般美妙的笑声驱跑了何夕心中最后的一丝犹疑。

三

江北园解下围裙走出厨房，饶有兴致地看着江雪很难称得上淑女的吃相。退休之后，他简直可称为神速地练就了一手烹调手艺，高兴得江雪每次大快朵颐之后都要大放厥词，他本来就不该是计算机系的教授而应当是一名厨师。也许正是江雪的称赞使他终于拒绝了学校的返聘，并且也没有接受另一些单位的聘请。何夕有些局促地坐在江雪的身旁，半天也难得动一下筷子。江家布置得相当有品位，如果稍作夸张的话可称得上一般性的豪华。以江北园的眼光来看，何夕比以前常来玩的那个叫什么老麦的小伙子要害羞得多，不知道性格活泼的江雪怎么会做出这种选择。不过江北园知道世上有些事情是不能够讲道理的，女儿已经大了，家里人已经不能像以前那样代她去作判断了。

"听小雪说你是数学系的硕士研究生？"江北园询问道。

何夕点点头："我的导师是刘青。"

"刘青。"江北园念叨着这个名字，过了一会儿有些不自然地笑笑说，"退休后我的记性不如以前了。"

何夕的脸微微发红："我们系的老师都不太有名，不像别的系。以前我们出去时提起他们的名字很多人都不熟悉，所以后来我们都不提了。"

江北园点点头，何夕说的是实情。现在 C 大最有名的教授都是诸如计算机系、外语系、电力系的，不仅是本校，就连外校和外单位的人都知道他们的大名——有些是读他们编写的书,有的是使用他们开发的应用系统。不久前C大出了件闹得沸沸扬扬的事情,一位学生发明的皮革鞣制专利技术被一家企业以700万元买走,而后皮革系的教授们也荣升这一行列。

"你什么时候毕业?"江北园问得很仔细。

"明年春季。"何夕慢吞吞地挟了一口菜,感觉并不像江雪说的那样好吃。

"联系到工作没有?"江北园没有理会江雪不满的目光,"已经没有多少时间了。"

何夕的额头渗出了细小的汗珠,他觉得嘴里的饭菜都味同嚼蜡:"现在还没有。我正在找,有两家研究所同我谈过。另外,刘教授也问过我愿不愿意留校。"

江北园沉吟了半响,他转头看着笑眯眯的女儿,她正一眼不眨地盯着何夕看,仿佛在做研究。

"你有没有选修其他系的课程?"江北园接着问。

"老爸,"江雪生气地大叫,"你要查户口吗?问那么多干嘛!"

江北园立时打住,过了一会儿说:"我去烧汤。"

汤端来了,冒着热气。没有人说话,包括我。

四

老麦姿态优美地滑过一圈弧线,动作如行云流水般酣畅。何夕有些无奈地看着自己脚下凭空多出来的几只轮子,心知自己绝不是这块料。江雪本来一手牵着何夕一手牵着老麦,但几步下来便不得不放开了何夕的手——除非她愿意陪着何夕练习摔筋斗的技巧。

这是一家叫作"尖叫"的校外旱冰场,以前是当地科协的演讲厅,现今承包给个人改装成了娱乐场。条件比学校里的要好许多,当然价格是与条件成正比的。由于跌得有些怕了何夕便没有上场,而是斜靠着围栏很有闲情般地注视着场内嬉戏的人群。当然,他目光的焦点是江雪。老麦正和江雪在练习一个有点难度的新动作,他们在场地里穿梭往来的时候就像是两条在水中翩翩游弋的鱼。这个联想让何夕有些不快。

江雪可能是玩得累了,她边招手边朝何夕滑过来。到跟前时却又突然打了一个360度的急旋方才稳稳停住。老麦也跟着过来,同时举手向着场边的小摊贩很潇洒地打着响指。于是那个矮个子服务生忙不迭地递过来几听饮料。老麦看看牌子,满意地笑着说你小子还算有点记性。

江雪一边擦汗一边啜着饮料,不时仰起脸神采飞扬地同老麦扯几句溜冰时的趣事。你撞着那边穿绿衣服的女孩好几次,江雪指着老麦的鼻尖大声地笑着说,别不承认,你肯定是有意的。老麦满脸无辜地摇头,一副打死也不招的架势,同时求救地望着何夕。何夕觉得自己在这个问题上帮不了老麦,只好装糊涂地看着一边。算啦,江雪笑嘻嘻地摆摆手,我们放过你也行,不过今天你得买单。老麦如释重负地抹抹汗说,好啦,算我舍财免灾。何夕有点尴尬地看着老麦从兜里掏出钱来,虽然大家是朋友,但他无法从江雪那种女孩子的角度把这看作一件理所当然的事，至少有一点，他觉得总是由老麦做东是一件令他难以释怀的事。但想归想，何夕也知道自己是无力负担这笔开支的。老麦家里其实也没给他多少生活费，但是他的导师总能揽到不少活。有些是学校的课题，但更多的是帮外面的单位做系统。比方说一些小型的自动控制，或是一些有关模式识别方面的东西，以及帮人做网页，甚至有时候根本就是组一个简单的计算机局域网，虽然名称是叫什么综合布线。这所名校的声誉给他们招来了众多客户。很多时候老麦要同时开几处工，虽然他所得的只是导师的零头，但是已足够让他的经济水准在学生中居于上层了，不仅超过何夕，而且肯定也超过何夕的导师刘青。在何夕的记忆里除了学校组织的课题之外他从未接过别的工作，何夕有一次闲来无事，他把自己几年来参与课题的所得加总在一起之后发现居然还差一块钱才到1000元。接下来的几小时里何夕简直动破了脑筋想要找出自己可能忽略了的收入以便能凑个整数，但直到他启用了当代数学最前沿的算法也没能再找出一分钱。

"今天玩得真高兴。"江雪意犹未尽地擦拭着额上的汗水。老麦正在远处的收费处结账，不时和人争论几句。何夕默不作声地脱着脚上的旱冰鞋，这时他这才感到这双脚现在又重新属于自己了。

"4点半不到，时间还早啦，"江雪看表，"要不我们到'金道'保龄球馆去。"

何夕迟疑了片刻："我看还是在学校里找个地方玩吧。"

江雪摆头，乌黑的长发掀起了起伏的波浪，"学校里没什么好玩的，都是些老花样。还是出去好，反正有老麦开钱。"

何夕的脸突然涨红了："我觉得老让别人付钱不好。"

江雪诧异地盯着何夕看："什么别人别人的，老麦又不是外人。他从来都不计较这些的。"

"他不计较可我计较。"何夕突然提高了声音。

江雪一怔，仿佛明白了何夕的心思。她咬住嘴唇，有些不知所措地看着四周。这时老麦兴冲冲地跑回来，眼前的场面让他有些出乎意料。"怎么啦？"老麦笑嘻嘻地问，"你们俩在生谁的气？"他看看表，"现在回去太早啦，我们到'金道'去打保龄球怎么样？"

何夕悚然一惊,老麦无意中的这句话让他的心里发冷。又是"金道"，怎么会这么巧，简直就像是——心有灵犀。他看着江雪，不想正与她的目光撞个正着，对方显然明白了他的内心所想——她真是太了解他了，江雪若有所思的目光像是在告白。

"算了。"何夕叹口气，"我今天很累了，你们去吧。"说完他转身朝外面走去。

江雪倔强地站在原地不动，眼里滚动着泪水。

"我去叫他回来。"老麦说着话转身欲走。

"不用了。"江雪大声说，"我们去'金道'。"

我下意识地挡在何夕的面前，但是他笔直地朝我压过来并且毫无阻碍地穿过了我的身躯。

五

18英寸电视里正放着夏群芳一直看着的一部连续剧,但是她除了感到那些小人儿晃来晃去之外看不出别的。桌上的饭菜已经热了两次,只有粉丝汤还在冒着微弱的热气。夏群芳忍不住又朝黑漆漆的窗外张望了一下。

有电话就好了,夏群芳想,她不无紧张地盘算着。现在安电话是便宜多了,但还是要几百块钱初装费,如果不收这个费就好了。夏群芳想不出何夕为什么没有回来吃饭,在印象中这是从来没有过的事情。何夕只要答应她的事情从来都是作数的,哪怕只是像回家吃饭这样的小事,这是他们母子多年来的默契。夏群芳又看了眼桌上的饭菜,她没有一点食欲,但是靠近心口的地方却隐隐地有些痛起来。夏群芳撑起身,拿瓢舀了点粉丝汤。而就在这个时候门锁突然响了。

"妈。"何夕推着门就先叫了声,其实这时他的视线还被门挡着,这只是许多年的老习惯。

夏群芳从凳子上站起来,由于动作太急,凳子被碰翻在地,"怎么这么晚才回来?"虽然是责备的意思,但是她的语气却只有欣喜了,"饿了吧,我给你盛饭。"

何夕摆摆手,"我在街上吃过了。有同学请。"

夏群芳不高兴了:"叫你少在街上乱吃东西的,现在流行病多,还是学校里干净。你看对门家的老二就是在外不注意染上肝炎的……"夏群芳自顾自地念叨着,她没有注意到何夕有些心不在焉。

"我知道啦。"何夕打断她的话,"我回来拿衣服,还要回学校去。"

夏群芳这才注意到何夕的脸有些发红,像是喝了点酒,她有些不放心地问:"今天就不回校了吧。都8点钟了。"

何夕环视着这套陈设简陋的两居室,有好一会儿都没有出声。"晚上刘教授找我有事。"他低声说,"你帮我拿衣服吧。"

夏群芳不再有话,她转身进了里屋。过了几分钟拿着一个撑得鼓鼓的尼龙包出来。何夕检视了一下,朝外拧出几件厚毛衣:"都什么时候了还穿得住这些。"

夏群芳大急,又一件件地朝口袋里塞:"带上带上,怕有倒春寒呢。"

何夕不依地又朝外拧,他有些不耐烦:"带多了我没地方放。"

夏群芳万分紧张地看着何夕把毛衣统统扔了出来,她拿起其中一件最厚的说:"带一件吧,就带一件。"

何夕无奈地放开口袋,夏群芳立刻手脚麻利地朝里面塞进那件毛衣,同时还做贼般顺手牵羊地往里面多加了一件稍薄的。

"怎么没把脏衣服拿回来。"夏群芳突然想起何夕是空手回来的。

"我自己洗了。"何夕转身欲走。

"你洗不干净的。"夏群芳嘱咐道,"下次还是拿回来洗,你读书已经够累了。再说你干不来这些事情的。"

"噢。"何夕边走边懒懒地答应着。

"别忙。"夏群芳突然有大发现似的叫了声,"你喝口汤再走,喝了酒之后是该喝点热汤的。"她用手试了下温:"已经有点儿凉了。你等几分钟我去热一下。"说完她端起碗朝厨房走去。等她重新端着碗出来时却发现屋子里已经空了。

"何夕。"她低声唤了声。然后目光便急速地搜寻着屋子,她没有见到那两件塞进包里的毛衣,这个发现令她略感放心。这时一阵突如其来的灼痛从手上传来,装着粉丝汤的碗掉落在地发出清脆的响声。夏群芳吹着手,露出痛楚的表情,这使得她眼角的皱纹显得更深。然后她进厨房去拿拖把。

我站在饭桌旁,看着地上四处横流的粉丝汤。心里在想这个汤肯定好喝至极,胜过世上的一切美味珍馐。

六

刘青关上门,象征性地隔绝了小客厅里的嘈杂,在这种老式单元房里声音是可以四处周游的。学校的教师宿舍就这个条件,尤其是数学系。不过还算过得去吧。

何夕坐在书桌前,刚才刘青的一番话让他有些茫然。书桌上放着一叠足有50厘米高的手稿,何夕不时伸出手去翻动几页,但看得出他根本心不在焉。

"我已经尽了力了。"刘青坐下来说,他不无爱怜地看着自己最得意的学生。

"我为了证明它花费了10年时间。"何夕注视着手稿,封面上是几个大字——"微连续原本"。"所有最细小的地方都考虑到了,整个理论现在都是自洽的，没有任何矛盾的地方。"何夕咽了口唾沫，喉结滚动了一下，"它是正确的。我保证。每一个定理我都反复推敲过多次，它是正确的。现在只差最后的一个定理还有些意义不明确，我正试图用别的已经证明过的定理来代替它。"

刘青微微叹口气，看着已经有些神思恍惚的何夕，"听老师的话。把它放一放吧。"

"它是正确的。"何夕神经质地重复着。

"我知道这一点。"刘青说，"你提出的微连续理论及大概的证明过程我都看过了，以我的水平还没有发现有矛盾的地方，证明的过程也相当出色，充满智慧。说实话，我感到佩服。"刘青回想着手稿里的精彩之处，神情不禁有些飞扬——无论如何这是出自他的学生之手，有一句话刘青没有说出来，那就是他并没有完全看懂手稿。许多地方做的变换式令他迷惑，还有不少新的概念性的东西也让他接受起来相当困难。换言之，何夕提出的微连续理论完全是一套全新的东西，它不能归入到以往的任何体系里去。

"问题是，"刘青小心地开口，他注视着何夕的反应，"我不知道它能用来干什么。"

何夕的脸立刻变得发白，他像是被什么重物击中了一般，整个人都蔫了一头。过了半晌他才回过神来强调道，"它是正确的，我保证。"他仿佛只会说这一句话了。

"我们的研究终究要获得应用才是有意义的，否则只能误入为数学而数学的歧途。"

"可它看起来是那样和谐，"何夕争辩道，"充满了既简单又优美的感觉。老师，我记得你说过的，形式上的完美往往意味着理论上的正确。"

刘青一怔，他知道自己说过这句话。也知道这句话其实是科学巨匠爱因斯坦的经验之谈。他不否认微连续理论符合这一点，当他浏览着手稿的时候内心的确有种说不出的充满和谐的感受，就像是在听一场完全由天籁之声组成的音乐会。但问题的症结在于他实在看不出这套理论会有什么用。自从几个月前何夕第一次向他展示了微连续理论的部分内容后，他就一直关心这个问题，这段时间他经常从各种途径查找这套理论可能获得应用的范畴，但是他失败了。微连续理论似乎跟所有领域的应用都沾不上边，而且还同主流的数学研究方向背道而驰。刘青承认这或许是一套正确的理论，但却是一套无用的正确理论。就好比对圆周率的研究一样，现在据称已经推算到小数点后几亿位了，而且肯定是正确的，但是这也肯定是没有意义的。

"想想中国古代的数学家祖冲之，他只是把圆周率推算到了小数点后几位。但他对数学的贡献无疑要比现在那些还在小数点后几亿位努力的人大得多。"刘青幽幽地说，"因为他做的才是有意义的工作，而不是纯粹的数学游戏。"

何夕有些发怔，他听出了刘青语中的意思。"我不同意。"何夕说，"老师，你知不知道，许多年前的某一个清晨我突然想到了微连续。它就像是一只无中生有的虫子般钻进了我的脑子。那时它只是一个朦朦胧胧的影子，这么多年来我为了证明它费尽心力。现在我就要完成了，只差最后一点点。"何夕的眼神变得缥缈起来，

"也许再有一个月……"

刘青在心里轻叹一声,他看得出何夕已经执迷太深。何夕是他所见过的最聪明的数学奇才,按刘青私下的想法,何夕的水平其实可以给这所名校的所有数学教授当老师,他深信只要假以时日何夕必定会是将来学术领域内的一朵奇葩。而现在何夕却误入歧途,陷在了一个奇怪的问题里,这个情形使刘青忍不住回想起很多年前的自己,那时他也常常因为一些磨人但却无用的数学谜题而废寝忘食、形销骨立。但是何夕没有看到问题的关键,刘青知道自己作为师长有义务提醒这一点,尽管这显得很残酷。

"你想过微连续理论可能应用在什么领域吗?我是说,即使做最大胆的想象。"刘青尽量使自己的声音柔和些,虽然他知道这并没有什么用。

何夕全身一震,脸色变得一片苍白。"我不知道。"他说,然后抱住了头。

我看到何夕脚下铺着劣质瓷砖的地面上洇出了一滴水渍。

七

"这两天我没和江雪在一起。"老麦低声说,坐在桌子对面的他目光有些躲闪。

何夕有点愤怒地盯着老麦:"你这算是什么意思。江雪和我吵架只是我们两个人的事,你这样做是乘人之危。"

老麦喝口茶,眼里升起无奈的神色:"我的确没和江雪在一起。

不过我猜想她可能是和老康在一起。"

"谁是老康？"何夕问。他在脑子里搜索着。

"老康是一家规模不小的计算机公司的老板。那天你和江雪闹别扭之后我们在保龄球馆碰上的。大家是校友，自然谈得多一些。"老麦不无称羡地说，"听说……"他突然打住，目光看向窗外。

何夕回头，江雪从一辆漂亮的宝蓝色小车上下来，她身边一位胖乎乎的年轻人正在关车门。何夕还没想好该怎么办的时候，江雪已经很高兴地叫起来："真巧呵，你们两个也在这。"江雪兴奋得满脸发红，她拉着身边的那个人进屋来，对何夕说："这是康——"她突然一滞，有些发窘地问道："你叫康什么来着？算啦，我还是叫你老康吧。"然后她指着何夕说："这是何夕，我的男朋友——"她似乎觉得不够，又补上一句说，"数学系的高才生。"

"数学系——"老康上下打量着看上去有些猥琐的何夕，伸出手说，"常听小雪提起你。"

小雪？何夕心里"咯噔"了一下，他看了眼江雪，她却是若无其事的样子。"怎么不回我的传呼？"何夕带点气地问。

"让你也着急一下。"江雪的表情有些调皮，"谁叫你尽气我。好啦，现在让你着急了两天，我们俩算是扯平了。今天大家新认识，应该找地方大吃一顿作为庆祝。我看看，"她煞有介事地盯着三个男人看，然后指着老康说："我们几个数你最肥，这顿肯定是你请吧。"

老麦不依地说："以前请客都是我的专利，这次还是我吧。"

老康的表情有些奇怪，他死盯着何夕的脸，仿佛在做某种研究。

江雪碰碰他的胳膊："你干吗？老盯着何夕看。"

"我同何夕做不了朋友啦。"老康突然说，语气很是无奈，"我们是情敌。注定要一决高下。"

"你说什么？"江雪吃了一惊，她的脸立时红了，"何夕是我男朋友，你不该这么想。"

"我怎么想只有我自己能够决定。"老康咧嘴一笑，目光死死地看着江雪，直到她低下头去。他转头看着何夕说："我喜欢江雪。"

何夕觉得自己的头有点晕，眼前这个胖乎乎的人让他乱了方寸。情敌？这么说他们之间是敌人了，至少人家已经宣战了。何夕感到自己背上已经沁出了汗水，他不知道下一步该做什么，末了他采取了一个也许是最蠢的办法。何夕转头对江雪说："我该怎么办？"

江雪镇定了些，她正色道："何夕是我男朋友。我喜欢他。"

老康看上去并不意外："如果你是那种轻易就移情别恋的女孩的话，我就不会像现在这样喜欢你了。"他举起一只手，服务生跑过来问有什么事。"去替我买十九朵玫瑰，要最好的。"老康拿出钱。

何夕剧烈地喘着气，他从来没有遇到过这样的事情。这简直像是戏剧里的情节。"那好吧。"何夕吐出口气，"既然你要和我一决高下的话我一定奉陪。"何夕突然觉得这样的话说起来也是很顺口的，仿佛他天生就擅长这个。

"我不想待下去了。"江雪说，她的脸依然很红，"我们还是走吧。别人都在看我们。"

服务生新送来两杯茶。老麦吹了一声短促的口哨，站起身说：

"今天的茶我请。"出乎他意料的是何夕突然粗暴地将他的手挡开,并且拿出钱说:"谁也不要争,我来。"

八

何夕默不作声地看着夏群芳忙碌地收拾着饭桌,他不知道自己该怎样开口。

"妈。你能不能帮我借点钱。"何夕突然说,"我要出书。"

夏群芳的轻快动作立时停下来。"借钱?出书?"她缓缓坐到凳子上,过了半晌才问,"你要借多少?"

"出版社说至少要好几万。"何夕的语气很低,"不过是暂时的,书销出去就能还债了。"

夏群芳沉默地坐着,双手拽着油腻的围裙边用力绞结。过了半晌她走进里屋,一阵窸窸窣窣的响动之后她拿着一张存折出来说:"这是厂里买断工龄的钱。说了很久了,半个月前才发下来。一年940,我27年的工龄就是这个折子。你拿去办事吧。"她想说什么但没有出声,过了一会还是忍不住低声补充说:"给人家说说看能不能迟几个月交钱,现在取算活期,可惜了。"

何夕接过折子,看也没看便朝外走:"人家要现钱。"

"等等——"夏群芳突然喊了声。

何夕奇怪地回头问:"什么事?"

夏群芳眼巴巴地看着何夕手里那本红皮折子,双手继续绞着围裙的边,"我想再看看总数是多少。"

"25380，自己做个乘法就行了嘛。"何夕没好气地说，他急着要走。

"我晓得了。你走吧。"夏群芳有点不好意思地说，她也觉得自己太啰嗦了。

……

刘青有点忙乱地将桌面上的资料朝旁边挪去，但是何夕还是看到了几个字：考研指南。何夕的眼神让刘青有些讪讪然，他轻声说，"是帮朋友的忙。你先坐吧。"

何夕没有落座的意思。"老师，"他低声开口说，"你能不能借点钱给我。我想自己出书。"

刘青没有显出意外，似乎早知道会有这事。过了几分钟他走回桌前整理着先前弄乱的资料，脸上露出自嘲的神情："其实我两年前就在帮人编这种书了。编一章2000块，都署别人的名字，并不是人家不让我署这个名，是我自己不同意。我一直不愿意让你们知道我在做这事。"

何夕一声不吭地站着，看不出他在想什么。刘青叹口气说："我知道你想把微连续理论出书，但是，"他稍顿一下，"没有人会感兴趣的。你收不回一分钱。"

"那你是不打算借给我了？"何夕语气平静地问。

刘青摇摇头："我不愿意眼睁睁地看着你失败。到时候你会莫名其妙地背上一身债务，再也无法解脱。你还这么年轻，不要为了一件事情就把自己陷死在里面。我以前……"

门铃突然响了，刘青走出去开门。让何夕想不到的是进门的人他居然认得，那是老康。老康提着一个漂亮的盒子，看来他是来探访刘青的。

刘青正想作介绍，而何夕和老康已经在面色凝重地握手了。"原来你们认识。"刘青高兴地搓着手："这可好。我早有安排你们结识的想法了，在我的学生里你们俩可是最让我得意的。"

何夕一怔，他记得老康是计算机公司的老板。老康了解似地笑了笑说："我是数学系毕业的，想不到会这么巧，这么说我算起来还是你的同门师兄。"他促狭地眨眨眼，"怎么样，知道孔融让梨的故事吧。"

刘青自然不明白其中的曲折，他兴奋得仿佛年轻了几岁，四下里找杯子泡茶。老康拦住他说不用了，都不是外人。何夕在一旁沉默地看着这一切，他看得出这个老康当年必定是刘青教授深爱的弟子。

"老师。"何夕说，"你有客人来我就不耽搁了。我借钱的事……"

刘青脸上的笑容不见了，他盯着何夕的脸，目光里充满惋惜："你还是听我的话，放弃那些不切实际的想法吧。借钱出这样的理论专著是没有出路的。"他转头对老康解释道："何夕提出了一套新颖的数学理论，他想出书。"

老康的眼里闪过一个亮点，他插话道："能不能让我看看。一点点就行。"

何夕从包里拿出几页简介递给老康。老康的目光飞快地在纸页上滑动着，口里念念有词。他的眉头时而紧蹙时而舒展，整个人都仿佛沉浸到了那几页纸里。过了好半天他才抬起头来，目光有些发呆地看着何夕:"证明很精彩,简直像是音乐。"

何夕淡淡地笑了,他喜欢老康的比喻。其实正是这种仿佛离题万里的比喻才恰恰表明老康是个内行。

"我借钱给你。"老康很干脆地说,"我觉得它是正确的,虽然我并没有看懂多少。"

刘青哑然失笑:"谁也没说它是错的。问题在于这套理论有什么用,你能看出来吗?"

老康挠头,然后龇了龇牙:"暂时没看出来。"他紧跟上一句:"但是它看上去很美。"老康突然笑了,因为他无意中说了个王朔的小说名,眼下正流行。"不过我说借钱是算数的。"

刘青突然说:"这样,如果你要借钱给何夕必须答应我一条,不准写借据。"

何夕惊诧地看着刘青,印象中老师从来都是温文有礼并且拘泥小节的,不知道这种赖皮话何以从他口中冒出来。

"那不行。"何夕首先反对。

"非要写的话就把借方写成我的名字,我来签字。如果你们不照着我的话做的话就不要再叫我老师了。"刘青的话已经没有了商量的余地。

在场的人里只有我不吃惊,因为我知道会发生什么样的事情。

九

江雪默不吭声地盯着脚底的碎石路面,她不知道何夕会做出什么样的反应。从内心讲，如果何夕发一通脾气的话，她倒还好受一些，但她最怕的却是何夕像现在这样一语不发。

"你说话呀。"江雪忍不住说，"如果你真反对的话我就不去了。很多人没有出去也干出了事业。"

何夕幽幽地开口："老康又出钱又给你找担保人，他为你好，我又怎能不为你着想。"

"钱算是我借他的，以后我们一起还。"江雪坚决地说，"我只当他是普通朋友。"

"我知道你的心意。"何夕爱怜地轻抚江雪的脸。

"等我出去站稳了脚你就来找我。"江雪憧憬地笑，"你知不知道，你是我见过的最聪明的人。如果你是学我们这种专业的话早就成功立业了。我说的是真的。"江雪孩子似的强调："你有这个实力。我觉得你比老康强得多。"

何夕心里滑过一缕柔情："问题是我喜欢我的专业。在我看来那些符号都是我的朋友，是那种仿佛已经认识了几辈子的感觉。只有见到它们我的心里才感到踏实，尽管它们不能带给我什么，甚至还让我吃苦头，但是我内心里有一个声音告诉我，这就是我降临到世上应该做的事情。"

江雪调皮地刮脸："好大的口气，你是不是还想说'天将降大任于斯人也'……"

何夕叹口气："我的意思只是……"他甩甩头，"我入迷了，完全陷进去了。现在我只想着微连续，只想着出书的事。为了它我什么都顾不上了。就这个意思。"

江雪不笑了，她有些不安地看着何夕的眼睛："别这么说，我有些害怕。"

何夕的眼睛在月光下闪过莹莹的亮点："说实话我也害怕。我不知道明天究竟会怎样，不知道微连续会带给我什么样的命运。不过，我已经顾不上考虑这些了。"

江雪全身一颤："你不要用这种口气对我说话好吗？这让我觉得失去了依靠。"

失去依靠？何夕有些分神，他有种不好的预感。"别这样。"他揽住江雪的肩，"我们现在不是好好的嘛。不论如何，"他深深地凝视着江雪娇好的面庞："我永远都喜欢你。"

江雪感受到何夕温热的气息扑面而来，月色之中她柔软的唇像河蚌一样微禽开，漫天谜一样的星光下她的眼睛里充满泪水。

这是个错误。我轻声说，但是热吻中的人儿听不到我的话。

十

"我说服不了他们。"刘青不无歉疚地看着何夕失望的眼睛，"校方不同意将微连续理论列为攻关课题，原因是——"他犹豫地开口，"没有人认为这是有用的东西。你知道的，学校的经费很紧张，所以出书的事……"

何夕没有出声，刘青的话他多少有所预料。现在他最后的一点期望已经没有了，剩下的只有自费出书这一条路了。何夕下意识地摸了下口袋里的存折，那是母亲27年的工龄，从青春到白发，母亲连问都没有问一句就给他了。何夕突然有点犹疑，他不知道自己究竟有什么权力来支配母亲27年的年华——虽然他当初是毫不在乎地从母亲手里接过了它。

"听老师的话。"刘青补上一句，"放弃这个无用的想法吧。还有很多有意义的事情值得去做，以你的资质一定是大有作为的。"

出乎刘青意料的是，何夕突然失去了控制，他大笑起来，笑出了眼泪："大有作为……难道你也打算让我去编写什么考研指南吗。那可是最有用的东西，一本书能随便印上几万册，可以让我出名，可以让我赚大笔钱。"何夕逼视着刘青，他的目光里充满无奈，"也许你愿意这样，可我没法让自己去做这样的事情。我不管您会怎么想，可我要说的是，我不屑于做那种事。"何夕的眼神变得有些狂妄，"微连续耗费了我10年的时光，我一定要完成它。是的，我现在很穷，我的女朋友出国深造居然用的是另一个男人的钱。"何夕脸上的泪水滴落到了稿纸上，"可我要说的是，没有什么力量能够阻止我。我只知道一点，微连续理论必须由我来完成，它是正确的，它是我的心血。"他有些放肆地盯着刘青，"我只知道这才是我要做的事情。"

刘青没有说话，表情有些尴尬。何夕的讽刺让他没法再谈下去。"好吧。"刘青无奈地说，"你有你的选择。我无法强求你，不过我只想说一句——人是必须面对现实的。"

何夕突然笑了，竟然有决绝的意味。"还记得当年你第一次给我们讲课时说的第一句话吗？"何夕的眼神变得有些飘忽，"当时你说探索意味着寂寞。那是差不多七年前的事情了,这么多年来我一直都记着这句话。"

刘青费力地回想着,他不记得自己说过这句话了,有很多话都只是在某个场合说说罢了。但是他知道自己一定是说过这句话的,因为他深知何夕非凡的记忆力。七年,不算短的时光,难道自己真的已经改变。

"问题在于——"刘青试图做最后的努力,"微连续不是一个有用的成果,它只是一个纯粹的数学游戏。"

"我知道这一点。是的,我承认它的的确确没有任何用处。老实说我比任何人都更清醒地认识到这一点。"何夕平静但是悲怆地说,这是他第一次这样直接地说出这句话。何夕没想到自己能够这样平静地表述这层意思,他曾经以为这根本是做不到的事情。一时间他感到心里似乎有什么东西正在一点一点地破碎掉,碎成渣子,碎成灰尘。但他的脸上依然如水一样的平静。

"可我必须完成它。"何夕最后说了一句,"这是我的宿命。"

十一

这段时间何夕一直过着一种挥金如土的日子。他的身上从来没有像现在这般阔气,往往随手一摸就是厚厚的一沓钞票。尽管从衣着上看他还和以往一样寒酸,加上满脸的胡须,看上去显得老了一头。何夕每日里都急匆匆地赶着路,神情焦灼而迫切,整个人都像是被某种预期的幸福包裹着。如果留意他的眼神的话会发现不少有意思的东西,这已经不是平日里的那个何夕了,他仿佛变了一个人。如果要给这种眼神找一个准确的描述会相当困难,不过要近似地描述一下还是可以办到的——见过赌徒在走向牌桌时的眼神吗?就是那样,而且还是兜里的每一分钱都是借来的那种赌徒。

何夕正和一个胖墩墩的眼镜大声争吵,他的脸涨得通红。

"凭什么要我多交这么多。"何夕不依不饶地问,"我知道行情。"他笨拙地抽烟,尽量显出深于世故的样子。

胖眼镜倒是不紧不慢,这种事他有经验。"你的书稿里有很多自创的符号,我们必须专门处理。这自然要加大出版成本。要不你就换成常用的。"

"那不成。"何夕往皱巴巴的西服袖子上擦着汗,但是他已经没法像刚才那样大声了,"这些符号都是有特殊意义的,是我专门设计的,一个也不能换。微连续是新理论,等到它获得承认之后那些符号都会成为标准化的东西。"

胖眼镜稍稍地撇了下嘴,脸上仍然是可亲的笑容。"你说的很对。问题是咱们不是赶在标准前面了嘛,那些符号增大了我们的成本。"他收住笑容,拿出一页纸来,"就这个数。少一分也不行。你同意就签字。"

何夕怔怔地看着那张纸,那个数字后面长串的零就像是一张张大嘴。它们扭曲着向何夕扑过来,不断变幻着形状。一会儿像是江雪的漂亮眼睛,一会儿像是刘青无奈的目光。更多的时候就像是老康白白胖胖的笑脸。何夕已经记不清自己向老康开过几次口了,每当胖眼镜找到理由抬价的时候他只能去找老康。老康是爽快而大方的，但他白胖的笑脸每次都让何夕有种如芒在背般的感受。老康总是一边掏钱一边很豪放地说有什么困难只管开口，你是小雪的朋友嘛。小雪每次来信都叫我帮你。小雪安排的事情要是不办好，等以后我到了那边可怎么交代哟。

何夕面色灰白地掏出笔，他仿佛听到有个细弱的声音在阻止他下一步的行动，听上去有些像是江雪。但是他终究在那张纸上签了名，也就在这个时候他内心里的那个小声音突然消失了，再也听不见了。

胖眼镜一等到何夕的背影转过了楼梯口便露出了得意的笑容，他小心翼翼地收好有何夕签名的那页纸。"雏儿。"胖眼镜不屑地转身，随手将另几页纸扔进了垃圾桶。

我看着那几页纸，它们同何夕签字的那页纸的内容完全一样，只是在填写金额的地方填着另外的数字。那些金额都更小。

十二

"……6月的大湖区就像是天堂。绿得发亮的草地上是自在的人们。狗和小孩嬉戏着，空气清新得像是能刺透你的肺。这里的风景越好就越让我想起你。亲爱的，你什么时候能够来到我身边。我想你。"

"……老康昨天才走，他出来参加一个秋季产品展示会。难为他从西岸赶到东岸来看我。在这里能够见到老朋友真是愉快的事，尤其是能亲耳从朋友口里听到关于你的事情。我让老康多帮帮你,你也不要见外,朋友间相互帮忙是常有的。其实老康人挺不错的,就是说话比较直一点。"

"……今天这里下了冬天的第一场雪,我特意和几个朋友赶到郊外照相。大雪覆盖下的原野变得和故乡没有什么不同,于是我们几个都哭了。亲爱的夕,你真的沉迷在了那个问题里了吗,难道你忘了还有一个我吗?老康说你整日只想着出书,什么也不管了。他劝你也不听。你知道吗?其实是我求老康多劝劝你的。听我的话,忘掉那个古怪的问题吧,以你的才智完全还有另外一条铺着鲜花的坦途可走,而我就在道路的这头等你。听我的话,多为我们考虑一下吧。让我来安排一切。"

"亲爱的夕,有人说在月色下女人的心思会变得难以捉摸。我觉得这人说得真好。今夜正好有很好的月光,而我就站在月光下的小花园里。老康在屋里和几个朋友听音乐(他又出来参加什么展示会了),我不知道是不是他有意选择了这首曲子,真是像极了我此时的心情。那样缠绵,带着无法摆脱的忧伤,还有孤独。是的,孤独,此时此刻我真想有人陪着我,听我说话,注视着我,也让我能够注视他。亲爱的夕,我不知道你为何拒绝我替你安排的一切,难道那个问题真的比我更重要吗?拿出我的相片来看看,看看我的眼睛,它会使你改变的,相信我……老康在叫我了,他总是很仔细,不放心我一个人出来。"

"……今天和室友吵了一架,我真是没用,哭得惨兮兮的。也许是一人在外久了,我变得很脆弱,为一点小事就想不开。我真想有个坚强的臂膀能够依靠。你离得那么远,就像是在天边。老康下午突然来了(他现在成了展示会专业户),见我一直哭就编笑话给我听,全是以前听过的,要是在以前我早就奚落他几句了,可这次不知怎么却笑得像个傻孩子。老康也陪着我笑,样子更傻……"

"……回想当日的一切就像是在做梦,我们有过那么多欢乐的时光。我真的不知道自己究竟应该怎么做。我不是善变的人,直到今天我还这么想。我曾经深信真爱无敌,可我现在才知道这个世界上真正无敌的东西只有一样,那就是时间。痛苦也好喜悦也好,爱也好恨也好,在时间面前它们都是可以被战胜的,即使当初你以为它们将一生难忘。在时间面前没有什么敢称永恒。当我写下这段文字的时候,我的泪水止不住地往下流,但这并非因为对你的爱,而是我在恨自己为何改变了对你的爱——我本以为那是不可能的事。老康已经办妥了手续,他放弃了国内的事业。他要来陪着我。就让我相信这是时间的力量吧,这会让我平静。"

十三

夏群芳擦着汗,不时回头看一眼车后满满当当的几十捆书。每本书都比砖头还厚,而且每册书还分上中下三卷,敦敦实实地让她生出满腔的敬畏来。这使得夏群芳想起了40多年前自己刚刚发蒙时面对课本的感觉,当时她小小的心里对于编写出课本的人简直敬若天人。想想看,那么多人都看同一本书,老师也凭着这书来考试号卷打分。书就是标准,就是世上最了不得的东西,而写书的人当然就更了不得了,而现在这些书全是她的儿子写出来的。

在印刷厂装车的时候夏群芳抽出本书来看,结果她发现自己每一页都只认得不到百分之一的东西。除了少数汉字以外全是夏群芳见所未见的符号,就像是迷信人家在门上贴的桃符。当然夏群芳只是在心里这样想,可没敢说出来。这可是家里最有学问的人花了多少力气才写出来的,哪是桃符可以比的。

让夏群芳感到高兴的是有一页她居然全部看得懂,那就是封面"微连续原本,何夕著"。深红的底子上配上这么几个字简直好看死了,尤其是自己儿子的名字,原来何夕两个字烫上金会这么好看,又气派又显眼。夏群芳想着便有些得意,这个名字可是她起的。当初和何夕的死鬼老爸为起名字的事还没少争过,要是死鬼看到这个烫金的气派名字,不服气才怪。

车到了楼下,夏群芳变得少有的咋咋呼呼,一会儿提醒司机按喇叭以疏通道路,一会儿亲自探头出去吆喝前边不听喇叭的小孩。邻居全围拢来,不知道发生了什么事。

"买啥好东西了。"有人问。

夏群芳说到了,叫司机停车,下来打开后车厢。"我家小夕出的书。"夏群芳像是宣言般地说,她指着一捆捆的皇皇巨著,心里简直乐得不行,有生以来似乎这一天最为舒心得意。

"哟。"有好事者拿起一本看看封底发出惊叹,"400块一套。10套就是4000,100套就是40000。小夕真行呀,你家以后怕不是要晒票子了。夏阿姨你要请客哟。"

夏群芳觉得自己简直要晕过去了，她的脸热得发烫，心脏"怦怦"直跳，浑身充满了力气。她几乎是凭自己一个人的力气便把几十捆书搬上了楼，什么肩周炎腰肌劳损之类的病仿佛全好了。这么多书进了屋立刻便显得屋子太小，夏群芳便孜孜不倦地调整着家具的位置，最后把书垒成了方方正正的一座书山，书脊一律朝外，每个人一进门便能看到书名和何夕的烫金名字。夏群芳接下来开始收拾那一堆包装材料，她不时停下来，偏着头打量那座书山，乐呵呵地笑上一回。

十四

老康站住了，他身后上方是"国际航班通道"的指示牌，身前是送行的亲友。何夕和老麦同他道别之后便走到不远处的一个僻静角落里，与人们拉开了距离。

"我不认为他适合江雪。"老麦小声地说了句，他看着何夕，"我觉得你应该坚持。江雪是个好女孩。"

何夕又灌了口啤酒，他的脸上冒着热气。因为酒精的作用他的眼睛有些发红。

"他是我的同行。"老麦仿佛在自言自语，"我也准备开家电脑公司，过几年我肯定能做到和他一样好。我们这一行是出神话的行业。别以为我是在说梦话，我是认真的。不过有件事我想跟你说说，"老麦声音大了点，"半个月前我认识了一个老外，也是我的同行，很有钱。知道他怎么说吗。他对我说你们太'上面'了。

我不清楚他是不是因为中文不好才用了这么一个词,不过我最终听明白了他的意思。他说他并不因为世界首富出在他的国家就感到很得意,实际上他觉得那个人不能代表他的国家。在他的眼里那个人和让他们在全世界大赚其钱的好莱坞以及电脑游戏等产业没有什么本质差别。他说他的国家强大不是在这些方面,这些只是好看的叶子和花,真正让他们强大的是不起眼的树根。可现在的情况是几乎所有的人都只盯着那棵巨树上的叶子和花,并徒劳地想长出更漂亮的叶子和花来超过它。这种例子太多了。"

何夕带点困惑地看着老麦,他不知道大大咧咧的老麦在说些什么。他想要说几句,但脑子昏沉沉的。这些日子以来他时时有这种感觉,他知道面前有人在同自己讲话,但是集中不了精神来听。他转头去看老康,个子上他比老康要高,但是他看着老康的时候感觉自己就像是一个侏儒,须得仰视才行。欠老康多少钱,何夕回想着自己记的账,但是他根本算不清。老康遵着刘青的意思不要借据,但何夕却没法不把账记着。你拿去用。老康胖乎乎的笑脸晃动着,是小雪的意思。小雪求我的事我还能不办好,啊哈哈哈。烫金的"微连续原本"几个字在何夕眼前跳动,大得像是几座山。每一座都像是家里那座书山。几个月了,就像是刘青预见的那样,没有任何人对那本书感兴趣。刘青拿走了一套,塞给他400块钱,然后一语不发地离开。他的背影走出很远之后,何夕看见他轻轻摇摇头把书扔进了道旁的垃圾桶。正是刘青的这个举动真正让何夕意识到微连续的确是一个无用的东西——甚至连带回家当摆设都不够格。天空中有一张汗津津的存折飞来飞去。夏群芳在说话,这是厂里买断妈 27 年工龄的钱。何夕灌了口啤酒咧嘴傻笑,27 年,324 个月,9855 天,母亲的半辈子。但何夕内心里却有一个声音在说,这个世界上你唯一不用感到内疚的只有母亲。

书山还在何夕眼前晃动着,不过已经变得有些小了。那天何夕刚到家,夏群芳便很高兴地说有几套书被买走了,是 C 大的图书馆。夏群芳说话的时候得意地亮着手里的钞票。但是何夕去的时候管理员说篇目上并没有这套书,数学类书架也找不到。何夕说一定有一定有,准是没登记上麻烦你再找找。管理员拗不过只得又到书架上去翻,后来果真找出了一套。何夕觉得自己就要晕过去了,他大口呼吸着油墨的清香,双手颤抖着轻轻抚过书的表面,就像是抚摸自己的生命,巨大的泪滴掉落在了扉页上。管理员纳闷地嘀咕,这书咋放在文学类里。他抓过书翻开封面,然后有大发现地说,这不是我们的书,没印章。对啦,准是昨天那个闯进来说要找人的疯婆子偷偷塞进去的。管理员恼恨地将书往外面地上一扔,我就说她是个神经病嘛,还以为我们查不出来。何夕简直不知道自己是怎样回到家里的,他仿佛整个人都散了架一般。一进门夏群芳又是满面笑容地指着日渐变小的书山说今天市图书馆又买了两册,还有蜀光中学,还有育英小学。

这时不远处的老康突然打了个喷嚏,国内空气太糟,他大笑着说,然后掏出手帕来擦拭鼻子,手帕上是一条清澈的江河,天空中飘着洁白的雪花。

我伸出手去,想挡住何夕的视线,但是我忘了这根本没有用。
……

"老康打了个喷嚏。"老麦挠挠头说,"然后何夕便疯了。我也不明白是怎么一回事,反正我看到的就是那样。真是邪门。"

"后来呢。"精神病医生刘苦舟有些期待地盯着神神道道的老麦。

"何夕冲过去捏老康的鼻子,嘴里说叫你擤叫你擤。他还抢老康的手帕。"老麦苦笑,"抢过来之后他便把脸贴了上去翻来覆去地亲。"老麦厌恶地摆头,"上面糊满了黏乎乎的鼻涕。之后他便不说话了,一句话也不说。不管别人怎么样都不说。"

"关于这个人你还知道什么?"刘苦舟开始写病历,词句都是现成的,根本不必经过大脑,"我是说比较特别的一些事情。"

老麦想了想:"他出过一套书。是大部头,很大的大部头。"

"是写什么的。"刘苦舟来了兴趣,"野史?计算机编程?网络?烹调?经济学?生物工程?或者是建筑学?"

"都不是。是数学。"

"那就对了。"刘苦舟释怀地笑,顺利地在病历上写下结论,"那他算是来对地方了。"

这时夏群芳冲了进来,穿着老旧的衣服,腰上系着条油腻的围裙,整个人显得很滑稽。她的眼睛红得发肿,目光惊慌而散乱。

"何夕怎么啦,出什么事啦,好端端地怎么让飞机撞啦。"她方寸大乱地问,然后她的视线落到了屋子的左角,何夕安静地坐在那里,眼神缥缈地浮在虚空,仿佛无法对上焦距。他已经不是以前的何夕了,漂浮的眼光证明了这一点。

让飞机撞了?老麦想着夏群芳的话,他不知道是不是自己在机场报信时说得太快让她听错了。

"医生说治起来会很难。"老麦低声地说。

但是夏群芳并没有听见这句话，她的全部心思已经落到了何夕身上。从看到何夕的时刻起她的目光就变了，变得安定而坚定。何夕就在她的面前，她的儿子就在她的面前，他没有被飞机撞，这让她觉得没来由的踏实，她的心情与几分钟之前已经大不一样。何夕不说话了，他紧抿着嘴，关闭了与世界的交往，而且看起来也许以后都不会说话了。不过这有什么关系呢，何夕生下来的时候也不会说话的。在夏群芳眼里何夕现在就像他小时候一样，乖得让人心痛，安静得让人心痛。

结　局

我是何宏伟。

一连两天我没有见一个客人，尽管外界对于此次划时代事件的关注激情已经到了白热化的程度。这两天里我一直在写一份材料。现在我已经写好了。其实这两天我只是写下了几个人的名字，连同简短的说明。但是每写下一个字，我的心里都会滚过长久的浩叹，而当我写下最后那个人的名字时几乎握不住手中的笔。

然后我带着这样一份不足半页的材料站到了诺贝尔物理学奖的领奖台上。无论怎么评价我的得奖项目都不会过分，因为我和我领导的实验室是因为大统一场方程式而得奖的。这是人类最伟大的科学梦想，从某种意义上讲是人类认识的终极。

"女士们先生们。"我环视全场,"大家肯定知道,从爱因斯坦算起为了大统一场理论已经过去了两百多年,至少耗尽了十几代最优秀的物理学家的生命。我是在30年前开始涉足这个领域的。在差不多17年前的时候我便已经在物理意义上明晰了大统一理论,但是这时我遇到无法逾越的障碍。实际上不仅是我,当时还有几个人也都做到了这一步,但是却再也无法前行。你们有过这样的体会吗,就是有一件事情,你自己心里面似乎明白了,但却无法把它说出来,甚至根本无法描述它。你张开了嘴,但是却发现吐不出一个字,就像是你的舌头根本不属于你。此后我一直同其他人一样徘徊在神山的脚下,已经看得见上面的万丈光芒但却无法靠近一步。事情的转机说来有几分戏剧性。两年前的某一天我送9岁的小儿子去上学。当时他们的一幢老图书楼正被推倒。在废墟里我见到了一套装在密封袋里的书。后来我才知道这套书已经出版了150年,但是当时它的包装竟然完好无损,也就是说从未有人留意过它。如果当时我不屑一顾地走开,那么我敢说世界还将在黑暗里摸索150年。但是一股好奇心让我拆开了它,然后你们可以想象我当时的心情,就像是一个穷到极点的乞丐有一天突然发现了阿里巴巴的宝藏。我不知道这样一部我难以用语言来评述的伟大著作怎么会被收藏在一所小学里,不知道上天为何对我这样好,让我有幸读到这样非凡的思想。我只知道当天我简直失去了控制,在废墟上狂奔着大喊大叫不能自已。这正是我要找的东西,它就是大统一理论的数学表达式,甚至比我要的还要多得多。那一时刻我想到了牛顿。他的引力思想并非独有,比如同时代的胡克就有,但是牛顿有能力自创微积分而胡克不能,所以只能是牛顿来解决引力问题。现在我面临的问题又何尝不是这样。书的名字叫《微连续原本》,作者叫何夕。是的,当时我的惊讶并不比你们此刻少。这是个完全陌生的名字,简直可以说是默默无闻。后来的事正如你们看到的,在不到半年的时间里我发表了一系列重要论文,简直可称为神速地完成了大统一理论的方程式。甚至在几个月前我和我的小组还试制出了基于大统一理论的时空转换设备。有人说我是天才,有人说我的发现是超越时代的杰作。但是今天我只想说一句,超越时代的不是我,而是150年前的那位叫何夕的人。不要以为我这样说会感到难堪,其实我只感到幸运,因为我现在已经知道超越时代意味着什么。如果何夕生在我们的时代,根本轮不到我站在这个地方。在他的那个时代,支持大统一理论的物理事实少得可怜,现在我们知道必须达到1000万亿G[1]电子伏特的能级才可能观察到足够多的大统一场物理现象。而在何夕的时代这是根本不可想象的,这也就注定了他的命运。他是个什么样的人,为何他写下了这样伟大的著作,但却被历史的黄沙掩埋?为了解开心中的这些疑惑,我将第一次时空实验的时区定在了何夕生活的年代。我们安排一个虚拟的观察体出现在了那个过往的年代,那实际上是一处极小的时空洞。它可以出现在指定的时间和地点,从而观察到当时的事件。我目睹了事情的全部过程。如果诸位不反对的话我想把我知道的全讲出来。"

---

[1] G:10的9次方,即10亿。

台下没有一个人说话，甚至听不到大声出气的声音。我轻声描述着自己近日来的经历，描述着何夕，描述着何夕的母亲夏群芳，描述着那个时代我见到的每一个人。他们在我的眼前鲜活起来了，连同他们的向往与烦恼。我轻轻地做了个手势，按照事先的约定，助手们开启了机器。大厅暗下来，一束光线投放在了巨大的屏幕上。由于特意喷出的薄雾，光线在空中的轮廓很清晰。我凝视着这束光线，无法准确描述自己此时的心情。我知道此时此刻那束光里有无数的光子，这些宇宙间最轻盈曼妙的精灵正以我们难以想象的速度飞舞。这不算什么，每个人都看到过光子的舞蹈，但是，这一次不同，因为这些光子来自于很久以前，此刻它们经过一扇神秘的大门从过去来到了现在。它们穿透的不仅是飘浮着薄雾的空气，还包括150年的时间。

是的，它们穿透了亘古的时间魔障，它们飞舞着，我几乎听得到它们在歌唱，它们本该在百余年前悄无声息地湮灭掉，就像它们的亿万个同类。但是它们循着一条奇异的道路挣脱了宿命，所以它们有理由歌唱，它们在大声呼喊"我们来了"。是的，它们来了，循着那条曲折艰难的道路，向今天的人们飞舞而来。

屏幕上的图像渐渐清晰，分为一左一右两幅画面。一边是年轻漂亮的少妇夏群芳抱着她刚满周岁的胖儿子何夕坐在公园的长椅上，脸上是幸福而憧憬的笑容。另一边是风烛残年的半文盲老妇人夏群芳，正专注地给她满脸胡须目光痴呆的傻儿子何夕梳头，目光里充满了爱怜。

尽管我想忍住但还是流下了泪水。我觉得画面上的母亲和儿子是那样的亲密，他们都是那样的善良，而同时他们又是那样的——伤心。是的，他们真的很伤心。而现在他们早已离开这个他们一生都没能理解的世界了，就仿佛他们从来就没有来过。

"如果没有何夕，大统一理论的完成还将遥遥无期。"我接着说，"而纯粹是由于他母亲的缘故，《微连续原本》才得以保存到今天，当然这并非她的本意，当初她只是想哄骗自己的儿子，将他从痛苦中解脱出来。现在想来，当时她以一个母亲的直觉一定已经隐隐意识到悲剧就要发生，从母亲的角度她是多么想阻止它。以她的水平根本就不知道这里面究竟写的是什么，根本不知道这是怎样的一本著作，所以她才会将这部闪烁着不朽光芒的巨著偷偷地放到一所小学的图书楼里。从局外人的观点看她的行为，会觉得荒唐可笑，但她只是在顺应一个母亲的想法。自始至终她只知道一点，那就是她的孩子是好的，这是她的好孩子选择去做的事情。我不否认对何夕的那个时代来说，《微连续原本》的确没有任何意义，但我只想说的是，对有些东西是不应该过多讲求回报的，你不应该要求它们长出漂亮的叶子和花来，因为它们是根。这是一位母亲教给我的。母亲对自己的孩子从来都不曾要求过回报，但是请相信，我们可爱的孩子终将报答他的母亲。"

我看着手里的半页纸，上面的每一个名字都是那样的伤心。"也许我们应该永远记住这样一些人"。我照着纸往下念，声音在静悄悄的大厅里回响。

"古希腊几何学家阿波洛尼乌斯总结了圆锥曲线理论，1800年后德国天文学家开普勒将其应用于行星轨道理论。

"伽罗华于公元1831年创立群论,当时的学术界无人理解他的思想,以至论文得不到发表。伽罗华年仅21岁就英年早逝,一百多年后群论获得具体应用。

"凯莱于公元1855年左右创立的矩阵理论,在60多年后应用于量子力学。

"数学家J.H.莱姆伯脱、高斯、黎曼、罗巴切夫斯基等人提出并发展了非欧几何。高斯一生都在探索非欧几何的实际应用,但他抱憾而终。非欧几何诞生170年后,这种在当时一无所用、广受嘲讽的理论以及由之发展而来的张量分析理论成了爱因斯坦广义相对论的核心基础。

"何夕独立提出并于公元1999年完成了微连续理论,150年后这一成果最终导致了大统一场理论方程式的诞生。"

在接下来长达10分钟的时间里,整个大厅里没有一丝声音,世界沉默了,为了这些伤心的名字,为了这些伤心的名字后面那千百年寂寞的时光。

我拿出一张光盘:"何夕在后来的20年里一直都没有说过话,医生说他完全丧失了语言能力。但是我这里有一段录音,是后来何夕临死前由医院录制作为医案的,当时离他的母亲去世仅仅两天。我们永远无法知道这究竟是因为何夕在母亲去世之后失去了支撑呢,还是他虽然疯了但却一直在潜意识里坚持着比母亲活得长久一点——这也许是他唯一能够报答母亲的方式了。还是让我们来听听吧。"

背景声很嘈杂,很多人在说话。似乎有几位医生在场。"放弃吧。"一个浑厚的声音说,"他没救了,现在是 10 点 7 分,你把时间记下来。""好吧,"一个年轻的声音说,"我收拾一下。"年轻的声音突然走高:"天呐,病人在说话,他在说话!""不可能,"浑厚的声音说,"他已经 20 年没说过一句话了,再说他根本不可能有力气说话。"但是浑厚的声音突然打住,像是有什么发现。周围安静下来,这时可以听见一个带着潮气、已经锈蚀了很多年的声音在用力说着什么。

"妈——妈——"那个声音有些含糊地低喊道。

"妈——妈——"他又喊了一声,无比地清晰。

1999 年 11 月 29 日

何夕擅长塑造具有殉道精神的悲情主人公,并将复杂的社会议题融入家庭或情爱关系中展开讨论,因而故事中对个人悲剧的描绘,也就自然携带有道德与价值判断的沉重意味。《伤心者》与其姊妹篇《田园》的完成时间在 1999 年至 2000 年初,彼时 IT 业正方兴未艾,带来新一轮"科技致富"神话。何夕则敏锐地捕捉到经济繁荣之下的忧患,并尝试在作品中探讨那些受到冷落的基础科学研究——在《田园》中是粮食作物,在《伤心者》中则是数学。在作者看来,它们代表着"在这个浮华的年代里我们最欠缺的东西"。

与何夕早期作品相比,《伤心者》中的反面角色并非某个利欲熏心的疯狂科学家,而是我们所熟悉的这个受经济规律支配的"现实世界"。通过对主人公卑微生活的细致描写,作者准确地传递出那种来自当前社会的焦虑感与无力感,从而赢得广大读者的深切共鸣。在这个意义上,《伤心者》会让人想起发表于1978年的《哥德巴赫猜想》,不容于世的数学天才,为普罗大众理解个人与历史之间的关系提供了某种想象式图景。与陈景润一样,"何夕"所代表的价值,必须在故事结尾处借助国际化权威"何宏伟"与"诺贝尔奖"的认可才能确立。不同之处则在于,这个为无名者命名的重要时刻被推迟到100多年后的遥远未来,因此看上去更像是某种万般无奈下的自我安慰。这篇小说最令人伤心之处或许正在于此。

地铁惊变

韩松

韩松,男,1965年生,1991年进入新华社工作。代表作包括《地铁》《红色海洋》《火星照耀美国》《宇宙墓碑》《独唱者》等。曾获中国科幻小说银河奖、全球华语科幻星云奖、世界华人科幻文艺奖等,作品被译为英、法、意、日等文字。

一 微妙的狼狈

那个少妇模样的女人,身子紧紧挤贴着周行,气球一样的乳房传递过来一股蜂糖般的黏性,然而,女人却毫不顾忌。

如果在别的地方,周行或许会觉得占了便宜,但在这拥挤不堪的地铁上,却只是盼望着快些到站,脱离这尴尬的处境,何况,女人身上还散发出了浓烈的劣质化妆品气味。

因此,周行此时的感觉,或可称作微妙的狼狈。

星期一的早晨,上班高峰时间的地铁就是这种样子。周行好不容易才挤了进去,就如同割据了人生中的一种巨大成功。在灰绿色的车厢里面,人连身子都转不过来,却都牢牢地控制着自己的那一小块领地,寸土不让。四周都是沉重的呼吸声,散发着浊臭味,就像在动物园的熊馆里。

周行也只得随大流这样做,毕竟要七八站才到单位。好在因为有了确定而可预知的目的地,所以也能以忍耐和坚持的心情,应对这眼前的态势。这些年,他早已经习惯了。

在列车经停下一个车站时,又有更多的乘客拥了上来。他们像弹丸一样,冲撞着车厢中已有的人,逼迫他们让出地域。周行试图往里边挪移,却一步也动弹不得。已占领了较好位置的乘客用敌视的目光狠狠地瞪着他。

周行心想,和妻子素素商定好的买车计划,得赶紧实施啊。他们已筹备多年了。虽然因为偿还房贷的缘故而放慢了步伐,但钱也已经凑了一多半了,再到银行贷些款,应该是可以的了。再也不坐这该死的地铁了!

——然而,跟着便不对头了。明明该到站了,地铁却仍疾驶不停。车厢里的拥挤,似乎正在如肿瘤一般长大,向结束不了的局面发展。

一开始,由于坐车的惯性,人们并没有马上意识过来,但很快觉出了异样。的确,外面连一个站台也不再出现,飞掠过去的,都是深海般的黑暗。

乘客们从未见过这样的情况,愣住了,一个个面色惊惶,窃窃私语。刚开始,周行以为是在做梦,慌忙中,掐了掐自己的胳膊,才晓得哪里是梦!他看见,旁边一个男人的额头上淌出了大颗冷汗。在车厢尽头,有个女人尖叫起来。

周行的岳父王先生在世时,曾经谈起永远行驶在黑暗之中、过站不停的地铁列车的事情,并提醒年轻人一定要小心,否则将大难临头。他说:"别看生活现在似乎好起来了,但许多方面还都不确定呢。可别天真啊。"周行和素素只以为是老头儿在说昏话。现在,他无奈地心想,微妙的狼狈,才真正开始了。

他有一种被死人灵魂附体之感。

二 没有了解脱的希望

不觉间,列车已开出了半个钟头,也没有停下来的意思,外面根本看不到会有站台出现的征兆。完全不知道地铁到底开到哪里了。

周行面前的女人蛇一样怪异地扭动身子。周行畏惧地凹胸收腹。原来,她不过是要在人缝中努力地从挎包中拿取东西。她掏出的是一只手机,但她失望地发现没有信号。这时,别的人也有打手机的,却都打不通。

"遇到鬼了!"女人吐着紫白的舌头,低低地咆哮,那样子使周行想到了《聊斋志异》中的妖狐。他不禁在惊诧困惑中滋生了一丝浅浅的幸灾乐祸,同时,也对那些有座位坐着或有车体倚靠的乘客,暴发了些许复仇的惬意。不都在同一列车上吗?有什么了不起呢?

他听见有人带着哭腔在说:

"怎么回事?我们怎么办?"

"别担心,会好的。也许是出了点意外,是制动失灵了吧,不巧,外面还停电了,所以我们什么也看不见。"

有人安慰道,那声音却在窸窣地抖颤。

是制动的问题吗?周行心想。这些年里,地铁飞速地发展,两条增至三条,三条增至五条,五条增至十五条、十六条……到处结网,城市的地下已被掏空了,亿万年的岩层结构全改变了。据说,地铁还要连接其他的城市,甚至通向国际,形成一体化……

世界上最大的轨道交通市场,正在这里迅速形成。亿万的人们都降入地窟了。他们不再过祖先们千百年来沿袭的生活了——面朝黄土背朝天,而是匿身于厚厚巨石下,成了不锈钢车厢中的居民。然而,传说中,在某些线路上,已经"妖孽丛生"……

周行紧张地扭头看了看,却没有见到试图在地铁里跳钢管舞的新人类。

此刻,车厢里倒是仍旧灯火通明,排气扇在卖劲地哗哗转动,通风和供氧状况尚保持良好,还不至于憋死人。只是,人群的紧张,却如同上吊一般,愈发没有了解脱的希望。

一个男人在叫:"我是警察!大家要保持镇静,看管好自己的钱物!"

三 有吃的吗

很快,一个半小时就这样过去了,车外的黑暗依然无际,周行的腿都站软了。他想到了以前看到过的关于地铁中发生突发事件时如何应对的告示,比如列车出轨、火灾、爆炸、毒气袭击、发现危险品、践踏、人不慎掉下站台等时,应该怎么处置,但这些都跟眼下的情形对不上号。

地铁公司散发的宣传品说,在地铁内遭遇紧急情况并不可怕,可怕的是在事故面前一无所知,张皇失措。只要保持镇定,不慌不乱,了解一定的逃生技巧,就能安全脱离险境。但现在看来,这就跟大言不惭地说谎似的。

周行没有吃早饭就出来上班了,现在肚子咕咕叫,竟是一种从未体验过的极度饥饿。这比起无穷无尽的黑暗来,似乎更加要命。加上恐惧、震惊和愤怒,他顿然产生了要把面前的女人掐死的冲动,好像这异端都是因她而起的。

女人脸色像厉鬼,咬住厚厚的两大片猩红嘴唇,硬邦邦的几乎是向周行的怀中倾倒了过来。周行无法接受这种非现实的现实,绝望地预感到目的地正在远离他而去。他怕是无法按时赶到单位了。他又要被领导抓住把柄了。

但最难受的,还是人与人这么长时间地挤靠着,完全没有私人空间,体臭的味道更加浓烈了,脸上肮脏的毛孔都看得一清二楚,乘客们彼此能感受到对方体内器官的蠕动和血液的涌行,给生理和心理施加了巨大压力,再这样下去,人都快要被逼疯了。这一切,在以前又是怎么日复一日地承受过来的呢?真不可思议。不停车的地铁,说不定每天都在坐吧,只是一觉醒来,就忘却了。

但全车人此刻的忍耐力仍旧令人暗暗赞叹。他们仿佛久经历练了。谁都不说话,男人不发表意见,不拿出主张,只有几个女的在压住声音抽泣。

又过了一个小时,才有人歇斯底里地喊起来:"我有心脏病,我受不了啦！"

又响起了急促的尖叫："有人昏过去了！"

昏厥过去的乘客，不知是什么病症，嘴角直冒白沫，身体抽搐。人太多了，根本没有容他倒下的空隙。车厢一角出现了骚动。

"谁有急救药？"

"赶快掐人中！"

但都是说说而已，并没有人真的出手救援的。

周行在这慌乱中感到了滑稽，这正是一种徒劳的可笑，却缓解了他的紧张。他于是下意识站直身子，把扶手拉得更紧了。

面前的女人，脸上浮出了紫绀的气色，小小的胸脯蒲扇般起伏，一对朝天鼻孔间歇地喷出一股股臭气。周行觉得她也快出问题了，而自己或会成为首当其冲的被麻烦者，便小心翼翼地问：

"大姐，你没事吧？"

"不要紧的，只是有些气、气紧。"

"做两下深呼吸，或搞一个下蹲动作，便会好受一些的。"

"谢谢你的提醒。但哪里还有地方下蹲呢？"

"对了，你到哪里下车？"

"学院路。早过了。你呢？"

"闹市口。谁知道它在哪里？"

两人尴尬地笑笑，不再说话，在交流中体会到了温馨的麻木。周行想，他本对这女人充满嫌恶，却在与她谈话时，竟然是一片温柔关爱，这正是男人的虚伪本性吧，即便在这样的时刻，也惯性一般地呈现着。

然而，他更为自己刚才脱口而出的那句话吃惊："谁知道它在哪里？"是啊，外面的世界，的确还存在吗？以前无人思考过这个问题。但仿佛除此之外，并无还称得上是真实的问题了。

周行仔细打量女人，见她穿着一身皱巴巴的假冒某外国名牌的连衣裙，质地粗糙，做工拙劣，大概是从地摊上淘来的吧。她穿着它，多像个绿色的大虫子啊。他烦躁地想，这女人在哪个单位上班呢？怎么还没有下岗呢？她与他一样，是否也整天为着生计而气喘吁吁地拼争呢？也是地铁的老乘客了吧？无法抵达车站的危机，对于女人和她的家庭而言，又意味着多大的一场灾难呢？她家里还有什么人呢？她老公是做什么的？谁来对她的境况负责？

周行又想到了妻子素素。他认识她应该有很多年了。他觉得他是爱着她的。生活中点点滴滴的琐事，这时都浮上了眼前。但为什么是他和这个女人的生命线发生了交织呢？她已怀上了他们的孩子，连名字都预先取好了。女孩的话就叫周孕花，男孩就叫周原吧。但如果他这番回不去，今后娘俩的生活可怎么办啊。太可怜了。但这就是命运吧。一切都早已注定了。

忽而，思绪又奇怪地从女人身上蹿开了去：如果有逃犯在这车上，又会怎么样呢？不明白为什么竟会在这种时候想到逃犯，这竟令周行暗暗兴奋了起来。哦，那样的话，必定拥有了永恒的亡命感，就算犯下弥天大罪，在无法停下来的列车上，也一举免了入狱之虞吧。因此，谁说做罪犯不是最幸福的呢？

这些年里，周行常常咬牙切齿地想，如果有机会的话，自己也会去杀人的,然后亡命天涯……他每天睡觉前,都这么憧憬着。素素根本不知道丈夫竟有这样的想法。她要知道了是不会跟他结婚的。那么,周行要杀谁呢?哦,有很多目标,首当其冲的就是单位的领导!周行每天在领导面前卑躬屈膝,满面堆笑,心里却想着:你快去死吧!有时他甚至也想杀掉大街上每一个素不相识的人。为什么连他也不明白。

在飞驰而去的列车上,周行仿佛终于认清了自己是个什么人。

——不过,话又说回来,这列车牢笼的滋味,又是好受的吗?就算在这样的车厢里,也有着警察啊。除了办户口,周行从来没有与警察打过交道,仅仅他们那身制服,就让他看了不好受。平时,能避开他们就尽量避开。

于是,他又感喟了——对于丧失了知觉而本身仍可以在时间长河中不停奔驰的铁甲列车来说,目标只怕是无所谓的,但是,对于寿数有限的单个乘客而言,却产生了巨大的命运落差。这,或许便是那种一条道走到黑的人生的真实写照吧。周行坐了这么多年的地铁,今天终于要看到结局了吗?他仅仅是这人群中的一员,而大家作为一个集体,被一件自己完全无法控制的巨物裹挟着,老鼠般瑟瑟发抖地挤成一堆,动弹不得,臭烘烘地、速度一致地永远地向前,却没有停歇下来哪怕喘息片刻的机会。作为年轻的一辈人,周行本以为自己的生活笃定会比父母和岳父母们要好,但现在受困在了地铁里面,才知道并不是那样的,就好像有个千年僵尸般的东西盘踞在身体里,始终摆脱不了。他毕生也逃脱不了灾难派出来的追兵。他以前太幼稚了。他不听老人的话,太愚蠢了。

但一切都晚了。

就在这时,车厢里有个地方传来了吃东西和喝水的吸溜声。这节奏分明的声音,在周行听来,洪亮无比,产生了淹没其他一切音效的作用,使那令人烦苦的车轮回转,也暂时地成了一种无关紧要的背景乐声。周行忍不住又问女人:

"带吃的东西了吗?"

"我包里有夹心饼干。"

"好奇怪啊,不知道为什么这么饿……"

"我也是,那种饿的感觉,真揪心呀。只是不好意思当着人面吃东西。"

"都这种时候了,有什么不好意思的!"

女人这才有点勉强地从包包里取出饼干。立时,周围几个人流出了口水,说:"也给我们一些吧。"女人生气地瞪了他们两眼,最后还是把饼干分给了众人。

周行愉快地担当了传递食物的任务,自己也拿了几块。这时候,他觉得女人的化妆品气味已是有了几分悦人的内涵。

四 到前面去看一看

此时,距异变的发生,已经过去四个小时了。周行觉得饿得更厉害了,像几天几夜不曾吃饭,刚刚咽下肚子的饼干根本没有起到任何作用,而且还十分干渴。更难堪的是早就想上厕所了,这样下去真不是个事儿。女人说得对:遇上鬼了。

但这个鬼究竟是从哪里来的呢?为什么总是紧紧跟着人们呢?周行至死怕也回答不了这个纠缠了多少代人的问题。

这时,那几个心脏、血压不好的家伙,也都纷纷发病了。其中一个,看样子不及时救治的话,恐怕很快就会有生命危险。然而,对此人们已难以顾及。大家都觉得自己才是最可怜的、是最需要救助的,都盼望着别人来拉一把,结果便是谁也不管谁。他们甚至巴望着有人死了才好呢,不是连吃的东西都不够了吗!

"你说,地面上知道我们出事了吗?"

这回,是女人主动开口了,仿佛是为了使自己镇定下来而努力找话说。周行心里悚然一动,赶忙应声:

"应该知道了吧。地铁在设计时,就配备了完善的监控系统。地面还有我们的人呐。地铁公司要对这事负责到底。他们肯定正在想尽一切办法展开救援。他们收了我们的车票钱,从职责和道义上讲,不可能坐视不管的。但是,不知道还来不来得及……"

"喂,来不来得及是什么意思呢?"

周行吃惊地闭紧嘴,没有回答。他眼前忽然浮现的是,救援人员——如果还有他们的话——终于打开了车门,看到了一车厢一车厢站立不倒的浑身僵硬而长满绿毛的尸体。

"到底发生了什么事呢?真的是制动失灵了吗?这列车究竟要开到哪里去?会忽然发生爆炸吗?外面怎么这么黑暗?"女人又母狼般吼叫开了。

是啊,不正是如此吗?然而,世界还存不存在这个问题,实在太大了,弄不明白,就先放在一边吧。周行便想,是不是被劫持了呢？他想到了蒙面的、腰上缠满烈性炸药的恐怖分子，却没有说出来。劫持者是跟那鬼魅的力量有着紧密关系的吧，一直在地底潜伏着等待机会呢。但无钱无势的地铁乘客又有什么价值呢？为什么不去绑架坐飞机的呢？很快，他又想到了另一种可能，那就是，实际上并没有任何异常的事件发生，也许，此刻经历的才是真实和正常的吧，笼罩着列车的黑暗，的确是恒长无边的，而这本就是每个人身边的现实，以前大家乘坐地铁，仅仅是在重复高仿真模拟器中的演习场面，每过几分钟便会如期呈现在眼前的一座座站台，不过是生命中昙花一现的诱人幻觉，是由超级计算机一般的智能机器预先设置好的，如同这世界上无处不在、巧妙安排的钓饵，让亿万的人们兴高采烈地朝着一个方向起劲地奔去。所有的目的地，都是虚境中的台阶啊，只是为着映衬高高在上、更加虚无缥缈的宏伟候车大厅，仿佛要给人以一切还在美好地继续着的确定感。哦，这才是地铁公司的目的吧。他们就是靠这个来赚钱的吧。周行被自己的奇怪想法吓住了——真的是地铁公司精心策划了这一幕吗？为什么不能够早一些看透，而以平常心对待呢？只是，不知对生活的欺骗通常有着更高追求的异性，能否接受这样的假设。她还是要继续去买廉价冒牌货的吧？却谁也没有想过要去地铁公司做卧底。人们每天把命运交给地铁公司，实在是太轻信了。

周行正在痛苦迷茫之中，这时，有个年轻的男声清晰有力地传了过来：

"我们应该派人到最前面去，去看看司机那里的情况。也许，是车头出问题了。"

非常新奇的建议。大家都紧张地倾听着,谁也不作声。

"每节车厢都是封闭起来的,互相不连通,两端连扇门也没有,怎么过去呢?"过了一会儿,才有人嗫嚅着发表了怀疑的意见。

那个年轻男人说:"不要管它本来的设计。可以砸碎窗玻璃,钻出去后,沿着车壁爬过去。"

"《卡桑德拉大桥》啊。但那是西方,国情不同啊。"有人嗤声道。那部由乔治·潘·考斯马托斯于1976年执导的电影中,列车也是停不下来,直奔向死亡的断桥,有人就是企图用翻窗而出的方式前去控制驾驶室,但好像最后也没有成功。

"司机是无法被干预的。谁胆敢去说司机?谁又能代替司机?"又有人仿佛深谙世故地嘘叫。

"不行。你那样做,是破坏列车的稳定,扰乱公共秩序,是违法的。"是警察,他威严地提高了嗓门。仿佛只有他还牢记着自己的身份。

听到警察说话了,大家又都不吱声了,互相递起了眼色。周行却心情澎湃起来。警察是在暗示成为罪犯的一种可能性吗?他其实是在诱惑乘客们吗?

"事情已经到了很危急的关头。你们不去,我就去了。我练习过攀岩。不过,我也可能会有闪失,如果是那样的话,请大家记住我的名字好了,我叫小寂。"

叫小寂的青年个子高挑,长相清秀,穿着一身合体的深色西服。他说完,飞快地扫视了一下车厢里的人,周行觉得,那眼光中,投射出了一种深刻的看不起，仿佛全车的人都是怠惰者、卑怯者和猥琐者。

然后，这大胆的攀岩者便左右摆动双臂，撑开两边障碍物般的丛丛躯体，游泳一样挤出密不透风的人群，来到窗户边。竟没有一个人出面阻止，连警察也目瞪口呆地怔住了。周行有一种感觉，就是这个过程，在耗费着攀岩者毕生的精力。做罪犯不简单啊，不是人人有了想法就都能去实践的。这时，青年用自己的手机真的砸了起来。是的，他用的是手机，仿佛并不信任配备在车厢里的应急斧。

"砰砰砰"，那声音，使周行战栗。他迫不得已一般，在心里叫好，同时感觉到，车厢里所有的乘客，也都在心里叫好，却只是睁大眼睛继续看着石碑般的人群簇在一起，蜷缩着一动不动。

不一会儿，玻璃便被砸了一个大洞。小寂真的翻出去了，身手使人联想到健康壮硕的古猿，好像他要用本能去捕猎食物。周行目不转睛地看着他岩浆一样耸动的年轻背影，说不上是羡慕还是嫉妒。他在心里念叨："这个幸福而不得好死的逃亡者！"

一股强劲的冷风扑了进来。有人打起了喷嚏。大家整整衣领，心想那攀岩者怕是已经掉下铁轨，被碾成肉饼了吧。他们想讥笑一下，但又笑不出来。车厢里很快恢复了平静。一些人闭上眼睛假装养起神来。

这时候，周行的尿已经把裤子打湿了。同时，他闻到了从附近飘来的一股大便的气味。

五　在外面

小寂翻到车外，壁虎一般贴在车壁上，瞬间打了个寒噤，有进入阿鼻地狱的感觉。灌满耳朵的，是车轮雷霆万钧的轰鸣，小寂又感到仿佛置身于一个超负荷运转的、超大尺寸的印刷车间。他心想，哦，终于出来了。

他强烈地意识到自己孤身一人了。这种感觉十分怪异，他以前并没有体会过。以前，他每天都是和地铁车厢里的人们挤在一起的。是啊，他为什么会这样做呢？

外面的气温比料想中的还要低，似乎两侧都是无际的冰壁。他用鼻子嗅嗅，闻到了一股液氮的味儿，隧道似乎正在向着极限低温冷却下去，到处充满着一种带血的机器感。列车像是一个高能粒子在加速器中疾进，那么，这会是一场实验吗？

小寂没有马上往前攀爬，而是等待了一会儿，细细观察了一遍环境，远远近近，却都没有见到像是显示站台存在的一丝灯光。不过，他对此本也没有抱多大希望。

他想，列车有可能拐入了一个以前没听说过的备用隧道，而且，是全封闭的环线。在最初设计时，地铁就被赋予了一种人所不知晓的功能，以便发生意外时能及时逃逸。它现在执行的是与正常运行阶段完全不同的程序。

那么，是不是地面发生巨大灾害或者毁灭性的战争了呢？世界末日来到了吗？在剧变之际，地球正在经历一次没有预兆的宇宙跃迁吗？列车是否已经进入了另一个奇异的时空，而那里的物理法则与人类认识到的完全不同?

忽然,一种异样的感觉袭来,就是列车实际上并没有任何的前进,只是它所处的世界在飞速地倒退吧。就连从前,自打有地铁以来,列车也根本没有移动过一寸,所有的上车下车和站台切换,都是一个魔术师用声光电的手法,表演出来的障眼花招,目的是为了欺骗乘客,麻痹他们的精神,好趁机掏空他们的腰包,偷走他们的时间。

因此,这隧道莫不是什么巨型生物的肠子吧?而人类不过是一小撮寄生虫,一粒药片便可以把乘客全部清除干净,之所以还没有下手,是因为那魔术师一般的神秘家伙还需要大家帮助完成肠道蠕动的任务呐。

作为脱离了车厢内环境的观察者,小寂为这种念头而惧怕,一时犹豫了。攀岩只是他的业余爱好,他这样做,真的明智吗?但既已出来了,就不可能退缩了,那样会被乘客们笑话的。不,他做这件事,其实并不是他的选择,他面对大家提出主张时,好像有一双眼睛在列车后面看着。他不得不行动。他又告诫自己千万要镇定,一定要想象这列车是在往前走,否则,便会失去勇往直前、面谒司机的动力。而在了解到真相以前,是不可以回到刚才待的那个车厢的。

他开始试探着往前移动。他没有爬上车顶,害怕隧道上端会有异物碰伤头和身体。他还要防备,这隧道既然不再是寻常的隧道,那么它设置了什么杀人的机关来阻止闯入者,也说不定。他紧紧抓住窗棂的结构,小心翼翼地朝前一点点地攀缘。

他花了半个小时,在人们表情复杂的注视下,越过了19米长的本节车厢,才稍稍舒了一口气。他甚至为自己的孤胆英雄般的行动而感到了一丝骄傲。

下面一节车厢,情况也差不多,乘客们像罐头物质一样拥挤在一块儿,情绪不宁,有的人像是已经虚脱了。忽然看到一个男人鬼一样地紧贴在车窗外面,大家都"哇"的一声惊叫起来。

小寂向乘客们大声解释着,但隔了玻璃,人们都听不见他说些什么。攀岩者便掏出一支碳水笔,在玻璃上书写道:

"我要到车头去。这里有没有人愿意跟我一起去?"

大家乏味地看了看,都没有理睬他。有几个人露出不可思议的神色,鄙夷地摇起了头。

小寂很失望,但他无法多想什么,便继续往前面攀去。他连续越过了两节车厢,也都没有乘客愿意跟他一道去。

要到达车头处,还有多少节车厢呢?

六 平衡的优胜

"喂,你还有吃的吗?"

周行忍不住又问女人。这时,他感到自己对这位邂逅的异性已生发了一种天然的熟识乃至亲近之心。他进而觉得,面前的这个生物,其实在同类中长得还算是有几分姿色的呢。除了与妻子素素,他还没有与别的女人身贴身地待上这么长的时间。幸好不是男人。想到这里,他就幸福地微笑了。

"没有了。"

女人轻轻地摇摇头,向周行歉意地笑笑。她的身上也散发出一股尿骚味,这使周行心安理得起来,并滋生了一种平衡的优胜。

"不知道这车里谁还有吃的。"女人又说,"咕嘟"地咽了一口口水。

"吃是一定要吃的。等找到了吃的,女士优先,一定会让你先吃。"

"谢谢你!如果托你的福,能够活着出去,一定要把这段经历告诉我的儿子。他才三岁呢。他吃饭老剩。今后可不能这样浪费粮食了。"女人眼圈红了。

"别哭,别哭。都会活着出去的。我们是谁呀。"周行竟有点心疼了。他又想到了妻子素素腹中的孩子。

女人抹了抹眼泪:"那个人,会让车停下来吗?"

"但愿吧。"

周行这么说时,心情矛盾。他希望攀岩者能够救大家,又期盼着他掉下来摔死,这正是因为,他做出了大家都不敢去做的事情。在危险面前,仅仅是这种脱离集体的个人主义冒险行为,就让人受不了。他又担心,会不会因为攀岩者的出现,女人看不起包括他在内的同车的其他男人了呢?

"看周围人的表情,好像他所做的,事不关己呀。"女人果然像是愠怒地说。

"我们又不会攀岩。这种事,只有攀岩者才可以去做。这只是一个能力问题。没有人希望列车再这样开下去。"

"他究竟是一个什么样的人呢?我以前听说的是,有信仰的人才会这么去做。他是救苦救难的活菩萨吗?"

"哦,也不一定吧。这年头谁还信什么呢。至于活菩萨之类,如今随便一个什么人都可以宣布自己是吧。招摇撞骗谁不会呀?这方面全乱套了,据说连监狱里都关押着许多自称是佛或者活菩萨的人呢。"

周行不愿意这可疑的对话继续发展下去。这时他才注意到,女人的脖子上戴着一个十字形的、长满绿锈的金属饰物。他忽然记了起来,岳父去世后,在火葬场焚烧他的炉膛里,留下了一个同样形状的古怪结晶体。岳母把它带回家供奉了起来,素素却嫌这东西不吉利,就把它偷走,扔进了路边的下水道里。

"我好累,好想坐下来歇息一会儿呀!"女人忽然直愣着眼神大叫起来,"喂,警察,维持秩序的警察,这会儿你到哪里去了?是不是招呼一下,让大家轮流坐坐位子呢?"

警察根本没有理会,他自己倒是找了个座位坐下来了,还下令让几个年轻力壮的乘客,手挽手站在他前面筑成了防护圈。周行被女人的失态一时吓住了,又意识到自己其实并不想让女人真的走开。这个想法让他有些不好意思,又微微激动。女人胸部顶着他的感觉,传递来了让人亢奋的信号。周行回忆着饼干的味道,感到吃的不是饼干,而是女人酥软身体的某个部位。

他忽然觉得,像是很久没有亲近过女人了。他似乎早已与素素离婚了。他没有家了。这种感觉此时分外真切。是他还一直生活在幻觉中吧。他天天坐地铁旅行,其实并不是为了上班,而是试图逃离那段痛苦的婚姻记忆吧。他好像才恍然大悟了。此时,所谓的女人的滋味，就像是儿时在妈妈怀中咂到的奶汁，灿烂遥远而引领冲动，在恶心中，携带着一股神秘的甜腥感。

真是一趟无与伦比的地铁之旅呐。出去后，一定要把它原原本本地讲给认识的人听，周行满嘴发干地想。但"出去"这个单词现在连那模样看上去都是滑稽的。

七　疯了

攀岩者又来到了一节车厢的外面。他发现，这儿的人全都在昏睡，脑袋耷拉在旁边人的肩上，像一颗颗切割下来的瘤子。他感到有点不对劲：乘客们面色灰灰的，身体缩como水一样都皱了起来，似乎全是老人。而且，好像已经有人死去了。不，又像是在冬眠。他们仿佛已经完全放弃了被救的希望及自救的努力。

小寂这么想着，心里打鼓，不敢多看，加快速度通过了这节车厢。

下一节车厢也十分反常，主要是不那么拥挤了，有一部分乘客不知哪去了，竟然意料之外地富余出了活动的空间，剩下的乘客就像动物园笼子中的狼一样，疾速地来回走动，仰着头，伸长脖子，大声嗥叫。看到小寂剪影一样出现在车窗上，一胖一瘦两个中年男人猛蹬后腿，跃起在半空中，做爪牙状猛扑过来，结果双双撞上玻璃，"嘭嘭"的的两声，摔落在地板上，昏死了过去。

疯了。小寂想。

八 难以满足的欲望

终于,车厢里有人偷吃东西,被边上的人发现了。是一个农民模样的人,他携带的编织袋里装满了玉米棒子。他其实是不准备暴露这个秘密的,但到底还是忍不住了,便假装晕车,蜷曲着身子伏在口袋上,把脑袋探入里面,像只老鼠一样偷偷地啃嚼玉米粒。但还是有人听到了声音,闻到了气味,遂不留情面地揭露了他的自私行径。

"让他吐出来!"车厢里唯一的警察严厉地发布指示。话音未落,一簇簇拳头便已疾风暴雨般地落向农民,就像打一只臭虫,竟然把他当场打死了!

"谋杀!"周行心里惊叫一声,又感到兴奋,眼光已然忍不住投向了被许多双手迅速打开的编织袋。层层叠叠的玉米棒子裸现出来,刹那间,沉闷压抑已久的车厢里燃放出了一道陌生而优雅的金光,那正是一种装饰性的华丽梦幻,在很长的时间里却被人忽略了。原来,活下去的希望就在大家的身边呀。

从死去的乡下男人那儿,在警察的监督下,食物飞快地传递到了每个人的手中,显露出了公平的快捷,而女人却并没有得到曾被许诺的特殊照顾,既没有先拿到手,也没有多分到一些份额。大家群怪一样静谧地噬吃起来。整个车厢里充满了牙龈与舌脉相与磨动的尖锐之音,咒语般地十分整齐而响亮,与车轮的轰鸣形成了非凡秩序的协奏。

吃了东西,周行感觉好了些。他看看表,发现时间已过了10

个小时。该是傍晚下班的时候了。然而,上班下班,这时看来,那不是天下最好笑的事情吗!不知道同事们这一天都做了些什么,有没有人问到他为什么旷工了……他困乏到了极点,像是几天几夜不曾合过眼。然而,当着女人的面酣睡,仍然有着最后的一丝腼腆,但仅仅是努力撑了一撑,终于还是睡着了。

在睡梦中,他的手却不老实起来,伸过去摸了女人的乳房,又蠹动着去搂她的腰肢,慢慢地,左手掀开她的裙裾,右手探了进去。女人脸红了,却没有制止。她绷紧了全身的神经和肌肉,僵直地站着一动不动,仿佛是在用全身心品味一道此生从未吃过的美味佳肴。只过了一会儿,她便一把捉住那只在裙下乱动不停的大手,往里面更深地插入。

梦中,周行忽然射精了。他一下子意识到自己在做什么,想控制住,却来不及了。

他惊醒过来,看到女人紧闭双眼,面色宛若朱红的百合,呼吸如同海潮,温湿的气流正浪花般一股股激喷在他的脸颊上,都要把他融化了,而周行的手还深埋在女人的裙底,已是瘫软得像一朵棉花了。这一瞬间,周行觉得面前的女人具备了令人目眩的完美无缺,而他的身体还在做最后的余波抽动,竟然比真正的做爱还要亢奋。周行也脸红了。

这时,他看看四周,不禁吃吃笑起来。好几对男女都脱光了衣服,站立着正在性交,完成着一种当下姿势的正确性。他们发出了动物似的"吭哧吭哧"声,这种声音,在周行听来,像教堂里的唱诗一般美妙悦耳。

有个七八岁的女孩从人缝里探出头来,好奇地看着这一幕,她细嫩纤小的脸蛋上,稍纵即逝地挥闪过了一道英姿飒爽的成熟美感。

这时,周行又复感到了极度的饥饿。他试图理解为这是站立射精之后的一种必然的沮丧。

九　命运的悬崖

到了第六节车厢,攀岩者小寂觉得这里更加奇怪,整个车厢空空的,毫不凌乱,竟然连一个人也没有。乘客像是全部蒸发了。这却难以解释。也许,是从始发站起便不曾允许上人吧?是啊,难道不也可以理解为,是为了什么神秘的意图而预留的空车吗?小寂却不能知悉其究竟。

紧跟着又是一节全空的车厢,这种空,其实是超越寻常认识意义上的真正的空。小寂的心情更紧张了。他仿佛看见,车厢里有一股淡蓝色的烟雾在轻轻涌动,这正好加剧了空的茂密,使之在局部的解脱中无限幽陷了下去。

小寂听见窗玻璃在"格格"地颤响,就像是战栗不止的上下牙床在用力打架,隐约之间,又透出一种若有若无的呻吟,携带着看不见的巨大能量,像要从铁笼中奋力挣出。

小寂明白,这是因为内在空的强大逼迫。空,构筑了某种形而上般的东西。但很快连任何的动静也消失了。列车一派寂寥幽微,澹然恍惚。

然而，不妙的是，攀岩者猛然间又想到了此刻本不该去想的老套鬼故事，而他以前是从不相信有鬼的。这使他沮丧地意识到，他仍然是个俗人，摆脱不了自古相随的阴影，因此大概并无资格重新进入具备了全新意境的车厢，去开始另一种生命。他对自己感到失望，觉得某些东西早已注定了。他心绪茫然、头皮发麻，手松了松，差点掉下飞驰的列车。

还好，他毕竟具有攀岩者稳定的心理素质和敏捷的身手，在坠向死亡的瞬间，迅疾地把握住了，十指快速地勾住了车窗。他咬紧牙关，含住泪水，重新攀回了命运的悬崖，并加快了移动的速度。这时，他感到十分累乏和饥渴，他拼命忍住。更可怕的，却是不断加重的寒冷，千万根银针一样钉满他的每一个毛孔，直要令他的身体瓦解。他只能坚持往前。他默默地对自己说："没有别人可以帮你，你得自己挺住哇！"

在下一节车厢，他复看到了满满的人。仔细一看，吓得一哆嗦。原来，乘客们正挤在一起埋头吃东西。他们拿着的，是人手、人腿和人肝一类。大家吃得满嘴鲜血淋漓。

十　变老了

周行和面前的女人已经性交了两次。他们不再不好意思，而是觉得这正是他们在此刻一定要干的。他们再不做，就什么也来不及了。而周围的人也都在忙碌着同样的事情。那个七八岁的小女孩，也在坦然承受的姿态中，笑盈盈地接受了群体的轮奸。她的尖叫声在周行听来，是那么的明媚娇艳，就如一轮满月升起，仿佛为列车带来了新的希望。

女人用双手轻柔地托举着周行的脸颊，懒散地憧憬着他濡湿的双瞳，好像周行是一个美丽而唯一的果冻。她久久地凝视着，忽然，像是发现了什么，脸色骤变，失声叫道："瞧你的脸，怎么这么难看！"

周行摸摸脸。他摸到了满脸密林般的大胡子。他记得很清楚，今天早上出门前他才刮过脸啊。以前，他曾经尝试过留髯，有意两个月不刮胡子，也没有长得这么厉害。面对女人的惊诧和不解，他狼狈而惶惑了。她会因此而拒绝他甚至抛弃他吗？他觉得，此时要是没有女人，他说不定会立即垮掉的。

他定睛去看女人，发现她的头发间，生出了大把的银丝，仿佛霜打的冬树；眼角绽出了火星裂谷似的深黑色皱纹；口红和容妆正在雪崩般地脱落；她的脸孔已然变化成了一种迷彩掩映下的冰地鬼魅。

周行好像这才放心了，不怀好意地咳咳笑起来，仿佛赢得了毕生最满足的报复。他不禁有了伸手去抚摸或拔除女人白发的冲动，但又犹豫着停下了。

他看看表，发现已到了晚上 10 点，距他上车，十几个小时过去了。热恋期真正如同白驹过隙呀。深怀厌恶的周行不愿再看女人一眼，把目光移开。他看到边上的人们，也都在老了下去。

他暗自惊诧，难道，现在的一分钟竟相当于一小时、一个月……一年？是什么样的物理学法则，能使时间的流程变快呢？而这全车的乘客恐怕正是凶猛的时间在进食后所消化出的垃圾,正被搬运向一个秘密的焚化场所。

"乱看什么!我又饿了。老公,你得给我找东西吃!"女人狠狠地掐周行的手臂。

这人疯了!天下最愚蠢者,难道不正是女人吗?周行恐惧地试图挣开她,却发现根本不可能。不管怎样动弹,他都在女人的掌握范围内。如同刚上车时一样,他仍没有腾挪处。这原是车厢这种存在所表现出来的真实啊。更何况,他已经老了!

周行停止了挣扎,努力想象自己是列车上的一颗迅速锈去的螺丝钉。

"太可怕了。我们很快就会死去的。"一个头发掉光的老头儿说。他上车时还是个黑发茂密的中年人。

"谁来帮帮我啊!"一个十几分钟前才完成性交的女人叫起来,"孩子,我的孩子就要出生了!"

顷刻间,从角落里传来了婴儿的哇哇啼哭声。周行面前的女人猛地睁大眼睛,停止了摆布周行,循声去寻找,双目中重复溢满了温情、善良与神往。周行通体一震,预感到了未来奇迹发生的可能性。

有人提议:"赶快把这孩子宰了吃掉吧!好久没闻到肉腥味儿了。"

又有人说:"最大的问题是人太多了。杀掉一些人,大家就会过得好一些。"

警察喝道:"谁在说这话?他还想活不想活了?"说罢装模作

样地掏出手枪来。

然而，连警察也变成一个老人了，他的牙都掉了，说话漏风，只让人觉得好笑。

十一　更多的变化

小寂又来到一节车厢外面，发现里面的人已经不多了。地板上有一摊摊的污血和碎骨。有几个老婆子坐在椅子上，颤巍巍地敞开胸怀，露出皱巴巴的奶，乐呵呵地在给新生儿哺乳。有几个老头儿跪在她们身边，像是眼巴巴地等待着。另外几个老头儿在有气无力地一下一下砸车窗玻璃，却砸不开。

"看来，终于有人产生了联系外界的想法！"见此情形，小寂由衷地感到高兴。

他停下来，朝他们大声呼喊，并从外面帮忙砸，但玻璃毫不动摇，连一丝裂纹都不再产生。仅仅过了几个时辰，玻璃就变得金刚石般坚硬了。这实在是太不可思议了。

企图逃脱樊笼的乘客露出了绝望的神情。有个老头儿吃力地用笔在玻璃上写字给小寂看。是方块字的模样，但小寂一个也看不懂。另一个老头儿着急地把写字的人扒拉到一边，自己来写，写出的也是同样的奇怪文字。

——那些字像是西夏文。小寂想，很可能，这里的人们发展出了新的文字系统，希望以此来达成与外界的沟通。但是，怎么这么快呢？为什么不是流行的英文呢？

小寂感到了从未有过的恐惧。他想，太迟了，他们已经没有办法拯救自己了，甚至，连外部的努力也抵达不到他们这里了。他们早干什么去了呢？

毫无疑问，列车此刻正在发生某种新的变化。或者，不是列车的变化，而是车厢中的人类社会在变化，也是整个物质世界和环境在加速变化。但谁也不知道这里面的究竟。

无助的小寂离开无助的人群，泪流满面，独自继续前进。他看到，列车顶部不知什么时候飘浮起了一层一尺多厚的白色雾霭，麋集着一股股幽灵般的阴森。白雾中有些小东西在蠕动，像是蜘蛛。

借着这迷雾泛射出的淡淡辉光，他第一次看清了前途：列车一眼望不到头，哪里是原来以为的长度！

十二　技术带来的希望

能吃的东西都吃光了，只是勉强忍住还没有吃人，这大概要归功于这节车厢里还有警察的存在。那起群殴致死农民的案件已使他很恼火了。他好像并不希望人都死了。他还需要有人来听他呔喝和支使，需要有人来伺候他。但就连警察也不能阻止人们飞快地衰老下去，不能阻止人们无节制地性交。

像蜈蚣摆动的腿一样，时间的节拍越来越急促。更多的孩子在呱呱坠地，引起人口爆炸。车厢里越来越拥挤了，这样下去，肯定是要撑破的。大家焦急地议论纷纷：

"攀岩的那家伙怎么还没有让车停下来呀。"

"他其实是想自己逃跑吧,哪里是要救大家呀。"

"这个骗子!说不定,早掉下去了。"

"也许,让司机杀死了。呵呵。"

"哪里呀,饿也饿死了,渴也渴死了。"

这时,响起了一个不太一样的声音——

"别说风凉话了。即便是在车厢里面,也必须要想出法子自救。再无动于衷下去,便真的晚了。"

有些像攀岩者,却又不同。这带有苍凉味儿的言语使乘客们立时安静下来,默默地想起了心事。大家觉得仿佛回到了从前的时光,那是一个极其遥远而幸福的年代,车厢外面永远有站台不停地出现,引诱人们走进虽然货架空空却不见盗贼的商店,或者尽管一贫如洗但恩爱无尽的家室……

刚才说那话的,是缩坐在角落里的一个干巴枯瘦、脏兮兮的老头儿,戴副黑框眼镜,眼中"哗哗"地冒出一缕缕稀罕的猩黄色亮光,他有点紧张地又说:

"我有一种办法,大概可以试一试。"

"什么办法,怎么不早说哩。"

老头儿结结巴巴地说:"我、我在科学院工作,我们的研究所最近研制成功了一种便携式能源转换器,能够把一种能量转化成另、另一种能量,比如说,把潮汐的动能转化为人体能够直接吸收的化学热量,用来支持人的新陈代谢。这本来是为了解决吃饭问题而开发的项目。可是,研究成功后,社会上谁也不感兴趣,说是无用,因为,温饱问题不是早已解决了吗?粮食不是年年丰收吗？他们不相信未来还会有灭顶之灾，不相信预言中的大饥荒将要来临，不相信世界会重新陷入黑暗混乱……我今天恰巧带了一台，是拿到一个部门去游说投资的。但是再一次失败了。而我也大失所望地连自己也不愿意相信它了，正准备等列车一到站，就把它扔到垃圾桶里呢。但是，现在或许正好派、派得上用场吧。"

一边说，一边从提包里取出一台熨斗似的绿色金属机器，上面还附着一个数字盘，有一些旋钮和插孔。好像太阳从地底下出来了，立时，车厢里炽烈地骚动起来，离老头儿最近的乘客，都伸出脖颈来围观这所谓的高科技带来的最后一线希望。他们平时并不怎么关心"科学"或"技术"之类的事物，这时却都装出很感兴趣的样子。

"可是，怎么使用呀？"有人冒失地问。

"是这样的，这列车不是停不下来吗？这就好了。我们得想办法把整列火车滚滚向前的动能，转化为单个人体需要的热能！"

老头儿有点儿害羞地解释，仿佛自己也刚从一场大梦中醒来。虽然能够支持生存的热能还没有真正产生，但车厢里似乎又洋溢起了热情——虽然，它是肤浅的。不知为什么，周行忽然觉得，这老头儿神情中某个地方，有点儿像是离开车厢而去的小寂。他们之间，有什么亲缘关系吗？

这回，大家不再拿出对待攀岩者那样的态度了，而是显得很谄媚似的，异口同声地争相说："太好了，幸好是在这节车厢里，遇上你，实在有福气呀！我们能够活下去了。我们的孩子也能够活下去了。还有比这更重要的吗？"

"废话少说，赶快开始干活吧，还需要设计一套连接和传送装置呢。"老头儿不安地催促。说着，在提包里摸索了半天，掏出一本类似于《读书》杂志的册子，打开来，才知道这是能源转换器的使用手册。

"这是难得的机遇，要抓紧时间呐。"警察挥舞手枪，在一旁口齿不清地叫嚣，好像扮演起了监工的角色。

老头儿又向大家解释了一番操作细节，并挑选了一些人，组织了一个小型的团队来开展工作。

周行这时却不愿意轻信任何的美好方案了。他想，活下去，就这么简单吗？人口越来越多，却也是一个问题啊，这可不是技术能够解决得了的。他们想得太容易了。他们在做一件违反规律的事情。根本的东西是无法改变的。另外，整趟车的动能都变作热能转移到乘客的身上去了，每个人是好了，但车子却冷了，这会不会反而造成列车的停滞呢？虽然都期盼着这一时刻的到来，但一旦成真，却不习惯啊，列车可能会像巨型爬虫般停留在这黑暗隧道的中途，而站台仍旧遥不可期，到那时，车厢里这群因为吸取了过多热量而浑身烘燥得快要爆炸的乌合之众，能够把持得住吗？到时候连警察怕也控制不了局面吧。说不定，会出现更大规模混乱的。他们这是在试图改变地铁的结构，意想不到的情况随时都有可能发生，或许连牵引变电站和 UPS 不间断电源也因此会停止工作吧。而丧失了前进动力的机车，最终也就无法继续为乘客们提供能量了，结果仍然是崩溃。更要紧的是，活下去是为了什么呢？这个问题没有解决，其他问题统统解决不了。出生在车厢里的婴儿们，他们将怎么面对一个全新而陌生的世界？对此大人又能告诉他们一些什么呢？这时，周行觉得，乘客们之所以搭上这趟列车，就是因为从前造下了罪孽,而来接受审判的。这个惩罚是怎么也逃不过去的,而不管大家怎么挣扎着努力。

周行看到,面前的女人已经苍老得像一团皱纸。她似乎等不及了。她整个的人形干枯得连眼泪也流不出来了,就像千年古树再也无法分泌树脂。老婆子如白骨精般死死地抓住周行的双臂,把散发着酸腐臭气的狰狞头颅贴靠在周行的胸脯上,无牙而流脓的嘴里嘟囔着什么,周行却一句也听不清。

但是,忽然间,他却明白了她的心思,那是一个垂死女人所应有的念头,气泡一样挣扎着从枯死的泉眼中翻冒出来,最后一次燃放了对逝去青春的绝望追念。

周行立即想到了自己的末日,那分明已不再等同于见不到妻子和孩子的切肤悲伤,而是一种真正意义上的万念俱空。他嗓子一腥,"哇"地哭出声来。

这时,有人在叫:"成功了!连接上了!"

周行的脑子里"哗啦"一声涌进了一片片闪亮纷繁的信号,皮层化作了一大堆滴滴答答地解冻中的冰雪。他顿然明白,自己也能够与周围的所有人进行思想交流了。说话太耗费能量,而读心术,却要简便和省力得多。

不知道为什么,人类退化的远古本能,自行恢复了。

十三　新生态

小寂继续前行,他庆幸自己没有上到车顶,因为,上面的确爬满了不知从何而来的大群蜘蛛。这是一种十分奇怪的蜘蛛，个头有越野车轮胎那么大，黑色的、长长的触角沿着车壁甩落下来，摆动不停，有的差点碰到小寂的双手，迫使他快速地闪腾躲让。他想，这些家伙的身体上一定有毒吧。

蜘蛛是彻底地不同于人类的生物，它们排列着整齐的一字队形，正逆着小寂前行的方向朝车尾移动而去，发出"咯吱咯吱"的机械声音。小寂觉得它们是从某个车厢里逃逸出来的。它们一定合力咬破了车顶蒙皮。但它们为什么要选择一条与人类相反的路线呢？它们会不会是这异变的始作俑者？

蜘蛛的出现，使小寂畏怖，却又兴奋，觉得像是遇上了同道。而封闭的列车里竟会滋生出这样的带有叛逆气质的生物，一定是大出司机预料的。这其中的惊人奥秘，现在已无时间去探究了。剩下的唯有赌博般的行动。

蜘蛛过去后，隧道里仿佛变得暖和了一些。小寂精神一振，又攀到一节车厢外面，吓了一跳。

原来，里面的几百名乘客排成了好几层同心圆，人挨人面朝同一个方向站着，每个人都由后向前伸出双手，用掌心紧紧掐住前面那个人的两侧太阳穴，姿势都一模一样，聚抱成了一个大团，牢不可分，那集群构成的整体形象，就像一棵千年大树的根系。

这是小寂历经长途旅行见所未见的奇景。他看了半天，才想起来朝他们招招手，乘客们却一动不动，就跟植物人似的，除了个别人的眼珠转上一转，看不出任何表情。

小寂看到，车厢天花板上安放照明器具的位置被撬开了一个洞，里面的电线被牵引了出来。靠近此处的一位男乘客，把左手臂高举着伸向那儿，五指与电线缠接在了一起，甚至可以说，电线便是五指的延伸了，要不，就是五指是电线的继续，从外观上，完全看不出分别了。这个人已然是死了。但是，电流却从他这里传遍了全体人群。似乎，以一种奇妙的方法，他被改造成了一台变压器。整个车厢里的乘客，可以说，通过电流，已经与列车牢牢地连接为一体了，从车体这浩然的块垒中，吸收着物质世界的微薄养分，维持着最低限度的能量代谢，从而以一种古怪的方式存活了下去。

小寂想，这里的人类，形成了一种新的生态系统，从而打破了列车的固有规则。退一万步说，就算是规则并不曾被破坏，那么，人们也是利用了规则中的漏洞啊。

他不知道他们是怎么想到并做成这件事的。小寂感到，在危机的关头，人类的潜能的确很可观并且也很可怕。

但是，如果这电忽然断掉了呢？

十四　诸世界

气温在继续回升。小寂又经过了几节车厢，他看到，有的车厢，乘客死绝了；有的车厢，却有人类在活动，他们生机勃勃，秩序井然，蟑螂般窜来窜去。他们把车厢里能吃的东西，包括椅子、纸张、橡胶和广告颜料，都吃掉了。

有的人在车厢里用死人骨头构筑了奇形怪状的小屋子，栖身在其中。他们的身体结构也变化了,总的来说是向小型化和原初态发展,有的看上去像是两栖类,有的像是鱼类。

还有的车厢里,诞生了新型的社会组织结构,推选出了首领,建立了类似"朝廷"一样的东西。有的则以车厢中线为分界,乘客分成了两群,拉开了打仗的架势,要通过决斗,产生他们的领袖……

小寂根据不同情况,朝车厢里面的人打招呼、做手势,却再也无人回应。他觉得,局势正在发生新的变化。

此时,他能看见车厢里的人,但车厢里的人却看不见他了。小寂作为唯一能看清乘客境况的人,感到了孤独。这是深刻而巨大的孤独。以前经历过的,比如,为了几块钱的加班费而工作得吐血进医院呀,在单位被领导不分青红皂白骂得灰溜溜的而回家向父母撒气呀,因为奖金发放中受到不公正待遇而一气之下递交辞职信呀,与女朋友因为一点儿小事而大吵大闹要分手呀,与现在面对的相比,再也不算什么了。说到做人,以前在那样的环境下,为什么不能淡定一些呢。但以前的环境还就是以前的环境吧,何况现在回想起来也并不可靠和真实。

小寂对所依附的坚硬车身满怀感激,却又产生了极度的憎恶,忽然间,失去了前进的勇气,宁愿一松手坠下去,与这世界彻底划清界限,一了百了。但在关键时刻,他又一次咬紧了牙关。

因为,经过三天三夜的攀爬,他终于来到了车头处。小寂为眼前的情形而大吃一惊。

十五　回到出发原点

不知过了多久，疲惫不堪的小寂又爬回了他的出发原点。他此时已打心眼儿里知道，无论走了多远，他最终是要回来的。这正是他作为乘客的宿命。

他看到，在他曾经待过的车厢里面，乘客们全都赤身裸体，失去了人样，成了一种奇怪而陌生的生物，类似裸猿，有着樱桃色的薄薄皮肤，瘦骨嶙峋而纤弱无力，皆四肢着地，缓缓爬行。

初见之下，小寂心中一凛，以为是外星生物入侵了——他曾料想这是实现解救的唯一可能。但很快，他辨认出了为数不多的几个熟悉面孔，包括警察，才知道就是原来的那帮乘客哩。他们竟然顽强地活了下来。只有小寂这样有着去到车厢外面经历的人，才能理解这其中的不易。

警察也就是能够依稀认出，因为他还戴着一顶破烂污浊的警帽。他须发斑白，老态龙钟，身上一丝不挂，性器因为使用过度，已经完全萎缩不见了。他盘腿坐在一座用可口可乐空瓶堆垒起来的假山顶上，有一群"裸猿"在恭敬地伺候着他。

小寂目睹这奇妙之景，不禁对自己的存在产生了怀疑，低头看看躯体，发现还保持着人类正常的形态，才稍微放了心。但是，相较之下，他却成了少数的异类，未免有些忧虑。如果要发生争夺遗产之类的事来，他的道统是否足够胜任？

小寂大着胆子从窗户上的缺口滑入车厢，听见脚下传来惨叫，低头一看，才发现还有比"裸猿"更小的生物在爬动，也是人类的模样，但是，个头只有昆虫般大小。另外，还有比"裸猿"小却又比"昆虫"大的家伙。

他直觉到这些也都是人类的后代。他的感觉是，由于体型较小的人类的出现，车厢的空间因此相应地增大了，能源的消耗也随之而减少了。

乘客们以一种小寂无法理解的方式，解决了自己的问题。他们适应变化的能耐，颠覆了任何一种想象。人类的后代看见小寂进来，吃惊不已地交头接耳，但小寂根本听不懂他们说的话。

他震颤而困惑地向警察走去。警察是这里的庞然大物。小寂又比又划，激动地对警察说：

"我到了车头处，才发现列车原来正在一个充满星星的弯曲隧道中前进哩。就在我们的正前方，展开了由无数新星系诞生而吐蕊的万丈霞光，美妙极了！我们是在往那里着急地赶路啊！"

警察用被眼屎糊住的双目茫然地看着小寂，不耐烦地吐出一长串句子，小寂一个词也听不懂，却直觉到，警察好像是在说，晚了，这代价一点也不值得。

小寂疑虑而壮烈地想，他为什么必须得回来呢？难道真的没有别的办法吗？

这时，小寂看到，一些长着人头的蚂蚁般的小家伙正从警察的耳朵、鼻孔和眼眶里爬出来，它们正把细小的肉粒从里往外搬运。血丝从警察的窍穴中一缕缕渗出，老人却似乎毫无知觉。

忽然，小寂感到自己的肝脏和肺叶一阵剧痛，皮下和血管中仿佛有什么东西在游走。他恐惧地转过身，艰难地朝车窗走去，还没有到达那里,便一头栽倒在地。

四周爬动着的生物飞快地扑上来,顷刻之间便在攀岩者祭品般的头颅和躯干上覆盖了密密麻麻蠕动着的一层。

十六 新起点

站台终于出现了。奔驰了许多光年的列车戛然停住。

这是一个灯火通明而喧嚣的站台。候车的亿万生物形态各异,看见车门打开了,便争先恐后地挤进列车,而车上残存的人类后代也纷纷下得车来。

他们以蚁的形态、以虫的形态、以鱼的形态、以树的形态、以草的形态……成群结队、熙熙攘攘地朝不同的中转口蜂拥而去。

在无数的站台上,一组组的列车,正整装待命,预备向不同的世界进发。

这些世界,都是从一个不可言状的大脑里面,所构想出来的。

在韩松看来,科幻写作的意义在于展现当代中国社会独有的荒谬,包括"在技术文明背景下中国人日益进化着的诡诈、卑鄙和阴暗,以信息化、法治化和富裕化为特征的新愚昧,以及科学——政治拜物教带来的身心压迫"。这份荒谬不仅仅是前现代封建愚昧的残余,更是"文明进步"与"科学理性"这些现代性神话自身所的携带的症候。他作品中那些诡异且晦涩的意象——充满混沌

与倒错的时空异境,历史与记忆构成的幽暗迷宫,鬼魅一般隐而复现的废墟与墓碑,以及中国与美国之间扭曲交错的镜像——都是为了呈现那些被现代性的宏大叙事所压抑和排斥,却又始终徘徊不去的一重重"鬼影"。它们处于话语和知识的范围之外,无法被命名,却又不断以各种方式显形。如果说刘慈欣写科幻是为了让人仰望星空,那么韩松则让人低头审视背后的鬼影。

由此我们或能够理解,为什么象征着工业化、城市化与全球化的地铁,会在韩松笔下变为鬼魅出没的迷宫,变为都市繁华之下的梦魇。它又似乎是鲁迅"铁屋子"隐喻的一个现代版本:人们并非在黑暗的铁屋中,"由昏睡到死灭",而是被囚禁在现代文明的造物中,被光明的前景所鼓舞,兴冲冲地全速前进,却不知去往何方,亦不知如何减速。即便是"小寂"这样孤独的清醒者,最终也免不了被异化的命运。没有希望,没有解放,没有逃逸或救赎,只有宿命般的永恒轮回。

蝴蝶效应·中篇

飞氘

飞氘，男，本名贾立元，1983年生，科幻作家、科幻研究者，现为清华大学中文系助理教授。已出版短篇小说集《纯真及其所编造的》《讲故事的机器人》《中国科幻大片》《去死的漫漫旅途》，作品被译成英、意、德等文字。

一 《弗兰肯斯坦》Frankenstein

女娲造了几个人后，有点后悔了。于是她放了一群猛兽下去。小人儿们便惊慌着四散而逃，一路被吃掉了不少，余下的钻进了山洞，但不一会儿，又都出来了，手里拿着火把和石头。野兽们便惊慌着四散而逃，一路被吃掉了不少，余下的钻进了地下，却再也没出来。

真难办啊。她又搓了些尘埃似的玩意儿，随风一撒，小人儿们便面色乌黑，成批地倒下，狰狞的模样让女娲也感到有些惶恐。但不久，小人儿们架起一只巨锅，熬起草药来，灌了几口药汤后，又活蹦乱跳了。

她皱起眉来。身后忽然一阵稀里哗啦的，原来是锈红色的天裂了缝，正渗出土黄色的雨。于是她伸手捅了几下，洪水就倾泻而下，淹没了大地，卷走了无数的小人儿。

耳畔清净得有些异样了。

但还剩下了几个，抱着山头，嘤嘤地哭。她愈发心烦，就从水里抓起一块石头，和着海泥，将天堵上了。雨停了，风又吹出了几块陆地，小人儿们就笑起来，然后又是哭，哭累了便昏睡过去。但那睡相实在讨厌，她就把他们捡起，扔进大石锅里，用力一推，石锅便远远地漂走了。

她终究下不了狠心。但为什么就造不出些更漂亮的东西呢？何必非要生在这样的世界呢？但没有人来回答。她只好死掉了。

二 《少数派报告》*Minority Report*

屈平的神经衰弱越来越严重了，他整夜地睡不着觉，心里烦躁而且愤懑，就只好不停地写诗，好不容易入睡，也总是做噩梦。等到听说杀人魔王白起来攻楚了，他便知道噩梦终于要变成事实，自己已然穷途末路。他就赶着车，一路吟唱，朝着江边而去，悲怆的诗句撒落满地。

生在贵族之家，降于寅年寅月寅日，又取了极好的名字，他本没有道理不走上一条坦途。熟料，虽以卓绝资质成为左徒，但短暂的风光后，他竟被小人的谗言逼上了越来越坎坷的弯路。难道求索真理的道路注定漫长曲折，非耗尽膏血而不能得吗？

如今，他颜色憔悴，形容枯槁，被失眠困扰，却还是制芰荷为衣，集芙蓉为裳，佩五彩华饰，发散着幽幽清香。

"这不是三闾大夫么！怎么落得如此田地？"江边的渔翁一下子就认出他来。

屈平苦笑了。在这片礼崩乐坏、污浊烂醉的土地上，特立独行大概总难有好下场。大国合纵连横，小国朝秦暮楚，今日结盟明日毁约，三寸不烂之舌，便使城池易主，数十万人头落地，江河顷刻间染黑。各国都在招揽先知，争抢着时代的先机，在血腥的乱世里，还有什么正道可言，又有几人能够参透未来？

"有位北方的智者说得好：天下有道则见，无道则隐。何必太倔强，让自己受罪呢？"

大家也都奉劝过他：就算眼睛能看见将来，心能够坚贞不移，肉身却无法避免毒箭的刺伤，何不圆滑一些呢？话很有理，但变法是大势所趋，大楚的贵胄，岂能害怕旧势力的屠戮，而以浩然之躯，忍受尘俗之污呢？于是他依旧坚持己见，得罪了越来越多的权臣，终于让自己被孤立了。怀王疏远了他，听信令尹和上官大夫，相信秦楚联盟才是天命所归，结果屡遭欺诈，而仍不觉醒，最后落得个客死他乡。那两位贪图私利的小人所谓秦不可抗的预言，偏偏以这样的方式自我应验，实在可说是命运对三闾大夫的无情嘲弄了。

同为先知，为何他独独成了少数？难道是言辞不如别人巧妙，无法鼓动大王老迈的心智吗？但更可能的是，人人都只想听见自己乐于相信的预言吧。

"离乱太久，就会转向一统，这于苍生也是福祉，至于是秦还是楚,又有什么关系呢?"

也许渔翁是对的,也许昏庸的君臣理当覆没,也许子兰和靳尚看到的才是真正的未来,也许是自己被爱憎左右而错看了天意吧。如丝的细雨撩拨着浩渺的湖面,仿佛他纷乱的心绪。

"大夫啊,你若曾预见过自己的宿命,又怎会仍一步步走到这里呢?"

这古老的问题让屈平一愣,心头划过一道闪电,顿觉云开雾散了。

"那是因为有些事,就算是死,也不肯做啊。"

渔父莞尔一笑,唱着歌离去了。

他也诀别了故土。五月的湖水温润清凉,斑斓的鱼群围着他游舞,护送他来到了江底的裂缝。在地下世界里,恐龙们围着岩浆嬉戏,这是他梦里到过的地方啊。龙王风雅有度,陪他游览地府,欢饮纵歌,排遣他的心中惆怅。岩壁上凿刻的图案流动不居,先王与龙族的战争、上古的洪水、女神的英姿,皆撩起屈子的无限遐想。

他们穿越愈来愈紧致的地幔,那灼热的气息,把时光都烘烤得疲软无力。在旅途尽头的驿站里,躁动不息的地震波传来地上的景象。

眼看他起朱楼,眼看他宴宾客,眼看他楼塌了。刹那间,身后已过去百年,他热爱过的东西皆已面目全非……且慢!他赶快闭上了眼。

那被追捧为伟大诗人的死者,倒是在辞赋里刻凿下几分故园的残迹,但就算有万千人的吟唱,难道就能召回往昔的旧梦吗?

而在地府深处游荡的落魄大夫,倒成了真的幽灵,从今往后,他的爱又要寄托到哪里呢?

不过,未来既已成过往,也许就此可以踏实地睡觉了吧。

屈平转身,望着地核深处的太阳,再也写不出一句诗。

三 《生化危机》Resident Evil

大战来临之际,军中将士病倒的却越来越多,这让曹孟德心中颇有几分不安,他独自站在江边,望着被秋风扯动的千里江水,思绪万千。

几十年来,瘟疫十数次地席卷中原。百户人家只剩一二,繁华都市尽皆凋零,郊外遍地白骨,千里不闻鸡鸣,疲弱的朝廷却无力拯救苍生,于是世道愈乱。黄巾乱党借机作难,经受疾疫洗礼而发生突变的超能英雄们也纷纷崭露头角,一时间不知几人意欲称帝,又几人希图称王。美其名曰建功立业,却不过是生灵涂炭。每念及此,曹孟德便心中伤感,尽早完成统一大业的心意也愈发坚定。

他半生背负着骂名所做的一切,只为如今这一刻。不久以后,大地上将只有一个国,那时他愿意永不称帝,日夜操劳,使人们将安心地活着,不再恐惧。

为此,他可以不择手段,哪怕是将长江都抽干也无妨。

"丞相雄师,天下无敌,但东吴名将无数,关张等人更乃万人敌,强攻不若智取。"

于是，祭拜了河神屈子之后，一队潜艇便在黄盖的带领下，向着海底驶去。在那里，他们将开启传说中连接地府的"烈火之门"，反抗军依恃的天险便会化作一个巨大的漩涡，卷走不自量力的叛军和令人恼火的瘴气。浪花淘尽了英雄之后，在干燥舒适的新世界里，北国的骑兵将在古老的河床上纵横驰骋……

"青青子衿，悠悠我心。但为君故，沉吟至今。"

忽然刮起的东南风折断了一支军旗，江底喷出的黑色石油将战船层层包裹，一队快艇从对岸疾驰而来，漫天的火箭照亮了冬夜的星空，熊熊的烈火烤化了丞相的美梦。

残阳如血，青山依旧。

持续百年的乱世还要继续乱下去了，天下太平的良机失之交臂，不知何日再来。他们打败了他，却有更多人将要为此在以后的年月里毫无意义地死去。这些家伙为什么就不明白这道理呢？为什么连瘟神、火神、水神、风神也统统与他为难呢？或许这些神仙，本就是同一个吧，它根本就厌恶人的存在。就算没有中计，成了地上的王，他难道还有力气再与神明抗衡吗？神龟的寿命虽长，终究也是一死。这世界本就不是什么乐园，他的抱负又算得了什么呢？在华容道上，他心中的恼恨渐渐化作困意，头发也一夜尽白。

四 《未来水世界》*Waterworld*

身为大隋的总工程师，宇文恺曾建造过无可匹敌的都城、奢华富丽的楼宇、庄严气派的皇陵、举世闻名的河渠、精巧妙绝的机械，令两位皇帝也叹服，使四方蛮夷都惊愕，但最让他心醉神迷的那个建筑，却至死也未能造出来。

他日渐对过去的创造感到淡漠。用土木砖石堆出来的玩意儿，再怎样高明，也迟早都要被无常的造化抹平。也许只有周公这样的大贤，才能窥见天道的奥秘，设计出永世不倒的事物吧。于是他翻遍经传子史，在逝去的世界里寻找着先哲的幽灵，在名与实、数与理、道与器缠绕着的万花筒中苦苦求索，终于找到了那比日月还要光辉的存在。

图纸上的明堂让皇帝的眼睛亮了，但后来总是遇到这样那样的阻隔。不是迂腐老头子的非议，便是圣上心血来潮的远征。大概那些腐儒根本害怕看见真正的道，而这位心比天高、性比怒涛的君王在乎的只是浮云般的荣耀吧。为了满足那变本加厉的虚荣心，宇文恺不得不一再挑战自己：能容纳万人的军中大帐，装着车轮在大地上行进的宫殿，可以无限组合拆解的都城……这些匪夷所思的东西，让蛮族一次次坐立不安，自惭形秽。

然而，大地变幻莫测的形状终究限制了神器的威武，接二连三的征讨都无功而返，龙颜震怒了。

修筑一条通天渠，打开传说中泰山之巅上的"苍穹之眼"，将滚滚的天河之水引到尘世，恼人的山川险要将被填平。在那光滑的海面上，大隋的舰队畅行无阻，来去自如地播撒着浩荡皇恩，只剩下一些小岛的夷狄鞑虏们无不臣服……

在花团锦簇的大厅里，皇帝亢奋不已，宇文恺无言以对。运河托着巍峨的龙舟，在他年轻时代开凿的河道里缓缓前行，从雕饰繁复的窗棂送来了一丝夏日的腥臭。他不得不承认,在想象的狂放方面,皇帝比自己更像个艺术家。这位疯狂的统治者已经对大地失去了耐心,但未来就一定是海洋的天下吗?谁敢保证,将来不会有更聪明的人造出能平地如飞的事物呢。如此说来,圣上的目光也有点太短浅了。

在自己的房间,他静静地搭着积木。近来,他开始相信,事物的奥秘就藏在那微妙的结构之中,无关规模。只要精准地遵守比例,便可化凡俗为神奇。到那时,他或许还会找到一种办法,造出一个微型的自己,在那真正的安乐所在,逃避掉世上的一切荒唐。

五 《2012》

黄河之水天上来。

这样雄奇的景象,杜子美只在年少时见过。那时候,历经几代君王的文治武功,大唐的版图未有过的辽阔,生产丰收,科技进步,文艺繁荣,军事强大,山河锦绣,四方的胡虏都倾心中原,连海下的鱼国都不远万里派来使者。而那在天地间盘旋的水龙,正是这盛世的象征。

通天渠才露雏形,前朝便在战乱中覆灭,却给后来者留下一份厚礼。则天顺圣皇后将其改造为"天枢",并在承露盘上亲手打开"苍穹之眼"。世界并没有像隋炀帝设想的那样变成一片汪洋。天河经由黄河与大地勾连,新的水系在大气压力和重力的相互作用下获得了巧妙的平衡:干旱时节,黄河便从天而降,奔流入海;

洪灾时候，黄河就逆流而上，飞腾入天。顺流逆涌之间，天下英豪尽折腰。

然而，也就是在那时，一个流言开始在不满乾坤颠倒的人们中传播：在十进制纪元的 2012 年，将有末日降临人间。据说，几千年前，当人们开始用全新的进制来理解宇宙时，天地的格局便澄明起来，而洞察了玄机的先人就将这神秘的预言刻凿在兽骨上，埋在古老的殷墟里。

天后传续正统，玄宗皇帝励精图治，开辟了盛世，谣言一度被人遗忘，却在暗地里悄然滋长。天河不再稳定，黄河在泛滥后又遇到海水的大回灌。皇帝却已失掉了年轻时的气魄，迷醉在温柔乡里，对那一天天迫近的期限毫无知觉。古人究竟看到了天河的溃败还是瘟疫的肆虐，是大地的摇晃还是天外的飞星？人心惶惶，猜测着会有怎样的浩劫。

最后，却是边境的铁骑，践踏起的一片烟火。

满目疮痍之后的太平世界里，废弃的天枢被盘旋而上的藤蔓覆盖，曾在空渠中躲避战乱的人们化作了冤魂，却再也找不到已对尘世关闭的"苍穹之眼"，只能在腐烂腥臭的管道里日夜徘徊，在尸骨和荒草中哀鸣不已。每当听见这运数已尽的王朝挽歌，工部尚书杜子美便老泪纵横。

但堂堂天朝，怎可就此沦落呢？皇帝们又奋发了，打算再来一次中兴，修建"广厦"的方案便就此通过了。

"爱卿游历甚广，见识颇多，知民间疾苦，有圣贤胸怀，此民生工程，关系重大，望卿多加用心，切莫辜负朕托。"年轻的天子满含期望地握着老杜的手。

从此,老杜便不怎么吟诗了。他战战兢兢地钻研着,宇文安乐的笔记给了他灵感,天后时代打造的明堂残骸给了他启发。每当疲倦时,他便想起在风雨中忍饥受冻的百姓和圣上的恳切眼神,于是日夜操劳,指挥着这项浩大的工程。渐渐地,他感受到,建造广厦也正如锤炼诗句,成败全在材质的精良和结构的巧妙,而最终则是心中的境界。既然他能写出流传千古的诗篇,则也一样可以为天下寒士筑起一个"风雨不动安如山"的乐园。

黄河偶尔泛滥着,边境时常鼓噪着,人民还是焦虑着,末日的流言又有了新的说法,老杜觉得,自己的时间不多了。他夜以继日地用心血浇灌着那能容纳 100 万人的大厦,看着它一草一木地生长起来,便觉得累死也是值得的,所以连觉都舍不得睡,只是偶尔打一个盹。

"老弟,你真是愚啊。"已经仙逝的老友,便抓着短暂的机会,来梦里拜会他了,"不老老实实写诗,在这里自找苦吃。"

"要是能选择,我情愿世上永远和平安乐,哪怕因此断绝了写诗的灵感。"老杜望着挚友,许多年来的思念之情,化作浑浊的热泪。

"可尘世里怎么造得出天堂呢?"年长他许多、生前即声名万里的大诗人最喜欢调侃自己的小老弟,"我早就说过,就算有什么仙境,那入口也只能是在这杯中啊。"说着,"诗仙"便为老杜斟满一杯酒。

于是,两位好友,便隔着阴阳举杯。琼浆玉液一路奔流,消弭了胸中的万古忧愁。

六 《X战警》X-Men

要把梁山学院里的107位超能战士团结在一起,带领他们为了共同的事业而奋斗,这于任何人都绝非易事。宋公明院长常常为此焦头烂额。

兄弟们来自五湖四海,出身三教九流,特异功能更是五花八门,各自的癖好也千奇百怪,唯一的共同点,大概就是由于天赋异禀,而不见容于这个社会了。

其实,变种人并不新鲜,武王伐纣时代的神兵天将,东汉末年崛起的各路英豪,都有案可查。而超能力的出现,又往往与王朝的兴乱有关,圣书上便说:"国家将亡,必有妖孽。"所以朝廷对此一向是非常敏感的。大宋王朝延续了100多年,表面上挺欢腾,实则内忧外患,人们便将民间出现的大批变种人视为不祥之兆,被佞臣们把持的朝廷却昏招频出,饱受歧视和压迫的好汉们一个个被逼上绝境,纷纷走上了造反的道路。

宋公明本来是大宋的一名底层公务员,朝政的败坏和百姓的苦乐虽然都看在眼里,可临到灾祸降临到自己身上之前,还是觉得这社会是有救的。照他的意思,我们这位皇帝虽然有点昏聩,但本质上还是好的,而且在艺术上有不俗的造诣,恐怕还不至于到扶不上墙的地步,所以只能是廷臣太坏。孰料,莫名其妙地,自己竟也上了山,又莫名其妙地,就当上了院长。

起初他不是很有信心。和其他兄弟比起来,他总觉得自己太平凡了，只配在太平年代里过点庸俗的小日子罢了。可既然做了这工作，就得为大伙负责。那些身怀绝技、骄傲到骨子里、彼此不太服气的男女们，竟都甘心认他这个凡人做大哥，倒让他有点意外。跟官军以及其他的变种人集团战斗得太疲乏时，他也想过退休算了，但还有谁能管束这一群豺狼虎豹呢？一个齐心协力的梁山学院，起码还可以做些铲奸除恶、劫富济贫的事，这于他也算是一种安慰吧。后来，在位子上坐得久了，自信也就慢慢地有了，他开始相信，自己其实也是有超能力的：不论是谁，都能在他那里找到父兄般的信赖，这大概是一种对人的心灵进行控制和安抚的特别能力吧。

因为领导有方、众志成城、战法卓绝，梁山军攻无不克，威风八面，震动朝野，着实过了一段痛快淋漓的好日子，每当回忆起这段时光，总觉得过去的酒肉都格外的香。

但当朝廷送来的蓝色小药丸和方腊军送来的书信同时摆在忠义厅上，分裂的气息便在学院里弥散开来，众人吵斗不休。院长头疼得紧，喝罢了酒，独自上了龙船。

晚风清凉，湖水剔透，倘若酒醉，兴许会有打捞湖底月亮的冲动。但院长却无此等雅兴，只是烦乱地想着心事。吃了药丸，大家就都变回常人，朝廷便可安心地给他们加官晋爵，从此为国效劳，名正言顺。跟方腊集团合作，则彻底断了后路。联合战线？超能英雄主导的新纪元？这厮也有点太天真了吧。倘若成功了，谁来做皇帝呢？他宋江就不信，谁就能保证比徽宗做得更好。何况，如此惊世骇俗、有悖伦常的事，根本不是他的风格。若失败了，则要以叛贼之身被千刀万剐，还要在史书里遗臭万年，就更不对他的胃口了。所以，思来想去，到底还是归顺的好。只是，手下定然有反对的声音。连像李逵这样大哥叫他去死，他都一样会快活着地自尽的小弟，不都放肆地说"招安招安，招甚鸟安"了吗？莫非是自己老了，超能力也跟着衰弱了吗？看来很有必要搞一次大规模的思想教育了。梁山学院的利器，乃是凝聚力，必须让他们明白这个道理。

一阵呜咽的箫声传来，不知是谁在芦荡深处吹奏着伤心的曲调。梁山虽美，终究不是他们的故乡。天地虽广，也不能一直这么飘来荡去。总该有个着落才好。然而，宋公明的心思却在如诉衷肠的箫声中有些动摇了。除了变种人，今日的世界确乎还有许多不寻常的地方。他闲时喜欢翻阅的《梦溪笔谈》，便列举了许多新玩意儿：活字印刷、指南针、格术光学、会圆术……这些闻所未闻的东西，令他隐约觉悟到什么。最使人亢奋的，则莫过于黑火药了。那能够绽放出似幻似真的绚烂烟火的黑色粉末，如今开始被用来打仗了。新型兵器尽管还有诸种缺陷，身为军事家的宋江却已预感到它将会催生一种全新的战法，甚至就此改变世界的格局。

总之，若说是一个新时代在孕育着，也并无不可。真的不要带领弟兄们抓住时机，干上一番大事业吗？难说革命才是真正的替天行道呢。那么，方腊或许是对的？据说他手下也是人才济济……宋江开始在心中盘算起两军合并的可能。

朦胧中，有什么线索一点点浮现了，所有这些，似都和"数"有着什么关系：活字印刷让文字以数的方式重组了，交子则把真金白银虚化成纸上的一串数了,梁山学院有 108 位好汉,似乎也就不是偶然,36 位天罡星和 72 位地煞星的比例,不也正是火药中硫与硝的比例吗?方腊、王庆和田虎的勇将们凑到一起的话,能起到木炭般的作用吗?火药本是炼丹道士的发明,而道家的始祖已说过,宇宙就是一串从无到有的数字衍生出来的……他由此还想到古代的种种预言和传说,一时有些恍惚了。

猛然间,他身子一震:眼前的世界,莫非本就是由数构成的幻象?也许,它早在"安史之乱"那年就已经毁灭了吧,我们这些人,不过是冥界里游荡的数字亡灵无聊时重组的虚幻游戏罢了。他大吃了一惊。

一群水鸟"噗噜噜"地惊飞而起,冷风压低了芦苇。

宋公明清醒过来,不禁嘲笑自己的疯癫,但心里仍犹豫不决,只好先回大寨再说了。水面上升起一股缭绕的雾,龙船隐没其中,头顶的苍穹镶满了星斗,数也数不清。

七 《大都会》Metropolis

昭文馆大学士郭守敬是在一座戏院里结识梨园领袖关汉卿的。那时,帝国版图之大,旷古未有。这本是施展才华的年代,但人到晚年,他却遭逢天朝的溃烂,自己虽为栋梁,也无事可做,就每日在家里钻研各种器械,偶尔出来散散心,听听戏,逛逛大都,打发时光。

这座高耸入云的都城,凝聚了来自不同疆域里的科学精英的心血，是帝国至大无疆的象征。参照唐天枢而改造的乾坤渠，将天河之水牵引过来，经由大都四通八达的脉络，将天下四方的水系如血管一样连通起来，万物便得以在天地间流转，生意和国运也随之兴隆。作为帝国的心脏，大都更是气势恢宏、结构复杂，地表之下埋藏着钢铁骨架，大大小小的齿轮和轮轴环环相扣，构成了一套超出想象的精密体系。要让这样一座庞然大物正常运转，除了大汗的坚强意志和臣子们的苦心经营外，还必须让每个子民都各司其职，一丝不苟。按照皇帝的旨意，眉目各异的族群，依照高低贵贱，分门别类地被安置在摩天大楼的不同区域，从早到晚，埋头苦干。在永恒的大都面前，庶民们如同蝼蚁，用他们的血肉来润滑着齿轮间的生涩。

日出时，大楼东侧那浮雕般的巨钟便敲响，整个大都微微颤动。蝼蚁们倾巢而出，涌向各自的岗位，挥汗如雨，干劲十足，然后慢慢地困倦、懈怠，开始无聊、烦躁、敷衍、兴奋，终于等到了那隆隆的鼓声从大楼西侧的巨鼓传来，于是一窝蜂地回家。吃饱喝足之后，帝国的子民们便奔向分布在不同楼层的108所大大小小的戏院。在符合他们身份的某一个座席上，如痴如醉地看着梦境般的舞台上那一幕幕悲欢离合，跟着嬉笑怒骂，宣泄心中的烦恼，随后各自散去，在宵禁的钟声中入睡，为新的一天做好准备。在节日里，所有的戏院都坐满了人，灯火辉煌的皇城通体透亮，仿佛遗落在广袤平原上的一颗夜明珠，"咿咿呀呀"地吟唱。

不过，从修建一座大都还是种植一片草场的争论，到两次对深海中的鱼国不远万里却以失败告终的征讨，习惯了在草原上骑马的游民们入主中原后引发的定居不适症至今也没能克服,尊崇蒙古正统的保守派贵族与推行汉法的改革派的明争暗斗也从来没停止过。政不通人不和,天河也就时常泛滥,为了疏通河渠,征劳役赋税,肆意印发钞票……凡此种种,都令百姓困厄,民间的造反时有发生,就连帝都,也因王公大臣肆意杀人而出现了几次大规模的怠工和反抗事件,几乎使整个城市崩溃。

"千里之堤,溃于蚁穴。"在太液池旁,藏青色的乾坤渠拔地而起,向着黑色的天空延伸而去,天河顺流而下,轰隆作响,穿过电闪雷鸣的云层,仿如猛龙入江。大学士站在楼顶上,望着自己过去的杰作,心中感慨万千。"一只蝴蝶的飞舞,就可能诱发一场风暴。"这倒给了他一些灵感,打算研究一种混沌数学。

"有水的地方,就会滋生蚊虫啊。"己斋叟悄然地来到他身旁。这位郎君领袖浪子回头,本来是只在花中消遣、酒内忘忧的,但大概因为世道不平,人到中年以后,反而愈发地火药味十足,因此新写的戏很有些不一样了,尤为惹动人心,颇受大家的欢迎,连大学士也赞赏不已。不过戏终归是戏,自己在朝为官,皇帝待他不薄,所以大学士对这位半生不熟的朋友从来敬而远之。只不过,这次窦娥的冤屈,实在连他都觉得太气愤,那血飞白练、六月飞雪、亢旱三年的不祥诅咒一一兑现,更使整个朝野也为之震动。

"我要让这位屈死的女子复生,要她有蒸不烂、煮不熟、捶不扁、炒不爆、响当当的铜筋铁骨,要她通五音六律滑熟,要她会围棋、会蹴鞠、会打围、会插科、会歌舞、会吹弹、会咽作、会吟诗、会双陆,要她玲珑剔透、朱颜不改常依旧,要她惹得浪荡哥儿都来攀花折柳，要她占排场风月功名首，要她一遍遍地向人吟唱那锄不断、斫不下、解不开、顿不脱、慢腾腾的千层委屈万世仇，就算是阎王亲自唤神鬼自来勾，三魂归地府、七魄丧冥幽，也要转世投胎，向那复活抗争的路上走。"关大人借着醉意，慷慨激昂地唱起来。

大学士老了，无法为这个世界做更多有用的事，他毕生的建设，恐怕也不会存留很久，于是他竟被戏曲家的雄辩和战斗精神所感动了，终于应允了。他还将开凿乾坤渠时无意发现、一直偷偷保存至今的"宇宙之心"，安在了"窦娥"的胸膛里，希望它能够让自己的心血，在大师的戏剧里永续千秋。当然，大师并不知道这事。同样，大学士也想不到，这位勾栏瓦肆里的精神领袖，在遍游帝国、见识了太多的血泪后，想的远比说的多。

那天以后，一位风华绝代的名伶便独步天下。她的千娇百媚和一颦一笑，举国为之倾倒。她演艺的一幕幕悲剧，令天地为之动容。而她的妖媚惑众，更扇起了一股暴风骤雨，最终摧毁了整个王朝。

逃离大都之前，愤怒的大汗命人烧死了窦娥。焦臭的人造皮肉下面露出狰狞的金属，在烈火中挣扎着化作了一摊铜水，流遍了废墟每一个燃烧的楼层。有人说，它最终变成了一朵莲花，消失在泥土里。直到很多年以后，不论哪个朝代，只要还有压迫和不义，穷苦的人就依旧怀念着她，说她是圣母转世。每当黑暗降临，也真的总有几个女英豪振臂一呼，便应者云集，因为人们坚信，那些挺身抗暴的女人中，总有一个是女神降生，要为大地带来光明。

八 《海底两万里》 20000 Leagues Under the Sea

永历五年二月的一天,招讨大将军郑成功的舰队在盐州港一带遭遇了诡异的风暴。朗朗晴空忽生黑云,原本平静的海面上陡然升起峭壁似的巨浪。在海水的肆意蹂躏下,其余船舰皆遭灭顶之灾,主船亦险些解体,船上指南针胡乱转圈,各种器具尽失。暴雨持续了一天,饥肠辘辘的幸存者眼前一度出现了幻觉。

死里逃生后,郑将军反而对大海愈发地迷恋。在设有据点的岛屿间,他不断地穿行,在仇恨和忠诚的驱动下,掀起一浪又一浪的进攻,与来自草原的鞑虏们争夺着中原。敌人和部下一批批死去了,久不见大明衣冠的百姓剪去头发后的哭声犹在耳畔,功败垂成的懊悔仍在心间,与荷兰人的激战历历在目,而他的斗志却从未有过丝毫动摇。

不过,自从那场命中最大的劫难以来,他就隔三差五地做着一些断断续续的梦:风暴中,他们跌落入海,爬上一艘造型奇怪的火红色舰艇,开始在大海深处历险。他们围捕巨鲸、大战鱼国军队、遭遇海底火山爆发、奇袭清军海港、发现神秘洞穴、打捞久远的沉船、挖出不可思议的宝藏,甚至还引发了地震海啸……醒来后,那份逍遥快活逼真得让他感到几分惆怅。

虽如此,他依旧努力地筹划着大业。那些投诚与背叛、联盟与反复,他都不在乎。但刚更换了皇帝的清廷为了对付他,竟采纳叛徒的恶毒建议颁布迁海令,以至沿海一带千里沃土几日内一片荒芜,人民流离失所。站在甲板上,看着远处被点燃的屋舍和船只放出的滚滚浓烟，郑将军怒火攻心。

　　元世祖的铁骑虽在大陆上无坚不摧，但两次远征鱼国却因神风的阻碍而失败，大鱼族从此开始侵扰边境。被他赶走的西洋鬼子也并未死心，早晚还要卷土重来。郑成功预感到，未来将是海洋的天下。而自宋明以来已建立起强大海军并在大明时代达到辉煌的华夏，就这样被骑马的野蛮人生生地拽了回去，禁锢在无形的长城里。这更加坚定了他反清的决心。可是祸不单行，同胞被洋人所屠戮的消息、不成器的儿子、不听话的部下、水土不服的将士……内外交困之下，郑将军一病不起。

　　永历十六年五月的一个早上，身体略有好转的郑成功带了一队侍卫，登上一艘小船，前往附近一片被当地人称为"鬼海"的神秘海域，并从此失踪了。没人知道他为什么要去那里。

　　从暴风雨的噩梦中醒来，"鲲鹏号"舰长郑明俨打开舱门，向那片妖娆的水中森林游去。经过几个月的开发，那里已经成了他和朋友们的新乐园。

　　除了旧部，这些朋友都是后来在宇宙间漫游时结识的。十多年来，在那层火红色的坚硬外壳保护下，他们游遍深海。庞然的水中霸王、不可预料的湍流、甚至那看不见的诡异磁暴，都奈何他们不得。时光也变得滞重、飘忽、跳跃不定，过去与未来扭曲在一起。那些怀沙坠江的殉道者、意外落水的倒霉蛋、古代沉船里的活僵尸、躲避迫害的变种人、被流放的没落贵族、深不可测的大隐、寻访神仙的道士、面无惧色的探险家、飞船失事的外星人……都曾与他们相逢，脾气好的就可以成为座上客，合得来的还会加入进来。他们怀着简单的欢喜，四处戏耍，时不时地跟大陆上的人开些玩笑，欣赏他们惊慌失措的样子。逍遥的日子里，他淡漠了往事，只偶尔做梦，看见另一个自己，还在尘世里苦苦挣扎。

海洋也玩腻了，就来到了"烈火之门"，进入了地府。已覆灭的恐龙王朝没有留下多少可供瞻仰的残迹，只有岩壁上的彩绘仍栩栩如生，讲述着无人知晓的故事。"鲲鹏号"安然无恙地穿越了地心深处的那颗太阳，抵达了"齐物之界"。

这是海洋，也是空气；是天河，也是地府；是前进，也是倒行；是呼啸的风，也是疾行的雨；是连绵的云海，也是坚硬的岩石；是洪荒岁月，也是花花世界。

他们看到了上下古今。看到神造了人，人造了拥抱和屠杀，子孙继承又背叛了先人的遗志，马队和船队沟通了陆地和大洋，肤色不同的人群互相试探、争论、残杀，奇怪的飞艇和钢铁的丛林，怪异的新人类和蒸腾而起的蘑菇云……几轮闪光后，世界重新变成了黏稠的一摊，滑腻、丰满、猩红、温暖。

大伙都变成了鱼，空气从鳃里渗进来，冰凉而清新。森林一样的海藻悠然地曼舞着，千奇百怪的海洋生物彼此吞噬着，骨骼在生长着，心情在激动着，跃跃欲试地等待着登上陆地，在那里进化，开辟新纪元。只有被遗弃的"鲲鹏号"依旧坚挺不拔，鲜红色的身体与世隔绝，在喧腾的海水中显出了几分遗老的气息。

九 《侏罗纪公园》Jurassic Park

唉咭唎的贡使马戛尔尼终于带着他的使团离开了,乾隆皇帝便不顾太监总管的抗议,来到了皇家园林里狩猎,发泄心中的不悦。

虽已年过八十,但这位十全老人仍耳聪目明,声若洪钟,完全没有一点老态,子民们都相信,圣上再活个一百年也不是问题。为了证明自己的筋骨强健,他每年夏天到避暑山庄时都非要猎杀几只恐龙不可。大清的江山是从马上得来的,除了精通汉人的文化,皇室子孙也必须保持勇武的精神。

沉闷湿热的空气夹杂着野兽粪便的气息,皇帝背着火流弓,骑在"雷电"身上,俯瞰着枝叶繁茂的丛林,驯化的霸王龙机警地寻觅着猎物的踪迹,它的主人却无法集中精神。

那些不知法度的野蛮人,竟敢自命为"钦差"而不称"贡使",觐见天子时也不叩拜,其他藩国的使臣都肯磕头,独有这个什么唉咭唎的生番,几经交涉才勉强行单膝礼,还妄自尊大,要以平等身份与天朝通商,真是可气又可笑。所谓天无二日,"苍穹之眼"庇佑的大皇帝,岂能与他人平起平坐?圣书早就说过:"夫礼,禁乱之所由生,犹坊止水之所自来也。"何况,帝国物产丰沛,无所不备,何须通商?但野蛮人是不懂这些的。

"朕无求于任何人。尔等速速收起礼品,启程回国"。

皇帝轻蔑地回绝了荒唐的请求,把这不知从哪个小国来的放肆使团赶出了视野。

一层黑云从南天飘来,热风吹落无数的枝叶,空气中有着不安的压抑。一只蓝色蝴蝶悄悄地落在了镶满宝石的弯弓上，翅膀上的斑点让皇帝想起了西洋贡使。那贼溜溜的蓝眼珠，一望即知生性狡诈，此次虽然宣称为皇帝祝寿，其实不过是来炫技滋事，探听虚实，图谋不轨，所以还需对他们留神提防才是。

侍卫长小心地拿捏着措辞，建议圣上回宫休息。皇帝正犹豫着，忽见两只剑龙从前面的丛林里猛然蹿出，便毫不迟疑地搭弓射箭，两簇火焰滑过了阴云笼罩的天空。

沐浴更衣后，皇帝心情舒畅多了。雨后的空气倍感清爽，他走进摆放着各国贡品的大殿，逐一扫视着那些奇珍异宝。暎咭唎送来的座钟，还在"咯嗒咯嗒"地走着。有一阵子，皇帝迷恋上钟表，钻研起精巧齿轮咬合的技艺，但如今他已经腻烦了。天不变，道亦不变，洋人把时间弄得那么精准又有什么意思呢？能够驾驭这庞大的帝国，让看不见的人形齿轮们各司其职，这才是最高级的艺术呢。可惜他们的居所离天朝太远，难沐皇恩，所以至今还没开化，自然也就无法体会万古纲常的永恒魅力吧。为了教化这些蛮子，总有一日，他要设计出一个至大无外的座钟，把西洋也好，东洋也罢，六合八荒都纳入进来。

皇帝愉快地踱着步，来到一架形如大炮的望远镜前，对那凶蛮的外形摇摇头，然后凑上去，刚好望见一轮硕大灿烂的圆盘。那些沟沟岔岔，大概是月宫吧，美人就算青春永驻，但若无人欣赏，又有什么意思呢……不过，这东西虽能放大天上的月亮，却看不见地上的江南，实在也不过尔尔。不论是天外飞仙，还是海外神魔，纵有72变，若只迷恋器物的巧妙，而不知天道荡荡，也终究不能成事……说起来，杭州正是烟雨朦胧的季节吧，西湖边上的荷塘应该绽放了，碧湖上的柔波在皇帝心中荡漾开来，也许应该再下一次江南了……

一阵沉闷的钟声敲响了，皇帝回过神来，晚风有些微冷，似乎该加衣服了。

十 《异次元杀阵》Cube

"先生，我吃了你给的红色小药丸，就横竖睡不着，睁眼一看，到处都在吃人！可怕啊……我就逃，可逃到哪里都一样，一扇门之后，还是同样的格子间，不可预料的机关、尔虞我诈的算计、吃人与被吃……我好苦啊，这可都是你害的！"

青年的面色蜡黄，高凸的颧骨旁，两眼冒着青光，正在磨药的周先生窘迫得很，低声地辩解道："希望是本无所谓有……"

然而青年根本不听那一套，已张着血盆大口来吃他了。幸而他练过功夫，才得逃脱，心里却灰沉沉的。本以为是《黑客帝国》，没想到还加上了《生化危机》，事情看来要比原以为的棘手得多，看来又被那个戴眼镜的胖子忽悠了，当初应该坚持到底的：靠这么几个寂寞的人，这事根本就办不成。不过，这样讲未免刻薄了些，毕竟自己那时除了刨掘地下的文物，简直无事可做。因为实在太无聊了吧，便跟着那几个人，捣起乱来。

他提着一杆乌黑的长枪，在钢铁铸就的立方体里飞檐走壁，穿越一个又一个方格。每一个方格里面都有数千人在沉睡，有的还有些简单的工具，但没有食物，也没有光。少数人偶尔惊醒，其余的继续昏睡，在黑暗而潮湿的盒子里发着霉，等待着。觉醒者为了活下去，必须杀死一些昏睡者，把他们变成食物和能源，同时还要给另外一些人吃药丸，以恢复他们的神智，一起想办法破坏这魔方。叫醒的人太多，食物就紧张了；叫醒的太少，人手又不够。总之，要在黑暗的世界里维持着微妙的平衡，还要克服吃人的恶心。

周树人就夹杂在一大群素不相识的人中，在污迹斑斑的钢铁监狱里浑浑噩噩地东奔西跑，辗转腾挪地躲避着机关暗道里射来的明枪暗箭和龇牙咧嘴的机器怪兽，踏着遍地横陈的骸骨，在僵尸们的围追堵截中杀出一条条血路……

作为一名医生，他肩负着磨制药丸的使命。但原料供应总是紧张，有时实在无法，他就只好割自己身上的肉，混着稀薄的血，揉成药。这于他并不特别痛苦，自己既然吃过人，也理应还旧账。但他不喜欢这样的路数，总希望能找出法子，用什么人造的食物，来把这奇怪的生态平衡扭转过来。

但这魔方世界太大了，这么多年，他都没有走遍每一个房间，何况格子间又在不停地移动着，组合出新的花样。在上一个格子里握手的战友，到下一个格子再见时却投来了刺枪。今天互相啃咬的对手明天也许就会拥抱。周先生的枪法虽好，但对这突如其来的变故也是防不胜防，于是性情也就愈发孤僻起来，对什么都感到有些怀疑。

"我们找到了一条出路，请先生加入我们！"许多不同的队伍，举着不同颜色的火把，向他发出同样的邀请。凡是觉得真诚可靠的,他都跟着他们同行一段,给他们造出一粒粒药丸,但走到最后,他又觉得似乎有些地方不太妥当,于是就告辞,继续一个人在暗夜中飞檐走壁,躲避着刀枪剑戟。

一天,他偶尔闯进一间长满荒草的无人格子,见到了半尊被毁的石佛,在佛像的耳朵里找到一卷残缺不全的图纸。经过不同年代的人以不同颜色的文字一遍遍的涂改后,图案已面目全非了,只隐约能看出是一座高大的建筑。他细细地研究着,慢慢地看明白了。

原来是这个啊。他感慨着,在黑暗中躺了下来,眼皮渐渐沉了下来。

恍惚中,听到有潺潺的水声。几分咸腥的气息,顺着不知哪里漏进来。隐隐约约地,地面似乎也在浮动……这玩意儿,是漂在水上的?他猛地坐起,一路跑到屋子的尽头。荒草丛中,有一具骷髅,手里还握着一把满是缺口的斧子,那无比坚硬的墙壁上有许多坑坑洼洼,一小块金属碎片竟脱落下来。

"你是个傻子,以为可以砸开铁壁呢。"他挨着骷髅坐下,大笑起来,声音在空荡的房间里久久回荡。接着,他从怀里摸出一支烟,默默地吸起来。

笑声随着烟雾一起散尽了,他就拿起斧头,闷头砸了下去。

"砰","砰","砰"。

"世上聪明人太多,所以需要一些傻子。"

"砰","砰","砰"。

可是,设计游戏的人,真的预留了出路吗?不过,随它去吧,绝望那东西,本来也是和希望一样不靠谱的嘛。

"砰"!"砰"!"砰"!

○ 《创战记》Tron:Legacy

那时,一片混沌。没有过去,也就无从怀旧;没有未来,也就无所希冀。但不知怎的,未尝经验的无聊,一点点地生长出来。

"玩起来吧。"念头一动,手脚就伸开了,活动了两下,血液也流通了,麻木就褪去,知觉丰富了,身体也跟着膨胀,力量迅猛增加,想法开始爆炸,一边想着要做的事,一边事情就做成了。

天和地分开了,脚下和头顶,各有一面辽阔的镜面,无限地延伸开去。

"好起来了,但还是单调。"说着,扯过一张海,铺在了地上,吹了一口气,便有了风雨。他看着是好的。

只是很快就全都不动了。他立刻明白了,但周围的粒子已经用完,其余的都在身上。

"可惜,还没玩够呢,不过也没办法,谁让自己是开初头一个呢。"于是他就躺倒了。这样,有了日月星辰,也有了其他的神。并且,有了苦厄,有了死和恐惧,以及新的开始。如此,更高级的游戏可以启动了。

基本的规则就这么定下来,以后,是尊卑有序还是众生平等,他都不管了。

死掉前,他偷偷地把天、海、地卷连在一起。这样才好玩嘛!这是他的小秘密,不过,总会有厉害的角色,最终能发现它吧。到时候，该给什么样的奖励呢？他还没想好。

_____

飞氘曾在一篇文章中提出一个有趣的问题：为什么青年时代积极译介凡尔纳作品的鲁迅，后来却没有从事科幻创作，而是选择在《故事新编》中改写中国古代神话英雄的故事？这是否可以归结为某种思想上的转变：从笃信"科学"，到探索"心"和"内曜"，从借"科学精神"来"破遗传之迷信"，到重新去传统文化中发掘医治人心的精神资源？带着这样的问题，飞氘相继创作了一系列作品，通过将中国神话与科幻元素相结合，从而尝试在天地洪荒的上古时代中，塑造出一个个顶天立地的"中国式英雄"。在他自己看来，"调用一个族群对古老过去的自我讲述，也隐含着某种企图：想要挖掘和探索一种可贵的精神，也就是《故事新编》里面的那些人，大写的人的精神"。

在《蝴蝶效应》中，飞氘将中国历史上的一系列人物与事件，用科幻小说与电影的元素进行改写，化为一幕幕短小凝练的怪诞剧目。这种文本拼贴并非单纯的语言游戏，而是尝试用另一种方式来讲述关于中国的寓言。从前现代到现代的线性历史叙事被扰乱了，化作一片混沌，鲁迅笔下的"铁屋子"，亦变成"杀人立方体"，变成韦伯所说的"现代性铁笼"。实际上，关于囚禁的沉重意象在故事中处处可见。那些中国历史上的英雄们——女娲、屈原、郑成功、乾隆，是否有可能打破历史的循环，去想象另一种未来？这同样是呈现给每一位当代中国人的问题。

G 代表女神

陈楸帆

陈楸帆,男,1981 年生,毕业于北京大学中文系及艺术系,中国代表科幻作家、编剧、翻译。曾多次获得星云奖、银河奖、世界奇幻科幻翻译奖等国内外奖项,作品被翻译为多国语言,代表作包括《荒潮》《未来病史》《薄码》《深瞳》等。

以 G 女士之名为全人类所崇拜的她,原本有一个泯然众人的俗名。她生于本世纪初大萧条时期,一座金凤花盛放的沿海城市,双亲皆为普通白领,为了避灾与生计,经历数次辗转迁徙,最终落足于此,恰好应了金凤花的花语:"逃亡"。

出生时,父母因其性别而欢欣不已。在彼时的社会结构中,女性多半能享受经济与家庭地位的双重优待,也从另一侧面流露出双亲对自身遗传性状的信心。然而,医生一句话便粉碎了他们对女儿未来人生的美好预期。

做好准备,她是个石女。

在医学上,石女的情况分为许多种,而 G 女士属于相对严重的那种:先天性的子宫与阴道缺失,意味着没有月经,无法进行正常的性生活及生育,但幸运的是,她的卵巢完好,因此第二性征的发育不会受阻,可由人工授精及代孕来繁衍后代。

在她成年之后，可由手术进行器官再造，确保能享受到正常的家庭生活。医生安慰道。

没有服用黄体酮，也没有家族癫痫史，G女士的父母只能将此不幸归结为命运，并默默地接受它。

尽管家庭极力地隔绝她与一切性知识的接触，G女士仍然在13岁时觉察到自己与其他女性的根本不同。

妈妈，她们一直在流血。从学校回来的G女士惊恐万状。

母亲用尽心思编造出一个美丽的童话，将她的不同粉饰成上天赐予的礼物。最纯洁的天使，她说，让你远离污秽和邪恶。至少在18岁之前。

G女士饱受羡慕与嫉妒，因为没有痛经的困扰，她的体育成绩稳定，尽管周期性会有来源不明的情绪波动，但她仍然比其他女孩显得沉静而笃定。她小心地保守着秘密，因为她本能地感受到女孩间交际的规则在于党同伐异，而离群的孤雁一般结局不会太美好。

她的好奇与焦虑随着年龄与日俱增。

她从图书馆和网络大量地获取性生理学的知识，直到近乎绝望。她明白自己此生体验到真正性高潮的可能性微乎其微，除非科技产生巨大的飞跃，但16年过去了，他们仍然在制造着那些仅仅用来满足男性欲求的腔体和孔隙，并美其名曰还你一份正常人生。

在即将踏入17岁的门槛时，她遇见了那个男孩，他们传纸条、打电话、约会、看电影、亲吻……做一切恋人们做的事情，她几乎相信自己就要过上所谓的"正常人生",在他把手伸进她内裤并落荒而逃之前。

关于她的外号和传说在学校里不胫而走,她哭过,想过自杀,但最终没有,一种原发性的女性主义思想开始萌芽,她已经走到了人生选择的分岔口。

听说过口交吗。医生严肃地问她。经调查,67%的人有过口交行为,34.8%的人认为口交是更令人满意的性交方式。

她看着他的秃顶,并没有质疑其中的男女比例。

口腔黏膜移植阴道再造术,首先,造出一条阴道,然后,取自体部分口腔黏膜敷在新造阴道内,14天就会长好,30天就可以性交,无异味、出血少、粘连少,口腔黏膜与阴道黏膜是同源组织,保证以假乱真,就像下面多了一张嘴。

我能达到正常的性高潮吗?

我们提供包括洗牙美白及修补龋齿在内的口腔护理。医生似乎没听见。术后恢复阶段免费提供仿真器具或卫生棉棒进行适应性练习。

我能到高潮吗,医生?

85%的女性穷其一生都未曾体验过高潮,对此,我无能为力。医生耸耸肩。

她拒绝成为某人无知觉的性爱玩偶,哪怕那个人不明就里地爱上了她的灵魂,并妄图以此来取悦她。这不是女人存在的意义。

G女士告别了伤感的中学时代,以一头短发及中性装扮迈入大学校门,以至于几家女同性恋社团从一开始就频繁地与其接触,展开激烈的争夺。她的确尝试过与数名女性发展一段深入而友好的关系，然而那种种手段并无法满足她的渴望。

大学是型塑人格与价值观的重要时期，每个人都要勇于尝试，找到自己人生的方向。老师如是说。

G女士是个听话的好学生。她研究了各国色情片，抽过大麻和邮票，玩过SM，甚至在一次窒息游戏中差点真的挂掉，可她尝试得越多，就越不满足。就像拼图少了一块，越是试图把注意力分散到其他缤纷的板块，就越发急迫地想要知道它完整的模样，想到抓狂。

匮乏是一切行为原初的动力。弗洛伊德在这个案例上是对的。

G女士从外界转向内心，她不再寻求各种提升阈值的刺激体验，因为她知道，那只会使自己越来越难以得到满足。她的专业是哲学，她试图从形而上的思辨中寻找那一块缺失的拼图，可惜从柏拉图到奥古斯丁到康德到拉康到齐泽克到桑吉嘉措三世，理念世界的版图被不断打破和重组，最终归于一片虚无的荒漠。她跋涉得筋疲力尽，却找不到一眼甘泉。

在一个阳光充沛的礼拜日清晨，她听到了风中传来的教堂钟声，怦然心动。

信仰是一种天赋。G女士深入校园内的各大宗教社团，与信徒们彻夜长谈之后得出了这个结论。某些人生来要比其他人更容易从宗教中获得宁静与升华感。也许是大脑的模式识别作祟，当这些信徒遭遇生命中的重大选择时，通过祈祷的仪式，能得到一种类似于"显圣"的神经性官能症状，以神的名义指引他们做出决定。

她查询了大量资料,通过对脑颞褶施加电刺激加上大剂量内啡肽,能产生等效的反应。

这意味着,点选自助套餐,她也能成为一个信徒。

她小小地利用了一位医学院的女性仰慕者,经过一番周折,获得了所需的仪器和药物。她们签署了一份并无法律效力的免责声明,以及一个意味深长的湿吻,作为双重保险。

黑暗中,G女士听见自己的心跳变沉、变快,仿佛原始部落的鼓点,篝火般跃动,巨蛇般蜷曲。

来了。伪施洗者如是说。

G女士猛地一震,一道闪电划破混沌的脑海,如白鸽降在前额,沉入颅腔,落在她的颈后,进而顺着脊髓蔓延到全身。她下颌微张,面部肌肉颤动,眼眶盛满泪水,巨大的幸福感如熟透的苹果,压弯了她每一寸神经末梢。

这是她从未体验过的平和与安详,仿佛体内敞开了一扇大门,通往没有边界的广袤时空。那里温暖而明亮,生命片段如恒河之沙,流光溢彩,徐徐漫淌。

她流着泪,向人造之神许下愿望,请赐予我高潮,无需借助阴道、男人或器具的高潮,真正自由的高潮。

她丧失了知觉。

醒来时,实验室里空无一人,许久她才想起自己身处何方。

她跌撞着出了大楼,身上莫名燥热。午夜的校园空空荡荡,只有发情的野猫偶尔穿过街道。她漫步到了湖边,树影婆娑,月色如水。她感到衣服下的皮肤发紧、发烫、发黏,触感异常。她褪去了衣物，细细察看。一缕夜风拂过，月光下，她的身体如湖面泛起涟漪，原本平滑如镜的皮肤，被一片皱襞状的隆起所占据。

惊恐之余，她用指尖触碰那片隆起，一阵未曾体验过的强烈快感如电击流遍她的全身。她几乎忍不住要高呼起来。又一阵风掠过，她的身体像麦浪一般起伏，仿佛每个小小隆起之下，都埋藏着一颗威力巨大的快感地雷，等待着被挖掘引爆。

这便是她所达成的夙愿。

雨淅淅沥沥地下起来。

雨滴带着重力加速度，穿过凉白的月光，闪烁着，坠落在她皮肤的丘陵上。那是另外一种形式的快感，快速而密集，爆炸的威力由点连成线，又蔓延成片。她丧失了时间感，似乎所有的雨滴都是同时击中，又同时溅离，如子弹一般，穿越了肢体。她感到了痛，伴随着巨大的虚脱，体液混合着雨水，包裹她的身体，滑腻柔软，如同一枚黄鳝。她想呼救，却不能，她想自己就快要死了。

雨停了。

G女士被路人送进了医院，体表无任何伤痕的她，辗转于几个科室间，最后落入神经科大夫S的手里。简单的体诊和问诊之后，S大夫如获至宝，他婉拒了其他预约的病人，关起门来细细研究。脑电图，CT造影，功能性核磁共振成像均无异常显示，S戴上乳胶手套，一次又一次地让G女士隆起、分泌、颤抖、虚脱，他换上另一副干燥的乳胶手套，神情淡定，胯间无物。

这是第一个让G达到高潮的男人，他似乎无意停歇。

她无法遏制某种奇异的感受，这个男人变得不同，不同于另外四十亿个由睾丸分泌睾酮的生物,她说不出来哪里不同,当他触摸她的瞬间,世界扭曲成克莱因瓶的形状。至少在他举起柳叶刀之前。

你知道吗。S说,他们从未在G点位置找到更多的神经末梢。你将带来一场革命。

G女士并不渴望成为自由引导人民的女神,正如这个求知欲旺盛的男人并不渴望爱情或性。过度分泌的体液帮助她滑脱S的怀抱,G女士从高潮幻觉中挣醒,夺门而逃。

她奔跑着,全身赤裸,体液蒸腾。在那个年代,这行为并不算出格,唯一的担忧来自交管部门,人类大脑的局限性决定了注意力无法同时聚焦在路况与奔跑的裸女身上。

G女士被空中巡逻机拦在路肩,她的裸体影像以不同角度投射在15公里外的监控屏幕墙上,电子合成人声要求她出示身份证明,她扭头看了一眼路边的斜坡,这个动作被捕捉、放大,默认为意图逃跑,巡逻机射出约束电流,G女士随弧光闪过,应声倒地。

屏幕墙上,64个方格以不同角度、尺度和分辨率展示着同一具胴体,肉色的涟漪在方格间来回荡漾,那是一种异乎寻常的颤动。监控员站了起来,椅子倾倒,发出巨响,他拨通了一个电话。

醒来之后,她发现自己被固定于一张病床上,床边是各种仪器,四周是白色墙壁。房间里有三个男人,一个貌似医生,正在摘除她身上的电极;一个侧身站着,捻着雪茄,却没有抽,用余光打量着她,目光复杂;第三个大腹便便沉在沙发里,见她醒了,做出关切状。

他说,我们会治好你的,以组织的名义保证。

G女士感觉虚弱,她艰难地挤出三个字:不需要。

站着的男人与坐着的男人交换了一下眼色,笑了。

G挣扎着要起身,侧身男人做了个手势,医生解开拘束带,她发现自己披着水洗蓝的连体病服,尽管宽松,可还是难免与皮肤有所摩擦,她呻吟了几声,三个男人同时不自然地调整了姿态。

水洗蓝上出现了斑斑点点的湿痕,勾勒出弧线形的版图。

看来你需要一件新衣服。那个站着的男人终于开口了。

三天后新衣服送到,这不是那种便宜货色,甚至也不是那种用钱能买到的奢侈品。它只为G女士而存在。看似一件普通的紧身衣,摸上去竟是胶体般的质感,特殊的纤维构造中密布细微的气囊,当某处受力时,气囊形状发生改变,将压力迅速分散到邻近结构中,最大程度降低对G女士体表的刺激。

他们甚至贴心地提供了多种颜色和纹样以供选择。

G看着镜中银白色的线条,脑海瞬间闪过的却是S手中的柳叶刀,事情发生得太快太密集,她还没来得及回味,苦心追求的高潮却已变成随时致命的绝症,她觉得自己在迅速衰老,尽管每次高潮后总是容光焕发,某种无法言说的东西却在悄悄改变。

她想,S的不举或许也经历了同样的过程吧。

一周之后,M先生和P长官再次登场,他们拿出了一纸合约。G女士隐约感到这两个男人惧怕自己,却又用表面的威严来掩饰恐慌,她故意摩擦自己的身体,看他们窘迫的反应。她笑了,心想这是自己有生以来最接近正常女人的时刻。

合约类似一份演艺经纪委托,但远为冗长烦琐,G女士反复阅读多遍仍不得要领。M先生抓过合约，抛到房间的另一端，用那复杂眼神盯着她，说，你所需要做的，就是享受高潮，其他的，我们会负责。G女士沉思了片刻，觉得自己并没有其他选择，至少在这间封闭的小屋中没有。

我需要一个艺名。

他们大笑不止，说你已经有了。

G女士之名在上层社会里秘密流传开来，表演以邀约制举行，价值不菲且高度保密。受邀贵宾会单独进入密闭VIP房间观看演出，但不允许有肉体接触或言语交流。试运行阶段之后，他们设计了缩微的仿古典歌剧院马蹄平面结构的剧场，但只保留环绕包厢座位，每次最多可容纳64名客户，在保证隐私权的同时，观看者可以选择多种显示模式，包括放大为30英尺高人体的最大化模式，纤毫毕现，你会感觉自己漂浮于一片肉色的海洋上，看潮起潮落。

他们甚至还设计了竞价与捐献模式，在满足客户互动的同时实现利益最大化。

G女士感觉自己在起变化。

最初她需要佩戴遮光镜与耳机来进入状态，这舞台空无一人，白光之外，漆黑近乎洪荒宇宙，那些位高权重的男人便藏匿其中，依靠她的高潮来获取快感。她难免躯体紧张，无法如他们所说，全情享受，耳机中每每传来指令，她便照做，却离纯粹的愉悦愈远，最终都是要靠施加外力来抵达目的地，然后浑身湿滑地致敬下台。

他们不断地变换场景，在雨中、在森林、在沙漠、在海底大战巨型章鱼怪，在天鹅绒铺就的宫殿中受酷刑，在外星球的黏液漩涡中逃生,像是20世纪七八十年代的B级色情片,剧情最后总是走向双重意义上的廉价高潮。

G女士自觉像娱乐他人的玩偶,却难忘校园里那幕初体验,带着如此深刻的象征主义意味,风在抚弄她,雨在撩拨她,这超越了一般格式塔的意义。她突然醒悟了,自己已经不需要任何男人,风是她的男人,水是她的男人,光是她的男人,整个世界都是她的男人。

这成为她日后性学思想的重要命题之一。

而那些真正的男人,那些掌控世界的大佬,G女士摘下遮光镜,直视那片虚无的黑暗,仿佛与其中虫豸般藏匿着的雄性对视。你们,她轻启双唇,耳机中传来嘈杂的质问声。

不过是寄生在阴茎上的低等生物而已。

她的语音讯号通路被屏蔽了。来自世界各地的大人物们不会乐意听到一个性玩偶对自己的评价,况且是不那么善意的评价。但事情正在起变化。

G女士握住了时代的命根子。

专家说,第三次性危机已经到来了。如果说人类以性安全与性认同为主题的第一/第二次性危机都由于技术进步而顺利度过的话,那么第三次危机可以说是根本性的打击,人类的性感出了问题。性欲减退,出生率下降,人口老龄化、中性化趋势加快,这些都是表面现象,更致命的是,人类作为一个物种的进化驱动力消失了,像衰老而松弛的阴茎,这才是最可怕的。

当药物和器具都无法激发性趣时,人们发现了G女士,像天赐的恩宠。

G女士的身价水涨船高，她觉察到了这点，并善加利用。

她开始设计属于自己的场景，在公车上的摩擦，在快餐店的邂逅，在操场上的器具训练……这些缺乏戏剧冲突与视觉奇观的场景经常遭到诟病，却成为后来学者珍贵的研究材料。一个共识是，这些日常生活化的场景反映了G女士青少年时期备受压抑的性幻想。

她要求看到她的客户们，就像这个行业的旧传统，所有的人都在聚光灯下，没有面具，没有单向玻璃。

这引起轩然大波，许多人愤而离席，认为侵犯了隐私权，却又回头要求加价码以获取面部打上马赛克的特权。

没有特权，没有例外。G女士如是说。

M先生和P长官隐约感到遥控器已经不在自己手里。

G女士提供了无线力反馈手套作为弥补。客户可以在特定时段戴上手套，虚拟抚摸G女士的身体，并获取相应的反馈，甚至潮湿感。这一增值服务受到热烈追捧。

随之而来的，她要求每个VIP包厢的窗台外亮起一盏灯，当客户勃起时，灯变绿，当客户射精时，灯变红。然后她会为房间内喷洒上由体液提炼的费洛蒙香水。

G女士就是这样改变游戏规则的。

现在她成了主人。

当G女士在那些日常场景里因撩拨而湿润时，她可以任意调出客户的图像，黑暗中漂浮着各种男人的头像、半身像、裸像，随着她的眼球移动而放大、缩小、蜷曲、拉伸，她呻吟、扭动、颤抖，体表如台风般卷起漩涡，她看着那些绿灯闪烁、亮起、变红、熄灭，她感知那些男人细微的反应差异，与重力的拉扯，与岁月的搏斗，最后化为粗重的喘息，淡入虚无。

她觉得自己既像驯兽员，又像科学家，她研究着自己的肉体，研究着这些寄生于阴茎上的生灵，研究两者间丝丝入扣的联系，乐此不疲。

直到那个人出现。

那个人的灯始终是绿着的，从踏入房间那刻起，而当其他的灯如夜间航道般逐一变红熄灭时，他的灯依然亮着。

G女士调出他的图像，放大，一张毫不出众的面孔，和一条宽大得不成比例的特制裤子，掩盖着令人不安的秘密。她用尽所有已知的伎俩，却仍无法把灯变红。看着那人走出房间，她感觉挫败，有生以来第一次，她急切地想要知道这个男人的所有情况。

很抱歉，这已经越界了。M先生冷静地说。而且，这或许是我们最后一场剧场演出，我们的合约被中止了。

他们认为这不合法？这是G女士唯一能想到的理由。

不。M先生笑了，眼神依然复杂。风向变了，他们认为，你应该属于全人类，而不是少数权贵阶级。但你仍然需要一个经纪人，不是吗？

G女士直觉认为这与那个男人有关。她感觉恐慌，在舞台的聚光灯下是一回事，在日光之下又是另外一回事。可她再次别无选择。

在广场上的首次公开演出最后演变成一场灾难，惊魂未定的

G女士被军用直升机接走,看着脚下数万人像被煮沸的海洋般翻滚,强奸、抢劫、踩踏、斗殴、焚烧,性的冲动迅速蔓延变异成一种暴行,在人群中如恶疾般传染开。她看见一些尸体被人群拖行于地,划出长长的血痕,她痛苦地闭上眼睛。

这不是你的错。M先生安慰着战栗的G女士。我们应该只在媒体上表演。

事实上不只媒体,他们授权制造了便携式全息成像装置,预存有24次精选表演,平民称之为"圣像"。地下软件黑市出高价进行破解,但能用技术解决的问题就不算是问题。一种朴素的近乎萨满崇拜的信念认为,G女士传导的性能量以现场为最强,圣像次之,大众媒体再次,逐级递减,盗版圣像由于有违虔诚,效能为最低。

广场演出造成124人死亡,数千人受伤,事件被定性为群体性骚乱。

G女士拒绝了所有的演出邀请,她陷入了沉思。高潮能带来身心愉悦,能唤起性感,能释放出人心深处蛰伏的力量,却充满破坏力,无法自控,无法引导,这不是这个世界所需要的性。以爱拯救世界的幻想已经破灭了,没有必要用性再上演一次。

那么,我存在的意义到底何在。

她再次陷入自我认同的精神危机。借助禅宗的技术,她尝试进入"空",念数呼吸,放下执念,直观妄念往来起灭,却怎么也无法抵达心境湛寂的如来境界。G女士惊异地发现,在她心中挥之不去的,除了那绿灯不灭的男人,还有手持柳叶刀的S医生。

很显然,他们俩之间有一个共同点。对G女士免疫。

她突然清晰地看到了下一步。

这场秀规模空前，全球转播权卖到了世界杯开幕式的价位，现场观众均经过严格审核以确保安全。暖场嘉宾阵容强大，印度爱经团体操表演及催情电子乐圣手 DJ Pho 将狂欢气氛烘托到临近沸点，主角以戏剧性的方式登场了。

那是一个由直升机吊降的球体，停在离地 200 英尺的高度，由体育场顶部特制的支架结构悬挂稳定。所有大屏幕出现球体特写，透明外壳在探照灯下折射出琉璃般的效果，G 女士穿着半透明紧身衣，宛如新生胎儿般蜷曲着飘浮于球体中。

欢呼声如爆炸般起伏，灯光渐暗，全场静默，犹如一场加冕或是洗礼圣典。

一根光柱由下而上托住球体，经折射后化为光的喷泉洒向四周，色彩随着电子鼓点痉挛般变换着，没有药物，所有人却仿佛置身一场世纪迷幻派对，光与色在视网膜上跳跃融合溢出，猛烈穿刺着信徒们的神经，医护人员忙碌地运送着因过度兴奋而晕厥的肉身。

G 女士舒缓地展开身体，模仿着亿万年间进化的生灵，最终顿为人形。她凝视着七彩光晕下虔诚的人山人海，张开双臂，微笑，宛如圣洁玛丽亚。

屏幕上开始闪烁巨大的荧光字，全场观众跟着节奏齐声高呼。

MAKE ME COME!

MAKE ME COME!

MAKE ME COME!

一束纤细的绿光由观众席发出，穿过空旷的夜空，射入球体，大屏幕切换成特写，绿色光束经外壳折射，击中G女士胸前，光感紧身衣闪出一簇蓝白色的微型闪电，传导到皮肤，汗毛竖起，女神嘴唇轻启，巨大的呻吟经由杜比系统覆盖整座体育馆，观众几乎在同时掀起人浪，屏幕上的肌纤颤动余波未平。

观众们这才明白座位下激光笔的用途。

无数根雨丝般的光线涌向光球，在体育馆正中央形成了一束不匀称光锥，聚拢到球内，如同狂怒的潮水，把G女士吞没，电弧如同季风时节的南太平洋云层，在她身上盛开，乳尖、腋侧、腹股沟、耳垂、脐间、掌心……她仿佛是一幅缓慢旋转的分形图，皮肤与肌肉呈现出与肢体高度自相似的螺旋形态，如同曼陀罗，生产着无穷无尽的汁液与快乐。

这一切通过全息屏幕冲击着所有人的视野。人群已然疯了。

安保部门紧急调集力量，眼看局面濒临失控。

G女士在狂乱中仿佛又回到最初那个雨夜，她透过暴风骤雨般的光帘，望向夜空，繁星点点，什么都没有改变，高潮中的人类，依旧受限于时空，被困于这感知的囚笼。她突然觉得内心无比澄澈，无比宁静，一切都被凝固在此刻，那些晶莹的液滴、闪烁的尘埃、纷乱的光斑，以及，整个世界。

停。她说。

停。

光线从球体上枯萎凋零，音乐静止，人群由沸腾逐渐降温，他们迷惑不解地望向那面能够代替思考的屏幕："所见即所得。"G

女士平静如初，她拭去脸上的液体，面对这十万名力比多的信众，她决定献上反高潮。

不存在高潮。她说。我只是假装。

一切皆是幻觉，一切源于自我，一切终归寂灭。

观众们努力理解这俳句里的含义，他们感觉幻灭，有人哭了起来，有人愤怒地试图冲破安保封锁墙，但更多的人只是默默地起身、离席、退场，像他们曾经拥有的性感从生命中消退一样，只是时间问题。令人心碎的画面通过卫星频道覆盖了85%的地球人口，整个世界陷入了不应期。

G女士看着满场狼藉，全身虚脱。她不得不说谎，她已无力扮演救世主的角色，虚妄的希望会将她与全人类一并烧毁，她所能做的，只有把性感的权利交回给每个人。

她没有想到的是自己的境地。

一个名为"寒冷赤道"的宗教极端组织宣称由于G女士的欺骗与渎神行为，将终身成为组织成员猎杀的对象，而处死方式将是具有讽刺意味的，高潮至死。

她的特殊体质无法接受整容手术所带来的后遗症，唯有隐姓埋名，逃亡于国境之间。她曾试图向以往的客户寻求庇护，毕竟其中多是翻云覆雨的人物，可她被无情地拒绝了，理由与那些追杀她的人一样，欺骗。更讽刺的是，自从得知真相之后，G女士的表演就再也无法激起他们哪怕一丁点儿的性欲。

所以从某种角度上，我并没有欺骗。G女士想。

幸好M先生如约支付了一笔巨额酬劳及毁约赔偿金，他张开双臂，又放下，最后只是淡淡地一句保重，随即消失在黑色的凯迪拉克中。

逃亡是艰难的，尤其对于 G 女士这样标志性的人物。

她花了大价钱躲到人迹罕至之地，又花更多的钱来收买那些为她服务的人。敏感体质所要求的特殊器械使得她无法掩人耳目，G 女士在数年间如同迁徙的鸟，从阿尔卑斯山脚，到库苏古尔湖畔，她甚至尝试在汤加共和国租下一个无人岛，但平静总是短暂，"寒冷赤道"的势力无孔不入，他们开出了更高的价码和荣耀。

最后一次侥幸逃脱发生在新西兰南岛的米尔福德峡湾。好心的当地向导提醒她，一群粗鲁的外来人在通往蒂阿瑙镇的道路上拦截过往车辆，他们出示的正是 G 女士的照片。没有火车站，没有定期客运航班，四周是陡峭的山崖与冰川，G 女士无助地望着那名瘦弱的年轻人。年轻人避开她的目光，转向水中倒映的麦特尔峰。

他们的船被拦下了。

显然航运公司也被收买了，几名壮汉没有出示任何证件就在船舱里搜开了。那里面是什么，领头的男人指着甲板上的暗门。

鱼。年轻人打开门，腥臭扑面，又补充道。死鱼。

头头皱着眉头退后几步，示意另一个马仔下去查看，那个人走到门洞前，咒骂了一句，屏住呼吸，捋起袖子，把手伸进鱼堆。

G 女士全身滑腻，她几乎要被腥气熏晕过去，四周的鱼尸开始被搅动，细密的鳞片摩擦着她的皮肤。她咬紧牙关，用尽全身力气忍住呻吟，这时一只手抚过她的脚踝，一股强烈的快感袭来，她无法控制肌肉的颤动。

马仔脸色一变,把手抽了回来,凶狠地盯着那个脸色煞白的年轻人,数秒之后,他趴到船沿开始呕吐。

妈的,还有没死透的。他咳嗽着骂道。

G女士厌倦了这种生活。她决定了结自己,以永恒的处女身,在被处刑之前。

她回到了出生地,那座金凤花盛开的城市。她在离家一条街外的酒店住下,远远地看着衰老的父母,昔日场景历历如昨,她觉得自己很早以前就老了。她想留下点什么,除了钱,可又觉得什么都不值得留下,尤其是回忆。

似乎除了父母,她并没有真正爱过谁。她把全部生命用来追求高潮,最后死于高潮。全是高潮的人生是否就意味着没有高潮。她想不明白自己错在哪里。为了变得与众不同而泯然众人,或者相反。抑或是妄图以有限的肉体寻求无限的边界,万物有限,宇宙、自由、爱。

高潮也不能例外。

她成了自己的信徒,却发现无可牺牲。

在一片混乱的思绪中,她打开了酒店的按摩浴缸,十六喷头五档力度控制,多种模式可选,她将在这池翻腾的液体中脱水而死。

G女士深吸了一口气,沉身其中。快感,源源不绝的快感包裹着整个身体,她比水流扭动得更猛烈。眩晕,她呛了一口水,高潮永不止息地抽打着每寸肌肤、穿刺每个毛孔。疼痛,她有点后悔,试图伸手去关闭,滑脱,她竟然虚弱得无力从浴缸中坐起,重力拖拽着她往下沉去，黏滑的体液如暗流涌动，她的视野开始模糊，那种熟悉的时间凝滞感困着她，如同树脂困住飞虫。

一切皆是幻觉，一切源于自我，一切终归寂灭。

一切终归寂灭。

寂灭。

一只大手将她从水中拎起，拖到地上，又把她翻过身脸朝下，挤压胸腔将水控出，G女士剧烈地咳嗽着，水和着血沫从口中喷出。

她并没有看到那个人的正面，但一张脸从模糊的意识中如泡沫浮出，逐渐成形。

那个永远亮着绿灯的男人。

是他。他的眼中充满关切，而不是欲望，世界重新扭转成克莱因瓶的形状。

你救了我。G女士从没想过这句经典台词竟能从自己口中说出。

不，是你救了我。

那个男人将G女士的手引向自己的胯部，她触及一个硬物，但并不是阴茎，而是容器样的保护装置。她似乎明白了什么，另一个心愿成真的信徒。

你不会了解我经历了什么。男人低低地说。如果没有你，我将无法独活。

G女士看着他，像是看着被闪电劈开的另一半自己。

没人能比我更了解。她回答。

G女士和F先生面朝大海，并排站着，但并不靠着。

海风轻拂,他们没有交谈,也没有动作,只是站在那里,闭着双眼。浪花拍打着沙滩,留下痕迹,却什么也没留下。

他们像忘记了时间,忘记了空间,忘记了忘记。

漫长得像海天之间的一道休止符。

然后,他们到了,缓慢地,猛烈地,潮湿地,同时地,到了。

陈楸帆的作品中少有鲜明的浪漫色彩或末日情结,而是擅长在近未来背景下,细致入微地描绘人与环境之间的关系,描绘有血有肉的身体如何被现代科技所改变,又如何带来难以言说的疏离感与诡异感。在他笔下,生态污染、阶级分化、族群冲突与人的异化,以及形形色色的人造义体、神经网络、电子毒品,共同交织成一幅全球化时代的世界缩影。这些细腻而庞杂的影像不仅仅勾画出未来拟想世界的地图,同时也暴露出有关当下现实的症候。陈楸帆本人用"科幻现实主义"来描述自己所追求的美学风格,"它可以是粗粝、肮脏、阴暗的,也可以是精致、华美、明朗的,就像一面哈哈镜,它所折射出的,是源于现实的光,只是要更加刺眼"。

想象并呈现人类在技术时代的各种新型病症,是陈楸帆笔下最为常见的主题。《G代表女神》讲述了一位没有阴道却浑身长满G点的女性,如何成为身心饥渴的现代人疯狂追捧的欲望化身。充满感官冲击力的描写与病理学报告般冷静客观的叙述相互平衡,制造出恰到好处的距离感。欲望、快感、观视、情色,以及与之相关的一整套技术手段和文化修辞,早已成为我们理解今日社会的重要代码,但这些议题长期以来却较少在中国科幻作品中得到正面讨论,又或者大部分作家们依旧习惯在"意识—身体"的传统二元结构中展开想象。在这个意义上,可以说陈楸帆引领了科幻写作中的某种"身体转向"。

2044年春节旧事

夏笳

夏笳,女,本名王瑶,1984年生。北京大学中文系博士,西安交通大学人文社会科学学院副教授。作品多次获中国科幻银河奖和全球华语科幻星云奖,并被译为英、日、法、俄、意大利等多种语言。英文小说"Let's Have a Talk"发表于英国《自然》杂志科幻短篇专栏。

一 抓周

老张的儿子一岁了,依照惯例得操办一场。

摆酒当然是免不了,亲朋好友全都请到,酒席定了30桌。媳妇有点儿心痛,说比他俩当初结婚摊子还要大。老张则表示,毕竟是一生才经历一次的大事,不能够草率,当初结婚时两家口袋都紧,这几年埋头苦干,终于攒下些钱,又好不容易得了儿子,办得体面些,也是给自家挣面子,再说人辛苦挣钱到底是为什么,前半生为自己,后半生不就是为这小东西,将来大把花钱的时候还多呢。

当天果然就来了许多人,交过红包,入席吃吃喝喝。虽然社会信息化程度越来越高,但红包里还是一沓沓货真价实的钞票,毕竟老规矩,何况也好看些。老张媳妇专门借了台点钞机,"哗啦啦"地一摞刷过去,声音好听得很。

终于大家都入了席,老张便把儿子抱出来,专门给穿了一身红,眉心还用胭脂点了个大红点。大家都夸孩子生得好,圆头大脑,浑身上下没有一处不聪明,日后必然龙腾虎跃,前途不可限量。儿子也争气,不哭不闹,很老成地坐在高脚寿星椅子里面笑,愈发像年画里面的抱鱼童子。老张说:"儿子,给各位叔叔阿姨说个吉祥话。"儿子便把粉嘟嘟的两只小手抱作一个拳头,奶声奶气地拖长声音:"呼呼(叔叔)阿姨新年好——哄喜花柴(恭喜发财)——"众人笑成一团,都夸孩子天资聪慧,老张和媳妇教导有方。

吉时已到,老张忙把机子打开,白花花的光芒从天而降,化作许多图标,把老张和儿子环绕在中央。老张伸出手去,将一个图标拖到近旁,儿子迫不及待地伸出小手,一道红光依次从他五个指尖闪过,验过指纹,便登录上他自己的账号。

首先冒出来一行大红字,恭祝儿子周岁生日快乐,同时配有动画视频,是一群小天使高唱生日快乐歌。曲子唱完后,又出来几行颜体小字,道:"江南风俗,儿生一期,为制新衣,盥浴装饰,男则用弓、矢、纸、笔,女则用刀、尺、针、缕,并加饮食之物及珍宝服玩,置之儿前,观其发意所取,以验贪廉愚智,名之为试儿。"

老张仰头看看,突然间心里感慨万千,儿啊,你的锦绣人生就要从这里开始了。一旁媳妇也情不自禁依靠过来,两人的手紧紧握在一起。可惜儿子胎教虽好,毕竟还不认得几个字,只管伸出小手挥舞,把好些页面都跳了过去。文字介绍完毕之后,抓周程序便正式开始。一时间酒席上都安静下来。

首先跳出来各种奶粉牌子,琳琅满目花花绿绿,像天女散花缓缓落下。老张心知每个牌子都不便宜，又是外国进口，又是纯天然零添加，又是含有这个酶那个蛋白，又是促进大脑发育，又是专家推荐，又是这个那个认证，看得人头皮发麻两腿发软。好在儿子杀伐决断，伸出小手轻轻一点，被选中的牌子便叮咚一声，落入下方一只古色古香的乌木盒子里面。

接着又出来其他婴幼儿食品，助消化、促吸收、抗疾病、补钙补锌补各种维生素各种微量元素、提高免疫力、防小儿夜啼……一眨眼的工夫儿子也都选定了，各色图标"叮叮咚咚"地往下掉，如大珠小珠落玉盘。紧接着选托儿所、幼儿园、课外兴趣小组，儿子瞪着乌溜溜的大眼睛看了好一阵，最后选了个有点儿冷门的木雕与篆刻工艺。老张心头微微一抽，手心里面不知不觉渗出热汗来，忍不住想要伸手拦截，让儿子重选一遍，媳妇却暗地里使劲拽住，凑到耳朵旁边悄声说："又不靠它挣饭吃，还不是个玩儿。"老张缓过神来，感激地点点头，心却依旧扑通扑通跳得厉害。

之后选学前班、小学、小学补习班、初中、初中补习班、高中、高中补习班，接着跳出来一个申请国外大学的选项。老张心头又是一紧，觉得此路虽好，毕竟花钱更多，并且远在千里之外吉凶莫测，所幸儿子并未多看，小手一挥推到旁边。接着又选大学，选毕业后保研还是工作还是出国，选哪里工作，哪里落户口，选房子，选车，选结婚对象，选彩礼，选婚宴酒席，选蜜月旅行，选哪家医院生小孩、哪家服务中心上门照看，那之后的事情暂且管不到了，只剩下哪一年换房子、哪一年换车、去哪里游玩旅行，哪一家健身房锻炼，买哪种储蓄金，做哪一家航空公司的会员，最后又挑了一家养老院、一处墓地,终于尘埃落定。挑剩下的那些个图标兀自安静一阵,逐渐黯淡下去,像满天星辰一颗一颗熄灭了。天花板下面却落下鲜花与七彩纸片,锣鼓喧天乐声高奏,满屋宾客一起鼓掌喝起彩来。

半响老张终于回过神,才发觉自己浑身大汗淋漓,像刚从热水池里捞上来,再看媳妇,早已哭成个泪人儿一般。老张知道女人家情感丰富,待她哭差不多了,才压低声说:"这么大好的日子,你看看你……"

媳妇怪不好意思地抹着眼泪,说:"咱们的儿子呀,你看他,这么小小个人……"后面的话又哽住了。

老张不明白她的意思,却也忍不住鼻子里泛酸,摇着头说:"这样多好,省咱们多少心思。"

一边说,一边心里默默算起账来。全部这一套下来,不知得是多大一笔数字,60%头款由他和媳妇出,分期30年付清,剩下40%得等儿子将来自己挣,还有儿子的儿子,儿子儿子的儿子……想到未来几十年的奋斗都有了目标,他又感觉到浑身一股暖流涌上来。

再看儿子,小东西依旧坐在高脚寿星椅子里,面前一碗热气腾腾的长寿面,粉白小脸上红彤彤的,笑得好像一尊弥勒佛。

二 大年夜

夜深了,小吴一个人在路上走。街道上冷冷清清的,很是安静,偶尔有一两串鞭炮声炸响开来。这是大年三十的夜晚,家家户户都在桌边围坐，吃着团圆饭，看着春晚，其乐融融好不热闹。

他不知不觉走到家附近的一个公园里来了。公园里更是僻静，平日里散步打拳跳操唱戏的老老少少一个都不见，只有一池凉浸浸的湖水，在没有月亮的夜色里荡漾。小吴听着那一起一伏的沉闷水声，感觉浑身一个个毛孔都在往外冒寒气。他转身要往水边一个亭子里面走，却突然看见一个黑黢黢的影子。

小吴吓了一跳，大声问："谁？"

那边反问："你是谁？"

小吴听声音有些耳熟，壮起胆子走近几步，才看清那人原来是住在他们家楼上的老王。

小吴摸了摸胸口，喘了一口气说："老王，你差点吓死我。"

老王也说："小吴，你大晚上怎么四处乱跑？"

小吴说："我出来散散心。你这又是干什么？"

老王说："我嫌屋子里吵闹。"

两人又相互看一看，心照不宣地笑起来。老王把旁边一个石凳擦一擦，说："你过来坐。"小吴伸手一摸，感觉冷冰冰有些瘆人，就说："不忙坐，刚刚吃饱，站一站对身体好。"

老王叹息说："这年，真是越过越没意思。"

小吴说："是的是的。饭一吃，电视一看，鞭炮一放，回去把觉一睡，稀里糊涂一年又过去了。"

老王说："越没意思还越偏得过。人家都这么过，你一个人又能玩出什么花样来。"

小吴说："对的。时间一到，全家老老小小都坐那边看春晚，自己想干点儿别的也没心情,还不如出来一个人走一走转一转。"

老王说:"我都好多年没看春晚了。"

小吴说:"那你厉害。"

老王说:"以前还好,简简单单,看两眼乐一乐也就完了。现在越搞越闹。"

小吴说:"科技发达了。好多新花样过去都不敢想的。"

老王说:"把些明星歌星演一演给老百姓看看也就完了,又搞什么'全民春晚',瞎胡闹。"

小吴说:"一年364天都看明星,哪里还有新节目,搞得活泼一点也好。"

老王说:"我就不喜欢这么乌烟瘴气的,大过年还不好好清静清静。"

小吴说:"老百姓过年不就图个热闹,又不是天上的神仙不食人间烟火。"

老王说:"这么闹法,神仙也受不了。"

两人都叹一口气,听着夜色里的水声哗哗作响。过一会儿老王又问:"小吴你上过春晚没有?"

小吴说:"怎么会没上过。我上过两次,一次是现场抽幸运观众抽到我们家,一家人给全国人民拜了个年;另一次是我一个小学同学得了绝症,被选去出了一个节目,编导怕一个节目压不住,又把我们一个班的老师学生都弄去给他鼓劲,搞得主持人和观众全都眼泪哗哗的。那一次反响蛮好,可惜我镜头不太多。"

老王说:"我就没上过春晚。"

小吴说："你怎么可能没上过春晚？"

老王说："到时候我就电视一关，找地方一躲。春不春晚跟我有什么关系。"

小吴说："你这又是为什么呢？上一下春晚又没什么。"

老王说："我这人就是爱清静，受不得那些骚扰。"

小吴说："怎么会是骚扰呢？"

老王说："招呼也不打一个，就硬拉你上镜头，一张老脸播给全世界人看，不是骚扰是什么。"

小吴说："也不过就一两分钟的事，看过乐和乐和就算了，又没人会记得。"

老王说："我自己心里面不自在。"

小吴说："看一下又不损失什么。"

老王说："不是看不看的问题，是我乐不乐意。乐意的话，一天24小时都给你看也没什么，不乐意的话，总不好硬逼着给人看。"

小吴说："老王你这样想想是可以，但现在社会毕竟跟过去不一样了，到处都是摄像头，还能一辈子不给人看吗？"

老王说："所以才要往没人的地方躲。"

小吴说："这样子就有点极端了。"

老王笑一笑说："活这么大把年纪，总不能事事都被人家牵着走吧。"

小吴也笑说："你这样叫特立独行。"

老王说："屁大点儿事，哪里就至于了。"

话音未落，突然间白花花的光芒从天而降，幻化出千万张人脸来，人脸中央簇拥着一个舞台，金碧辉煌美轮美奂，老王和小吴就在舞台上面，锣鼓欢腾的乐声响彻天地。从两边各自过来一个浑身上下亮光闪闪的主持人，把两人一左一右夹在中间。

男主持人喜气洋洋地说："各位亲爱的观众朋友，坐在我身边的这位，家住龙阳小区的王老先生，就是我们今晚一直在寻找的，全国最后一位没有上过春晚的奇人。"

女主持人也喜气洋洋地说："感谢我身边这位热心观众的帮助，让我们终于有机会，把这位神秘的王老先生请到我们春晚的舞台上来，在这吉祥如意、幸福团圆的大年夜里，跟我们全国的观众朋友们见个面，拜个年。"

老王惊得目瞪口呆，过了一会儿才回过神来，转过头把小吴看了一眼。小吴被他看得有点儿不自在，想要解释两句，却找不到机会开口。

男主持人又说："王老先生，这是您第一次上春晚，能不能告诉大家您的心情怎么样？"

老王不声不响地站起来，身子往前一扑，"咕咚"一声，就从舞台上跳下去，坠入凉浸浸的湖水里面去了。

小吴惊得一跳，浑身毛孔都往外渗出汗来。两位主持人也一时间面无人色。夜空中几只微型摄放机上下翻飞，搜索着老王的影像，四面八方千万张人脸也都"嘤嘤嗡嗡"地嘈杂起来。

刹那间，黑黢黢的湖上突然发出光芒，像一团火球在水下面沸腾。只听得一声巨响，天崩地裂、山河变色，照得方圆百里一片赤白。小吴倒在地上杀猪一般地叫，浑身上下都着起火来。他最后拼着性命把眼睛睁开，从指缝中间勉勉强强看了一眼，只看见赤白的光焰中间，有一柱金光扶摇直上，遁入云霄，从头到尾不知有几千里。

"这老家伙，莫非真是回天上躲清静去了吗。"他心里闪过这个念头，紧接着一双眼睛也烧起来，化作炽热的青烟。

第二天网络上议论纷纷。尽管现场摄放机全都烧毁了，只剩下残破不全的几个镜头，并且许多看过的观众都头晕耳鸣地进了医院，但大家还是交口称赞，都说这是春晚有史以来最成功的一个节目。

三　相亲

小李今年27，过了年就是28。她娘见她一直没对象，就催她去相亲。

小李说："相什么亲嘛，丢人死了。"

娘说："丢啥人，当年娘不相亲，哪来的你爹？哪来的你？"

小李说："一个个歪瓜裂枣，哪有靠谱的哦。"

娘说："那也比你自己找靠谱。"

小李说："你咋知道靠谱？"

娘说："人家有高科技。"

小李说："高科技就保证靠谱呀？"

娘说："少废话，你去不去。"

于是小李就洗了澡换了衣服化了妆，跟着娘去了一个挺有名气的婚介服务中心。服务中心的经理态度很热情，听说她们是来相亲的，就请小李先做个身份验证。

小李一百个不情愿，屁股在椅子里面扭动，说："麻烦不麻烦呀？"

经理笑吟吟地说："一点都不麻烦，我们是高科技，快得很。"

小李还是不放心，又问："我把我的个人信息都给你们了，会不会不安全呀？"

经理还是笑，说："您放心，我们开业这么多年了，从来没有出过问题。连一起顾客投诉都没有过。"

小李还想问问题，娘在一旁催促："快点儿吧，别磨磨蹭蹭的！"

小李就在终端上刷了指纹，扫了虹膜，把个人账号里的信息都上传到中心的服务器里。录完信息，又去做人像扫描。三分钟后，经理说好了，就从终端界面上抓下来一个图像往地上一丢。小李看见一片白亮亮的光从地上升起来，光里面站着一寸来高的一个人影，相貌、身材、服饰、姿态都与自己别无二致。

那个小人儿往四下里看了看，就进了旁边一扇小门，小门里有一张小桌、两把小椅子，一个小小的男人坐在桌旁。两人见面打过招呼，就坐在那儿聊起来，"叽叽咕咕"地聊得很快，也听不清说什么。没聊到一分钟，那个小李就站起来，两人客客气气握手道别。然后那个小李又走到旁边另一扇小门里面去了。

娘在一旁小声嘀咕："按照这速度，一分钟相一个，一小时就是60个，一天就是……"

经理还是笑吟吟地说:"您放心,我们这是给您演示一下,实际上还能更快,您回去等一等,最迟明天准有结果。"

经理一面说,一面伸出手去挥了挥,地上小人儿变得更加小了,变成小小的红点,周围全是蜂巢一样密密麻麻的格子,每个格子里都有些红点和绿点在蠕动,发出各种嗡嗡的声响。

小李找不到自己那个红点,心里面有点慌。她问:"真能相中合适的吗?"

经理笑道:"我们有600多万注册会员呢,一个一个相,准有合适的。"

小李又问:"这样子相出来的靠谱吗?"

经理又笑道:"我们会员资料都是本人一个一个录进来的,全部经过严格验证,一点不掺假。我们的约会应用软件也是最新版的,凡是软件里能配出来,真人还没有不满意的。小姐您放心,大不了您见过不满意,我们全额给您退款。"

小李还想再看一会儿,娘又催她:"走吧走吧,这会儿倒还上心了。"

第二天下午,小李果然接到服务中心经理的视讯电话,说经过第一轮快速配对,总共挑出来438个合适的对象,全都体健貌端踏实可靠,与小李也是门当户对志趣相投。

小李有点犯憷。400多个,一天见一个也得一年多功夫。

经理还是笑吟吟地说:"这样吧小姐,我建议您试一试我们的多线程约会软件,继续跟这400多位对象深入交流,增进了解。常言说路遥知马力，日久见人心，总得多相处些时候，才知道谁合适谁不合适呢。"

于是小李就给自己备份了10个小李，分别去跟这些对象们约会。

过了两天，经理打电话来告诉小李，10个小李已经与400多位对象每人分别约会10次，每次都有测评软件的记录与评分。经理建议小李，把10次总分加起来做个排名，留下前30名，剩下的就暂且不要考虑了。小李觉得这个主意不错，心里也轻松了许多。

又过了三天，经理告诉小李，经过进一步深入接触和观察，30位相亲对象中有7位遭到了淘汰，5位进展缓慢，剩下18位双方满意程度都较高，其中有8位已经表露出结婚的意向，另有4位暴露出一些生活习惯或其他方面的缺点，但尚在可以容忍的范围内。

看小李半天不声响，经理提醒她说："小姐，这种时候是不是可以请您母亲帮忙把把关？"

小李恍然大悟，当天就带娘去了一趟服务中心，验证了身份，备份了个人信息。于是接下来的过程，就有10个娘在10个小李旁边出谋划策了。

靠着母亲指点，很快就挑出7位最靠谱的结婚对象。经理又说："小姐，我们还有模拟婚礼软件，您可以试试看。有不少未婚夫妇会在筹备婚礼过程中闹分手的，婚姻是人生大事，还是谨慎一点好。"

于是7个小李便与7位对象开始进入谈婚论嫁的阶段，双方各种七姑八姨也掺和进来，在软件里吵得热火朝天。在此过程中，果然有两家彻底谈崩，甩袖子退出了。

经理又说："我们还有蜜月软件。曾有一位大文豪说过，夫妻两人经过一个月旅行后还能不彼此吵翻，才保证不会离婚。"

于是又模拟度蜜月，蜜月之后又模拟怀孕，模拟生小孩，模拟产后陪坐月子，只管抱儿子不管老婆的那位当场就被淘汰了。

又模拟养小孩、模拟第三者插足、模拟更年期之后感情能否持续稳定，又模拟各种人生重大挫折，车祸、瘫痪、丧子、父母重病……终于两个人相互扶持进了养老院，和谐美满过完一生。

竟然还剩了两个人。

小李觉得到了这一步，两个人都应该见一见。于是经理先把第一个对象的资料发了过来。小李激动得胸口"砰砰"乱跳，刚要把资料打开，却突然响起"嘟嘟"的警报声。紧接着经理的脸浮现出来。

"对不起小姐，非常抱歉地通知您，为您选中的这位对象，同时也在与我们另一位会员模拟配对，并且刚刚在半分钟前取得了同样优秀的结果。为了减少将来不必要的麻烦，我建议您还是先不要急着跟他见面"。

小李恍然若失，说："你怎么不早点告诉我呢？"

经理说："全部过程都是系统在管理，我们客服人员也不能随便干涉。小姐您别着急，不是还有一位吗？"

小李心里也暗暗庆幸，高科技还是靠谱的。

她把另一个对象的资料点开，看见照片上那张脸，突然感觉到一阵晕眩，仿佛未来的漫长岁月都在这一瞬间展开，水乳交融，如火如荼。她身子轻飘飘的,像一团云雨要飞到空中去了。

她听见经理的声音说:"小姐,请问您还满意吗,要不要安排你们两位见面?"

小李说:"我看不用了吧。"

她把照片发给经理看,对方也是目瞪口呆。

呆了好一阵,小李终于红着脸问:"还不知道怎么称呼您呢?"

经理回答:"小姐别客气,叫我小赵吧。"

一个月后,小李与小赵喜结良缘。

四 情人节

小陈和小郑都没有女朋友。情人节这天,两人看到同宿舍的小黄收拾得清清爽爽出去约会,都感到心里不是滋味,就一左一右拖住他说:"好兄弟,同分享,共患难。不然把你约会过程给我们俩直播一下嘛。"

小黄有些为难,说:"不就是吃吃逛逛,有什么好播的。"

小陈说:"既然吃吃逛逛,就更不怕人看。"

小郑说:"我们也就是看一看,又不给你添乱。"

小陈又说:"再说当初要不是我们两个献计献策,前后出力,就凭你小子能把小青追到手吗?"

小郑又说:"做人不要那么小气。"

小黄嘴巴笨,被他们两个说得没办法,只好答应下来。他戴上一只有摄录影像功能的隐形眼镜,设置成全程直播模式,他所看到的一切便在宿舍墙上清清楚楚地投影出来。调试完毕,看看时间不早了,小黄就急急忙忙出门约会去了。

两人在学校门口见了面,决定先去附近一家西餐厅吃饭。这家餐厅才开不久,格调高,价位更高,小黄也是盘算了好久,才咬牙提前一天定了座位。两人手拉手走到门口,看见几个西装革履的胖男人正在跟看门小弟争执。一个人说:"我们都是老顾客了,隔三差五在这边吃,怎么偏偏今天就不让进!"小弟一边把住门,一边客客气气地解释:"实在对不住,我们店今天是情人节特惠日,只接受情侣预定,再说位子都订满了,几位请明天再来吧。"男人气得面皮涨红,正要跳起来吵闹,另一个人拉住他说:"莫跟他吵,如今这些店都是自己定规矩,吵也吵不出名堂。我们换一家吃算了。"小黄看几个胖男人悻悻地离开,又看看身边小青,心里不禁生出几分优越感,于是牵着小青的手走了进去。

两人坐下点菜,刚吃完前菜,一位衣冠楚楚气质不凡的经理手持一支红酒走到桌边,二话不说就要打开。小黄认出这牌子价格不菲,连忙伸手阻止说:"我们可没点酒。"经理笑一笑说:"两位现在是本店关注度最高的一对情侣。从两位进来到现在,本店已经接了30多个订餐预约。为了感谢两位,老板决定这一餐给你们打八折,还送一支他本人亲自推荐的红酒。"

小黄一头雾水,问:"什么关注?"

经理说:"您自己上网看看吧。"

小黄掏出手机上网一查，原来他和小青的约会直播不知什么时候被放到了网上，短短一会儿，已经有几万人在看，还有新评论"刷刷刷"地不断冒出来。有人说："这姑娘真漂亮，小伙儿有福气啊。"有人说："漂亮什么，不笑还行，笑起来牙缝好大，吓死人了。"又有人说："刚才门口那几个男的我认识，就在我们隔壁公司上班，哈哈哈哈哈。"还有人说："这女的鞋什么牌子啊，帅哥，麻烦低头仔细看两眼行不。"还有些更没素质的话，看得小黄血直往脸上涌。

一旁小青关切地问："怎么了？"

小黄又窘又惭愧，想一想这样的事无论如何瞒不住，也只好一五一十解释一番，又连忙握住小青的手低声说："你千万别生气，我这就把直播关掉。"

小青叹一口气说："算了，生气有什么用。再说这些单身的人也可怜，情人节吃没地方吃，玩儿没地方玩儿，看看别人约会也不犯法。其实我们约会我们的，不理他们也就没事了，他们自己闹不了多久就会消停的。"

小黄没想到小青这么明事理识大体，感动得眼泪差一点掉下来。他便把隐形眼镜和手机都关掉，专心致志跟小青继续吃饭。吃到甜品上来时，旁边桌上一个20岁出头的男生走过来，两手撑住他们桌子边说："这位大哥，跟你商量个事情。刚才网络上面有个网友悬赏，问这家餐厅吃饭的人，有哪个愿意过来亲一下你女朋友。没想到网友们热情得很，半个小时不到，就募捐了一万块。说实话，这点钱我也不是很放在心上，不过这么搞一下倒还蛮有意思。不然你点个头，这一万块我们一人一半。我女朋友也同意的。"

小黄往旁边桌上一瞧，果然有个花枝招展的女孩子，笑嘻嘻地跟他们挥手打招呼。再看周围，一桌桌情侣们都往这边看过来，还有人拿起手机在拍摄。他又仰头看面前那个男生，看到他左边眼睛里有一点红光在闪烁。原来他也一直在直播。他突然感觉到气闷，好像身边每一寸空气里都挤满了人，伸长了脖子过来围观。他要被这些无所不在的目光憋死在里面了。

小青站起身来，盯住那男生的眼睛，说："你让开。"两人僵持了几秒钟，男生耸一耸肩退到旁边。小青又拉小黄，说："我们走。"两人付了账出门，手拉手一阵小跑，跑过一个街道拐角才停下来，大口大口呼吸着春寒料峭的空气。

过一会儿小青开口问："我们现在去哪儿？"

小黄举头四望，看见一面面玻璃橱窗，一幅幅广告屏，一对对行人的眼睛，都仿佛隐隐闪着红光似的。他愁眉苦脸想了一阵，突然想到一个好主意，便说："我们去看电影吧。"电影院里面黑漆漆的，没有人会打扰他们。小青一听，也展开笑颜，说："还是你主意多。"两个人便又手拉手去了电影院。

情人节电影院人很多，两人随便挑了一部快开场的片子，买了些饮料零食进去看。灯光一灭，放映厅里漆黑一片，谁也看不见谁，小黄顿时觉得安心不少。影片演了十几分钟，他感觉到小青慢慢依过来，脑袋靠在他肩膀上面，胸口不禁泛起一阵阵甜蜜的涟漪。他低下头，看见小青的侧脸在幽蓝的光线里忽明忽暗，嘴唇饱满得像要绽放开来。他犹豫着要不要趁此机会在那嘴唇上面亲一亲，又害怕会有点冒昧。他心里面七上八下盘算了许久，刚要鼓起勇气放手一搏，面前的大银幕却骤然黑了下去。

小黄不知发生了什么事，坐在黑暗里不敢乱动。突然耳边又响起叮叮咚咚的乐声，银幕上重新出现画面。起初他以为还是刚才的电影，仔细一看却又不是，各种婴儿的影像，哭的、笑的，有些模糊、有些清晰，片片断断被剪辑在一起，涌动着、流淌着，好像一部家庭纪录片。渐渐他认了出来，画面中的女孩是小青，她从一个襁褓中的小孩长大成人，变成亭亭玉立的少女，音乐旋律逐渐高昂起来，小青的一颦一笑在大银幕上闪烁又熄灭，美得惊心动魄。最后一幅画面暗下去，伴随袅袅的余韵，黑暗中又亮起一行大字：

"小青，我爱你，爱你的全部，爱你的年年月月时时刻刻分分秒秒。"

然后又出来四个字："嫁给我吧。"

小黄转过脸，看见小青的一双大眼睛闪闪发亮，里面不断落下泪水。她哽咽着，声音发颤，说："你……"

小黄也用发颤的声音说："不是我——"

突然间灯光亮起，把整个放映厅都照亮，一个小小的身影出现在银幕下方。伴随着雪亮的追光，那个人一步一步走上来了，一身黑西装，怀里捧着99朵血红玫瑰，灯光把他的脸打得煞白，眉目五官都淹没在那光里。

他终于走到小青面前，单膝跪下，说："请原谅我的冒昧。我只想给你一个惊喜。"

小青声音颤颤地说："可我不认识你。"

那人说："这有什么关系，我们每个人不都是从不认识到认识吗？今天我第一次在网上看到你，不知道为什么，只看了一眼，我就被你深深打动了。当我看到你对着镜头说出'你让开'这三个字时，我已经在内心深处决定，你就是这辈子我想要娶的女孩。所以我匆匆地搜集了所有与你有关的影像，匆匆准备了这一切，赶来这里向你求婚。不管你身边有没有别人，不管你心里怎么想，我只想发自肺腑地说一句，小青，这辈子我非你不娶，我会用我全部心思来爱你关心你呵护你，请你给我这样一个机会吧，我会让你幸福。"

小黄感觉到小青冰凉的手，像条鱼一样从他手心里面滑走了。他浑身汗涔涔的，胸口憋闷得厉害。周围又有很多红色的灯光在闪烁，整个放映厅的人都在看他们，在围观，在拍摄。他感觉世界变得很不真实，不像情人节，倒好像是愚人节了。

他转过头看小青，看见她脸色惨白，嘴唇像濒死的蝴蝶一样颤抖。终于小青伸出一只手，把座位旁边的爆米花桶抓起来，狠狠扣到对方脸上去，尖着嗓子大叫：

"神经病——"

晚上小黄送小青回宿舍，两人没精打采地走到楼下，稀稀落落的树丛后面，一对对情侣搂着脖子正依依惜别。

小青走到台阶上，转过身子笑一笑说："你别往心里面去，都会过去的。"

小黄点点头，脑袋里昏沉沉的，嗡嗡响成一片。

小青又说："别跟你宿舍同学生气，日子还长呢，以后低头不见抬头见的。"

小黄又点头。

小青又说："无聊的人爱说什么，就让他们说去，早晚有一天，他们会把今天的事忘得一干二净。"

小黄又点头。

小青又说："这段时间，咱们先别见面了，各自把各自事情处理好，等过了这一阵再说。"

小黄没点头，小青也没再说什么，转身走进宿舍楼里去了。

这时候一轮新月正慢慢爬上树梢，晚风吹来，一阵哗啦啦作响。小黄站在那儿看了一会儿月亮，也就一个人慢腾腾地走回宿舍去了。

五　同学会

小杨放春假回家，接到中学同学小刘电话，说毕业十年了，要组织大家聚一聚。

放下电话，小杨自己也忍不住感慨："怎么一转眼就十年了呢。"

聚会那天雾很大，窗外灰蒙蒙一片，什么都看不见。小杨有点不放心，专门打电话问小刘要不要改日子，小刘却说："不改不改。雾里看花才最有意思呢。"

小杨就开车出去，车上开了雾中导航系统，在车窗上投影出沿途街道，连同车辆和行人的动态图像都能捕捉到。一路上平安无事。他把车开到以前的中学门口，看见沿路已经停了好些车。有些不如他的车好，有些则要贵点。小杨把防雾面具戴上，推开车门钻出去，面罩的口鼻部分有空气净化膜，视窗上也可以显影图像，把隐藏在浓雾后面的一切呈现在眼前。他透过面具抬头四望，看见中学校门还跟记忆中一样，高高的铁栅栏门耸立着，旁边几个鎏金大字在红砖墙上发光。铁门里面的楼群与草木也都没有变，风吹过，依稀还能听见一排冬青树叶子沙沙地响。

小杨穿过熟悉的教学楼，走到大家当年升国旗做早操的操场上去，看见黑压压一大群人，三三两两站在那里聊天，似乎已经来得差不多了。虽然脸上都戴着面具，但每一副面具上都有一张面孔在闪烁，仔细看过去，大多是中学时代的旧影像。他心里暗暗赞叹这点子有趣，便也从个人信息库中挑了一张旧照投影在面具上。很快便有几个人围拢过来，都是当年关系要好的玩伴。小杨便跟他们聊起来，毕业了没有，在哪里工作，结婚没有，买没买房子，说说笑笑好不热闹。

正说到兴头上，突然听见高处有人说话，抬头一看，小刘不知什么时候爬到了主席台上，学当年校长讲话的样子，手里拿一只麦克风，声音闷闷地说："各位同学，欢迎大家回到母校。这个冬天学校在翻修，好多教学楼都被拆掉了，所以只能委屈大家在操场上集合啦。"

小杨心中一惊，这才明白，进门时看到那些楼群，其实也不过是旧日影像罢了。却不知道当年上过课的教室，打过饭的食堂，还有中午休息时偷偷爬上去打盹的天台，是不是也都被拆掉了。

小刘又说:"不过这座操场,对咱们班的同学来说意义很特殊。不知道还有没有人记得。"

人群安静了一阵,没有人说话。小刘故作神秘,不知从哪里捧出一样东西,上面盖着块布。他激动地高声说:"这次操场翻修,有个工人师傅把咱们班当年埋下的记忆盒子挖出来了,刚刚检查过,保存得很好,现在就在我手里!"

他用夸张的动作把布一掀,露出一只四四方方的银白盒子。大家一下炸开了锅,嗡嗡地议论起来。小杨胸口也忍不住怦怦跳,许多鲜活的回忆一起翻涌上来。当年毕业时,不知是谁突发奇想,提议每个人自己录一段影像,转存到一台立体摄放器里,埋到操场旁边一棵大树下,十年后再找出来一起看。怪不得小刘要组织大家聚会,原来真正的由头是这个。

小刘又说:"大家应该还记得,当初说好,让每个人最后说一个将来要实现的梦想。现在十年过去了,咱们就来看一看,都有谁是梦想成真的大赢家。"

大家愈发兴奋,哗哗地鼓起掌来。小刘又说:"盒子在我手里,我就给大家带个头吧。"

他把五个手指都贴到盒子上去,一盏蓝色小灯幽幽地亮了,像一只孤零零的眼睛。从盒子上面升起一团光来,抖动了两下,变成年方十八的小刘的模样。

大家都仰头盯着那个小刘看,看他中学时代记录下的点点滴滴。小刘竞选班长,小刘品学兼优,小刘代表校队去踢球,小刘进了球,小刘组织课外兴趣小组,带领大家一起搞竞赛,小刘竞赛落选,小刘在老师和同学的鼓励下振作起来继续努力,小刘双眼含泪满怀深情地说:"母校,我会永远记得你。我会让你以我为荣。"小刘还说:"我梦想十年以后,能有一间面朝大海的办公室。"

光芒熄灭下去,像潮水退下。小刘拿出手机,把一张照片投影到半空中。照片上的小刘成熟了不少,西装革履,坐在办公桌前笑容满面,背后落地玻璃窗外果然是大海,蓝天白云,美得好像明信片一样。

大家又是鼓掌,恭喜小刘梦想成真。小杨也跟着鼓掌,心里却有些说不出的滋味,感觉这样搞法,不太像同学会,却有点像电视真人秀。但小刘已经跳下台,把盒子交给另外一个人。又一团光芒从人们头顶上方升起,小杨也就禁不住抬着头跟随大家一起看了。

于是看各种回忆:上课,考试,升旗,做操,迟到,放学,自习,逃课,打架,抽烟,失恋……又看各种梦想:恋爱,工作,旅行,一些名词,一些地点,一些物件。终于他看见了自己,那剃着短发,黑黑瘦瘦的模样,几乎令他有些羞臊。他听见自己用哑哑的声音说:"我梦想将来做个有趣的人。"一瞬间他感觉到愕然不知所措,当年怎么会说出这样的话,又怎么会说过之后全然不记得。然而掌声却像雷鸣般涌了过来,大家都哈哈大笑,称赞小杨的想法别出心裁,很有几分意思。

他把盒子交给身边的人,感觉额角在湿漉漉的雾气里渗出汗来。他突然想要快点结束这一切,开车回到家里去,把面具摘下来,好好地泡一个热水澡。

他听见旁边传来一个女孩子的声音,听起来有几分熟悉。他又把头抬起来。多么巧呀,他看见的是高中时与他坐了三年同桌的小叶。

他对小叶印象不深,模样普普通通,不特别漂亮,也不难看,不很聪明,也不笨。他仔细搜索了一下记忆,想起她似乎特别爱笑,虽然牙齿不太整齐,笑起来有点傻气。他又想起她有一些奇怪的小动作,想起她喜欢在课本上写写画画,想起她时不时会突然闭上眼睛,双手按在太阳穴上,嘴里叽叽咕咕念念有词。但他从来没有问过她是在念什么。

他听见18岁的小叶,用单薄而平淡的声音说:"我好像没有什么梦想,我不知道10年以后自己会在哪里。"

她说:"其实我很羡慕大家,我羡慕你们每一个人,我羡慕你们能梦想自己的未来。你们的很多事情,在没出生前就有爸爸妈妈帮你们安排,帮你们计划,只要不出差错,一步一步往前走就好了。"

她又说:"在我出生前,就被查出得了一种遗传病。医生说我大概活不过20岁,他建议我妈妈不要把我生下来。但妈妈还是坚持要生,因为这件事,她和爸爸吵了很多次,后来他们终于离婚了。"

她又说:"在我很小的时候,妈妈就把这件事告诉了我。她说,孩子,将来你能活成什么样子,全靠你自己,我一点也帮不上忙。她还说她不会帮我决定任何事情,去哪里玩,交什么朋友,买什么书,上什么学校。她说她已经替我做了人这一辈子最大的决定,就是要不要出生这件事,以后我做任何事情都不需要跟她商量。"

她又说:"我不知道自己还能活多久,也许明天就死了,也许还能再坚持几年。可是直到现在我还没想好,临死前一定要做的事情是什么。我羡慕所有活得比我长的人,可以有许多时间去想,再有许多时间去实现。有时候又觉得,活得长一点短一点好像也没什么区别。"

她又说:"其实我有好多梦想,梦想坐着宇宙飞船飞向太空,梦想在火星上举行一场婚礼,梦想能活很久很久,看到一千年、一万年以后的世界会变成什么样子,梦想变成一个伟大的人,死了以后,可以有许多人记得我的名字。我也有一些小小的梦想,梦想看一场流星雨,梦想考一次年级第一,让我妈妈为我高兴,梦想喜欢的男孩生日那天为我唱一首歌,梦想看见小偷在车上偷钱包,我能勇敢地冲上去把他抓住。有时候我实现了一个梦想,却不知道自己该不该高兴,不知道如果第二天就死掉的话,自己会不会觉得,活成这样就足够了,圆满了,不再有什么遗憾了。"

她又说:"我梦想十年之后还能见到大家,听听大家都实现了什么梦想。"

她把话说完,就消失了,不见了,光芒一点点散去。安静片刻,突然有人惊叫:"她人呢?"小杨低头看,才看见银白色的盒子躺在地上,周围一圈黑漆漆的脚尖。他又打量四周,看见一张张面具上人脸闪烁,却一时间分辨不出谁是谁。

人群轰然炸开。有人说:"闹鬼了。"有人说:"是谁在跟大家开玩笑吧。"也有人说:"同学三年,从来没听她说起过有这回事,是真的还是假的。"还有人说:"也没听说过有这么一种怪病的。"

议论了半天,没个结果,也没有找到小叶本人。事情就这样不了了之。

晚上吃了饭,喝了酒,小杨一个人回到家。窗外依旧是蒙蒙的雾,一团团红的蓝的灯光像染料一样晕开。小杨倒在床上闷头就睡,睡到半夜却自己醒了。他突然有种莫名其妙的恐惧,觉得很可能再见不到第二天的太阳,觉得自己会稀里糊涂死在梦里。他回想起迄今为止度过的人生,想起高中毕业后,十年光阴弹指一挥间。他觉得人生原本挺美好,像花团锦簇的一幅画卷,现在却被绷开一道口子,里面黑漆漆的,深不见底。他像是从天上掉入了深渊,深渊里大雾弥漫。他看不到一丝光明,只看到背后的一无所有。他竟然蜷成一团"呜呜呜"地哭起来,把晚上吃的酒菜吐了许多在枕头上面。

第二天浓雾散去。小杨爬起来,看见窗外晴朗的天空,又感觉到神清气爽,便把前一天的不愉快都忘掉了。

六　祝寿

周奶奶快满99了,家里人就商量给她做寿。前前后后筹备得差不多,老人家却一不小心在浴室里滑了一跤,把脚骨上摔出一道裂缝。虽说治得及时,没什么大碍,但毕竟伤筋动骨。周奶奶因此心情烦闷,每天坐在轮椅里长吁短叹。

傍晚天阴沉沉的,周奶奶一个人在屋里打盹,突然听见笃笃的敲门声。她抬起昏昏的睡眼往上看,看见一个白衣的身影浮现在半空中,影影绰绰的,像个仙子一般。

周奶奶问:"什么事呀,大姑娘?"

大姑娘不是人,是这家老人院的服务系统。周奶奶年纪大了眼睛花,看不清她的模样,但一直觉得她说话声音跟自己孙女儿有点像。

大姑娘说:"奶奶,您的儿孙后代来给您祝寿啦。"

周奶奶说:"哪里有寿,年纪大了遭罪。"

大姑娘说:"奶奶,您别这么说,都是小辈们的一片心意,大家都盼着您长命百岁呐。"

周奶奶还要闹脾气,大姑娘又说:"您别板着脸啦,让家里人看见还当是我照顾您照顾得不周到。"

周奶奶觉得大姑娘照顾得确实很周到,跟亲生孙女儿也差不多。她心里就软了,脸色也和缓下来。大姑娘笑嘻嘻地说:"这才对嘛,您坐精神些。"

地板下面升起雪亮亮的光,把小小的房间映照成另外一番模样。现在周奶奶是在一座古色古香的厅堂里,挂着红灯笼,贴着大红寿字儿。周奶奶一身新剪裁的红衣红裤,坐在紫红木雕的寿星椅子里,周围一桌桌的宾客也都穿红。周奶奶眼神不济,看不清楚他们的脸,只听见人声喧闹,笑语欢歌,外面还有大红鞭炮噼噼啪啪响个不停。

先是大儿子带领一家老小过来祝寿,浩浩荡荡也有十好几口人，按照辈分长幼一排一排跪下磕头。周奶奶看各家领上来的小孩子，有男有女，有黑有白，好些个名字都念不上来。有的孩子怕生，瞪着眼珠躲在大人身后不开口，有的就调皮些，小嘴一张，叽里咕噜冒出一串洋文来，惹得大人又是拍手又是笑。还有个半大娃娃蜷在大人怀里只是睡，妈妈笑着说："我们这边才早上5点呢。"周奶奶就说："让孩子多睡些，小孩子能睡是福。"热热闹闹走马灯一般转过去，竟也花了将近一刻钟功夫。

之后是二儿子家、三女儿家、四女儿家……之后是老同学、老战友，还有这些年来教过的学生，还有各种亲家，还有远房亲戚……周奶奶坐得久了，眼睛有点乏，喉咙也有些干，但知道大家天南海北，能凑出时间来不容易，也就强打精神支撑着。还是高科技好啊，说见面就见面，一点不费心劳神。周奶奶看着满屋子人影晃动，突然就有点感慨，这么多人，彼此相隔着千万里，都是为了她才出现在这里。是她，她这一辈子，走了那么多路，经历了那么多事，才把这么些彼此不相熟的人枝枝蔓蔓地牵连在一起，聚拢在这一天里。99岁，多少人一辈子里能有一个99岁。

一个白衣的影子飘到近旁来。起初周奶奶以为是大姑娘来了，但那影子却蹲下来拉着她的手，说："奶奶，我来晚了，路上堵车。"周奶奶摸着那双手，有些凉，却结结实实，捏一捏有弹性。她眯起眼睛仔细看，才看清楚是她在国外读书的孙女。

周奶奶说："你怎么来了？"

孙女说："我来给您祝寿啊。"

周奶奶又说："你怎么真的来了？"

孙女说:"不就是想回来看看您嘛。"

周奶奶说:"跑那么大老远。"

孙女笑嘻嘻地说:"能有多远呢,坐飞机大半天就到。"

周奶奶把孙女上下打量,看她白白的小脸,风尘仆仆的,却很精神。她也就笑了。

她问孙女:"外面冷不冷呀?"

孙女说:"一点不冷。奶奶,今晚外面月亮可好了,不然我们出去看一看。"

周奶奶说:"可我这边还这么多人。"

孙女说:"这有什么要紧呀。"

她挥挥手,复制了一个周奶奶的影像留在原地,依旧是新剪裁的红衣红裤,坐在紫红木雕的寿星椅子里,周围穿红戴绿的宾客们也依旧上来拜寿,说着各种吉祥话。

孙女又说:"奶奶,咱们走。"

她把周奶奶坐的轮椅推上,两人一前一后,穿过空荡荡的走廊,走到庭院里面。院子中央有株苍苍的山桃,旁边几丛蜡梅正飘香。这会儿云开雾散,露出圆滚滚一轮满月。周奶奶看看院子里的草木,又看看身旁的孙女,一身白衣,亭亭玉立,像棵新长成的白杨树。她禁不住心里感慨:"孩子都长大啦,我们老啦。"

院子里有几个老人,坐在树下拉着胡琴唱着小曲自得其乐。看见周奶奶过来,便请她也表演一个。

周奶奶像个少女般红了脸,连连摇晃着双手说:"不行不行,我一辈子没学过什么,吹拉弹唱样样都不行。"

拉琴的老孙说:"又不是上春晚,咱们几个老东西自己高兴。老周乐意就演一个,我们拍个手起个哄,就当是给你祝寿啦。"

周奶奶想了半天,说:"不然我给大家吟首诗吧。"

吟诗是周奶奶小时候她父亲教她的,她父亲又是小时候在私塾跟先生学的。那时候小孩子学诗,不是读,不是念,是跟着老师吟唱,有平仄,有音韵,像唱歌儿一样,比字正腔圆地念出来有味道。

一群老人们都安静下来听。月光水亮亮的,照得人世间温润如洗。周奶奶看见这溶溶月色,想到古往今来多少事,便把气息放缓,一咏三叹地唱起来:

爆竹声中一岁除,春风送暖入屠苏。

千门万户瞳瞳日,总把新桃换旧符。

2013 年 2 月

科幻小说应该如何讲述当代中国人的故事?如何把握看似歌舞升平的"小时代"背后的历史巨变?如何在中国式的道德伦理谱系中,重新审视每一项技术变革的利与弊?如何在认知方面的陌生化和情感方面的共鸣之间找到平衡?这些都是《2044 年春节旧事》所尝试探讨的问题。

作品最初的灵感来自于 BBC 迷你科幻剧《黑镜》。后者的成功之处,在于抓住当前技术语境中的一个个诡异瞬间,从中衍生出扣人心弦的小故事，并由此对西方市民生活中那些至关重要的议题——正义、伦理、道德、价值、幸福、信仰，进行深入而尖锐的探讨。反观中国老百姓的日常生活，其实不乏类似这样的时刻：微信红包、人肉搜索、网红经济、全民创业、共享单车、朋友圈、直播、网游、网购……最科幻的想法，转眼间可能变成现实。我们的生活正在被这些东西深刻地改变着，却往往无暇反思，甚至来不及察觉。正如威廉·吉布森所说："未来已至，只是分布不均。"这种感觉或许在当代中国尤为强烈。

在小张、小李与老王的故事里，没有英雄亦没有恶人，没有你死我活的斗争，但我们依旧能够从那些家长里短的对话中感受到情感与道德立场的微妙差异，并找到自己认同的角色。未来充满了变数，说不上更好，也说不上更坏。也许几十年后，不会再有人记得古老的诗歌该如何吟唱，但至少在刚刚逝去的每一个瞬间里，家家户户、男男女女、老老少少依旧有滋有味地过着小日子。

北京折叠

郝景芳

郝景芳，女，1984年生。博士，毕业于清华大学经管学院，现任职于中国发展研究基金会。代表作有《流浪玛厄斯》《回到卡戎》《星旅人》《孤独深处》等。2016年小说《北京折叠》获第74届雨果奖最佳短中篇小说奖。

一

清晨4：50，老刀穿过熙熙攘攘的步行街，去找彭蠡。

从垃圾站下班之后，老刀回家洗了个澡，换了衣服。白色衬衫和褐色裤子，这是他唯一一套体面衣服，衬衫袖口磨了边，他把袖子卷到胳膊肘。老刀48岁，没结婚，已经过了注意外表的年龄，又没人照顾起居，这一套衣服留着穿了很多年，每次穿一天，回家就脱了叠上。他在垃圾站上班，没必要穿得体面，偶尔参加谁家小孩的婚礼，才拿出来穿在身上。这一次他不想脏兮兮地见陌生人。他在垃圾站连续工作了五小时，很担心身上会有味儿。

步行街上挤满了刚刚下班的人。拥挤的男人女人围着小摊子挑土特产，大声讨价还价。食客围着塑料桌子，埋头在酸辣粉的热气腾腾中，饿虎扑食一般，白色蒸气遮住了脸。油炸的香味弥漫。货摊上的酸枣和核桃堆成山，腊肉在头顶摇摆。这个点是全天最热闹的时间，基本都收工了，忙碌了几个小时的人们都赶过来吃一顿饱饭，人声鼎沸。

老刀艰难地穿过人群。端盘子的伙计一边喊着让让一边推开挡道的人，开出一条路来，老刀跟在后面。

彭蠡家在小街深处。老刀上楼，彭蠡不在家。问邻居，邻居说他每天快到关门才回来，具体几点不清楚。

老刀有点担忧，看了看手表，清晨5点。

他回到楼门口等着。两旁狼吞虎咽的饥饿少年围绕着他。他认识其中两个，原来在彭蠡家见过一两次。少年每人面前摆着一盘炒面或炒粉，几个人分吃两个菜，盘子里一片狼藉，筷子仍在无望而锲而不舍地拨动，寻找辣椒丛中的肉星。老刀又下意识地闻了闻小臂，不知道身上还有没有垃圾的腥味。周围的一切嘈杂而庸常，和每个清晨一样。

"哎，你们知道那儿一盘回锅肉多少钱吗？"那个叫小李的少年说。

"靠，菜里有沙子。"另外一个叫小丁的胖少年突然捂住嘴说，他的指甲里还带着黑泥，"坑人啊。得找老板退钱！"

"人家那儿一盘回锅肉，就340。"小李说，"340！一盘水煮牛肉420呢。"

"什么玩意？这么贵。"小丁捂着腮帮子咕哝道。

另外两个少年对谈话没兴趣，还在埋头吃面，小李低头看着他们，眼睛似乎穿过他们，看到了某个看不见的地方，目光里有热切。

老刀的肚子也感觉到饥饿。他迅速转开眼睛，可是来不及了，那种感觉迅速席卷了他，胃的空虚像是一个深渊，让他身体微微发颤。他有一个月不吃清晨这顿饭了。一顿饭差不多100块，一个月3000块，攒上一年就够糖糖两个月的幼儿园开销了。

他向远处看，城市清理队的车辆已经缓缓开过来了。

他开始做准备，若彭蠡一时再不回来，他就要考虑自己行动了。虽然会带来不少困难，但时间不等人，总得走才行。身边卖大枣的女人高声叫卖，不时打断他的思绪，声音的洪亮刺得他头疼。步行街一端的小摊子开始收拾，人群像用棍子搅动的池塘里的鱼，倏的一下散去。没人会在这时候和清理队较劲儿。小摊子收拾得比较慢，清理队的车耐心地移动。步行街通常只是步行街，但对清理队的车除外。谁若走得慢了，就被强行收拢起来。

这时彭蠡出现了。他剔着牙，敞着衬衫的扣子，不紧不慢地踱回来，不时打饱嗝。彭蠡60多了，变得懒散不修边幅，两颊像沙皮狗一样耷拉着，让嘴角显得总是不满意地撇着。如果只看这副模样，不知道他年轻时的样子，会以为他只是个胸无大志只知道吃喝的怂包。但从老刀很小的时候，他就听父亲讲过彭蠡的事。

老刀迎上前去。彭蠡看到他要打招呼，老刀却打断他："我没时间和你解释。我需要去第一空间，你告诉我怎么走。"

彭蠡愣住了，已经有10年没人跟他提过第一空间的事，他的牙签捏在手里，不知不觉掰断了。他有片刻没回答，见老刀实在有点急了，才拽着他向楼里走。"回我家说。"彭蠡说，"要走也从那儿走。"

在他们身后,清理队已经缓缓开了过来,像秋风扫落叶一样将人们扫回家。"回家啦,回家啦。转换马上开始了。"车上有人吆喝着。

彭蠡带老刀上楼,进屋。他的单人小房子和一般公租屋无异,六平米房间,一个厕所,一个能做菜的角落,一张桌子一把椅子,胶囊床铺,胶囊下是抽拉式箱柜,可以放衣服物品。墙面上有水渍和鞋印,没做任何修饰,只是歪斜着贴了几个挂钩,挂着夹克和裤子。进屋后,彭蠡把墙上的衣服毛巾都取下来,塞到最靠边的抽屉里。转换的时候,什么都不能挂出来。老刀以前也住这样的单人公租房。一进屋,他就感到一股旧日的气息。

彭蠡直截了当地瞪着老刀:"你不告诉我为什么,我就不告诉你怎么走。"

已经5点半了,还有半个小时。

老刀简单讲了事情的始末。从他捡到纸条瓶子,到他偷偷躲入垃圾道,到他在第二空间接到的委托,再到他的行动。他没有时间描述太多,最好马上就走。

"你昨天躲在垃圾道里?去第二空间?"彭蠡皱着眉,"那你得等24个小时啊。"

"20万块。"老刀说,"等一礼拜也值啊。"

"你就这么缺钱花?"

老刀沉默了一下。"糖糖还有一年多该去幼儿园了。"他说,"我来不及了。"

老刀去幼儿园咨询的时候,着实被吓到了。稍微好一点的幼儿园招生前两天,就有家长带着铺盖卷在幼儿园门口排队,两个家长轮着,一个吃喝拉撒,另一个坐在幼儿园门口等。就这么等上 40 多个小时,还不一定能排进去。前面的名额早用钱买断了,只有最后剩下的寥寥几个名额分给苦熬排队的爹妈。这只是一般不错的幼儿园,更好一点的连排队都不行,从一开始就是钱买机会。老刀本来没什么奢望,可是自从糖糖一岁半之后,就特别喜欢音乐,每次在外面听见音乐,她就小脸放光,跟着扭动身子手舞足蹈。那个时候她特别好看。老刀对此毫无抵抗力,他就像被舞台上的灯光层层围绕着,只看到一片耀眼。无论付出什么代价,他都想送糖糖去一个能教音乐和跳舞的幼儿园。

彭蠡脱下外衣,一边洗脸,一边和老刀说话。说是洗脸,不过只是用水随便抹一抹。水马上就要停了,水流已经变得很小。彭蠡从墙上拽下一条脏兮兮的毛巾,随意蹭了蹭,又将毛巾塞进抽屉。他湿漉漉的头发显出油腻的光泽。

"你真是作死。"彭蠡说,"她又不是你闺女,犯得着吗?"

"别说这些了。快告我怎么走。"老刀说。

彭蠡叹了口气:"你可得知道,万一被抓着,可不只是罚款,得关上好几个月。"

"你不是去过好多次吗?"

"只有四次。第五次就被抓了。"

"那也够了。我要是能去四次,抓一次也无所谓。"

老刀要去第一空间送一样东西,送到了挣 10 万块,带来回信挣 20 万。这不过是冒违规的大不韪,只要路径和方法对,被抓住的概率并不大,挣的却是实实在在的钞票。他不知道有什么理由拒绝。他知道彭蠡年轻的时候为了几笔风险钱,曾经偷偷进入第一空间好几次,贩卖私酒和烟。他知道这条路能走。

5:45。他必须马上走了。

彭蠡又叹口气,知道劝也没用。他已经上了年纪,对事懒散倦怠了,但他明白,自己在50岁前也会和老刀一样。那时他不在乎坐牢之类的事。不过是熬几个月出来,挨两顿打,但挣的钱是实实在在的。只要抵死不说钱的下落,最后总能过去。秩序局的条子也不过就是例行公事。他把老刀带到窗口,向下指向一条被阴影覆盖的小路。

"从我房子底下爬下去,顺着排水管,毡布底下有我原来安上去的脚蹬,身子贴得足够紧了就能避开摄像头。从那儿过去,沿着阴影爬到边上,你能摸着也能看见那道缝。沿着缝往北走,一定得往北,千万别错了。"

彭蠡接着解释了爬过土地的诀窍。要借着升起的势头,从升高的一侧沿截面爬过50米,到另一侧地面,爬上去,然后向东,那里会有一丛灌木,在土地合拢的时候可以抓住并隐藏自己。老刀没有听完,就已经将身子探出窗口,准备向下爬了。

彭蠡帮老刀爬出窗子,扶着他踩稳了窗下的踏脚。彭蠡突然停下来。"说句不好听的,"他说,"我还是劝你最好别去。那边可不是什么好地儿,去了之后没别的,只能感觉自己的日子有多操蛋。没劲。"

老刀的脚正在向下试探,身子还扒着窗台。"没事。"他说得有点费劲,"我不去也知道自己的日子有多操蛋。"

"好自为之吧。"彭蠡最后说。

老刀顺着彭蠡指出的路径快速向下爬,脚蹬的位置非常舒服。他看到彭蠡在窗口的身影,点了根烟,非常大口地快速抽了几口,又掐了。彭蠡一度从窗口探出身子,似乎想说什么,但最终还是缩了回去。窗子关上了,发着幽幽的光。老刀知道,彭蠡会在转换前最后一分钟钻进胶囊,和整个城市数千万人一样,受胶囊定时释放出的气体催眠,陷入深深睡眠,身子随着世界颠倒来去,头脑却一无所知,一睡就是整整40个小时,到次日晚上再睁开眼睛。彭蠡已经老了,他终于和这个世界其他5000万人一样了。

老刀用自己最快的速度向下,一蹦一跳,在离地足够近的时候纵身一跃,匍匐在地上。彭蠡的房子在四层,离地不远。爬起身,沿高楼在湖边投下的阴影里奔跑。他能看到草地上的裂隙,那是翻转的地方。还没跑到,就听到身后在压抑中轰鸣的隆隆和偶尔清脆的嘎啦声。老刀转过头,高楼拦腰截断,上半截正从天上倒下,缓慢却不容置疑地压迫过来。

老刀被震住了,怔怔看了好一会儿。他赶忙跑到缝隙处,伏在地上。

转换开始了。这是24小时周期的分隔时刻。整个世界开始翻转。钢筋砖块合拢的声音连成一片,像出了故障的流水线。高楼收拢合并,折叠成立方体。霓虹灯、店铺招牌、阳台和附加结构都被吸收入墙体,贴成楼的肌肤。外部结构见缝插针,占满了每一寸空间。

大地在升起。老刀观察着地面的走势,来到缝隙的边缘,又随着缝隙的升起不断向上爬。他手脚并用,从大理石铺就的地面边缘起始,沿着泥土的截面,抓住土里埋藏的金属断茬,最初是向下,用脚试探着退行,很快,随着整块土地的翻转,他被带到空中。

老刀想到前一天晚上城市的样子。

当时他从垃圾堆中抬起眼睛,警觉地听着门外的声音。周围发酵腐烂的垃圾散发出刺鼻的气息,带着一股发腥的甜腻味。他倚在门前。铁门外的世界在苏醒。

当铁门掀开的缝隙透入第一道街灯的黄色光芒,他俯下身去,从缓缓扩大的缝隙中钻出。街上空无一人,高楼灯光逐层亮起,附加结构从楼两侧探出,向两旁一节一节伸展,门廊从楼体内延伸,房檐沿轴旋转,缓缓落下,楼梯降落延伸到马路上。步行街的两侧,一个又一个黑色立方体从中间断裂,向两侧打开,露出其中货架的结构。立方体顶端伸出招牌,连成商铺的走廊,两侧的塑料棚向头顶延伸闭合。街道空旷得如同梦境。

霓虹灯亮了,商铺顶端闪烁的小灯打出新疆大枣、东北拉皮、上海烤麸和湖南腊肉。

整整一天,老刀头脑中都忘不了这一幕。他在这里生活了48年,还从来没有见过这一切。他的日子总是从胶囊起,至胶囊终,在脏兮兮的餐桌和被争吵萦绕的货摊之间穿行。这是他第一次看到世界纯粹的模样。

每个清晨,如果有人从远处观望——就像大货车司机在高速路北京入口处等待时那样——他会看到整座城市的伸展与折叠。

清晨6点，司机们总会走下车，站在高速边上，揉着经过一夜潦草睡眠而昏沉的眼睛，打着哈欠，相互指点着望向远处的城市中央。高速截断在七环之外，所有的翻转都在六环内发生。不远不近的距离，就像遥望西山或是海上的一座孤岛。

晨光熹微中，一座城市折叠自身，向地面收拢。高楼像最卑微的仆人，弯下腰，让自己低声下气切断身体，头碰着脚，紧紧贴在一起，然后再次断裂弯腰，将头顶手臂扭曲弯折，插入空隙。高楼弯折之后重新组合，蜷缩成致密的巨大魔方，密密匝匝地聚合到一起，陷入沉睡。然后地面翻转，小块小块土地围绕其轴，180度翻转到另一面，将另一面的建筑楼宇露出地表。楼宇由折叠中站立起身，在灰蓝色的天空中像苏醒的兽类。城市孤岛在橘黄色晨光中落位，展开，站定，腾起弥漫的灰色苍云。

司机们就在困倦与饥饿中欣赏这一幕无穷循环的城市戏剧。

二

折叠城市分三层空间。大地的一面是第一空间，500万人口，生存时间是从清晨6点到第二天清晨6点。空间休眠，大地翻转。翻转后的另一面是第二空间和第三空间。第二空间生活着2500万人，从次日清晨6点到夜晚10点，第三空间生活着5000万人，从晚上10点到清晨6点，然后回到第一空间。时间经过了精心规划和最优分配，以及小心翼翼的隔离，500万人享用24小时，7500

万人享用另外 24 小时。

大地的两侧重量并不均衡，为了平衡这种不均，第一空间的土地更厚，土壤里埋藏着配重物质。人口和建筑的失衡用土地来换。第一空间居民也因而认为自身的底蕴更厚。

老刀从小生活在第三空间。他知道自己的日子是什么样，不用彭蠡说他也知道。他是个垃圾工，捡了 28 年的垃圾，在可预见的未来还将一直做下去。他还没找到可以独自生存的意义和最后的怀疑主义。他仍然在卑微生活的间隙占据一席之地。

老刀生在北京城，父亲就是垃圾工。据父亲说，他出生的时候父亲刚好找到这份工作，为此庆贺了整整三天。父亲本是建筑工，和数千万其他建筑工一样，从四面八方涌到北京寻找工作，这座折叠城市就是父亲和其他人一起亲手建的。一个区一个区地改造旧城市，像白蚁漫过木屋一样啃噬昔日的屋檐门槛，再把土地翻起，建筑全新的楼宇。他们埋头苦干，用累累砖块将自己包围在中间，抬起头来也看不见天空，沙尘遮挡了视线，他们不晓得自己建起的是怎样恢宏的城市。直到建成时高楼如活人一般站立而起，他们才像受惊的兔子一样四处奔逃，仿佛自己生下了一个怪胎。奔逃之后，镇静下来，又意识到未来生存在这样的城市会是怎样一种殊荣，便继续建筑、低眉顺眼、勤勤恳恳，寻找各种留下来的机会。据说城市建成的时候，有 8000 万人胼手胝足想要寻找工作留下来，最后留在北京的不过 2000 万。

垃圾站的工作能找到也不容易，虽然只是垃圾分类处理，但还是层层筛选，要有力气有技巧，能分辨能整理，不怕辛苦不怕恶臭，不对环境挑三拣四。老刀的父亲靠强健的意志在激烈的竞争中抓住机会的细草，得到了工作的机会。他低头俯身，艰难地浸在人海和垃圾混合的酸朽气味中，一干就是20年。他既是这座城市的建造者，也是城市的居住者和分解者。

老刀出生时，折叠城市才建好两年，他从来没去过其他地方，也没想过要去其他地方。他上了小学、中学。考了三年大学，没考上，最后还是做了垃圾工。他每天上五个小时班，从夜晚11点到清晨4点，在垃圾站和数万同事一起，快速而机械地用双手处理废物垃圾，将第一空间和第二空间传来的生活碎屑转化为可利用的分类材质，再丢入再处理的熔炉。他每天面对垃圾传送带上如溪水涌出的残渣碎片，从塑料碗里抠去吃剩的菜叶，将破碎酒瓶拎出，把带血的卫生巾后面未受污染的一层薄膜撕下，丢入带着绿色条纹的可回收圆筒。他们就这么干着，以速度换生命，以数量换取菲薄的奖金。

第三空间有2000万垃圾工，他们是夜晚的主人。另外3000万人靠贩卖衣服食物燃料和保险过活，但绝大多数人心知肚明，垃圾工才是第三空间繁荣的支柱。每每在繁花似锦的霓虹灯下漫步，老刀就觉得头顶都是食物残渣构成的彩虹。这种感觉他没法和人交流，年轻一代不喜欢做垃圾工，他们千方百计在舞厅里表现自己，希望能找到一个打碟或伴舞的工作。在服装店做一个店员也是好的选择，手指只用拂过轻巧衣物，不必在泛着酸味的腐烂物中寻找塑料和金属。少年们已经不那么恐惧生存，他们更在意外表。

老刀并不嫌弃自己的工作，但他去第二空间的时候，非常害怕被人嫌弃。

那是前一天清晨的事。他捏着小纸条，偷偷从垃圾道里爬出，按地址找到写纸条的人。第二空间和第三空间的距离没那么远，它们都在大地的同一面，只是不同时间出没。转换时，一个空间高楼折起，收回地面，另一个空间高楼踩着前一个空间的楼顶节节升高，并以之作为地面。二者唯一的差别是楼的密度。他在垃圾道里躲了一昼夜才等到空间敞开。他第一次到第二空间，并不紧张，唯一担心的是身上腐坏的气味。

所幸秦天是宽容大度的人。也许他早已想到自己将招来什么样的人，当小纸条放入瓶中的时候，他就知道自己将面对的是谁。

秦天很和气，一眼就明白老刀前来的目的，将他拉入房中，给他热水洗澡，还给他一件浴袍换上。"我只有依靠你了。"秦天说。

秦天是研究生，住在学生公寓。一个公寓四个房间，四个人一人一间，一个厨房两个厕所。老刀从来没在这么大的厕所里洗过澡。他很想多洗一会儿，将身上气味好好冲一冲，但又担心将澡盆弄脏，不敢用力搓动。墙上喷出泡沫的时候他吓了一跳，热蒸气烘干也让他不适应。洗完澡，他拿起秦天递过来的浴袍，犹豫了很久才穿上。他把自己的衣服洗了，又洗了旁边盆里随意扔着的几件衣服。生意是生意，他不想欠人情。

秦天要送礼物给他相好的女孩子。女孩叫依言，他们是在工作中认识的。当时秦天有机会去第一空间实习，联合国经济司，她也在那边实习。可惜只有一个月，回来就没法再去了。秦天相思成疾，想她想得发疯。他做了一个项链坠，用能发光的材质做成，透明的玫瑰花造型,作为求婚信物。他说她生在第一空间,家教严格,父亲不让她交往第二空间的男孩,所以不敢用官方通道寄给她。秦天现在读研一,还有一年毕业。他对未来十分乐观,计划毕业就去申请联合国新青年项目,如果能入选,也就能去第一空间工作了。

"我当时是参加一个专题研讨会,就是上回讨论联合国国债那个会,你应该听说过吧?就是那个……anyway,我当时一看,啊……立刻跑过去跟她说话。她正在给嘉宾引导座位,我也不知道该说点什么,就在她身后走过来又走过去。最后我假装要找同传,让她带我去。她特温柔,说话细声细气的。我压根就没追过姑娘,特别紧张,……后来我们俩好了之后有一次说起这件事……你笑什么?……对,我们是好了。……还没到那种关系,就是……不过我亲过她了。"秦天也笑了,有点不好意思,"是真的。你不信吗?是。连我自己也不信。你说她会喜欢我吗?"

"我不知道啊。"老刀说,"我又没见过她。"

这时,秦天同屋的一个男生凑过来,笑道:"大叔,您这么认真干吗?这家伙哪是问您,他就是想听人说'你这么帅,她当然会喜欢你'。"

"她很漂亮吧?"

"我跟你说也不怕你笑话。"秦天在屋里走来走去,"你见到她就知道什么叫清雅绝伦。"

秦天突然顿住了,不说了,陷入回忆。他想起依言的嘴,他最喜欢的就是她的嘴,小小的,那么的晶莹润泽,下嘴唇饱满,带着天然的粉红色,让人看着看着就忍不住想咬一口。她的脖子也让他动心，虽然有时瘦得露出筋，但线条纤直而好看，皮肤又白又细，从脖子一直延伸到衬衫里，让人的视线忍不住停在衬衫的第二个扣子那里。他第一次轻吻她的时候，她躲开，他又吻，最后她退无可退，就把眼睛闭上了，像任人宰割的囚犯，引得他一阵怜惜。她的唇很软，他用手反复感受她的腰和臀部的曲线。从那天开始，他就居住在思念王国中。她是他夜晚的梦境，是他抖动自己时看到的光芒。

秦天的同学叫张显，也和老刀聊了起来。

张显问老刀第三空间的生活如何，又说他自己也想去第三空间住一段。他听人说，如果将来想往上爬，有过第三空间的管理经验是很有用的。现在几个当红的人物，当初都是先到第三空间做管理者，然后才升到第一空间，若是停留在第二空间，就什么前途都没有，就算当个行政干部，一辈子级别也高不了。他将来想要进政府，已经想好了路。不过他说现在想先挣两年钱再说，去银行来钱快。他见老刀反应迟钝，不置可否，以为老刀厌恶这条路，就忙不迭地又加了几句解释。

"现在政府太混乱了，做事太慢，体系僵化，也改不动。"他说，"等我将来有了机会，我就推动快速工作作风改革。干得不行就滚蛋。"他看老刀还是没说话，又说："选拔也要放开。也向第三空间放开。"

老刀没回答。他其实不是厌恶，只是不大相信。

张显一边跟老刀聊天，一边对着镜子打领带、喷发胶。他已经穿好了衬衫，浅蓝色条纹，配一条亮蓝色领带。喷发胶的时候一边闭着眼睛皱着眉头以避开喷雾,一边吹口哨。

张显夹着包走了,去银行实习。秦天说着话也要走。他还有课,要上到下午4点。临走前,他当着老刀的面把五万块定金从网上转到老刀卡里,说剩下的钱等他送到再付。老刀问他这笔钱是不是攒了很久,看他是学生,如果拮据,少要一点也可以。秦天说没事,他现在实习,给金融咨询公司打工,一个月10万块差不多。这也就是两个月工资,还出得起。老刀一个月一万块标准工资,他看到差距,但他没有说。秦天要老刀务必带回信回来,老刀说试试。秦天给老刀指了吃喝的所在,叫他安心在房间里等转换。

老刀从窗口看向街道。他很不适应窗外的日光。太阳居然是淡白色,而不是黄色。日光下的街道也显得宽阔,老刀不知道是不是错觉,这条街道看上去有第三空间的两倍宽。楼并不高,比第三空间矮很多。路上的人很多,匆匆忙忙都在急着赶路,不时有人小跑着想穿过人群,前面的人就也加起速,穿过路口的时候,所有人都像是小跑着。大多数人穿得整齐,男孩子穿西装,女孩子穿衬衫和短裙,脖子上围巾低垂,手里拎着线条硬朗的小包,看上去很精干。街上汽车很多,在路口等待的时候,不时有看车的人从车窗伸出头,焦急地向前张望。老刀很少见到这么多车,他平时习惯了磁悬浮,挤满人的车厢从身边加速,"呼"地像一阵风。

中午12点的时候,走廊里一阵声响。老刀从门上的小窗向外看。楼道的地面化为传送带开始滚动,将各屋门口的垃圾袋推入尽头的垃圾道。楼道里腾起一道雾,很快化为密实的肥皂泡沫,飘飘忽忽地沉降,然后是一阵水,水过了又一阵热蒸气。

背后突然有声音,吓了老刀一跳。他转过身,发现公寓里还有一个男生刚从自己房间里出来。男生面无表情,看到老刀也没有打招呼。他走到阳台旁边一台机器旁边,点了点,机器里传出"咔咔唰唰轰轰嚓"的声音,一阵香味飘来,男生端出一盘菜又回了房间。从他半开的门缝看过去,男孩坐在地上的被子和袜子中间,瞪着空无一物的墙,一边吃一边咯咯地笑。他不时用手推一推眼镜。吃完把盘子放在脚边,站起身,同样对着空墙做击打动作,费力气顶住某个透明的影子,偶尔来一个背摔,累得气喘吁吁。

老刀对第二空间最后的记忆是街上撤退时的优雅。从公寓楼的窗口望下去,一切都带着令人羡慕的秩序感。9∶15开始,街上一间间卖衣服的小店开始关灯,聚餐结束的团体个个面色红润,相互告别。年轻男女在出租车外亲吻。然后所有人回楼,世界蛰伏。

夜晚10点到了。他回到他的世界,继续上班。

三

第一和第三空间之间没有连通的垃圾道,第一空间的垃圾经过一道铁闸,运到第三空间之后,铁闸迅速合拢。老刀不喜欢从地表翻越,但他没有办法。

他在呼啸的风中爬过翻转的土地,抓住每一寸零落的金属残渣,找到身体和心理平衡,最后匍匐在离他最遥远的一重世界的土地上。他被整个攀爬弄得头晕脑涨,肠胃也不舒服。他忍住呕吐,在地上趴了一会儿。

当他爬起身的时候,天亮了。

老刀从来没有见过这样的景象。太阳缓缓升起,天边是深远而纯净的蓝,蓝色下沿是橙黄色,有斜向上的条状薄云。太阳被一处屋檐遮住,屋檐显得异常黑,屋檐背后明亮夺目。太阳升起时,天的蓝色变浅了,但是更加宁静透彻。老刀站起身,向太阳的方向奔跑。他想要抓住那道褪去的金色。蓝天中能看见树枝的剪影。他的心狂跳不已,他从来不知道太阳升起竟然如此动人。

他跑了一段路,停下来,冷静了。他站在街道中央,路的两旁是高大的树木和大片草坪。他环视四周,目力所及之处,远远近近没有一座高楼。他迷惑了,不确定自己是不是真的到了第一空间。

他又退回几步,看着自己跑来的方向,街边有一个路牌。他打开手机里存的地图,虽然没有第一空间动态图权限,但有事先下载的静态图。他找到了自己的位置和要去的地方。他刚从一座巨大的园子里奔出来,翻转的地方就在园子的湖边。

老刀在万籁俱寂的街上跑了一公里,很容易地找到了要去的小区。他躲在一丛灌木背后,远远地望着那座漂亮的房子。

8:30,依言出来了。

她像秦天描述的一样清秀,只是没有那么漂亮。老刀早就能想到这点。不会有任何女孩长得像秦天描述的那么漂亮。他明白了为什么秦天着重讲她的嘴。她的眼睛和鼻子很普通,只是比较秀气,没什么特点。她的身材还不错,骨架比较小,虽然高,但看上去很纤细。穿了一条乳白色连衣裙,有飘逸的裙摆,腰带上有颗珍珠,穿着黑色高跟皮鞋。

老刀默默上前,为了不吓到她,特意从正面走过去,离得远远的就鞠了一躬。

她站住了,惊讶地看着他。

老刀走近了,说明来意,将包裹着情书和项链坠的信封从怀里掏出来。

她的脸上滑过一丝惊慌,小声说:"你先走,我现在不能和你说。"

"呃……我其实没什么要说的。"老刀说,"我只是送信的。"

她不接,双手紧紧地握着,只是说:"我现在不能收。你先走。我是说真的,拜托了,你先走吧,好吗?"她说着低头,从包里掏出一张名片:"中午到这里找我。"

老刀低头看看,名片上写着一个银行的名字。

"12点。到地下超市等我。"她又说。

老刀看得出她过分地不安,于是点头收起名片,回到隐身的灌木丛后,远远地观望着。很快,又有一个男人从房子里出来,到她身边。男人看上去和老刀年龄相仿,或者年轻两岁,穿着一套很合身的深灰色西装,身材高而宽阔,虽没有突出的肚子,但是觉得整个身体很厚。男人的脸无甚特色,戴眼镜,圆脸,头发向一侧梳得整齐。

男人搂住依言的腰,吻了她嘴唇一下。依言想躲,但没躲开,颤抖了一下,手挡在身前显得非常勉强。

老刀开始明白了。

一辆小车开到房子门前。单人双轮小车,黑色,敞篷,就像电视里看到的古代的马车或黄包车,只是没有马拉,也没有车夫。小车停下,歪向前,依言踏上去,坐下,拢住裙子,让裙摆均匀覆盖膝盖,散到地上。小车缓缓开动了,就像有一匹看不见的马拉着一样。依言坐在车里,小车缓慢而波澜不惊。等依言离开,一辆无人驾驶的汽车开过来,男人上了车。

老刀在原地来回踱着步子。他觉得有些东西非常憋闷,但又说不出来。他站在阳光里,闭上眼睛,清晨蓝天下清冷干净的空气沁人心脾。空气给他一种冷静的安慰。

片刻之后,他才上路。依言给的地址在她家东面,三公里多一点。街上人很少。零星的车辆快速驶过八车道的宽阔马路,让人看不清车里的细节。偶尔有身着华服的女人姿态优美地端坐在双轮小车上,缓缓飘过他身旁,沿步行街远去,像在做一场时装秀。没有人注意到老刀。绿树摇曳,树叶下的林荫路上留下长裙的气味。

依言的办公地在西单某处。这里完全没有高楼,只是围绕着一座花园有零星分布的小楼,楼与楼之间距离很远,几乎看不出它们是一体。走到地下,才看到相连的通道。

时间还早,老刀找到超市。一进入超市,就有一辆小车跟上他,每次他停留在货架旁,小车上的屏幕上就显示出这件货物的介绍、评分和同类货物质量比。超市里的东西都写着他看不懂的文字。食物包装精致,小块糕点和水果用诱人的方式摆在盘里,等人自取。

他没有触碰任何东西,仿佛它们是危险的动物。整个超市似乎并没有警卫或店员。

还不到 12 点,顾客就多了起来。有穿西装的男人走进超市,取下三明治,在门口刷一下就匆匆离开。老刀在门口不起眼的位置等着,没有人特别注意他。

依言出现了。老刀迎上前去,依言看了看左右,没说话,带他去了隔壁的一家小餐厅。两个穿格子裙子的小机器人迎上来,接过依言手里的小包,又带他们到位子上,递上菜单。依言在菜单上按了几下,小机器人转身,轮子平稳地滑回了后厨。

两个人面对面坐了片刻,老刀又掏出信封。

依言却没有接:"……你能听我解释一下吗?"

老刀把信封推到她面前:"你先收下这个。"

依言推回给他。

"你先听我解释一下行吗?"依言又说。

"你没必要跟我解释。"老刀说,"信不是我写的。我只是送信而已。"

"可是你回去要告诉他的。"依言低了低头。小机器人送上了两个小盘子,一人一份,是某种红色的生鱼片,薄薄两片,摆成花瓣的形状。依言没有动筷子,老刀也没有。信封被小盘子隔在中央,两个人谁也没再推。"我不是背叛他。去年他来的时候我就已经订婚了。我也不是故意瞒他或欺骗他,或者说……是的,我骗了他,但那是他自己猜的。他见到吴闻来接我,就问是不是我爸爸。我……我没法回答他。你知道,那太尴尬了。我……"

依言说不下去了。

老刀等了一会儿说:"我不想追问你们之前的事。你收下信就行了。"

依言低头好一会儿又抬起来:"你回去以后,能不能替我瞒着他?"

"为什么?"

"我不想让他以为我是坏女人耍他。其实我心里是喜欢他的。我也很矛盾。"

"这些和我没关系。"

"求你了……我是真的喜欢他。"

老刀沉默了一会儿,他需要做一个决定。

"可是你还是结婚了?"他问她。

"吴闻对我很好。好几年了。"依言说,"他认识我爸妈,我们订婚也很久了。况且……我比秦天大三岁,我怕他不能接受。秦天以为我是实习生,这点也是我不好,我没说实话。最开始只是随口说的,到后来就没法改口了。我真的没想到他是这么认真。"

依言慢慢透露了她的信息。她是这个银行的总裁助理,已经工作两年多了,只是被派往联合国参加培训,赶上那次会议,就帮忙参与了组织。她不需要上班,老公挣的钱足够多,可她不希望总是一个人待在家里,才出来上班,每天只工作半天,拿半薪。其余的时间自己安排,可以学一些东西。她喜欢学新东西,喜欢认识新人,也喜欢联合国培训的那几个月。她说像她这样的太太很多,半职工作也很多。中午她下了班,下午会有另一个太太去做助理。

她说虽然对秦天没有说实话,可是她的心是真诚的。

"所以,"她给老刀夹了新上来的热菜,"你能不能暂时不告诉他?等我……有机会亲自向他解释可以吗?"

老刀没有动筷子。他很饿,可是他觉得这时不能吃。

"可是这等于说我也得撒谎。"老刀说。

依言回身将小包打开,将钱包取出来,掏出五张一万块的纸币推给老刀。"一点心意,你收下。"

老刀愣住了。他从来没见过一万块钱的纸钞。他生活里从来不需要花这么大的面额。他不自觉地站起身,感到恼怒。依言推出钱的样子就像是早预料到他会讹诈,这让他受不了。他觉得自己如果拿了,就是接受贿赂,将秦天出卖。虽然他和秦天并没有任何结盟关系,但他觉得自己在背叛他。老刀很希望自己这时候能将钱扔在地上,转身离去,可是他做不到。他又看了几眼那几张钱,五张薄薄的纸散开摊在桌子上,像一把破扇子。他能感觉它们在他体内产生的力量。它们是淡蓝色,和一千块的褐色与一百块的红色都不一样,显得更加幽深遥远,像是一种挑逗。他几次想再看一眼就离开,可是一直没做到。

她仍然匆匆翻动着小包,前前后后都翻了,最后从一个内袋里又拿出五万块,和刚才的钱摆在一起。"我只带了这么多,你都收下吧。"她说,"你帮帮我。其实我之所以不想告诉他,也是不确定以后会怎么样。也许我有一天真的会有勇气和他在一起呢。"

老刀看看那 10 张纸币,又看看她。他觉得她并不相信自己的话,她的声音充满迟疑,出卖了她的心。她只是将一切都推到将来,以消解此时此刻的难堪。她很可能不会和秦天私奔,可是也不想让他讨厌她,于是留着可能性,让自己好过一点。老刀能看出她在骗她自己,可是他也想骗自己。他对自己说,他对秦天没有任何义务,秦天只是委托他送信,他把信送到了,现在这笔钱是另一项委托,保守秘密的委托。他又对自己说,也许她和秦天将来真的能在一起也说不定,那样就是成人之美。他还说,想想糖糖,为什么去管别人的事而不管糖糖呢。他似乎安定了一些,手指不知不觉触到了钱的边缘。

"这钱……太多了。"他给自己一个台阶下,"我不能拿这么多。"

"拿着吧,没事。"她把钱塞到他手里,"我一个礼拜就挣出来了。没事的。"

"……那我怎么跟他说?"

"你就说我现在不能和他在一起,但是我真的喜欢他。我给你写个字条,你帮我带给他。"依言从包里找出一个画着孔雀绣着金边的小本子,轻盈地撕下一张纸,低头写字。她的字看上去像倾斜的芦苇。

最后,老刀离开餐厅的时候,又回头看了一眼。依言的眼睛注视着墙上的一幅画。她的姿态静默优雅,看上去就像永远都不会离开这里似的。

他用手捏了捏裤子口袋里的纸币。他讨厌自己,可是他想把纸币抓牢。

四

老刀从西单出来,依原路返回。他觉得倦意丛生,一步也跑不动了。宽阔的步行街两侧是一排垂柳和一排梧桐,正是晚春,都是鲜亮的绿色。他让暖意丛生的午后阳光照亮僵硬的面孔,也照亮空乏的心底。

他回到早上离开的园子,赫然发现园子里来往的人很多。园子外面两排银杏树庄严茂盛。园门口有黑色小汽车驶入。园里的人多半穿着材质顺滑、剪裁合体的西装,也有穿黑色中式正装的,看上去都有一番眼高于顶的气质。也有外国人。他们有的正在和身边人讨论什么,有的远远地相互打招呼,笑着携手向前走。

老刀犹豫了一下要到哪里去,街上人很少,他一个人站着极为显眼,去公共场所又容易被注意,他很想回到园子里,早一点找到转换地,到一个没人的角落睡上一觉。他太困了,又不敢在街上睡。他见出入园子的车辆并无停滞,就也尝试着向里走。直到走到园门边上,他才发现有两个小机器人左右逡巡。其他人和车走过都毫无问题,到了老刀这里,小机器人忽然发出嘀嘀的叫声,转着轮子向他驶来。声音在宁静的午后显得刺耳,园里人的目光汇集到他身上。他慌了,不知道是不是自己的衬衫太寒酸。他尝试着低声对小机器人说话,说他的西装落在里面了,可是小机器人只是嘀嘀嗒嗒地叫着,头顶红灯闪烁,什么都不听。园里的人们停下脚步看着他,像是看到小偷或奇怪的人。很快,从最近的建筑中走出三个男人,步履匆匆地向他们跑过来。老刀紧张极了,他想退出去，已经太晚了。

"出什么事了？"领头的人高声询问着。

老刀想不出解释的话，手下意识地搓着裤子。

一个30几岁的男人走在最前面，一到跟前就用一个纽扣一样的小银盘上上下下地晃，手的轨迹围绕着老刀。他用怀疑的眼神打量他，像用罐头刀试图撬开他的外壳。

"没记录。"男人将手中的小银盘向身后更年长的男人示意，"带回去吧？"

老刀突然向后跑，向园外跑。

可没等他跑出去，两个小机器人就已经悄无声息挡在他面前，扣住他的小腿。它们的手是弧形的箍，轻轻一扣就合上了。他踉跄了一下，却因为被扣住的关系，而没能摔倒，只有手臂在空中无力地乱划。

"跑什么？"年轻男人更严厉地走到他面前，瞪着他的眼睛。

"我……"老刀头脑嗡嗡响。

两个小机器人将他的两条小腿扣紧，抬起，放在它们轮子边上的平台上，然后异常同步地向最近的房子驶去，齐头并进，平稳迅速，从远处看上去，或许会以为老刀脚踩风火轮。老刀毫无办法，除了心里暗喊一声糟糕，简直没有别的话说。他懊恼自己如此大意，人这么多的地方，怎么可能没有安保。他责怪自己是困倦得昏了头，竟然在这么大的关节上犯如此低级的错误。这下一切完蛋了，他想，钱都没了，还要坐牢。

小机器人从小路绕向建筑后门，在后门的门廊里停下来。三个男人跟了上来。年轻男人和年长男人似乎就老刀的处理问题起了争执，但他们的声音很低，老刀听不见。片刻之后，年长男人走到他身边，将小机器人解锁，然后拉着他的大臂走上二楼。

老刀叹了一口气，横下一条心，觉得事到如今，只好认命。

年长者带他进入一个房间。他发现这是一个旅馆房间，非常大，比秦天的公寓客厅还大，似乎有自己租的房子两倍大。房间的色调是暗沉的金褐色，一张极宽大的双人床摆在中央。床头背后的墙面上是颜色过渡的抽象图案，落地窗，白色半透明纱帘，窗前是一个小圆桌和两张沙发。他心里惴惴，不知道年长者的身份和态度。

"坐吧，坐吧。"年长者拍拍他肩膀，笑笑，"没事了。"

老刀狐疑地看着他。

"你是第三空间来的吧？"年长者把他拉到沙发边上，伸手示意。

"您怎么知道？"老刀无法撒谎。

"从你裤子上。"年长者用手指指他的裤腰，"你那商标还没剪呢。这牌子只有第三空间有卖的。小时候我妈就喜欢给我爸买这牌子。"

"您是……"

"别您您的，叫你吧。我估摸着我也比你大不了几岁。你今年多大？我52。……你看看，就比你大4岁。"他顿了一下，又说，"我叫葛大平，你叫我老葛吧。"

老刀放松了些。老葛把西装脱了，活动了一下膀子，从墙壁里接了一杯热水，递给老刀。他长长的脸，眼角眉梢和两颊都有些下坠，戴一副眼镜，也向下耷拉着，头发有点自来卷，蓬松地堆在头顶，说起话来眉毛一跳一跳，很有喜剧效果。他自己泡了点茶，问老刀要不要，老刀摇摇头。

"我原来也是第三空间的。咱也算半个老乡吧。"老葛说，"所以不用太拘束。我还是能管点事儿，不会把你送出去的。"

老刀长长地出了口气，心里感叹真是万幸。随后他把自己到第二、第一空间的始末讲了一遍，略去依言感情的细节，只说送到了信，就等着回去。

老葛也不见外，把他自己的情况讲了。他从小也在第三空间长大，父母都是给人送货的。15岁的时候考上了军校，后来一直当兵，文化兵，研究雷达，能吃苦，技术又做得不错，赶上机遇又好，居然升到了雷达部门主管，大校军衔。家里没背景不可能再升，就申请转业，到了第一空间一个支持性部门，专给政府企业做后勤保障，组织会议出行，安排各种活动等。虽然是蓝领的活儿，但因为涉及的都是政要，又要协调管理，就一直住在第一空间。像老葛这种人在第一空间也不少，厨师、大夫、秘书、管家，都算是高级蓝领了。他们这个机构安排过很多重大活动，老葛现在是主任。老刀知道，老葛是在谦虚，说是蓝领，其实能在第一空间做事的都是牛人，即使厨师也不简单，更何况他从第三空间上来，能管雷达。

"你在这儿睡一会儿。待会儿晚上我带你吃饭去。"老葛说。

老刀受宠若惊，不大相信自己的好运。他心里还有些担心，但是白色的床单和错落堆积的枕头显出召唤气息，他的腿立刻发软，倒头便昏昏沉沉睡了几个小时。

醒来的时候天色暗了，老葛正对着镜子捋头发。他向老刀指了指沙发上的一套西装制服，让他换上，又给他胸口别上一个微微闪着红光的小徽章——身份认证。

下楼来，老刀发现原来这里有这么多人。似乎刚刚散会，在大厅里聚集着三三两两说话的人。大厅一侧是会场，门还开着，看上去很厚，包着红褐色皮子；另一侧是一个一个铺着白色桌布的高脚桌，桌布在桌面下用金色缎带打了蝴蝶结，桌中央的小花瓶里插着一枝百合，花瓶旁边摆着饼干和干果，一旁的长桌上则有红酒和咖啡供应。聊天的人们在高脚桌之间穿梭，小机器人头顶托盘，收拾喝光的酒杯。

老刀尽量镇定地跟着老葛。走到会场内，他忽然看到一面巨大的展示牌，上面写着：折叠城市50年。

"这是……什么？"他问老葛。

"哦，庆典啊。"老葛正在监督场内布置，"小赵，你来一下，你去把桌签再核对一遍。机器人有时候还是不如人靠谱，它们认死理儿。"

老刀看到，会场里现在是在布置晚宴，每张大圆桌上都摆着鲜艳的花朵。

他有一种恍惚的感觉，站在角落里，看着会场中央巨大的吊灯光芒四射，而自己却只存在于它的边缘。舞台中央是演讲用的高台，背后的布景流动播映着北京城的画面。大概是航拍，拍到了全城的风景，清晨和日暮的光影，紫红色暗蓝色的天空，云层快速流转,月亮从角落上升起,太阳在屋檐上沉落。大气中正的布局,沿中轴线对称的城市设计,延伸到六环的青砖院落和大面积绿地花园。中式风格的剧院,日本式美术馆,极简主义风格的音乐厅建筑群。然后是城市的全景,真正意义上的全景,包含转换的整个城市双面镜头:大地翻转,另一面城市,边角锐利的写字楼,朝气蓬勃的上班族;夜晚的霓虹,白昼一样的天空,高耸入云的公租房,灯红酒绿的影院和舞厅。

只是没有老刀上班的地方。

他仔细地盯着屏幕,不知道其中会不会展示建城时的历史。他希望能看见父亲的时代。小时候父亲总是用手指着窗外的楼,说:"当时我们……"狭小的房间正中央挂着陈旧的照片,照片里的父亲重复着垒砖的动作,一遍一遍无穷无尽。他那时每天都会看见那照片很多遍,几乎已经腻烦了,可是这时他希望影像中出现哪怕一小段垒砖的镜头。

这是他第一次看到转换的全景,不觉沉浸在恍惚之中。他几乎没注意到自己是怎么坐下的,也没察觉到周围人的落座,台上人讲话的前几分钟,他并没有注意听。

"……有利于服务业的发展,服务业依赖于人口规模和密度。我们现在的城市服务业已经占到 GDP 的 85% 以上,符合世界第一流都市的普遍特征。另外最重要的就是绿色经济和循环经济"。这句话抓住了老刀的注意力,循环经济和绿色经济是他们工作站的口号,写成比人还大的标语贴在墙上。他望向台上的演讲人,是个白发老人,但是精神显得异常饱满,"……通过垃圾的完全分类处理，我们提前实现了本世纪节能减排的目标，减少污染，也发展出成体系成规模的循环经济，每年废旧电子产品中回收的贵金属已经完全投入再生产，塑料的回收率也已达到 80% 以上。回收直接与再加工工厂相连……"

老刀有远亲在再加工工厂工作，位于远离城市的科技园区，那里只有工厂和工厂。据说那边的工厂都差不多，机器自动作业，工人很少，少量工人晚上聚在一起，就像荒野里的部落。

他仍然恍惚着。演讲结束之后，热烈的掌声响起，才将他从自己纷乱的念头中拉出来，他也跟着鼓了掌，虽然不知道为什么。他看到演讲人从舞台上走下来，回到主桌上正中间的座位。所有人的目光都跟着他。

忽然老刀看到了吴闻。

吴闻坐在主桌旁边的一桌，见演讲人回来就起身去敬酒，然后似乎有什么话要问演讲人。演讲人又站起身，跟吴闻一起到大厅里。老刀不自觉地站起来，心里充满好奇，也跟着他们。老葛不知道到哪里去了，周围开始上菜。

老刀到了大厅，远远地观望，只能听见只言片语。

"……批这个有很多好处。"吴闻说，"是，我看过他们的设备了……自动化处理垃圾，用溶液消解，大规模提取材质……清洁，成本也低……您能不能考虑一下？"

吴闻的声音不高，但老刀清楚地听见"处理垃圾"的字眼，不由自主地凑上前去。

白发老人的表情相当复杂，他等吴闻说完，过了一会儿才问：

"你确定溶液无污染?"

吴闻有点犹豫:"现在还是有一点……不过很快就能降到最低。"

老刀离得很近了。

白发老人摇了摇头,眼睛盯着吴闻:"事情哪是那么简单的,你这个项目不需要工人,要是上马了,并形成规模,现在那些劳动力怎么办,上千万垃圾工失业怎么办?"

白发老人说完转过身,又返回会场。吴闻呆愣愣地站在原地。从始至终跟着老人的秘书走到吴闻身旁,同情地说:"您回去好好吃饭吧,别想了。其实您应该明白这道理,就业的事比天大,您以为这种技术以前就没人做吗?"

老刀能听出这是与他有关的事,但他摸不准怎样是好的。吴闻的脸上显出一种迷惑、懊恼而又顺从的神情,老刀忽然觉得,他也有软弱的地方。

这时,白发老人的秘书忽然注意到老刀。

"你是新来的?"他突然问。

"啊……嗯。"老刀吓了一跳。

"叫什么名字?我怎么不知道最近进人了。"

老刀有些慌,心怦怦跳,他不知道该说些什么。他指了指胸口上别着的工作人员徽章,仿佛期望那上面有个名字浮现出来。但徽章上什么都没有。他的手心涌出汗。秘书看着他,眼中的怀疑更甚了。他随手拉过一个会务人员,那人说不认识老刀。

秘书的脸铁青着,一只手抓住老刀的手臂,另一只手拨了通讯器。

老刀的心提到嗓子眼,就在那一刹那,他看到了老葛的身影。

老葛一边匆匆跑过来,一边按下通讯器,笑着和秘书打招呼,点头弯腰,向秘书解释说这是临时从其他单位借调过来的同事,开会人手不够,临时帮忙的。秘书见老葛知情,也就不再追究,返回会场。老葛将老刀又带回自己的房间,免得再被人撞见。深究起来,没有身份认证,老葛也做不得主。

"没有吃席的命啊。"老葛笑道,"你等着吧,待会儿我给你弄点吃的回来。"

老刀躺在床上,又迷迷糊糊睡了。他反复想着吴闻和白发老人说的话,自动垃圾处理,这是什么样的呢,如果真的这样,是好还是不好呢。

再次醒来时,老刀闻到一阵香味,老葛已经在小圆桌上摆了几碟子菜了,还正在从墙上的烤箱中把剩下的一个菜端出来。老葛又拿来半瓶白酒和两个玻璃杯,倒上。

"有一桌就坐了两个人,我把没怎么动过的菜弄了点回来,你凑合着吃,别嫌弃就行。他们吃了一会儿就走了。"老葛说。

"哪儿能嫌弃呢。"老刀说,"有口吃的就感激不尽了。这么好的菜,很贵吧?"

"这儿的菜不对外,所以都不标价。我也不知道多少钱。"老葛已经开动了筷子,"也就一般吧。估计一两万之间,个别贵一点可能三四万。就那么回事。"

老刀吃了两口就真的觉得饿了。他有抗饥饿的办法,忍上一天不吃东西也可以，身体会有些颤抖发飘，但精神不受影响。直到这时，他才发觉自己的饥饿。他只想快点咀嚼，牙齿的速度赶不上胃口空虚的速度。吃得急了，就喝一口酒。这白酒很香，不辣。老葛慢悠悠的，微笑着看着他。

"对了，"老刀吃得半饱时，想起刚才的事，"今天那个演讲人是谁？我看着很面熟。"

"也总上电视嘛。"老葛说，"我们的顶头上司。很厉害的老头儿。他可是管实事儿的，城市运作的事儿都归他管。"

"他们今天说起垃圾自动处理的事儿。你说以后会改造吗？"

"这事儿啊，不好说。"老葛咂了口酒，打了个嗝，"我看够呛。关键是，你得知道当初为啥弄人工处理。其实当初的情况就跟欧洲20世纪末差不多，经济发展，但失业率上升，印钱也不管用，菲利普斯曲线不符合。"

他看老刀一脸茫然，呵呵笑了起来："算了，这些东西你也不懂。"

他跟老刀碰了碰杯子，两人一齐喝了又斟上。

"反正就说失业吧，这你肯定懂。"老葛接着说，"人工成本往上涨，机器成本往下降，到一定时候就是机器便宜，生产力一改造，升级了，GDP上去了，失业也上去了。怎么办？政策保护？福利？越保护工厂越不雇人。你现在到城外看看，那几公里的厂区就没几个人。农场不也是吗。大农场一搞几千亩地，全设备耕种，根本要不了几个人。咱们当时怎么搞过欧美的，不就是这么规模化搞的嘛。但问题是，地都腾出来了，人都省出来了，这些人干什么去呢？

欧洲那边是强行减少每人工作时间，增加就业机会，可是这样没活力你明白吗。最好的办法是彻底减少一些人的生活时间，再给他们找到活儿干。你明白了吧？就是塞到夜里。这样还有一个好处，就是每次通货膨胀几乎传不到底层去，印钞票、花钞票都是能贷款的人消化了，GDP涨了，底下的物价却不涨。人们根本不知道。"

老刀听得似懂非懂，但是老葛的话里有一股凉意，他还是能听出来的。老葛还是嬉笑的腔调，但与其说是嬉笑，倒不如说是不愿意让自己的语气太直白而故意如此。

"这话说着有点冷。"老葛自己也承认，"可就是这么回事。我也不是住在这儿了就说话向着这儿。只是这么多年来，人就木了，好多事儿没法改变，也只当那么回事了。"

老刀有点明白老葛的意思了，可他不知道该说什么好。

两人都有点醉。他们趁着醉意，聊了不少以前的事，聊小时候吃的东西，学校的打架。老葛最喜欢吃酸辣粉和臭豆腐，在第一空间这么久都吃不到，心里想得痒痒。老葛说起自己的父母，他们还在第三空间，他也不能总回去，每次回去都要打报告申请，实在不太方便。他说第三空间和第一空间之间有官方通道，有不少特殊的人也总是在其中往来。他希望老刀帮他带点东西回去，弥补一下他自己亏欠的心。

昏黄的灯光中，老刀讲了他孤独的少年时代，一个人游荡在垃圾场边缘的所有时光。

不知不觉已经是深夜。老葛还要去看一下夜里会场的安置，就又带老刀下楼。楼下的舞会刚好结束，三三两两男女正从舞厅中走出。老葛说企业家大半精力旺盛，经常跳舞到凌晨。散场的舞厅器物凌乱，像女人卸了妆。老葛看着小机器人在狼藉中一一收拾，笑称这是第一空间唯一真实的片刻。

老刀看了看时间，还有3个小时转换。他收拾了一下心情，该走了。

五

白发演讲人在晚宴之后回到自己的办公室，处理了一些文件，又和欧洲进行了视频通话。12点左右感觉疲劳，摘下眼镜揉了揉鼻梁两侧，开始准备回家。他经常工作到午夜。

电话突然响了，他按下耳机。是秘书。

大会研究组出了状况。之前印好的大会宣言中有一个数据之前计算结果有误，白天突然有人发现。宣言在会议第二天要向世界宣读，因而会议组请示要不要把宣言重新印刷。白发老人当即批准。这是大事，不能有误。他问是谁负责此事，秘书说，是吴闻主任。

他靠在沙发上小睡。清晨4点，电话又响了。印刷有点慢，预计还要一个小时。

他起身望向窗外。夜深人静，漆黑的夜空能看到静谧的猎户座亮星。

猎户座亮星映在镜面般的湖水中。老刀坐在湖水边上，等待转换来临。

他看着夜色中的园林，猜想这可能是自己最后一次看这片风景。他并不忧伤留恋,这里虽然静美,可是和他没关系,他并不钦羡嫉妒。他只是很想记住这段经历。夜里灯光很少,比第三空间遍布的霓虹灯少很多,建筑散发着沉睡的呼吸,幽静安宁。

清晨5点,秘书打电话说,材料印好了,还没出车间,问是否人为推迟转换的时间。

白发老人斩钉截铁地说,废话,当然推迟。

清晨5:40,印刷品抵达会场,但还需要分装在3000个会议夹子中。

老刀看到了依稀的晨光,这个季节6点还没有天亮,但已经能看到蒙蒙曙光。

他做好了一切准备,反复确认手机上的时间。有一点奇怪,已经只有一两分钟到6点了,还是没有任何转换动静。他猜想也许第一空间的转换更平稳顺滑。

清晨6:10,分装结束。

白发老人松了一口气,下令转换开始。

老刀发现地面终于动了,他站起身,活动了一下有点麻木的手脚,小心翼翼地来到边缘。土地的缝隙开始拉大,缝隙两边同时向上掀起。他沿着其中一边往截面上移动,背身挪移,先用脚试探着,手扶住地面退行。大地开始翻转。

6:20,秘书打来紧急电话,说吴闻主任不小心将存着重要文件的数据密钥遗忘在会场,担心会被机器人清理,需要立即取回。

白发老人有点恼怒,但也只好令转换停止,恢复原状。

老刀在截面上正慢慢挪移,忽然感觉土地的移动停止了,接着开始调转方向，已错开的土地开始合拢。他吓了一跳，连忙向回攀爬。他害怕滚落，手脚并用，异常小心。

土地回归的速度比他想象中的快，就在他爬到地表的时候，土地合拢了，他的一条小腿被两块土地夹在中间，尽管是泥土，不足以切筋断骨，但力量十足，他试了几次也无法脱出。他心里大叫糟糕，头顶因为焦急和疼痛渗出汗水。他不知道是否被人发现了。

老刀趴在地上，静听着周围的声音。他似乎听到匆匆接近的脚步声。他想象着很快就有警察过来，将他抓起来，夹住的小腿会被砍断，带着伤口扔到监牢里。他不知道自己在什么时候暴露了身份。他伏在青草覆盖的泥土上，感觉到晨露的冰凉。湿气从领口和袖口透入他的身体，让他觉得清醒，却又忍不住战栗。他默数着时间，期盼这只是技术故障。他设想着自己如果被抓住了该说些什么。也许他该交待自己 28 年工作的勤恳诚实，以赚取一点同情分。他不知道自己会不会被审判。命运在前方逼人不已。

命运直抵胸膛。回想这 48 小时的全部经历，最让他印象深刻的是最后一晚老葛说过的话。他觉得自己似乎接近了些许真相，能够见到命运的轮廓。可是那轮廓太远，太冷静，太遥不可及。他不知道了解一切有什么意义，如果只是看清楚一些事情，却不能改变，又有什么意义。命运对他就像偶尔显出形状的云朵，倏忽之间又看不到了，他无法看清。他知道自己仍然是数字。在 5128 万这个数字中，他只是最普通的一个。如果幸运生为那 128 万中的一个，还会被四舍五入，就像从来没存在过，连尘土都不算。他紧紧地抓住地上的草。

6∶30，吴闻取回数据密钥。

6∶40，吴闻回到房间。

6∶45，白发老人终于疲倦地倒在办公室的小床上。指令已经按下，世界的齿轮开始缓缓运转。书桌和茶几表面伸出透明的塑料盖子，将一切物品罩住并固定。小床散发出催眠气体，四周立起围栏，然后从地面脱离，地面翻转，床像一只篮子始终保持水平。

转换重新启动了。

老刀在30分钟的绝望之后突然看到生机。大地又动了起来。他在第一时间拼尽力气将小腿抽离出来，在土地掀起足够高度的时候重新回到截面上。他更小心地撤退。血液复苏的小腿开始刺痒疼痛，如百爪挠心，几次让他摔倒，疼得无法忍受时，只好用牙齿咬住拳头。他摔倒爬起，又摔倒又爬起，在角度飞速变化的土地截面上艰难地维持平衡。

他不记得自己怎么拖着腿上楼，只记得秦天开门时，他昏了过去。

在第二空间，老刀睡了10个小时。秦天找同学来帮他处理了腿伤。肌肉和软组织大面积受损，很长一段时间会妨碍走路，但所幸骨头没断。他醒来后将依言的信交给秦天，看秦天幸福而又失落的样子，什么话也没有说。他知道，秦天会沉浸在距离的期冀中很长时间。

再回到第三空间，他感觉像是已经走了一个月。城市仍然在缓慢苏醒，城市居民只过了平常的一场睡眠，不会有人发现老刀的离开。

他在步行街营业的第一时间坐到塑料桌旁，要了一盘炒面，生平第一次加了一份肉丝。只是一次而已，他想，可以犒劳一下自己。然后他去了老葛家，将老葛给父母带的两盒药给他们。两位老人都已经不大能走路了，一个木讷的小姑娘住在家里看护他们。

他拖着伤腿缓缓踱回自己租的房子。楼道里喧扰嘈杂，充满刚睡醒时洗漱冲厕所和吵闹的声音，蓬乱的头发和乱敞的睡衣在门里门外穿梭。他等了很久电梯，刚上楼就听见争吵。他仔细一看，是隔壁的女孩阑阑和阿贝在和收租的老太太争吵。整栋楼是公租房，但是社区有统一收租的代理人，每栋楼又有分包，甚至每层有单独的收租人。老太太也是老住户，她长得又瘦又干，儿子不知道跑到哪里去了，所以一个人住着，她不和人来往，房门总是关闭。阑阑和阿贝是两个卖衣服的女孩子，在这一层算是新人。阿贝的声音很高，阑阑拉着她，阿贝抢白了阑阑几句，阑阑倒哭了。

"咱们都是按合同来的哦。"老太太用手戳着墙壁上屏幕里滚动的条文，"我这个人从不撒谎唉。你们知不知道什么是合同咧？秋冬加收 10% 取暖费，合同里写得清清楚楚唉。"

"凭什么啊？凭什么？"阿贝扬着下巴，一边狠狠地梳着头发，"你以为你那点小猫腻我们不知道？我们上班时你全把空调关了，最后你这按电费交钱，我们这给你白交供暖费。你蒙谁啊你！每天下班回来这屋里冷得跟冰一样。你以为我们新来的好欺负吗？"

阿贝的声音尖而脆，划得空气道道裂痕。老刀看着阿贝年轻、饱满而意气的脸，很漂亮。她和阑阑帮他很多，他不在家的时候，她们经常帮他照看糖糖，也会给他熬点粥。他忽然想让阿贝不要吵了，忘了这些细节，只是不要吵了。他想告诉她女孩子应该安安静静坐着，让裙子盖住膝盖，微微一笑露出好看的牙齿，轻声说话，那样才有人爱。可是他知道她们需要的不是这些。

他从衣服的内衬里掏出一张一万块的钞票，虚弱地递给老太太。老太太目瞪口呆，阿贝、阑阑看得傻了。他不想解释，摆摆手回到自己的房间。

摇篮里，糖糖刚刚睡醒，正迷糊着揉眼睛。他看着糖糖的脸，疲倦了一天的心软下来。他想起最初在垃圾站门口抱起糖糖时，她那张脏兮兮的哭累了的小脸。他从没后悔将她抱来。她笑了，吧唧了一下小嘴。他觉得自己还是幸运的。尽管伤了腿，但毕竟没被抓住，还带了钱回来。他不知道糖糖什么时候才能学会唱歌跳舞，成为一个淑女。

他看看时间，该去上班了。

一百多年前，H.G.威尔斯曾在《时间机器》中描绘出一幅可怖的未来图景：时间旅行者来到80万年之后的世界，发现维多利亚时代英国的富人与穷人已进化为不同物种，也即是住在地上宫殿中的埃洛依人和住在地下洞穴中的莫洛克人。这噩梦般的景象，在20世纪科幻小说中始终如幽灵般徘徊不去——科学技术的发展并不能解决公平问题，享受高科技福利的永远是富人，穷人则不得不承受其恶果。而在今日好莱坞科幻电影中，阶级分化

与空间区隔的世界设定亦充斥银幕：新版《全面回忆》中分处于地球两极的"新亚洲"和"不列颠联邦"；《饥饿游戏》中饥饿的"十二区"和富饶"都城"；《逆世界》中重力相反的"顶世界"与"底世界"；《极乐空间》中污染严重的地球贫民窟与有钱人居住的太空站；或是《雪国列车》中的"末等车厢"和"头等车厢"。

在《北京折叠》中，"第一空间"与"第三空间"之间不是被高墙隔开，而是被挤压在有限的空间中，这幅图景或许更接近于我们当下的生存经验。想一想那些每天与我们擦肩而过的清洁工、快递员、外卖小哥，他们与我们生活在同一片天空下，却又似乎被折叠至几乎不可见的维度。未来学家曾预言，随着技术进步，世界将变得越来越平坦。但在看似平坦的世界中，其实存在着许多巨大而深刻的鸿沟，依旧有人生活在那些鸿沟里，在沉重的现实之下艰难求生。